古典詩歌研究彙刊

第三輯

龔鵬程 主編

第 3 冊

唐代題壁詩之研究

嚴紀華 著

國家圖書館出版品預行編目資料

唐代題壁詩之研究／嚴紀華 著 — 初版 — 台北縣永和市：花
木蘭文化出版社，2007〔民 96〕

目 2+274 面；17×24 公分
（古典詩歌研究彙刊 第三輯；第 3 冊）

ISBN 978-986-6831-80-5（精裝）

1. 唐詩　2. 詩評

820.9104　　　　　　　　　　　　　　　　　97000337

ISBN - 978-986-6831-80-5

9 789866 831805

古典詩歌研究彙刊
第三輯　第三冊
　　　　　　　　ISBN：978-986-6831-80-5

唐代題壁詩之研究

作　　者　嚴紀華
主　　編　龔鵬程
出　　版　花木蘭文化出版社
發 行 所　花木蘭文化出版社
發 行 人　高小娟
聯絡地址　台北縣永和市中正路五九五號七樓之三
　　　　　電話：02-2923-1455／傳眞：02-2923-1452
電子信箱　sut81518@ms59.hinet.net
初　　版　2008 年 3 月
定　　價　第三輯 20 冊（精裝）新台幣 28,000 元

唐代題壁詩之研究

嚴紀華 著

作者簡介

嚴紀華

    ＊師範大學國文系畢業

    ＊政治大學中文碩士

    ＊中國文化大學中文博士

    ＊現任中國文化大學中文系教授

    ＊著有《當古典遇到現代》

        《看張、張看──參差對照張愛玲》

        《碧玉紅牋寫自隨──綜論唐代婦女詩歌》

        《孟浩然詩選》

        《階梯作文（二）》（合著）

提　要

　　唐代是一個詩的國度。而詩，是唐人生活的語言。在有唐將近三百年的歷史長河中，詩流以其英華溫潤，行過黃土；以其委曲恆邃，邁越古老；在基礎厚實，步調昂揚的唐代社會土壤裡，綻開了繽紛燦爛的花朵。而題壁詩正是其中一簇黃菊，不誇艷色亮采，不飾妖姿香濃，獨自以一種奇兀突崛的姿態，散發出光與熱。

　　觀察唐人題壁詩作以一千二百首之約數在唐詩的長廊中立足，其是以細密敏銳的觸角向四周環境航測取材：舉如題壁的即景詩篇是將眼前的山川錦繡化做壁間山水；而題壁的閒適詩作在寫沖淡和諧的閒情與適境、古意與拙趣。又如題壁的諷諭詩作則是舉起了寫實的大纛，對政治的黑暗、社會的不平、人間的苦難提出批判和檢討；而題壁的感傷詩篇吹奏的是一曲曲憂鬱深沉的傷情悲歌。至於題壁的交際詩篇盡寫人際、人情與人事，筆下親平雋永；還有題壁的仕途詩篇則將著眼點放在唐代文人的起落窮達，榮悴遇合的題詠，宛若一盞盞變幻莫測的政治走馬燈。其中不同背景的作者不僅皇家貴族、京官書生文士揮毫留題，武將名妓亦即席口占、酒酣興題；而驛站廟宇的白堊牆上以及林立的亭觀客舍詩牌詩板亦題滿了行役和遊客的詩，成為有唐一代特殊的文化景觀。同時，也正由於題壁傳播的社會屬性，促使題壁詩的內容走向群眾，與社會基層結合；於是社會風潮之所由興，制度之所由立，變動之所由起，當行頁中的詩句尚未覺察出蛛絲馬跡；當管絃間的唱詞還未及按下變奏的律動；壁間的墨痕、高掛的牌板、題刻的讖詞兆語，早已向社會大眾透露了消息，發出了警告。

目

次

第一章　緒　論……………………………………………… 1
　第一節　唐代詩學與題壁詩………………………………… 1
　第二節　題壁詩的範疇與選材……………………………… 2
　第三節　唐以前的題壁活動………………………………… 7
　第四節　唐代題壁詩產生的背景………………………… 17
第二章　題壁詩的題寫處所……………………………… 29
　第一節　天然的屏壁……………………………………… 29
　第二節　建物的牆壁……………………………………… 32
　第三節　詩板、詩牌與詩帖……………………………… 49
　第四節　題寫處所的預備與整治………………………… 50
　第五節　題寫處所選樣介紹……………………………… 52
第三章　題壁詩中的即景之作…………………………… 69
　第一節　「即景」的意涵………………………………… 69
　第二節　即景之作的內容………………………………… 70
　第三節　即景之作的特色………………………………… 88
第四章　題壁詩中的交際之作…………………………… 97
　第一節　「交際」的意涵………………………………… 97
　第二節　交際之作的內容………………………………… 97
　第三節　交際之作的特色……………………………… 116

第五章　題壁詩中的仕宦之作⋯⋯⋯⋯⋯⋯ 121
　第一節　「仕宦」的意涵⋯⋯⋯⋯⋯⋯ 121
　第二節　仕宦之作的內容⋯⋯⋯⋯⋯⋯ 121
　第三節　仕宦之作的特色⋯⋯⋯⋯⋯⋯ 132
第六章　題壁詩中的閒適之作⋯⋯⋯⋯⋯⋯ 135
　第一節　「閒適」的意涵⋯⋯⋯⋯⋯⋯ 135
　第二節　閒適之作的內容⋯⋯⋯⋯⋯⋯ 136
　第三節　閒適之作的特色⋯⋯⋯⋯⋯⋯ 154
第七章　題壁詩中的諷諭之作⋯⋯⋯⋯⋯⋯ 159
　第一節　「諷諭」的意涵⋯⋯⋯⋯⋯⋯ 159
　第二節　諷諭之作的內容⋯⋯⋯⋯⋯⋯ 160
　第三節　諷諭之作的特色⋯⋯⋯⋯⋯⋯ 175
第八章　題壁詩中的感傷之作⋯⋯⋯⋯⋯⋯ 179
　第一節　「感傷」的意涵⋯⋯⋯⋯⋯⋯ 179
　第二節　感傷之作的內容⋯⋯⋯⋯⋯⋯ 181
　第三節　感傷之作的特色⋯⋯⋯⋯⋯⋯ 209
第九章　題壁詩作的作家分析⋯⋯⋯⋯⋯⋯ 211
　第一節　作家的身分分析及其作品數量⋯⋯⋯ 211
　第二節　作家的角色扮演及其題寫態度⋯⋯⋯ 215
　第三節　作家選樣介紹⋯⋯⋯⋯⋯⋯ 221
第十章　結　論⋯⋯⋯⋯⋯⋯⋯⋯⋯⋯ 235
　第一節　題壁詩作所呈現的傳播意義⋯⋯⋯ 237
　第二節　題壁詩作所呈現的文學意義⋯⋯⋯ 242
　第三節　題壁詩作所呈現的社會意義⋯⋯⋯ 248
　第四節　題壁詩作所呈現的地理意義⋯⋯⋯ 257
參考書目⋯⋯⋯⋯⋯⋯⋯⋯⋯⋯⋯⋯ 265

第一章　緒　論

第一節　唐代詩學與題壁詩

　　古典詩歌的發展，從詩經、楚辭以降，經過歷代詩人的嘗試、模擬、創作與傳衍，到達唐代而臻於備盛，於是唐代的詩壇出現了百花齊放的局面，唐詩堪稱為文化藝術的瑰寶。這樣的巨大成就，吸引著人們賞讀研究，浸淫其中而樂此不疲。一般說來，開發這塊寶藏不外乎或由作品中著手：包括輯佚、選編、詁箋、考證、解析與品評等；或由理論上建構：包括體凡、法微、辨流、詩格、樂通等二大途徑，民國以前「唐詩學」的研究，在詩歌的內部聯繫以及微觀的分析上確實做到了鉅細靡遺的澄清整理，在縱向的傳承系統上提供了堅實的基礎。五四以後，唐詩的研究受到西潮的衝擊，眼光放大，乃別開生面地從歷史、社會、心理等的角度與詩歌創作作了交叉疊影的對照，並從時代的脈線上從事著宏觀的綜合，是自僅就作品談文學的局限間跳脫，與文化生活作了橫向的系聯。於是許多專題式的研究出現，其主要在掌握一個或數個相關主題重新架構唐詩體系進行論析，舉如：觀察唐代社會風尚、園林生活、民族關係，以及宗教、音樂、繪畫諸文化形態與詩歌之關係影響等實用性專題；或者依題材、意象設定不同的文學主題，如詠花詩、戰爭詩、諷諭詩、山水詩等；或者是以作者

身份類屬的專題；如詩僧作品、閨閣作品、帝王作品等。是由各層面分別入手，進而闡釋唐詩的生態與價值。這樣的再出發，使得唐詩又重新活了過來。

　　由于體認著唐詩學的整個體系必然是由大大小小各專題聯結而成，每個專題對于體系而言，是一個局部、而對於個別作家及其作品而言，又是一個總合。於是筆者初有落實於專題的構思；同時注意到唐詩研究的領域已由大作家的鑽研向中小作家群上擴展，是謂「藝術創作傾向於群體孕育」〔註1〕。乃有別立蹊徑，從事作家群研究的想法；續因羅師宗濤於唐代文學國際學術討論會發表〈唐人題壁詩初探〉一文，對以題壁的詩歌發表方式作了總的觀察、重點式的布陳，爲唐代詩學的傳播功能之研究拉開了序幕。於是，乃決定以題壁詩這一塊新鮮的唐詩園地爲基礎，就其內容主題，作內緣的探討。復就其題寫作家，題寫地點，以及時代的意義作外緣的研究，期能以傳播的觀點切入題壁詩這個文學活動，了解作者、讀者與作品之間的交流傳動，進而詮釋傳播與文學（題壁詩）間的影響發展，爲唐詩的研究開啓另一扇門窗，推展到一個新的高度。

第二節　題壁詩的範疇與選材

一、範　疇

　　題壁詩的活動是一種文字發表的方式，一項文學傳播的行爲。本文所謂之「題壁詩」，其範疇乃指題寫於牆壁的詩作：包括了天然的屏壁以及建物的牆壁。前者如山壁、巖屏、洞壁、崖壁等石壁；後者如分佈在寺廟、館驛、公署、私宅和里巷間的粉牆、泥壁、門牆、窗

〔註 1〕　所謂「藝術創作群體孕育說」是說藝術創作的出現不是偶然的，作家總要在廣泛吸取以及總結前人成就的基礎上，再加上本身傑出的才華乃創造出自己的新成就。從文學發展史上說，亦即是由無數中小作家群孕育了大作家，而不是大作家孵養小作家。比如李邕、王翰對杜甫的成長產生良好的影響即是一例。

楹、柱壁、橋壁等泥板磚壁。另外，懸釘於壁上的詩板、詩帖以及牌榜的題作，此些或係正式公開發表，或係私下小眾傳播的刻題以及書題的詩篇均納入論述的範圍。其中以作者「自作自題」的詩作為主，另有作者成詩之後央人代題於壁以及由於慕名愛詩者的主動抄題於壁的「自作他題」的詩篇，亦見題寫傳播風習，別作一節處理。但未收錄題畫的詩材，一則因為晚近以題畫詩為專題研究的作品極多，避免重複述論故；二則由於題畫的處所界定尚有爭議之故。〔註2〕是以，本書乃從內緣的分析與外緣的討論雙線進行。內緣部分是從題壁詩人的行跡活動以及題壁詩作的內容志意兩個角度來分析，前者由詩人之賞遊活動、交際活動與仕宦活動分別論述其詩作所呈現的「即景之作」、「交際之作」以及「仕宦之作」；後者則略依白居易詮次編輯其詩的類目，分為「閒適之作」、「諷刺之作」以及「感傷之作」。至於外緣的部分則各依其題寫處所、題寫作家分別舉樣述明。

二、選　材

（一）材料之匯選

　　本書題壁詩作之選取係以文史哲出版之清康熙御定之《全唐詩》九百卷，聯經出版之錢謙益、季振宜所遞輯之《全唐詩稿本》以及木鐸書局所編之《全唐詩外編》：包括王重民《補全唐詩》、《敦煌唐人詩集殘卷》、孫望《全唐詩補逸》、童養年《全唐詩續補遺》等所收錄附補之詩篇為基礎資料作為選詩的依據。故行文中凡引用《全唐詩》詩例者，直標卷數，不另標舉書名，餘仍直錄出處。

　　此外，題壁詩料之匯選并參考諸家的詩集、詩話、地志補入詩材，舉如吳光淵《鑒戒錄》卷八所收之羅向〈題福泉寺〉一詩。如

〔註2〕　唐代的題畫詩一般而言多屬贊畫性質，未有證據能證明是直接題諸畫面的，也就是大多是「詠畫詩」，把詩寫在畫的本身上，恐怕到宋朝以後才有。此說參見鄭騫講述、劉翔飛筆記〈題畫詩與畫題詩〉，台北：《中外文學》八卷六期（1979年11月），頁5～13。

《濟源縣志》卷十六收裴休〈書留延慶化寺壁〉一詩。《咸淳臨安志》收李白〈普照寺〉一詩。又如《分類古今詩話》頁205收孟賓于父子〈題壁詩〉以及《侯鯖錄》收李白〈題峰頂寺〉等皆照刊存入。

（二）材料之界定

題壁詩料之搜選過程中，因詩材可信度之強弱，乃採「從嚴不從寬」、「從分不從合」的原則。係根據以下幾個條件來判斷，若合其一，即予錄存，為避免摻雜靠不住的作品，至于泛著一「題」字的詩篇，則不敢貿然收入。

1. 詩題上標明「題壁」或「書壁」二字者

如李白〈題許宣平菴壁〉（卷一八五）、趙嘏〈題僧壁〉（卷五五○）、王績〈題酒店壁〉（卷三七）、白居易〈往年稠桑曾喪白馬題詩廳壁……〉（卷四五五）、杜甫〈題省中院壁〉（卷三二五）、張喬〈書梅福殿壁二首〉（卷六三八）、獨孤及〈與韓侍御同尋李七舍人不遇題壁留贈〉（卷二四七）、李中〈書蔡隱士壁〉（卷七四七）、、鄭谷〈書村叟壁〉（卷六七六）等都是。

2. 由詩題判讀為題壁者

如張說〈盧巴驛聞張御史張判官欲判不得待留贈之〉（卷八七）、許庫〈行次潼關題驛後軒〉（卷五二八）、岑參〈戲題關門〉（卷二○一）、錢起〈下第題長安客舍〉（卷二三七）、劉長卿〈將赴嶺外留題蕭寺遠公院〉（卷一五一）、白居易〈桐樹館重題〉（卷四三一）、李白〈對酒醉題屈突明府廳〉（卷一八二）、白居易〈題香山新經堂招僧〉（卷四五八）、以及〈玉泉寺南三里澗下多深紅躑躅繁艷殊常感惜題詩以示遊者〉（卷四五四）等留題、醉題、戲題、重題、招題、示題之作皆是。

3. 由詩作之內容、題註或序文得證其為題壁者

如韋應物〈答河南李士巽題香山寺〉（卷一九○）中云：「……牆宇或崩剝，不見舊題名。……書壁貽友生。」又如吳融〈題吳子津亭〉

（卷六八四）中云：「揚子江津十四徑，紀行文字遍長亭。」此係根
據作者本詩的內容而得知。亦有根據同一作者前後二詩參較得知者：
如白居易〈棣華驛見楊八題夢兄弟詩〉於卷四四一、卷四四三先後俱
有重題，中有「題詩梁下又踟躕」之句得證。另有根據他人詩作而得
知者：如齊己〈題玉泉寺〉（卷八四六）云：「高韻雙懸張曲江，聯
題兼是孟襄陽。……時移兩板成塵跡，猶挂吾師舊影堂」，由此得知
孟浩然〈陪張丞相祠紫蓋山途經玉泉寺〉（卷一六〇）、張九齡〈祠紫
蓋山經玉泉山寺〉（卷四九）二詩為其所指之詩板。如李紳〈新樓詩〉
（卷四八一）中言於越州，見元稹題壁有「我是玉京天上客，謫居猶
得小蓬萊」之句，乃知元稹〈以州宅誇於樂天〉（卷四一七）即為此
首題壁。他如王鉷〈登越王樓見喬公詩偶題〉（卷二七二）得知喬琳
〈越王樓即事〉（卷一九六）題壁。劉禹錫〈碧澗寺見元九和展上人
詩……〉（卷三六五）得證元九卷四一三〈八月六日與僧如展同遊碧
澗寺……〉詩為題壁，以及唐明皇〈續薛令之題壁〉（卷三）證諸為
薛令之〈自悼〉詩，齊己詩證道林寺宋杜詩板，孫魴〈金山寺〉一詩
證張祜〈登金山寺〉為題壁之作等等，不勝枚舉。而根據詩作題註或
作者自序而得知者，比如高宗皇帝〈謁慈恩寺題奘法師房〉（卷二）
題下註云：時帝為太子題詩帖之於戶。又如武則天〈石淙〉（卷五）
詩自序以及狄仁傑詩（卷四六）序中可證石淙君臣詩組皆題於山壁。
劉禹錫（八月十五日夜桃源玩月）（卷三五六）詩後其姪薛蔑之跋證
此詩以及另一首劉作〈桃源行〉（卷三五六）俱題於壁，且刻貞石。
又如崔護〈題都城莊〉（卷三六八）中云：「戶扃無人，因題此詩于左
扉……」，雍陶〈題情盡橋〉（卷五一八）註云「……陶令筆題其柱曰
折柳橋。」以及錢鏐〈沒了期歌〉（卷八）由題註中得知乃吳王錢鏐
與軍士題於公署壁間應答之作。

4. 從相關資料證明其為題壁者

此相關資料包括詩話、筆記、叢典、地志等。舉如：

（1）辛文房《唐才子傳》卷七「任蕃」條得知任蕃〈宿巾子山禪

寺〉（卷七二七）爲題壁之作。另卷一「崔顥」條得知李白
見崔顥題詩黃鶴樓、因而束手之事，乃知崔詩題壁。

（2）孫濤《全唐詩話續編》卷二得知李商隱〈九日〉（卷五四一）
爲題廳事壁之作。

（3）段成式《酉陽雜俎》卷十二得知貞元文士〈題端正樹〉（卷
七八四）爲題詩逆旅之詩作。

（4）計有功《唐詩紀事》卷五十二「裴潾」條得知其〈白牡丹〉
（卷五〇七）題於慈恩寺壁，同時亦可參見《唐兩京城坊考》
卷三所引。

（5）王定保《唐摭言》卷十三「惜名」條言薛能過蜀，打去諸詩，
惟留李端〈巫山高〉（卷十七）一首，乃知其詩題於詩板之
上。

（6）王讜《唐語林》卷三「品藻」言徐凝〈題開元寺牡丹〉（卷
四七四）爲題壁之作。

（7）《全唐文》卷二七四錄李騭〈題惠山寺詩〉及序補證李騭〈惠
山寺肆業送懷坦上人〉（卷六〇七）爲記於屋壁的作品。

（8）李昉等編《太平廣記》卷二百〈盧渥〉中提及盧渥有〈題嘉
祥驛〉（卷五六六）詩一首，此詩版後爲易定帥王存尙書碎
之，由此得證。

（9）范攄《雲溪友議》言白居易過巫山神女祠，悉去千餘詩版，
惟留四章而已。此四者爲李端、沈佺期、王無競、皇甫冉之
〈巫山高〉（卷十七）。由是亦可判定《全唐詩》中卷十七「鼓
吹曲辭」所列之〈巫山高〉皆爲詩板。

（10）潘若沖《邵閣雅談》云：「徐凝曾題處州縉雲山黃帝上昇之
所鼎湖，蓋黃帝鑄鼎處也，有池在山頂，詩有曰：『黃帝旌
旗去不回』句。自後無敢題者。」考諸《全唐詩》得徐凝〈題
縉雲山鼎池〉二首（卷四七四）中詩句相合。故知爲題壁之
作。

（11）吳光淵《鑑戒錄》中記載元白遊慈恩寺，悉去各家詩板，惟留章公一首而已。由是知章八元〈題慈恩寺塔〉（卷二八一）係詩板。

（12）《東坡題跋》言東坡有天竺寺詩序云：予年十二，先君自虔州歸，謂予言：近城山中天竺寺有白樂天親書「一山門作兩山門」詩，筆勢奇逸，墨蹟如新，今四十年予來訪之，則詩已亡，有刻石存耳。由此資料顯示白居易〈寄韜光禪師〉（卷四六二）乃先題壁復又刻石之詩作。

（13）白行簡《三夢記》言白居易〈同李十一醉憶元九〉，最初題於李建屋壁。

（14）楊發〈和李衛公漳浦驛留題〉（《全唐詩外編》下冊 482 頁）係其覽讀李德裕〈盤陀嶺驛樓〉（卷四七五）後題於其側的題詩。

第三節　唐以前的題壁活動 〔註3〕

　　言及「題寫風氣」之源始，來源甚早。前人典籍之中記載繪事於壁，石刻紀傳的事例主要當以畫壁的活動為主，其地點除宮殿寺院外，郡府廳事，以及祠廟墟墓石室之壁間，往往有之，有關內容之應用上除個人（鬼神賢聖）畫像外，有作歷史故實之描摹，風格現狀之寫真，動植飛潛亦能隨景點綴。而詩作文字的題寫亦見活動，作品雖多出自貴族文人之手，然名士題壁，佳作閒覽，吟詠流賞之風陸續漸開。考魏晉南北朝以前的文字題寫活動，刻題於山石之壁的記載最早的應為周宣王獵碣的石鼓詩。史籀書之，刻於石鼓：「我車既攻，我馬既同。我車既好，我馬既駒。君子爰獵，爰獵爰遊。麀鹿速速，君

〔註3〕「題壁活動」一詞乃指包括文字與圖畫的題壁活動。本節參見嚴紀華：〈魏晉南北朝題寫詩的探析〉，1998 年於台北「魏晉南北朝學術會議」發表論文。

子之求。彎彎酋弓，弓茲以時。我驅其時，其來軼軼。憲憲怠怠，即御即時。其來大塗，我驅其樸。其來贖贖，射其猏屬。」刻於山壁者則見《韓非子‧外儲說左上》中所錄：「趙主父令工施鉤梯而緣播吾（常山也），刻疏人跡其上，廣三尺，長五尺，而勒之曰：『主父常游於此。』」另有秦昭王令工施鉤梯而上華山，以松柏之心為博，箭長八尺，棊長八寸而勒之，曰：「昭王嘗與天神博於此矣。」而題於建物之壁的當為介子推的〈龍蛇歌〉〔註4〕：「有龍于飛，周偏天下，五蛇從之，為之承輔，龍返其鄉，得其處所，四蛇從之，得其露雨，一蛇羞之，槁死於中野。」根據《呂氏春秋‧介立篇》的記載：「晉文公返國，介子推不肯受賞，自為賦詩云云，懸書公門而伏於山下，文公出，見書，曰此介子推也。」《史記‧晉世家》、《說苑‧復恩篇》亦有類似的記載。其後，則有屈原的〈天問〉書壁。根據王逸《楚辭章句》記載：「屈原放逐，憂心愁悴，彷徨山澤，經歷陵陸，嗟號昊旻、仰天歎息，見楚有先王之廟，及公卿祠堂，圖畫天地，山川、神靈，琦瑋僪佹，及古賢聖怪物行事，周流罷倦，休息其下，仰見圖畫，因書其壁，呵而問之，以渫憤懣，舒瀉愁思。」其時，由于傳統「口耳相傳」之傳播方式的影響，詩歌謠諺大多合樂可歌，故而題壁有限。後由於「書畫同源」的歷史性、題壁之活動乃伴隨畫壁活動的風習延續。初壁畫多見神圖人形寫真，更並及於山水花鳥寫生。至南北朝入

〔註4〕介之推〈龍蛇歌〉共有六種。分見《呂氏春秋》、《史記》、《說苑》、《新序》、《淮南子注》及《琴操》等，《呂氏春秋》、《史記》、《說苑》為一系，皆言五蛇從龍，此自先秦傳流者。本文所錄即為逯欽立輯校《先秦漢魏晉南北朝詩》（台北：木鐸出版社。1988年）上冊〈先秦詩〉卷二，頁16。收〈龍蛇歌〉三首之第一首，為《呂氏春秋》所錄。另《新序》、《淮南子注》及《琴操》為一系，只言蛇龍相從。為流行於兩漢之新篇。其文迻錄於後：「有龍矯矯，遭天譴怒。捲逃鱗甲，來遁於下。志願不得，與蛇同伍。龍蛇俱行，周遍山野。龍遭飢餓，蛇割腓股。龍得升天，安厥房戶。蛇獨抑摧，沉滯泥土。仰天怨望，惆悵悲苦。非樂龍伍，怪不盼顧。」（見《先秦漢魏晉南北朝詩》〈漢詩〉卷十一，頁311）餘則造辭稍異，於意則同，今僅錄一首以見其餘。

隋期間，壁畫極盛。蓋以當時民俗厭苦兵禍，欲求解脫，故以宗教爲樂土，而皇室信佛（雖有佛禍，但旋即恢復），佛教推於勝極，復以印度壁畫技法傳入，是以不僅佛寺畫壁層出不窮，後於國家宮殿、官紳邸宅，亦多壁畫，所繪題材除道釋英雄人物，亦畫馬描雀圖龍，極寫奇妙。舉如張僧繇、楊子華、劉殺鬼、曹仲達、展子虔、董伯仁等，各見其能。此固由於圖畫與建築、書法關係密切，所謂畫壁於臺閣用標功臣之烈，而於宮殿以彰貞潔之名，日後更由禮教而宗教作用而更爲觀賞功能，繼而繪事與書事並麗，於是同振。以「署字題名」而論，初爲由畫像之旁兼題，舉如《漢書》卷五四〈李廣蘇武傳第二十四〉載有：「甘露三年，單于始入朝，上思股肱之美，迺圖畫其人於麒麟閣，法其形貌，署其官爵姓名。」這是於閣壁上畫像題名。另有蔡質《漢官典職》記載：「尙書奏事於明光殿省中，皆以胡粉塗壁〔註5〕，紫青界之，畫古烈士，重行書贊。」〔註6〕這則是「圖人題字」。其後另有單獨於其他處所的題寫文字，如《成都記》中記載漢賦大家司馬相如西去長安之時，題橋柱爲誓：「不乘赤車駟馬，不過此橋。」這是「題橋明志」。要言之，這些活動的功能不外乎抒志、識名與教化。而後隨著文字本身所負載之表情達意的使命與功能逐漸複雜化、深邃化。於是，文字傳播遂脫離了圖文并茂的解說功能，發展出了獨立的生命。

　　上承前朝圖文附題，鑴石碑歌的習俗沿續，到了魏晉南北朝，題寫的風氣隨著書學的發達更趨流行。許多題寫的名跡逸事多爲書家留筆。《晉書》卷八十〈王羲之‧王獻之傳〉中就記載著王氏父子各種的題寫活動，比如王羲之曾經在其門生家几桌面上以眞書、草書留

〔註5〕　胡粉塗壁即是「粉壁」，《漢官儀》：「省中皆胡粉塗壁，故曰粉壁。」所謂胡粉即是一種鉛粉，乃粉白之色。考《周禮》：「冬官設色之功，……畫繢之事雜五采。梓人掌五采之侯。」鄭玄注：「五采者，內朱，白次之，蒼次之，黃次之，黑次之。」
〔註6〕　俞建華：《中國繪畫史》（台北：商務印書館，1991年十版）上冊，頁16。

字。又曾在一蕺山賣扇老婦的六角竹扇上題字，並囑其可賣以百錢。其子獻之亦不遑多讓，曾書壁爲方丈大字，觀者達數百人。且其不僅精通草隸、亦善丹青，另《晉書‧王獻之傳》有「子敬書扇」的軼說，其中提到子敬有一次爲桓溫書扇，持筆誤落，卻在污跡處渲染，畫成烏駮牸牛，觀者無不稱妙。而《宋書》卷六十二〈羊欣傳〉也記載著「子敬書裙」的故事：「羊欣，字敬元，⋯⋯善容止，泛覽經籍，尤長隸書，⋯⋯獻之嘗夏月入縣，欣著新絹裙畫寢，獻之書裙數幅而去，欣本工書，因此彌善。」還有，《南史》卷二十二僧虔傳中記載僧虔亦曾以隸書書於素扇，獲得宋文帝的讚嘆。凡此種種都是挾其翰墨之美，題書留跡，供人觀覽。

　　另外，亦有著重於警世、勸俗、刺諷等傳播功能的題寫活動，其內容已不僅限於單字單句的留題，逐漸出現較完整的敘事、寫志的主題。比如《世說新語‧簡傲篇》中就記載著呂安往訪嵇康不遇，但見其兄嵇喜，後於門上題「鳳」而去。按鳳字拆讀爲「凡鳥」，這個題字正是暗中譏刺其兄嵇喜粗俗，流露出題款者一副倨傲的名士派頭。又如《晉詩》卷四潘岳有〈閣道謠〉一首：「閣道東有大牛，王濟鞅、裴楷紖、和嶠刺促不得休。」即是泰始十年，潘岳鬱不得志，非諷當時君上親遇王濟、裴楷等人，因題閣道爲謠以諷之。他如《晉詩》卷八蘇柏玉妻有〈盤中詩〉一首，寫於盤中，屈曲成文：「山樹高，鳥鳴悲。泉水深，鯉魚肥。空倉雀，常苦饑。吏人婦，會夫希。出門望，見白衣。謂當是，而更非。還入門，中心悲。北上堂，西入階。急機絞，杼聲催。長嘆息，當語誰。君有行，妾念之。出有日，還無期。結中帶，長相思。君忘妾，天知之。妾忘君，罪當治。妾有行，宜知之。黃者金，白者玉。高者山，下者谷。姓爲蘇，字伯玉。作人才多智謀足，家居長安身在蜀。何惜馬蹄歸不數，羊肉千斤酒百斛。令君馬肥麥與粟，今時人，智不足，與其書，不能讀。當從中央周四角。」正是一首怨婦之辭。此皆可作爲題寫活動面面觀。

　　至後，以文人集團的游宴生活以及六朝園林建構的漸遞發展，而

文壇風向的由莊老轉向山水；於是，題詩於山巖水壁，屋牆石壁者日多。舉如：《全晉詩》卷十五有馬炭〈題宋纖石壁詩〉、《全梁詩》卷十一有陶宏景〈題所居壁〉、卷十二有陸山才〈題吳閶門詩〉、《全北周詩》卷一有王褒〈明慶寺石壁〉等。另《北魏詩》卷一中記載鄭道昭喜游名山大川、常題名賦詩。在光州刺史期間，曾遍游境內名景，每到一處就賦詩題名，以作留念。經統計他在太基山、雲峰山、天柱山題刻了四十多處，這些題字碑銘多達千餘字，少者僅數字，並依照山峰的自然趨勢，皆於懸崖峭壁之上。至隋，《全隋詩》卷二中收姚察〈游明慶寺悵然懷古〉一詩，其題解引《廣弘明集》云：「陳姚察遇見蕭祭酒書明慶寺禪房詩，覽之愴然憶此寺，仍用蕭韻述懷。」〔註7〕都是明證。此外，還有不純為游覽作詩的題詩，而是為施工布局的園林增添人文色彩和書卷氣的，此類多書題他人佳作。據《南史·王筠傳》中記載：「沈約于郊居宅閣齋，請筠為〈草木十詠〉書之壁。」另據《南史·文學·何思澄傳》：「何作〈游廬山詩〉，沈約稱之，……於新構閣齋，因命工書人題此詩于壁。」可見題署在六朝園林中被視為一個風雅的象徵。

　　至若名山勝水之間，訪游者賞覽山光水色，而見古人前賢題詩誌游的更是不勝枚舉。唐人詩作中，對於前朝題壁活動的描述便屢有提及，如李白〈入彭蠡經松門觀石鏡緬懷謝康樂題詩書游覽之志〉（卷一八一）云：「謝公入彭蠡，因此遊松門，余方窺石鏡，兼得窮江源，前賞跡可見，後來道空存。」這是謝靈運的題跡。又如杜牧〈題宣州開元寺〉（卷五二〇）中云：「南朝謝朓城，東吳最深處。」張喬亦有〈宣州開元寺〉（卷六三九）一首：「六朝舊跡遺詩在，三楚空江有雁回。」由二詩得知謝朓曾題詩於此。還有白居易〈送劉郎中赴任蘇州〉一首提及「宣城獨詠窗中岫，柳惲單題汀上蘋」（卷四三〇），其中前句所指乃謝朓〈郡內高齋閒望答呂法曹詩〉（《全齊詩》卷三）中

<hr>

〔註7〕 以上詩例見逯欽立輯校：《先秦漢魏晉南北朝詩》（台北：木鐸出版社，1988年出版）。

名句題壁於郡閣；後者係指柳惲〈江南曲〉（《梁詩》卷八）「汀洲采白蘋」詩。另齊己〈假山〉（卷八四三）中言明「曾聞遠大師，……白壁上題詩」，而白居易〈遊石門澗〉（卷四三○）也有「常聞慧遠輩，題詩此巖壁」之句，是知文士僧家於時皆有題詩於壁的行為。他如貫休〈寄杭州靈隱寺宋震使居〉（卷八三二）中記載：「僧房謝朓語，寺額葛洪書。」這些都是「名士名書」、「題詩題額」的證明。還有張祜〈題池州杜員外弄水新亭〉（《全唐詩補逸》卷之十）云：「賓筵習主簿，詩版鮑參軍。」可見鮑照已有題詩版的情事。此外，於唐詩中更有憑覽前朝先賢壁題的詩作，有感而發，復作詩書壁，前後輝映者；舉其著名例佳句如：

1. 〈過歷山湛長史草堂詩〉詩組。根據丘丹〈經湛長史草堂〉（《全唐詩》卷三○七）序中有言：「無錫縣西郊七里，有慧山寺，即宋司徒右長史湛茂之之別墅也，舊名歷山，故南平王劉鑠有過湛長史歷山草堂詩，湛有酬和。……至齊竟陵王友江淹，亦有繼作。余登茲山，以睹三篇，列於石壁，仰覽遺韻，若穆清風。……」而丘丹此詩亦刊於巖石。其時，于頔（卷四七三）、李益（卷二八三）、呂渭（卷三○七）、韋夏卿（卷二七二），以及湛茂之十三代孫湛賁（卷四六六）俱有題和。

   檢索結果：《兩漢魏晉六朝詩》《全宋詩》卷五有南平王劉鑠〈過歷山湛長史草堂詩〉，《全宋詩》卷十亦收湛茂之《歷山草堂應教》（中有「衰廢歸丘樊，歲寒見松柏」之名句）。另《全梁詩》卷三有江淹《無錫縣歷山集詩》，三詩俱為題壁。這三首遺韻，穆若清風。前二首為君臣游讌、即席賦詩、興至題壁。其中帝王之詩由生活享受中的繁華濃郁轉向，呈現以慕求恬淡，終而結出對安期生仙人的嚮往。次觀臣作，湛茂之的詩篇則見隱者高潔自許的風範，詩中可見自景物與人生感懷、時不我與的對照，其後至梁，江淹登臨留連，憑覽前朝先賢壁題的詩作，感時傷情。於是復作詩書壁，憑古抒今，先後輝映。其中南平王

與湛茂之的題壁應爲現存最早之皇族與文臣酬和之題壁詩。

2. 〈題攝山棲霞寺〉詩組。根據顧況〈題攝山棲霞寺〉（卷二六四）云：「明徵君舊宅，陳後主題詩，跡在人亡處，山空月滿時。」可證陳後主在攝山棲霞寺有詩作留題。

　　檢索結果：《全陳詩》卷四陳後主叔寶有〈同江僕射遊攝山棲霞寺詩〉《全陳詩》卷八則收江總〈入攝山棲霞寺詩〉。觀察宮廷游宴，賦詩助興，風雅競才原爲王室權貴、朝臣文士的常態活動。尤其梁、陳二朝，君主、王侯除了贊助文學創作之外，本身即是詩壇盟主，於是君臣賞游山水，宴聚賦詠，然後寄題，自然成爲一種時潮。陳後主這首詩主要就攝山棲霞寺寺景發言，其以精緻細密的觀，作一美感呈現；完成了六朝以來「極貌寫物」「巧言切狀」的審美訴求。同時又借機對江總「勿言無大隱，歸來即朝市」的出俗之志做了讚揚，但結語話風一轉，卻仍希望江總留在市朝之中。至於江總詩則是一首寫山水而苞明理的作品。這首詩前還附有一段序文，將江總屢次訪遊棲霞山寺的始末及其心志作了一個清楚的交代：「壬寅年十月十八日，入攝山棲霞寺，登岸極峭，頗暢懷抱。至德元年癸卯十月二十六日，又再遊此寺，不法司施菩薩戒。甲辰年十月二十五日，奉送金像還山，限以時務，不得恣情淹留。以四年十一月十六日，更獲拜禮，仍停山中宿，永夜留連，悽神悚聽，但交臂不停，薪指俄謝，率製此篇，以記即目，俾後來賞者，知余山志。」由是知詩人賞覽自然，覺察穹宇時空之浩渺難測，因此落筆於詩中。另外值得注意的是詩人詩詠製篇，留題寺壁，期使後之覽者，知其山志，有感於斯文，實已出現詩題傳播之意圖。

3. 郭密之〈永嘉經謝公石門山作〉（卷八八七）云：「謝客今已矣，我來誰與朋」，其〈永嘉懷古〉（《全唐詩補逸》卷之五）亦云：「緬懷謝康樂、逸興滿雲林，清詞冠宇宙……嘗遊石門裡。」

另丘丹〈奉使過石門瀑布〉并序（卷八八三）其序有言：「謝康樂、宋景平中爲永嘉守，有宿石門巖上詩，予六代祖梁中書侍郎（按即丘遲），天監中有過石門瀑布詩。後亦爲守此郡。小子大曆中奉使，竊有繼作，雖不足克紹祖德，追蹤昔賢，蓋造奇懷感之志也。」

檢索結果：《全宋詩》卷二收謝靈運〈石門岩上宿詩〉，而丘遲詩已佚。其中謝詩分由形色與聲色兩個角度來組構石門岩上的景觀，所謂弄月與木落暗藏雲動風發的消息，而萬籟聲響以清越襯點寂寂。末尾由客體的賞鑑又回到主體的省覺。而根據《宋書》卷六七《南史》卷十九〈謝靈運傳〉記載：「（謝）出爲永嘉太守、郡有名山水，靈運素所愛好，出守既不得志，遂肆意游遨。……所至輒爲詩詠題紀，以致其意。」乃知謝康樂賞山愛水，遨游之處，多有賦題。

4. 白居易〈遊石門澗〉（卷四三〇）有云：「常聞慧遠輩，題詩此巖壁。」據楊愼《升庵詩話》引《東林寺志》謂其曾見有晉釋慧遠〈遊廬山詩〉古石刻。另由流傳于東晉署名爲廬山諸道人，以高僧慧遠爲首的〈游石門詩序〉中亦提到石門奇景「傳三千舊俗，而未睹者眾」。丁福保更以高僧慧遠隱居廬山多年，故疑此次遊石門與慧遠有關。實際上這次遊覽，具有開發的性質，而在詩序中，更明揭「山水嫵媚，幽人矚覽無厭；而詩音照景，山水亦驚逢知己。」的情景相生，主客交融等高度自覺的美感經驗。這首梵音清唱係從遊覽引發談玄悟道，詩中多用莊子語，借道說佛，是而美景、神趣與道境，令人無限神往。因此，在經過將近五百年以後，還激發了詩人白居易的興趣，親自遊歷廬山石門，一訪慧遠的題紀遺跡。〔註8〕

〔註 8〕 《太平寰宇記》：「石門澗在廬山西懸崖對聳，形如關。當雙石之間，懸流數丈，有一石可坐二十許人。」另〈游石門詩序〉參見吳功正：《六朝園林》（南京出版社，1992 年初版）頁 64～68。

檢索結果：釋慧遠〈遊廬山詩〉《晉詩》卷二十：「崇岩吐清氣，幽岫棲神跡。希聲奏群籟，響出山溜滴。有客獨冥遊，徑然忘所適。揮手撫雲門，靈關安足闢。流心叩玄扃，感至理弗隔。孰是騰九霄，不奮沖天翮。妙同趣自均，一悟超三益。」

5. 劉禹錫〈湖州崔郎中曹長寄三癖詩自言癖在詩與琴酒其詞逸而高吟詠不足昔柳吳興亭皋隴首之句王融書之白團扇故為四韻以謝之〉（卷三五七）中云：「會書團扇上，知君文字工。」知其佳句曾題扇。

檢索結果：《全梁詩》卷八收有柳惲《擣衣詩》五章，中第二章云：「行役滯風波，遊人淹不歸。亭皋木葉下，隴首秋雲飛。寒園夕鳥集，思牖草虫悲。嗟矣當春服，安見禦寒衣。」即劉詩所言「亭皋隴首」之句。全詩在敘述遊人行役，秋深露寒，閨婦思君不歸，杵衣聲聲，相思之意淒切，盼歸之情殷深，纏綿婉轉，動人心弦。復考索《南史》卷三八〈柳惲傳〉記載：惲立性貞素，以貴公子早有令名，少工篇什，為詩云：「亭皋隴首」之句，琅琊王融見而嗟賞，因書齋壁及所執白團扇，是知其詩不僅書於扇面亦為題壁之詩。

6. 唐元和年間，白居易〈宣州崔大夫閣老忽以近詩數十首見示吟諷之下竊有所喜因成長句寄題郡齋〉（卷四五八）中有云：「謝玄暉歿吟聲寢，郡閣寥寥筆硯閑，無復新詩題壁上，虛教遠岫列窗間。忽驚歌雪今朝至，必恐文星昨夜還，再喜宣城章句動，飛觴遙賀敬亭山。」

檢索結果：白詩中所提及之謝詩為〈郡內高齋閒望答呂法曹詩〉，是其在宣城太守任內答呂僧珍的作品，其言宣城山水佳妙，中有「窗中列遠岫，庭際俯喬林」之名句，尤見詩感靈動，取景妍妙。此詩收入《全齊詩》卷三。是此好風佳景，詩人才士，豈可輕負，於是莫不即興揮灑，以瑤華題贈，引為山水知音。

7. 另白居易〈送劉郎中赴任蘇州〉一首提及「宣城獨詠窗中岫，柳惲單題汀上蘋」（卷四三○），分為謝朓、柳惲之詩。

檢索結果：其中前句再度提及謝朓〈郡內高齋閒望答呂法曹詩〉中題壁於郡閣之名句「窗中列遠岫，庭際俯喬林」（《全齊詩》卷三）；後者據清、汪立名註：白蘋洲芳菲亭中有柳惲〈江南曲〉（《梁詩》卷八）云：「汀洲采白蘋，日落江南春。洞庭有歸客，瀟湘逢故人，故人何不返？春華復應晚，不道新知樂，祇言行路遠。」則充滿思人不歸的想念。以上（5）、（7）兩首俱見柳惲的詩題，也都是魏晉六朝題壁詩中其內容與山水遊宴無關的詩作。

故以魏晉題壁詩為例作一觀察：其內容有五首與人事相關：馬岌〈題宋纖石壁詩〉、陶宏景〈題所居壁〉、陸山才〈題吳閶門詩〉、柳惲《擣衣詩》、柳惲〈江南曲〉；其詩或者感慨世道不行，或者譏刺傷廉惌義之行，或者歌頌淡泊修隱的高行，或者傳遞悠悠綿密的思情。而有九首是為寫景宴遊記題的歌詠。計為：王褒〈明慶寺石壁〉、釋慧遠〈遊廬山詩〉、南平王劉鑠〈過歷山湛長史草堂詩〉、湛茂之〈歷山草堂應教〉、江淹〈無錫縣歷山集詩〉，謝靈運〈石門岩上宿詩〉、謝朓〈郡內高齋閒望答呂法曹詩〉、陳後主叔寶〈同江僕射遊攝山棲霞寺詩〉、江總〈入攝山棲霞寺詩〉。其中包括名家謝靈運、謝朓的山水記趣的題寫，另收錄有二組君臣同遊共詠、以記歡情的篇章；是為〈過歷山湛長史草堂〉詩組、〈入攝山棲霞寺〉詩組。倘若依循詩人的創作背景作一觀察，大抵仍以文士為多、次為僧家。而許多詩題活動亦已漸漸脫離早期展示書法功能的階段，而走入了即景抒情、因物寫志為主要的訴求，於是詩歌之中，不僅有所喜、有所悲、有所驚、有所悟，而風流傳後，以期相感共鳴的姿態更是躍然於墨題銘刻之間了！另外在傳播功能上，效益增大。尤其值得一提的是題寫的作品跨越時空，激發了讀者進行二次題壁之再傳播行為。舉如〈過歷山湛長史草堂詩〉詩組：宋、南平王劉鑠、湛茂之是一題；梁、江淹是二題，

唐、丘丹是三題。而題寫詩作的地點以山林寺廟爲最多，其內容主題
每每不離賞玩自然，觸景感悟；宴飲助歡，紀趣留情。則此又正是其
游宴唱酬的生命經驗的反映。更證明了題壁詩歌這個活動，實與當時
文化風習、文學風潮（如魏晉之與山水詩歌之發展、與宦遊生涯共詠，
與宮廷遊宴同調）的軌跡密切相合。

　　總結言之，兩漢魏晉以降，題壁文字先與畫壁繪事相附；此一時
期雖不乏抒情寫志之跡，但主要的功能實爲解圖、銘記與教化，是在
爲藝術、道德、宗教、政治效忠的性質。其後，受六朝禮佛之習相染，
復與山水詩風合流；已有雅愛自然的題壁詩作的流傳。一些名僧雅士
舉如慧遠題詩嚴壁，已如上述。而著名的山水詩人謝靈運這一時期所
出現的題壁作品亦多與記遊山水有關。同時，除了爲山水服務的這個
特質之外，題壁的方式已被視爲傳播手段的一種，再加上得到書法美
學的烘托，益發提高了傳播的效率。可惜這一時代的文學活動仍然籠
罩在貴遊集團的手中，所以題壁之風並未普遍流行。一直要等到唐帝
國興起，詩歌成爲唐人普及的、生活的語言，題壁詩才發揮了其「大
眾傳播」的魅力，對於唐詩的傳播，產生了重大的作用。

第四節　唐代題壁詩產生的背景

一、唐代的詩風鼎盛

　　我國古典詩歌，經過兩漢、南北朝到達隋唐，出現了新的創作高
潮，根據《全唐詩》錄存之作品有四萬八千九百餘首，合以《全唐詩
外編》之輯佚補錄，則達五萬首。有姓名可考之作家兩千多人。這樣
豐富繁榮的詩歌參與和創作成果，在二百八十多年的唐治歷史上，眞
是一個使人驚歎的奇觀。明、胡應麟《詩藪外編》論及唐詩之盛時曾
這樣說：「其體則三四五言，六七雜言，樂府歌行，近體絕句、靡弗
備矣！其格則高卑遠近，濃淡淺深，巨細精粗，巧拙強弱，靡弗具矣，
其調則飄逸渾雄，沈深博大，綺麗幽閒、新奇猥瑣、靡弗詣矣，其人

則帝王將相，朝士布衣、童子婦人、緇流羽客、靡弗預矣！」〔註9〕

　　然而，詩歌不只是浸入創作的園地開出了璀璨的花朵，詩歌更滲入了社會的生活，成為大眾化的精神食糧。以皇宮掖庭之中為例：唐時才人藝士行卷歌篇人主多有傳詠，如韓翃、馮定、戎昱、錢起諸人詩句，皆所崇尚。〔註10〕兼以唐人詩集復多出於人主下詔編進，如王維、皎然、駱賓王、上官婉兒諸屬，無論釋子婦女與罪臣。〔註11〕其餘微行謟訪者還有宣宗之袖卷盧渥詩〔註12〕，愛賞搜詩者如文宗之得盧綸詩章五百〔註13〕，皆可見人主之大力獎倡。至若文臣貴族之間，社會地位之升降亦往往隨由詩譽而起落：舉如《獨異記》載陳子昂碎名貴胡琴遍贈詩文之事，於是一日之內，聲華溢郡。建安王乃辟為書記。〔註14〕《新唐書‧李頻傳》中記李頻長於詩，給事中姚合大加獎挹，以女妻之。還有詩仙李白的一首〈蜀道難〉，賀知章賞異稱嘆再三，因解金龜換酒，與傾盡醉，期不間日，由是稱譽光赫。〔註15〕同時文人之間常有詩藝切磋，其對詩壇動態均十分熟悉，如蘇味道、張昌齡互引對方之句「金銅釘」、「銀花盒」諧音相戲；白居易謂張祜有「款頭」詩，張祜則誦白居易之「目連變」。〔註16〕這些都是上層社

〔註9〕　胡應麟：《詩藪外編》卷三、唐上，頁479。

〔註10〕　胡震亨：《唐音癸籤》卷二七。

〔註11〕　同前註。其略言：「王右丞等乃諸人之在朝籍者。吳興晝公乃釋子耳。……更可異者駱賓王、上官婉兒、身既見法仍詔撰其集傳于後，……不泯其名。」

〔註12〕　計有功：《唐詩紀事》卷五九「盧渥」條。

〔註13〕　王讜：《唐語林》卷二。

〔註14〕　計有功：《唐詩紀事》卷八「陳子昂」條。

〔註15〕　孟棨：《本事詩》「高逸」。

〔註16〕　孟棨：《本事詩》「嘲戲」記載張昌齡、蘇味道互謔事，張昌齡自謂不及蘇相公者乃無「銀花盒」也，此諧蘇味道〈正月十五夜〉詩首句：「火樹銀花合」之句。蘇味道則指其雖無「銀花盒」，但有「金銅釘」。此蓋張有「昔日浮丘伯，今同丁令威」之句，為「今同丁」之異字。另有白居易指張祜詩「鴛鴦鈿帶拋何處，孔雀羅紗付阿誰」乃「款頭」詩，張祜則指白詩「上窮碧落下黃泉，兩處茫茫皆不見」為「目連變」。

會詩風流行的情形。在這樣的薰陶下，詩人們吟詩的年齡層也有降低的趨勢。《唐音癸籤》卷二八即記載了許多詩人早慧的例子。如此一來，風行草偃，詩歌在民間社會也得到了普遍的流傳，舉如〈巫山高〉詩板的大量製作與流傳〔註17〕，又如梨園競唱王維「紅豆相思」之詞〔註18〕。此外，王之渙等人有「旗亭畫壁」的美談流傳〔註19〕、長安街市出現「白舍人行詩圖」的奇景〔註20〕以及宣宗美贊樂天詩不但童子解吟，而且胡兒能唱。〔註21〕其影響所及，甚至出現詩以療疾〔註22〕、詩以罷毆、詩以免剽〔註23〕的功能。其傳播載體亦無奇不有，除題詩於壁，陸路有詩囊（羊士諤）、詩筐（姚合）、詩板（李端）、詩筒（白居易）、詩箋（薛濤），水路有詩瓢（唐球），甚至紅葉傳詩（盧渥、顧況等），都成佳話。而作家群中除知識份子能文曉韻，釋子能詩亦造成「詩僧」這個新興的社會階級。以《唐才子傳》為例，其就為靈澈、皎然立有專傳。而婦女之中亦不乏善詩者，如上官婉兒、薛濤校書皆名重當時。這都說明唐人愛詩識詩者特多，其嗜吟唱詠，實已成癖。在這樣的一個朝野風靡的熾烈詩風的籠罩下，乃至於「無人、無時、無地、無事」不可納入吟詠，於是詩作發表不僅是一種慾望而已，它成為一種習慣；詩作流傳也不僅是詩人夢寐以求的心願，

〔註17〕《全唐詩》卷十七鼓吹曲辭即收有〈巫山高〉詩十三首。

〔註18〕計有功：《唐詩紀事》卷十六「王維」條。

〔註19〕辛文房：《唐才子傳》卷三「王之渙」條。

〔註20〕段成式：《酉陽雜俎》卷八載荊州人葛清自脖子以下遍以白樂天詩刺青於其身，體無完膚事。

〔註21〕宣宗皇帝〈弔白居易〉（卷四）云：「童子解吟長恨曲，胡兒能唱琵琶篇。」

〔註22〕王讜：《唐語林》卷二言杜甫善鄭廣文，嘗以花卿及姜楚公畫鷹歌示鄭，鄭曰：「足下詩可以療疾。」他日，鄭妻病則觀以「子章髑髏血模糊、手提擲還崔大夫」句，如不瘥，即云「觀者徒驚帖壁飛，畫師不是無心學」，未間，更有「太宗拳毛騧，郭家師子花」句。如又不瘥，雖和扁不能為也。

〔註23〕胡震亨：《唐音癸籤》卷二六云：「王穀舉平生得意之句，市人為之罷毆，李涉贈相逢莫避詩，夜客為之免剽。」

它成爲詩人努力經營的事業。而題壁詩遂以兼具發表與流傳雙重便利的特質在這塊適宜的土壤中得以生發。

二、唐代題壁風氣的流行

關於唐代題壁風氣的流行，可分從「前朝題壁活動的承襲」以及「本朝題壁活動」二個方向進行觀察。溯源「題壁風氣」之始，并非創發自唐。前人典籍之中記載繪事於壁，石刻紀傳的事例甚多，主要以畫壁的活動爲主，其地點除宮殿寺院外，郡府廳事，以及祠廟壚墓石室之壁間，往往有之；有關內容之應用：除個人（鬼神賢聖）畫像外，有作歷史故實之描摹、風格現狀之寫眞，動植飛潛亦能隨景點綴。〔註24〕而詩作題壁亦見活動，作品雖多出自貴族文人之手，然名士庶民題壁，佳作憑覽，吟詠流賞之風已開。此爲前朝題壁活動之概況。〔註25〕唐人在這樣的基礎上發展，其題壁活動的面貌更形多樣。包括有：

1. 壁　畫

一承漢魏六朝之遺跡，壁畫之發展至唐極盛，無論道釋人物、山水、禽獸、龍馬以及其他雜畫，皆有名家。蓋因唐朝佛道二教極盛，佛寺道觀亦風起雲湧，而壁畫亦隨之發達。統計唐時有佛畫道畫者一百七十五寺，畫功臣人物者有七寺，畫山水樹石者二十二寺，畫禽獸水族者十二寺，畫儀杖法物者三觀二百堵。所畫寺壁之多，爲歷代之冠。試以杜甫歌行證之，其所流連歎詠者如吳道子、韋偃、曹霸、王宰諸人之作品，皆壁畫也。段成式《酉陽雜俎》中更詳盡的記載有各寺廟的題畫題詩的情形；包括有吳道子、韓幹、王維、楊法成、王昭隱的繪畫，以及玄幽、廣宣、陳至、興元鄭公、楊德麟之題詩、眞所謂「漫題存古壁，怪畫匝長廊」（張善繼語）。若以地點論，其時壁畫

〔註24〕 鄭昶：〈中國壁畫歷史的研究〉見何懷碩主編《藝海鈎沈‧近代中國美術論集》第二冊（台北：藝術家出版社，1991年）頁95～118。
〔註25〕 參見本章第三節「唐以前的題壁活動」之敘述。

不只限於寺院，宮室之中亦多有之。舉「慈恩寺」爲例，王維與畢宏、鄭虔曾各畫一小壁於大殿東廊，時號「三絕」（《唐朝名畫錄》）。若以畫家論，其中吳道子一人所畫牆壁約三百餘間，凡變相人物、奇蹤異狀無有同者。此外，更有君臣一同題詩畫壁的記載，如鄭嵎〈津陽門詩〉云：「烟中壁碎摩詰畫，雲間寺失元宗詩。」其註云：「石甕寺有紅樓，……樓中有元宗題詩，草八分，每一篇一體，王右丞山水兩壁，寺毀之後，皆失之矣。」且其不限於畫佛像人物，亦進於畫山水花鳥矣。如張說在〈灉湖山寺〉（卷八六）中記有「楚老遊山寺，提攜觀畫壁」的句子，另如柳公權〈題朱審寺壁山水畫〉（卷四七九）亦言「與君一顧西牆畫，從此看山不向南」、李白的〈當塗趙炎少府粉圖山水歌〉（卷一六七）所云：「名公繹思揮彩筆，驅山走海置眼前」，都說明了以畫飾壁，時人賞嘆的情形。

2. 壁　記

　　《封氏聞見記》卷五〈壁記〉曰：「朝廷百司諸廳皆有壁記，敘官秩創置及遷授始末，原其作意，蓋欲著前政履歷而發將來健羨焉。……然則壁記之由，當自國朝以來，始自台省，遂流郡邑耳。」可知這樣的建置自唐始有，後代不復見傳。同時，唐朝本身亦有變革，例如由於壁記墨書，易于漫滅剝落，故自開元時起，尚書省中即以石柱代替壁記，然刻題之前亦需先行書題，依跡而鏤鐫之。考今留存之壁記的文獻於中央有〈尚書省郎官石柱〉和〈御史台精舍碑〉、元稹〈翰林承旨學士院記〉，丁居晦〈重修承旨學士壁記〉等，另李華寫作壁記甚多，除〈中書政事堂記〉、〈御史大夫廳壁記〉、〈御史中丞廳壁記〉、〈著作郎廳壁記〉外，於地方則撰有杭州、衢州、常州、壽州四州刺史廳壁記等，此外白居易〈江州司馬廳記〉以及孫樵〈書褒城驛壁〉皆是壁間文字，由於所佔間幅較大，書題尤屬不易。

3. 書　壁

　　有唐一代近三百年間（西元 618～907 年），書法名家如雲，呈現

了空前的盛況。而唐銓擇人，以「身言書判」四法，其三即為書學。復以印刷在唐代尚未普遍行用，多以手抄之風傳書，從而為後世遺留下了大量寶貴的書跡。其中有許多題寫在牆壁上的，舉如有名的書法家「顛張狂素」。前者有「唐張旭肚痛草書帖」，其人放誕不羈，每趁醉疾書，甚至以頭濡墨作大字，恒以牆作紙，至壁無全粉。後者懷素練筆初以芭蕉葉上題詩，後憑數十間粉壁長廊提筆直書，如雲行雨施，致滿壁縱橫。誠如貫休所言「醉來把筆獰如虎，粉壁素屛不問主」（〈觀懷素草書歌〉卷八二八）。他如嚳光上人的一管紫毫，常在「人家好壁試揮拂」（吳融〈贈嚳光上人草書歌〉卷六八七）；還有名詩人賀知章在洛中寺北樓的牆壁上曾留下龍騰虎躍的筆蹤（劉禹錫〈洛中寺北樓見賀監草書題詩〉卷三五九）；而擅長篆隸二體旳貫休在東林寺也有「墨跡兩般詩一首」（黃滔〈東林寺貫休上人篆隸題詩〉卷七〇六）。此外，柳公權、顏真卿、楊凝式都有題壁詩的流傳，尤其是晚唐五代的楊凝式，筆跡雄強，將洛陽寺廟的牆壁幾乎題寫務盡。可見當時的書法家在題寫的時候往往基於書文并麗的特質，選擇了用詩品展現他的書法，留於壁上，以供覽閱。是而書法與文學在同一帖裡相輔相成，成為一體之兩面。

4. 題 名

唐代社會頗重科舉，蓋因唐制科舉取士，由此服官被認為是仕宦的正途，其中尤以進士為時所尚，因此士子中進士登科第，人稱登龍門。其光彩榮盛，猶頭上有七尺焰光。〔註26〕放榜之日，及第舉人照例拜謁座主謝恩，且有曲江會讌，寺塔題名的活動。王定保《唐摭言》卷三云：「神龍以來，杏園宴後，皆於慈恩寺塔下題名，同年中推一善書者紀之，他時有將相，則朱書之，及第後知聞，或遇未及第時題名處，則為添『前』字。」白樂天一舉及第，詩曰：「慈恩塔下題名

〔註26〕封演：《封氏聞見記》卷三「貢舉」略言：「當代以進士登科為「登龍門」。」又云：「進士初擢第，頭上七尺焰光。」

處，十七人中最少年。」〔註27〕另外，鄭谷〈賀進士駱用錫登第〉（卷六七六）云：「題名登塔喜，釀宴爲花忙。」劉滄〈及第後宴曲江〉（卷五八六）也提到「紫毫粉壁題仙籍」、《全唐詩》卷七○九徐夤的一首〈塔院小屋四壁皆是卿相題名因成四韻〉中所謂：「題名盡是台衡跡，滿壁堪爲宰輔圖」，都說明了雁塔題名的風習。這個風氣一推展開來，便不只「及第題名」一端；有謂「三省壁中題姓字」〔註28〕；有謂「門前粉壁上，書著縣官名」〔註29〕；他如送別亦可以題名，如張籍〈送遠曲〉（卷三八二）：「願君到處自題名，他日知君從此去。」又如〈送元宗簡〉（卷三八六）：「明日城西送君去，舊遊重到獨題名。」一是要對方題名，一是自己書名，皆見惆悵留跡記情。還有賞遊題名者，如羅隱〈秋日禪智寺見裴郎中題名寄韋瞻〉（卷六五六）：「野寺疏鐘萬木秋，偶尋題處認名侯」。又如《全唐詩續補遺》卷一收李世民〈題龜峰山〉也有「遊山宰相書名字」的詩句。另如李湯題名昭應縣樓、裴度題名華岳關門都是。此外，有題記內容除題名外兼紀事說明者，如《金石萃編》卷七九有鄭縣尉李憺於開元二十四年六月向陝虢州點覆，事了過京，在〈華嶽題名〉，其內容包括時地人物事，不僅於名字而已。而細察兩京大道上遊旅頻繁，其題名地點以華嶽廟、潼關等地多見，蓋因兩京驛路唐人題名之習大約起於開元中玄宗封華嶽神爲金天王時之故。而根據歐陽修《集古錄》中記載認爲「題名之習」是由於「好名之風」：「人之好名也，其功德之盛，固已書竹帛，刻金石，以垂不朽矣。至於登高遠望，行旅往來，慨然寓興於一時，亦必勒其姓名，留於山石，非徒徘徊俯仰，以自悲其身世，亦欲來者想見其風流也。」不啻正點出了題名者的心態。

　　以上這些於壁巖屋牆的題寫活動，詩人文士看在眼裡，揮諸筆

〔註27〕王定保：《唐摭言》卷三。另張籍〈哭孟寂〉（卷三八六）中有類似的詩句，謂：「曲江院裡題名處，十九人中最少年。」
〔註28〕劉禹錫〈客有話汴州新政書事寄令狐相公〉中云：「三省壁中題姓字，萬人頭上見儀形。」
〔註29〕王建〈原上新居二十首〉第九首（卷二九九）。

下，自然十分順手地亦將詩作題壁，所謂詩是無形畫，畫是有形詩，詩畫既是姊妹藝術，畫壁之風大盛，壁詩豈能無動。《唐詩紀事》卷四十八「韋渠牟」條下就記載著韋渠牟嘗著〈天竺寺〉十六韻，魯郡文忠公序引而和之，并使畫工圖於仁祠，摘句配境，偕為勝絕。此乃畫壁與題壁詩結合，互相輝映之證。兼以詩篇的長度恰居於壁記與題名之間，長短適中，兼合情誼（壁記文枯，題名字簡），詩家作手即興創作，暢快賦題，復輔以好書秀字，益發突顯題壁之價值。於是在此題壁風習之助揚下，題壁詩乃於唐特盛。

三、唐代傳播環境的發展

拜國力旺盛，種族融合之賜，古中國的政治、經濟、文化、科技、教育和學術的發展在唐代都到達了頂峰。其中傳播事業也隨著經濟的發達，交通的便利，城市的擴張而進步著。以官方的傳播組織系統言，唐玄宗開元年間，出現了一種把朝廷政事動態「條布於外」的「報狀」，通過朝廷管轄之傳播據點（如地方府廳與驛館）向各級官吏傳抄發布。安史之亂後，藩鎮勢強，各自設有進奏院抄傳朝廷「報狀」以自行傳送，謂之「進奏院狀報」。此被視為原始形態的報紙，其傳播範圍僅限於京城和藩鎮的各級官吏間。對一般百姓的宣傳則多在市集通衢張貼榜示以公告周知。此乃屬於「政事傳播」。〔註 30〕至於「文化傳播」亦未留白：內廷每製詩文其佳者或以寫本分賜外州，或題詩座右以為戒示，更慎重其事的如德宗的〈中春麟德殿會百僚觀新樂詩一章章十六句〉（卷四），其題註云：「先令太子書示百官，……復由中書門下謝賜詩，請頒示天下，編入樂府。」這指得是由上及下的傳播。至於由下向上的管道亦通，如唐太宗嘗遣蕭瑀等人「巡省天下，觀風俗之得失」。朝中以「聖主待遺文」〔註 31〕乃設圖書採訪史，進行

〔註 30〕 「政事傳播」之敘述略見尹韻公：〈古代中國社會的傳播現象〉《昨天與今天》（四川：成都出版社，1992 年 5 月）頁 137～162。
〔註 31〕 韋應物〈送顏司議使蜀訪圖書〉（卷一八九）。

「萬里採風謠」〔註32〕。考諸《全唐詩》中就得儲光羲送沈校書吳中搜書（卷一三九）、韋應物送顏司議使蜀訪圖書（卷一八九），戴叔倫詩送崔峒江淮訪圖書（卷二七三），李端送耿湋江南括圖書（卷二八五），司空曙送李嘉祐括圖書（卷二九三）、錢起送崔八叔括圖書（卷二三八）等諸詩例。同時，白居易與劉禹錫亦分別針對太和、戊申年間觀稼盛事曾經敬書所感以俟采詩（分見卷四四九、卷三五七）。然美中不足之處是此管道或因人主之易而有壅閉。因而民間自行的傳播活動乃起，以補不足。此以元稹在〈白氏長慶集序〉中所言，最能該勒個中情況：「（樂天詩）……二十年間，禁省觀寺，郵侯牆壁之上無不書，王公妾婦牛童馬走之口無不道，至於繕寫模勒，衒賣於市井，或持之以交酒茗者，處處皆是。」由此知唐朝文學之傳播要之不出傳唱、題壁、傳鈔這三大途徑。其中題壁一途跟隨著唐代完備發達的交通網路佈線設管，向流動量最大，無階級地位設限的傳播人口進行了「露布傳播」〔註33〕，所謂「篇章傳道路」，「詩名播人間」，這種不但收到速效、時效，更往往引發讀者的迴響，進行二次題壁之再傳播行為。是就傳播效益言，雙向的傳播之功實非單向的傳播所能及，因而一有佳句逸興，每向壁間題去。

四、唐代文士生活習尚的改動

　　唐代的文士團體主要的組成份子為寒士。這些寒士在社會中競逐竄升的過程中，一旦登上仕途可能迅速地轉化成為新貴集團。但由於這種轉變並非世襲，所以不斷有新的寒士在政治舞台上嶄露頭角，這使得他們在功名的追求上不致毫無希望，因此態度積極。在這樣的心態和環境下，文人的生活習尚勢必要作調整以配合他們的志向追求和生命經驗。第一個就是讀書山林寺院的習尚。由於山寺提供了良好

〔註32〕 戴叔倫〈送崔拾遺峒江淮訪圖書〉（卷二七三）。
〔註33〕 胡震亨：《唐音癸籤》卷八：「露布，捷書之別名也。……蓋自漢以來有其名，所以露布者，謂不封檢，露而宣布，欲四方之速聞也。亦謂之露板。」

幽雅的讀書環境，甚至提供了免費膳宿的待遇（或以做些雜務如隨僧洗缽以易食〔註34〕）。寒士由於經濟上的需要，所以往往借山寺寄居、讀書。如顏眞卿好居佛寺（〈泛愛寺重修記〉《全唐文》卷三三七），伍喬、李端皆曾隱居廬山讀書（《唐才子傳》卷七、卷四），王播客居揚州惠昭寺修業（《唐摭言》卷七）、韋昭嘗依左街僧錄淨光大師隨僧齋粥（《唐摭言》卷七）等俱是其例。第二個是漫遊的風氣，唐代文人一生中大多有一段漫游的經歷，舉如入仕之前，進京參加試舉召辟，必須離鄉遠遊；倘若登第，無論外任府縣或是奉敕出行，皆是一段宦游生涯；而落第仕子更借浪跡山水以取得自解、自適，已被再行參試；至於因緣幕府以躐級晉身者，以及更有遠赴邊塞者，旅程遊涉尤廣。第三個是遊宴唱酬的時尙。王讜《唐語林》卷二有言：「長安春時，盛於游賞。」卷六又言：「長安風俗……貞元侈於遊宴。」胡震亨《唐音癸籤》卷二七更見這樣的文字：「唐時風習豪奢，如上元山棚誕節舞馬，賜酺縱觀，萬衆同樂。更民間愛重節序，……文人紀賞年華，槪入歌詠。……朝士詞人有賦、翌日即傳京師，當時倡酬之多，詩篇之盛，此亦其一助也。」而除了宸游歡賞，民間的文會亦盛，舉如楊師道「安德山池宴」、高正臣「晦日置酒林亭」、裴令公「綠野堂園林會」等，其中文臣才士游讌聯句，歡會纏綿，自不乏文士逞才競詩者；如《唐語林》卷三言郭曖尙昇平公主設宴賦詩，李端稱最。又如《唐摭言》卷三中有楊嗣復大宴新昌里第，楊汝士賦詩壓倒元、白之事。《唐才子傳》卷四「錢起」條下也說「江淮詩人滿座，而起（錢起）擅場。」是而林泉社會，文字雅飮，已成文士之一生活節目矣！第四個是干謁於時的習慣。唐世科舉，專付主司，并不糊名。是其甄選方式相對地公開，故而考生試前多先投剌行卷。正如趙彥衛《雲麓漫鈔》卷八云：「唐之舉人，先藉當世顯人，以姓名達之於主司，然後以所業投獻，踰數日又投，謂之溫卷。」此舉再三，除試探文風

〔註34〕 王定保：《唐摭言》卷七「起自寒苦」云：徐商相公常於中條山萬國寺泉入院讀書，家廟碑云：隨僧洗缽。

外，更想借此建立聲望，以求賞延。比如世傳王維因岐王引薦，初以鬱輪袍一曲，後復進詩卷爲公主所賞異，遂作解頭，一舉登第。（見趙殿成《王摩詰集箋注》遺事類）而白居易之以歌詩謁顧況事〔註35〕，韓愈、皇甫湜聯合署題牛僧孺居室之門，以造其身價〔註36〕等，由此可知唐時文士的生活習尚實與科舉社會聲息相通。而題壁詩發展的軌跡正與此一社會脈動相合——由於文士的生活習尚在唐代產生這樣的改動，造成唐代士子的喜於題詩於板壁，以抒情寫志，誇才競技，於是文學活動乃益發更趨多元。譬如題壁詩作的地點經統計以山林寺廟爲最多，其內容記行述勝、憑景陳意，這顯然與唐代文士讀書山寺以及漫遊山水的風氣關係密切，誠白居易所謂「逢山輒倚櫂，遇寺多題詩」〔註37〕；而觀察題壁詩作亦常見宴飲助歡、紀趣留情的主題，此則當是其游宴唱酬的生命經驗的反映；至於投刺行卷本身就是一種有意圖的傳播行爲。且題詩於壁的這種公開展覽作品的作爲，邀譽造勢，極易引起時人（包括主考官）的注意，舉如章八元的題壁受到嚴維的愛賞；徐凝牡丹詩題慈恩寺，白居易吟誦不絕。此皆說明了題壁活動亦可借以彌補行卷干謁之不足。因之，由唐人的生活習尚觀察體會，自不難想像題壁詩作在其手中靈活運用的情形。

　　是而，題壁詩在唐代詩風鼎盛以及題壁風氣流行的大環境下生發，配合當時傳播環境的發展，文士生活習尚的追求改動等有利條件的滋養，於是在不同的地點分別展現了不同的面貌。

〔註35〕　同前書卷七云：「白樂天初舉，名未振，以歌詩謁顧況，況謔之曰：『長安百物貴，居大不易。』及讀至〈賦得原上草送友人詩〉曰：『野火燒不盡，春風吹又生。』況歎之曰：「有句如此，居天下有甚難！老夫前言戲之耳。」

〔註36〕　同前書卷七云：「……吾子（牛僧孺）之文，不只一篇，當垂名耳。」因命於客戶坊僦一室而居，俟其他適，二公訪之，因大署其門曰：『韓愈、皇甫湜同訪幾官先輩，不遇。』翌日，自遺闕而下，觀者如堵。……由是僧孺之名，大振天下。」

〔註37〕　白居易〈自問行何遲〉（卷四四四）。

第二章　題壁詩的題寫處所

　　整體而言，詩作題壁的活動不但是一文學創作的活動，亦是一種文學傳播的活動。蓋因題壁詩歌的流傳途徑大約是從作者傳到讀者／觀者，從較少的閱眾傳於更廣泛的閱眾，從較狹小的地區傳播於更廣闊的地區，從當代傳於後世。而題壁詩在此傳播活動中即成爲一重要的媒介，其活動效益爲傳播者（作者）及受播者（讀者）所共營共享。基於傳播本具活潑作用和擴大作用；而題壁活動的特色正是突破作者個人交往的範圍——熟識的小眾，將作品進一步推向陌生的大眾，更經口耳相傳，造成流行。因此，多見於公眾場所的題詩，其作品的題寫地點及其傳播效益便和讀者／觀者的分佈狀況同步同趨。哪裡人口密集，哪裡人潮流動快，哪裡對外交通往來便利，那裡出現題寫作品的頻率便較高。舉如寺廟觀宇香火鼎盛，名勝古蹟爲游人雅士之所賞愛，亭驛公廨是軍將、仕宦、商旅往來必經之地，還有城市街頭，酒館歌院等提供商品交易，民生娛樂的鬧區也容易聚集人潮。這些地方多有且極易出現題壁詩作。以下便依其題寫處所，分述於天然的屏壁、建物的牆壁，以及懸掛釘貼於牆壁的詩板、詩牌與詩帖三類題寫的情形。

第一節　天然的屏壁

　　人類對於自然山水的賞好，實源於其與山水風物親近的過程中感

受了身心愉暢，因而激發了審美的興味；是所謂流連景物，應接不暇；遐興遠致，野趣閒情，尤難忘懷。《佩文齋書畫譜》卷十三郭熙〈山水訓〉中即言：「山水有可行者，有可望者，有可游者，有可居者。」於是，不僅是文化士子，不僅是貴族王公，還有隱士僧徒，遊人過客都對山水自然懷有濃厚的興趣及感情。而往往就在游賞山水之中，人們的情感進而得到了淨化、心胸更形開闊。六朝蕭子顯曾說：登高極目，臨水送歸，蚤雁初鶯，花開葉落，有來斯應，每不能已。是以達官失意，窮士失職，或倡幽尋勝賞，以抒胸懷；或聊用亂思遺老，以爲不得已之慰藉。因此，在山巔水湄等天然屏壁的題詩中便多見其記江山之美、賞遊之歡。此外，間亦有抒發逍遙之思與寄託風騷之旨者。

溯自魏晉以來，名士和名僧相游山水的風氣已開〔註1〕，沿衍至唐，由於唐代文人一生之中，大多有一段漫遊的經歷，且多半在入仕以前或是落第、甚或謫貶之後。山水景物於是成爲他們漫遊生活中的侶伴，再加上一般文士僧侶風雅自適，多喜歡山居水行。於是天然的屏壁之上，總不乏山水清音的題紀。由於山勢天成，石壁聳立，故題寫方式可分刻題和書題二種。除了逕行書題以墨，其中以刻題較多，然刻題之前亦需先行以墨書之。較特別的是呂洞賓的〈熙寧元年八月十九日過湖州東林沈山用石榴皮寫絕句於壁自號回山人〉（卷八五八）一首中提到是藉著石榴汁液的留題。以下分別就詩名所標之題寫地點以題壁詩例舉以明之。

1. 山　壁

如皎然〈題山壁示道維上人〉（卷八一六）中言：「獨居何意足，

<hr>

〔註 1〕 魏晉名士、名僧相游山水的狀況，舉以會稽剡縣的游歷人士就有「戴逵、王洽、劉恢、許元度、殷融、郗超、孫綽、桓彥表、王敬仁、何次道、王文度、謝長霞、袁彥伯、王蒙、衛玠、謝萬石、蔡叔子、王羲之凡十八人，或游焉，或止焉」（見白居易《沃洲山禪院記》）。《建康實錄》亦載：「謝安寓居會稽，與王羲之，許玄度、支遁等游處，出則漁弋山水，入則言詠屬文，……至今皐屯之岩呼爲許玄度（許詢）岩也。」

山色在前門」；寒山亦有「閒於石壁題詩句」的吟詠（卷八○六）；王氏亦有〈書石壁〉（卷七九九）一首題於太原汭王灘石壁，今以太原二字入石仍存，邑人因以名其灘。另則天武后的〈石淙〉詩（卷五）并群臣侍宴應和詩十七首，由薛曜奉敕刻於北崖，是為鉅作。明皇帝的〈途經華嶽〉（卷三）亦曾在四方石壁上銘記歲月，蘇頲卷七四的奉和詩中亦曾提及「聖皇惟道契，文字勒巖隈」，俱見皇家手筆。

2. 巖屏／巖石

如李白〈登梅岡望金陵贈族姪高座僧中孚〉（卷一八○）云：「賦詩留巖屏，千載庶不滅」。另趙居貞〈雲門山投龍詩〉（卷二五八）序中言「余賦詩以歌其事（為開元神武皇帝祈福事），遂於巖前題刻石壁以紀之。」此外，韓愈的〈合江亭〉（卷三三七）題註亦言「唐人題刻散滿巖上」，因而「願書巖上石，勿使泥塵涴」。

3. 谷　壁

如錢起〈石門谷題孫逸人石壁〉（卷三三六）。

4. 山洞壁

如白居易〈十年三月三十日別微之於澧上十四年三月十一日夜遇微之於峽中停舟夷陵三宿而別言不盡者以詩終之因賦七言十七韻以贈且欲記所遇之地與相見之時為他年會話張本也〉（卷四四○）一詩，係題於三遊洞之石壁。又如武元衡於元和癸巳，領蜀七年後奉詔徵還，二月二十八日清明途經百牢關，也曾〈題石門洞〉（卷二一六），趙宗儒的和詩（卷三一八）中說武相公「更題風雅韻，永絕翠巖間」。另外書題於石洞的還有劉禹錫受薛景晦邀請一遊含輝洞，得見奇景，乃以詞為誌，書於洞陰。（《全唐詩續補遺》卷七）

5. 潭　壁

如劉希夷〈秋日題汝陽潭壁〉（卷八二）以及無名氏的〈碧玉潭〉（《全唐詩續補遺》卷二十一），其下註明其係刻於潭畔岩上。

6. 泉壁／澗壁

無名氏〈玉乳泉壁間詩〉（《全唐詩續補遺》卷二十一），以及

〈合水縣玉泉石崖刻〉（卷七八六）亦是無名氏之作。另有賈島〈紀湯泉〉一首（《全唐詩外編》頁 132）中言：「……但餘壁上詩，不見題詩人。……」另有白居易〈遊石門澗〉（卷四三○）乃題於山澗岩壁之上。

第二節　建物的牆壁

建築物的牆壁、門柱、窗楹是為唐人題寫的主要處所，此類之壁牆或為泥板、或為磚石，多係粉牆，是以書題為多，且由於題寫處所之不同，往往出現多樣的題寫內容。以下分就一、宮殿省部。二、寺觀廟宇。三、樓閣田園。四、館驛府縣。五、店肆里巷。等五類地點舉例，以明其題寫的概況。

一、宮殿省部

「宮殿」概指皇宮別院，為帝王執政起居之處。「省部」則泛指三省六部，係朝臣辦公值事之所。其或於壁、於柱，於門都有題壁詩作，此類題作內容多見宦場起浮，仕途前程的感慨與惕勵。

1. 宮殿壁柱

薛令之在東宮壁題〈自悼〉（卷二一五）詩，玄宗亦走筆〈續薛令之題壁〉（卷三）答題其傍。另《唐語林》卷七中有記載宣宗皇帝頗留意貢舉，每於殿柱題鄉貢進士之名，或於宰臣出鎮賜詩遣之有題。

2. 中書省壁

鄭綮〈題中書壁〉（卷八七○）。

3. 尚書省壁

鄭谷為尚書省都官郎中時，有〈故許昌薛尚書能嘗為都官郎中後數歲故建州李員外頻自憲府內彈拜都官員外八座外郎皆一時騷雅宗師則都官之曹振盛於此予早年請益實受深知今忝此官復是正秩豈唯俯慰孤宦何以仰繼前賢榮惕在衷遂賦自賀〉（卷六七六），詩中即有：「榮為後進趨蘭署，喜拂前題在粉牆」之句。

4. 門下省壁

杜甫〈題省中院壁〉（卷二二五）為乾元年間任門下省左拾遺的題作。

5. 御史台壁

武元衡〈台中題壁〉（卷三一六）云：「柏台年未老，蓬鬢忽蒼蒼。」知為御史台題壁。

6. 集賢閣壁

劉禹錫〈題集賢閣〉（卷三六〇）云：「曾是先賢翔集地，每看壁記一慚顏。」另白居易並有〈和劉郎中學士題集賢閣〉（卷四四九）之作。

7. 秘書省壁

林寬〈和周繇校書先輩省中寓直〉（卷六〇六）云：「名姓鑴幢記，經書逐庫題。……粘塵賀草沒，剝粉薛禽迷。……」可見題省壁之俗。

8. 貢院都堂壁

魏秋知禮闈，有〈貢院題〉（卷五一六）一首，韋承貽有〈策試夜潛紀長句於都堂西南隅〉（卷六〇〇），一為考官，一為試子之題壁。

9. 國子監門

薛存誠〈御題國子監門〉（卷四六六）有云：「宸翰符玄造，榮題國子門。」

10. 政事堂壁

王灣〈次北固山下〉（卷一一五）有名句「海日生殘夜，江春入舊年。」《全唐詩話》卷一記載：時相張說手題於政事堂，令能文之士奉為楷式。

二、寺觀廟宇

由於唐代政教文化的特質是兼容並包，反映在宗教上乃出現諸教

畢薈之局，其中以佛道二教發展最盛，對唐人的精神文化生活影響極大。由於宗教之寄託可以撫慰人心，其吸引全民性的親近，無分財富與地位。於是作爲修道養性的寺觀廟宇乃成爲信徒們屢屢前往祈福膜拜的地點。信仰日盛，寺院眾多，且寺觀靜穆虔隆，多在山林，一則滌煩淨慮，一則山水娛目清心養性，於是出現了「有寺山皆遍〔註2〕」的情況。即以一般文士而言，這些富於林泉之美的梵宮釋殿、道觀古廟正是他們探奇覽勝、問法論道、暢神愉情的最佳場所。再加上唐代文士本有讀書山寺，遊憩山水的風習，即便其生命經驗中仕旅他鄉，游宦天涯，訪友敘禪，也都曾涉足山寺禪院，這都使得文士詩人在寺觀廟宇的腳跡頻繁，因此留下了許多題壁詩作，更有相互唱和酬贈、口號聯句者，亦作興題壁。前者如劉禹錫在〈碧澗寺見元九侍御和展上人詩有三生之句因以和〉就曾提及：「廊下題詩滿壁塵」；後者如段柯古紅樓聯句云：「壁詩傳謝客，門牓佔休公」等等。綜觀題壁詩作中，題寫處所在寺觀廟宇者幾佔半數，正是最好的說明。以下分別介紹各寺觀的題壁詩例，並作析明。

1. 慈恩寺塔

慈恩寺塔乃指「慈恩寺以及雁塔」，在今陝西省西安市東南。本爲高宗李治爲太子時紀念其母文德皇后而建，故名「慈恩」。後賜玄奘爲翻經之所，玄奘在永徽三年（652）建塔五層以置經像，又名大雁塔。《全唐詩》卷二即有御製之作題留〔註3〕。神龍以來，凡進士及第，率皆期集于慈恩塔下題名，起開元到大和之歲，舉子前往登遊題紀者眾矣〔註4〕。是此名寺題壁之詩甚多，舉如唐高宗李治，唐中宗以及群臣上官昭容、李嶠、薛稷、趙彥昭、張說、沈佺期等二十六人〔註5〕。其後杜甫、岑參、高適、薛據、儲光羲等曾在長

〔註2〕 張籍〈送朱慶餘及第歸越詩〉（卷三八四）。

〔註3〕 李治〈謁慈恩寺題獎法師房〉（卷三）。

〔註4〕 慈恩題名、題紀之說分見王定保《唐摭言》卷三以及吳光淵《鑑戒錄》卷七。

〔註5〕 此二十六人爲上官昭容、李嶠、劉憲、李乂、岑羲、薛稷、李適、

安慈恩寺塔題詩〔註6〕；大曆年間，李端的〈慈恩寺懷舊〉（卷二八四）亦云：「遺文一書壁」。此後，章八元、韓翃、白居易、許棠、鄭谷都有題作，其中以章八元詩板、最為時所稱〔註7〕。曾使詩流自慈恩息筆〔註8〕。另外題塔之作，如解彥融的〈雁塔〉（卷七六九），於玄宗開元八年，傅巖題之於壁。其後接連之塔院小屋四壁皆是卿相題名，徐夤因有四韻詠之（卷七〇九）：「題名盡是台衡跡，滿壁堪為宰輔圖」。

2. 開元寺

開元寺，唐開元元年所建，在今陝西省鳳翔縣城內北街，寺內有吳道子所繪佛像，又有王維畫墨竹。許渾〈冬日宣城開元寺贈元孚上人〉（卷五三七）云：「層塔題應遍」，朱慶餘〈題開元寺〉（卷五一五）云：「西入山門十里程，粉牆書字甚分明」，此外，白居易、杜牧、張喬、趙嘏都有題作，另徐凝〈開元寺牡丹〉（卷四七四）亦題於寺壁。

3. 虎丘寺

虎丘寺，在江蘇省吳縣西北閶門外，根據《吳越春秋》閶門外有闔閭塚，闔閭下葬三日有白虎踞其上，故曰虎丘。唐時避諱曾改名武丘。尋復舊，風景清幽，為吳中名勝。寺中有顏真卿刻清遠道士〈同沈恭子遊虎丘寺有作〉（卷八六二）一首於巖際，并有繼作（卷一五二）。李德裕復有追和（卷四七五），云：「前哲留篇翰，共扣哀玉音」。其後，皮日休與陸龜蒙均有追和，皮日休并作一序詳記此段

　　盧藏用、馬懷素、趙彥昭、蕭至忠、楊廉、李迥秀、辛替否、王景、
　　畢乾泰、麴瞻、孫佺、李從遠、周利用、張景源、李恆、張錫、解
　　琬、鄭愔、趙彥伯。俱有《奉和九月九日登慈恩寺浮圖》五律以和。
〔註6〕蔡夢弼：《杜詩會箋》杜甫〈同諸公登慈恩寺塔〉一詩，詩題下註
　　云「時高適、薛據先有此作。」鄭東甫《杜詩鈔》云：「同猶和也。
　　諸公先有登慈恩塔詩，公登塔見詩而和之也。」高步瀛《唐宋詩舉
　　要》亦同意此說。
〔註7〕章八元〈題慈恩寺塔〉（卷二八一）之詩板，曾使劉白二人歎服。關
　　於詩板」之題寫參見本章第三節「詩板、詩牌與詩帖」之說明。
〔註8〕吳光淵：《鑑戒錄》卷七。

經過。〔註 9〕此外劉禹錫因見元稹題名虎丘寺，愴然有詠（卷三六五）。他如李頻、劉長卿、朱長文都有題作。

4. 石甕寺

石甕寺是唐代名剎。座落在陝西臨潼驪山石甕谷東側的東繡嶺山腹之中。寺前有綠閣，壁有紅樓，今殘址猶存。唐開元中，唐玄宗崇道，在驪山西繡嶺建造了長生殿、朝元閣；楊貴妃信佛，亦在東繡嶺修建了石甕寺。當時以創造華清宮之餘材修繕，并有楊惠之手繪佛像以及幽州石像，紅樓在佛殿西巖有玄宗題詩以及王右丞圖繪之山水兩壁。〔註 10〕王建的〈題石甕寺〉（卷三〇一）中即有：「遙指上皇翻曲處，百官題字滿西嵌。」的記詠。另一首亦云：「天子親題詩總在，畫扉長鎖壁龕中」，是證前記不虛。另儲光羲，權德輿、馬戴、范朝、盧綸都有題詩。

5. 慧（惠）山寺

惠山寺位於江蘇無錫惠山，原為劉宋司徒右長史茂之別墅。舊名歷山草堂。與南朝的南平王劉鑠以詩章酬和，齊江淹亦有繼作，後人把他們的詩作列於壁間。劉宋景平元年（西元 423 年），草堂改作僧舍，稱華山精舍。梁大同三年，華山精舍改為慧山寺。曾有高僧在此主持，眾多名流到此一遊或寄寓。惠山寺在唐宋時，僧舍有 1098 間之多，香火很盛。貞元年間，丘丹、釋若冰、于頔、呂渭、李益、韋夏卿都有題和〈經湛長史草堂〉詩。而湛長史十二孫湛賁復有〈伏覽呂侍郎丘員外舊題十三代祖歷山草堂詩因書記事〉（卷四六六）一首，中云：「遺文煥石壁」。另有竇群（卷一七一）與王武伯、朱遐景（皆卷二七五）同宿慧山寺、賦詩記會題壁。後李蓬為之刻石勒其事。還有李紳有〈重到惠山〉（卷四八二）亦言：「還向窗間名姓下，數行添

〔註 9〕 皮日休〈追和虎丘寺清遠道士詩〉（卷六〇九）序中所言。
〔註 10〕 鄭嵎〈津陽門詩〉（卷五六七）中：「……慶山汗瀦石甕毀，紅樓綠閣皆支離。……煙中壁碎摩詰畫，雲間字失玄宗詩。……」注云：「開元中，以造華清宮餘材修繕，佛殿中有玉石像，皆元伽兒之制。能妙纖麗，曠古無儔。」

記別離愁」。另李騭亦有〈慧山寺肄業送懷坦上人〉（卷六○七）等詩作。其於〈題惠山寺詩〉（《全唐詩續補遺》卷十三）序中言：「……其詩凡言山中事者，悉記之於屋壁，文則不載。……」皆可為證。

6. 金山寺

金山寺在今江蘇省鎮江市區西北的金山上。據《金山志》載：「山有佛寺，始建于晉明帝時」，唐時因開山得金，通稱金山寺。其山光水色綺麗，從帝王將相到白衣寒士，盡以一覽金山勝景為樂。張祜〈題金山寺〉（卷五一○）千古絕唱，其曾引此與徐凝鬥詩。〔註11〕後孫魴又〈題金山寺〉（卷七四三）云：「誰言張處士，題後更無人？」許渾〈送僧歸金山寺〉（卷五三一）亦云：「為訪題詩處，莓苔幾字存。」

7. 道林寺與岳麓山寺

位於湖南長沙附近西郊的道林、岳麓山（又名岳麓寺）二寺原係「仲與昆」〔註12〕，先有宋之問題詩，後有杜甫〈岳麓山道林二寺行〉（卷二二三）題壁，中云：「宋公（之問）放逐曾題壁，物色分留與老夫」。後齊己詩中屢屢提及「宋杜題詩近舊房」〔註13〕，唐扶〈使南海道長沙題道林岳麓寺〉（卷四八八）更言「兩祠物色採拾盡，壁間杜甫真少恩」，沈傳師於此題作後亦有相和之詩留題。他如李節、崔玨、杜荀鶴、曹松、韋蟾都有作品相題。

8. 安國寺

長安安國寺有紅樓，睿宗在藩時舞榭，憲宗、穆宗兩朝詔名僧廣宣為內供奉，賜居紅樓院。段柯古紅樓聯句有云：「壁詩傳謝客，門

〔註11〕 李昉等編：《太平廣記》卷一九九引《雲溪友議》言徐凝，張祜希白居易首薦，二君論文，張祜以題金山寺詩「樹影中流見，鐘聲兩岸聞」相較，白居易以為不如徐凝之「今古長如白練飛，一條界破青山色」，張自是含恨，偃仰終身。杜牧為之不平曰：「誰人得似張公子，千首詩輕萬戶侯。」
〔註12〕 唐扶〈使南海道長沙題道林岳麓寺〉（卷四八八）中句。
〔註13〕 齊己〈送人自蜀迴南遊〉（卷八四五）。

謗佔休公」〔註14〕。後來李益到紅樓院尋訪廣宣不遇，復有留題（卷二八三）。

9. 昊天觀

太原龍山有昊天觀。武元衡有〈夏日陪馮許二侍郎與嚴秘書遊昊天觀覽舊題寄同裏楊華州中丞〉（卷三一七），另有和楊三舍人邀其同遊昊天觀，武因寓直不得陪隨，因思念往昔「紀題在壁，已有淪亡」，乃書事感懷詩（卷三一七）一首，中云：「重將悽恨意，苔壁問遺塵」。皆由道觀題壁懸念昔日同遊之情。

10. 桃源觀

湖南常德西南有桃源山，下有桃源洞，洞外有碑，劉禹錫曾題：桃源佳致碑。劉禹錫另有〈八月十五日夜桃源玩月〉（卷三五六）以及〈桃源行〉（卷三五六）并題於觀壁，太和年間其姪薛蒗更鐫之於貞石。

11. 佛龕

舉如蘇頲〈利州北佛龕前重于去歲題處作〉（卷七四）云：「歲年書有記，非為學題橋」。

12. 題僧（房）壁

舉如劉商〈同徐城李明府遊重光寺題晃師壁〉（卷三〇三），劉言史〈小寺看櫻桃花題僧壁〉（卷四六八），另韋蟾、趙嘏、段成式、徐夤皆有〈題僧壁〉詩。

13. 題寺院壁

舉如杜甫〈題忠州龍興寺所居院壁〉（卷二二九），呂群〈題寺壁二首〉（卷五〇五），又王播〈題木蘭院〉二首（卷四六六）之題註有云：「向之題名，皆已碧紗幕其詩。」

14. 題寺門樓

舉如韓愈〈謁衡嶽廟遂宿嶽寺題門樓〉（卷三三八），另貫休〈題

〔註14〕 計有功：《唐詩紀事》卷五七「段成式」條下。

令宣和尚院〉（卷八三三）中云：「寄語題門者，看經在上方」。

15. **題寺梁**

　　劉禹錫〈貞元中侍郎舅氏牧華州時余再忝科第前後由華觀謁陪登伏毒寺屢焉亦曾賦詩題於梁棟今典馮翊暇日登樓南望三峰浩然生思追想昔年之事因成篇題舊寺〉（卷三五八）是見題梁詩有感再題。

16. **題寺楹**

　　陳季卿〈題禪窟蘭若〉（卷八六六）序有云：題詩于南楹。

17. **題寺軒**

　　無名氏〈題水心寺水軒〉（卷七八六）註中云：「有人……煙雨中登水心寺，題詩于水軒。」

18. **題法堂壁**

　　舉如白居易〈題道宗上人十韻并序〉（卷四四四）序中云：「普濟寺律大德宗上人法堂中有故相國鄭司徒歸尚書陸刑部元少尹及今吏部鄭相中書韋相錢左丞詩……」。

19. **書樓殿壁**

　　張喬〈書梅福殿壁二首〉（卷六三八）中云：「雅韻磬鍾遠，眞風樓殿清」。

20. **題禪家壁**

　　如方干〈題法華寺絕頂禪家壁〉（卷六五二）。

21. **題廟壁**

　　如于鄴〈下第不勝其忿題路左佛廟〉（卷七二五）。

22. **題祠壁**

　　吳融〈叢祠〉（卷六八六）云：「金鞍正伴桐鄉客，粉壁猶懷桂苑仙，何必向來曾識面，拂塵看字也淒然。」另洪州將軍〈題屈原祠〉（卷七八四）題註中言：「題一絕，自後能詩者不能措手。」

23. **題庵門**

　　如呂巖〈題桐柏山黃先生庵門〉（卷八五七）。

24. **題觀樓**

如岑參〈題觀樓〉（卷二〇一）。

三、樓閣田園

樓閣與田園乃指唐朝的二種不同的園林系統，二者皆以廣闊的自然山林爲基礎，由於互相影響，界限逐漸模糊，但其特點還是可以分辨的：前者是以宮廷與貴族園林爲模式的「樓閣式園林」，後者則指以隱逸與文人生活爲模式的「田園式園林」。〔註15〕素來山水足供「行、望、游、居」〔註16〕，而士人田園居的理想到陶淵明已然成型。但是，大多數的貴族與官僚始終無法毅然決然的放棄權勢與官位，完全地回歸田園，是以往往在都城之中購併土地或附近郊野經營富於山林之勝的園林，其動機除了「娛樂」與「享受」，實際上，已有「休閒」與「靜隱」的意圖。這是折衷了世俗的現實與超逸的理想，可以「別業」、「莊園」爲其代表。至於田園式的園林，本即以自然山林爲輪廓，因其地，全其天，其乃以田園農舍的風貌呈現著靜謐樸遠的怡情野意。可以「草堂」、「茅舍」爲其代表。而觀察以上兩類處所，唐人都有題壁活動的記載，其題壁詩作中所描繪的山林景觀，所抒發的情志趣味，面貌自異，而其中所展現的詩、畫、園相結合的人文色彩〔註17〕，尤具特色。綜歸說來，唐人的林泉生活是不寂寞的。

（一）樓閣式的園林

有題壁詩記載的是長寧公主東莊，其於長安取高士廉宅及左金吾衛廢營建造第宅。上官昭容在〈遊長寧公主流杯池二十五首〉（卷五）中就有「傍池聊試筆，倚石旋題詩」、「不應題石壁，爲記賞山時」的記述。而唐明皇更有〈過大哥山池題石壁〉（卷三）一詩以及幸玉眞

〔註15〕「樓閣式園林」與「田園式園林」的分類係根據漢寶德〈唐代文人的園林觀〉（民國76年1月20日《聯合報副刊》）一文。

〔註16〕《佩文齋書畫譜》卷十三郭熙〈山水訓〉中語。

〔註17〕唐代園林所呈現之人文色彩之說明，參見孟亞男：《中國園林史》（台北：文津出版社，1993年）第四節「唐代的私家園林」中所述甚詳。

公主山莊因題石壁的記載〔註18〕。白居易在卷四五一亦有〈題歧王山池石壁〉的詩作，這些都是貴族庭園中的題壁詩。另外官僚庭園如裴度於洛都的興化園亭名聲烜赫，賈島落第時，有〈題興化園亭〉（卷五七四）一詩於庭內以譏刺其浮奢。另有齊己懷念匡廬勝景，傲製假山一面，功成之後，亦有作詩題壁之舉（卷八四三）。

其他題於林館、水堂、林亭、別業、別墅、故宅者甚多；如許渾〈湖南徐明府余之南鄰久不還家因題林館〉（卷五三六）；劉長卿〈留題李明府雪溪水堂〉（卷一四九）；武元衡鎮蜀，自構西亭，有題壁一首（卷三一六）寄中書李相公。姚合在〈題崔駙馬林亭〉（卷四九九）明白指陳：「莎台高出樹，蘚壁淨題詩」，還有錢起〈題樊川杜相公別業〉（卷二三七），以及白居易〈題崔常侍濟上別墅〉（卷四五○）註中云「先報泉石」。還有杜甫〈陳拾遺故宅〉（卷二二○）中云：「拾遺平昔居，……到今素壁滑，灑翰銀鉤連。……」此與張戒《歲寒堂詩話》中言陳子昂與趙彥昭、郭元振輩曾題字壁間的敘述吻合。此皆多於樓閣勝景間題壁留詠。

（二）田園式的園林

相對於大型園林，另有唐時一般文士較經濟化的山居建構：是舉凡山房（家）、茅菴（屋）、草堂、村屋（舍）、江村、茅棟、茅亭、小齋（園）等依山傍水，結茅樹蔬、足攬幽勝者謂之。此間訪友野趣，家常閒話，臨景紀題，皆入詩詠。舉如白居易的廬山草堂，今有題石、題壁詩〔註19〕多首流傳。而柳宗元的東亭亦有詩作題壁，此由劉禹錫的〈傷愚溪三首〉（卷三六五）中所云：「草聖數行留壞壁」可知，惜今題詩已佚。另外，寒山詩亦多書於村墅屋壁，為後世留下了狂放不羈的記載。以下就各定點，舉例以明。

〔註18〕 根據王維〈奉和聖製幸玉眞公主山莊因題石壁十韻之作應制〉（卷一二七）得知，明皇詩今不存。

〔註19〕 題石詩如〈香爐峰下新置草堂即事詠懷題於石上〉（卷四三○），另有題壁詩如〈香爐峰下新卜山居草堂初成偶題東壁〉（卷四三九）以及同卷〈重題〉四首。

1. 山房（家）：牟融〈題山房壁〉（卷四六七）、貫休〈春晚書山家屋壁二首〉（卷八二六）。

2. 山舍：後主李煜〈病起題山舍壁〉（卷八）。

3. 茅菴（屋）：李白〈題許宣平菴壁〉（卷一八五）、杜甫〈題郪縣郭三十二明府茅屋壁〉（卷二三四）。

4. 草堂：岑參〈東歸留題太常徐卿草堂〉（卷一九八）、白居易〈香爐峰下新卜山居草堂初成偶題東壁〉（卷四三九）。

5. 村屋：杜甫〈題柏大兄弟山居屋壁二首〉（卷二三一）、錢起〈玉山東溪題李叟屋壁〉（卷二三八）。

6. 江村：李商隱〈江村題壁〉（卷五四〇）。

7. 茅棟：皮日休〈二遊詩〉（卷六〇九）〈任詩〉中云：「請題在茅棟，留坐於石榻」。

8. 茅亭：杜荀鶴〈題汪氏茅亭〉（卷六九二）云：「茅亭客到多稱奇，茅亭之上難題詩。」

9. 小齋：如李中〈書小齋壁〉（卷七四七），又如竇牟〈陪韓院長韋河南同尋劉師不遇〉中云「齋軒粉壁空，不題三五字，何以達壺公？」（卷二七一）。

10. 小園：蘇頲〈將赴益州題小園壁〉（卷七四）。

此外，田園家居之題壁詩作中，亦有不以建物地點區分，而以人際屬性之建物爲詩目標名的，如自家壁、親友壁、生人壁等的題詩：

1. 自家壁楹：

徐夤〈東歸題屋壁〉（卷七〇九）。

周匡物〈自題讀書堂〉（卷四九〇）。

司馬圖〈題休休亭〉（卷六三四），尤裹《全唐詩話》卷五言其題於亭之楹上。

2. 親友壁（門）：

李白〈題隨州紫陽先生壁〉（卷一八四）。

白居易〈吟元郎中白鬚詩兼飲雪水茶因題壁上〉（卷四四二）。

另白居易〈同李十一郎醉憶元九〉（卷四三七）最初乃題於李建屋壁。

李商隱〈戲題友人壁〉（卷五四〇）。

李中〈書蔡隱士壁〉（卷七四七）。

錢起〈臥病李員外題扉而去〉（卷二三六）。

3. 生人壁（門）：

張謂〈題長安壁主人〉（卷一九七）（此長安主人乃指都市中典型的市儈人物）。

錢起〈題玉山村叟屋壁〉（卷二三八）。

鄭谷〈書村叟壁〉（卷六七六）。

張辭〈題壁〉（卷八六一）題註云：「人有以爐火藥術爲事者，辭大哂之，命筆題其壁」。

韓偓〈訪隱者遇沈醉書其門而歸〉（卷六八一）。

崔護〈題都城南莊〉（卷三六八），題註云：「戶扃無人，題此詩于左扉。……」。

四、館驛府縣

　　「館驛」泛指得是「行館關驛」；「府縣」則廣涉「府廳州縣」。蓋唐代幅員廣大，凡中央與地方之聯絡：佈政施令，奉項輸賦；平民行旅之往來，商貨交送，郵信傳息，端賴驛傳以交通。而朝廷使臣公巡赴任地方以及一般公私行旅，皆出入於邦畿水陸。考唐以前題驛詩並不多見，蓋因魏晉六朝時，負責傳遞公書的「驛」與接待旅人的「傳」是分開的，驛傳制度並不發達。直至唐代交通發展，大道置驛，非通途大路者設館，成爲交通機構，而其功能亦隨人馬往來頻繁而兼具旅宿待客之用途，是凡驛程所經——州、縣、鎮、關、嶺、館、驛、廳、廨之地，或遊憩落腳之處；或治政牧民所在；或送別飲宴；或會客酬酢；多見詩人墨客之吟詠題寫：或抒瀉洩情導志；或前後聲援；或下諷譏上。其中以驛、關的題壁詩作最多，舉如考前考後，中舉落第、

當然各有感觸。而那些貶黜外調、有屈抑不平；或領兵出鎮，飽經風霜而被召回朝的官員，得失心仍重，他們之中有些人行經某驛多次，回回感觸不同，不吐不快。復以官場政治派系鬥爭株連極廣，某派失勢，往往有一大批人坐貶，於是先行的人在交通館驛上題壁留詩給後人看，後到的人讀覽之餘，乃又有吟和題作的聲援回應〔註20〕。如元稹于元和十年正月從唐州返回長安。曾賦詩題於沿途驛館。同年秋，白居易從長安赴江州，途經元稹赴京舊路，便一路追尋元稹題詩，所謂：「每到驛亭先下馬，循牆繞柱覓君詩。」〈藍橋驛見元九詩〉（卷四三八）另亦有戲題之作，如李湯經長樂驛只題名未題詩，韋蟾於其題名旁題詩以嘲：「……希仁何事寡詩情？……書字才能記姓名。」（卷八七○）可見驛館題詩已成慣習。

1. **驛　站**

1. 端州驛：宋之問〈至端州驛見杜五審言，沈三佺期，閻五朝隱，王二無競題壁慨然成詠〉（卷五一）。

2. 盧巴驛：張說〈盧巴驛聞張御史張判官欲到不得待留贈之〉（卷八七）。

3. 臨沙驛、司空曙〈題江陵臨沙驛樓〉（卷二九三）。

4. 嘉陵驛：孟遲〈題嘉陵驛〉（卷五五七），另張蠙、盧渥俱有題作。

5. 敷水驛：劉禹錫〈途次敷水驛伏睹華州舅氏昔日行縣題詩處潸然有感〉（卷三五八）中云：「繁華日已謝，章句此空留」。

6. 陽城驛：元稹〈陽城驛〉（卷三九七），白居易有〈和陽城驛〉（卷四二五）提及「意者欲改為，改為避賢驛，大署於門楣。」杜牧後又改為富水驛〔註21〕。

〔註20〕 羅宗濤：〈唐人題壁詩初探〉《唐代文學研究》（桂林：廣西師範大學出版， 1992年一版），頁62～63。

〔註21〕 杜牧〈商山富水驛〉（卷五二三）題下註云：「驛本名與陽諫議同名，因此改為富水驛」。

7. 褒城驛：元稹〈褒城驛〉（四〇九卷一首、四〇三卷二首）有云：「嚴秦修此驛；等閒題作詩」又說「容州詩句在褒城」。

8. 藍橋驛：白居易〈藍橋驛見元九詩〉（卷四三八）云：「每到驛亭先下馬，循牆繞柱覓君詩」。

9. 棣華驛：白居易有〈棣華驛見楊八題夢兄弟詩〉（卷四四一）、又〈赴杭州重宿棣華驛見楊八舊詩感題一絕〉（卷四四三），其中特別註明「題詩梁下又踟躕」，知其題於驛梁之上。

10. 稠桑驛：白居易〈往年稠桑曾喪白馬題詩廳壁今來尚存又復感懷更題絕句〉（卷四五五）中云「壁上題詩塵蘚生」。

11. 三川驛：杜牧〈三川驛伏覽座主舍人留題〉（卷五二四）。

12. 駱口驛：元稹使東川有〈駱口驛二首〉（卷四一二）云「郵亭壁上數行字，崔李題名王白詩」。

13. 三鄉驛：劉禹錫有〈三鄉驛伏睹玄宗望女幾山詩小臣斐然有感〉（卷三五六）可知明皇曾於此題詩，另有若耶溪女子（李弄玉）〈題三鄉詩〉（卷八〇一），後有十一人題和。〔註22〕

14. 樟亭驛：章孝標〈題杭州樟亭驛〉（卷五〇六）云；「樟亭驛上題詩客，一半尋爲山下塵」。

15. 嘉陵驛：薛能〈嘉陵驛見賈島舊題〉（卷五六〇）云：「嘉陵四十字，一一是天資」。

16. 驛亭：鄭常〈謫居漢陽至白沙阻雨因題驛亭〉（卷三一一）。

17. 驛後軒：許渾〈行次潼關題驛後軒〉（卷五二八）。

18. 驛楹：吳融〈富水驛東楹有人題詩〉（卷六八七）下註「筆跡柔媚，出自纖指」，是爲女性之題詩。

19. 驛門：蒲禹卿〈題驛門〉（《全唐詩續補遺》卷十七）。

20. 驛梁：韓愈〈去載以刑部侍郎貶潮州刺史乘驛赴任其後家亦譴逐小女道死殯之層峰驛旁山下蒙恩還朝過其墓留題驛梁〉

〔註22〕 會昌時女子題詩三鄉驛，和者十一人分別爲陸貞洞、劉谷、王祝、王滌、韋冰、李昌鄴、王碩、李縞、張綺、高衢、賈馳。

（卷三四四）。

2. 關　渡

1. 百牢關：武元衡〈元和癸巳余領蜀之七年奉詔徵還二月二十八日清明途經百牢關因題石門洞〉（卷三六），鄭和慶有和題。
2. 武關：白居易〈武關南見元九題山石榴花見寄〉（卷四三八），元稹〈酬樂天武關南見微之題山石榴花詩〉（卷四一六）中云：「滿牆塵土兩篇詩」。
3. 關樓：岑參〈題鐵門關樓〉（卷一九三），此爲題樓壁。
4. 關門：岑參〈戲題關門〉（卷二○一）。
5. 關亭：杜牧〈詠歌聖德遠懷天寶因題關亭長句四韻〉（卷五二三）。
6. 津亭：吳融〈題揚子津亭〉（卷六八四）云：「揚子江津十四徑，紀行文字遍長亭」。

3. 館　店

1. 館梁：白居易〈桐樹館重題〉（卷四三一）云：「階前下馬時，梁上題詩處」。
2. 館壁：韓熙載〈感懷詩〉（卷七三八）二章乃奉使中原署館壁之作。另皇甫冉有〈洪澤館壁見故禮部尙書題詩〉（卷二五○）。
3. 店壁：白居易〈重過壽泉憶與楊九別時因題店壁〉（卷四三四）。

4. 鎮　堡

1. 鎮壁：歐陽詹〈睹亡友李三十觀秭歸鎮壁題詩處〉（卷三四九）。
2. 鎮路：崔塗〈題授陽鎮路〉（卷六七九）。
3. 城堡：李涉〈題連雲堡〉（卷四七七），又如陳子昂〈題居延古城贈喬十二知之〉（卷八三）。

5. 郡府州縣

1. 郡樓：白居易〈重到江州感舊遊題郡樓十一韻〉（卷四四三）。

2. 縣（門）壁：王勃〈普安建陰題壁〉（卷五六），李兼〈題洛陽縣壁〉（卷八七三），另伊用昌有〈題茶陵縣門〉（卷八六一）。

3. 郡齋壁：白居易〈宣州閣老忽以近詩數十首見示吟諷之下竊有所喜因成長句寄題郡齋〉（卷四五八）云：「無復新詩題壁上，虛教遠岫列窗間」。劉兼〈郡齋寓興〉（卷七六六）亦言：「醉筆語狂揮粉壁」。

4. 府廳壁：孟郊〈李少府廳弔李元賓遺字〉（卷三八一）題下註云：「元賓題少府廳云，宿從叔宅有感，有其義而無其辭」。白居易亦有〈題河南府內廳詩〉於西壁（卷四五七）。

5. 州樓壁：李紳〈新樓詩二十首〉（卷四八一）題下註云：「到越卅日，初引家累登新樓，望鏡湖，見元相微之題壁詩云云」。

6. **廳署庫廨**

1. 廳壁：蕭穎士〈早春過七嶺寄題硤石裴丞廳壁〉（卷一五四），另有李商隱〈九日〉（卷五四一）一詩留題令狐綯廳事。

2. 公署壁：吳越王錢鏐與兵士的〈沒了期歌〉（卷八）之題答，是為公署壁題。〔註23〕

   府署壁：如鄭谷〈初還京師寓止府署偶題屋壁〉（卷六七五）。

   官署壁：如鄭谷〈宗人作尉唐昌官署幽勝而又博學精富得以言談將欲他之留書屋壁〉（卷六七五）。

3. 庫壁：韋應物〈酬豆盧倉曹題庫壁見示〉（卷一九○）。

4. 公館：周匡物有〈應舉題錢塘公館〉（卷四九○）一首，《太平廣紀》卷一九九「周匡物」條下言其於公館題詩云云。

5. 官舍壁：陶穀〈題南唐官舍壁〉（卷八七七）。

五、店肆里巷

此類地點包括市坊街里之中以商業交易為主的店肆：如酒家、卜

〔註23〕　參見錢鏐〈沒了期歌〉（卷八）題註。

鋪、旅館、妓院、染家等；以及交通行走所經之郊巷橋柱；還有牢獄、
冢亭等地點，亦留有題壁的詩作。

1. 酒店：舉如王績〈題酒店壁〉（卷三七）、呂巖〈題酒家門額〉
   （《全唐詩續補遺》卷十四）、伊用昌〈題酒樓壁〉（卷八六一）、
   鍾離權〈題長安酒肆壁三絕句〉（卷八六○）。

2. 卜鋪：王績〈戲題卜鋪壁〉（卷三七）。

3. 客舍：錢起〈下第題長安客舍〉（卷二三七）。
   里肆：杜牧〈川守大夫劉公早歲寓居敦行里肆有題壁十韻今
   之置第乃獲舊居洛下大僚因有唱和歡詠不足輒獻此詩〉（卷五
   二六），詩中點明此處乃當年之「旅館」。此外，貞元文士的
   〈題端正樹〉（卷七八四）一詩，《酉陽雜俎》言其乃題詩逆
   旅之作。

4. 妓院：趙光遠〈題妓萊兒壁〉（卷七二六），孫棨〈題妓王福
   娘牆〉、〈題劉泰娘舍〉（卷七二七），呂巖〈題東都妓館壁〉
   （卷八五八）以上是題於妓院牆壁的，另李標〈題窗詩〉（卷
   八○二）乃題於南曲妓王蘇蘇的院窗之上。

5. 染家：柳逢〈嘲染家〉（卷八七○）題註云「秀才柳逢旅遊掇
   席，主人不樂，柳生怒而題壁」。

6. 牢獄：王巨仁〈憤怨詩〉（卷七三二）題註引《朝鮮史略》云：
   「……王巨仁憤怨作詩，訴于天，書獄壁。……」

7. 巷道：羅鄴〈春日偶題城南韋曲〉（卷六五四）。

8. 橋柱：雍陶〈題情盡橋〉（卷五一八）題下註云：「……陶命
   筆題其柱曰折柳橋。」另有韋莊〈東陽贈別〉（卷六九八）云：
   「去時此地題橋去，歸日何年佩印歸。」

9. 冢亭：呂巖〈題冢上亭〉（《全唐詩補逸》卷之十八）題註下
   引宋、姚寬《西溪叢語》言：「襄陽隱者……因古冢為亭，
   往來題詩甚富。一日，柱間得一絕，相傳呂翁作也。」

第三節　詩板、詩牌與詩帖

　　唐人題詩於木板之上，此謂之「詩板」（板一作版）。此詩板是專為題詩用的一種特製木板，唐末馮贄《雲仙雜記》卷二記載：「李白游慈恩寺，寺僧用水松牌刷以吳皎粉，捧乞新詩。」由此可知詩板的材質製作，是詩板自盛唐已有，中唐使用日廣。另據胡震亨《唐音癸籤》卷二九的記載，說是「名賢題詠，人愛重為設板，如道林寺宋、杜兩詩，初只題壁，後卻易為板是也。」而唐習進士及第，列名慈恩寺塔，亦初題於壁磚，壁盡題板〔註24〕。是由於題寫成習，因之唐朝許多寺觀驛亭都準備了詩板（詩牌），以備騷人墨客的題寫，此亦解決了題壁空間不足的問題。唐人題詩板的盛況，舉如：慈恩寺中題詩甚多，元白二人惟留章八元〈題慈恩寺塔〉（卷二八一）詩板一者〔註25〕。又如劉禹錫過巫山廟，悉去詩板千首，但存四而已。薛能經蜀略飛泉亭，於百餘篇詩板中獨留李端的〈巫山高〉詩。〔註26〕另岳陽樓上：相傳有張說為岳州刺史時，常與才士登臨的唱和詩百餘篇，列於樓壁，當是詩板。〔註27〕黃鶴樓上有名的崔顥題詩，此首七律壓卷之作〔註28〕，使得李白斂手，《後村詩話》有云若他人必次顥韻，或於詩板之旁別著語矣。至於道林寺有宋、杜詩板、大林寺有白太傅題版〔註29〕，盧山東林寺的靈徹上人舊房裡是「滿堂詩板舊知音」〔註30〕，齊己在〈題玉泉寺〉（卷八四六）裡則指出「時移兩板成塵跡」的兩板分別是張曲江與孟襄陽的傑作〔註31〕。此外，李涉在〈岳陽別

〔註24〕　「題名於壁磚」見宋、張禮：《遊城南記》所載，「題名於板」則見劉賓客《嘉話錄》「慈恩題名」條所引。

〔註25〕　事見吳光淵：《鑑戒錄》卷七。

〔註26〕　「劉禹錫」事見《全唐詩》卷四六三繫知一〈書巫山神女祠〉題註中引《雲溪友議》所述。「薛能」之事見王定保《唐摭言》卷十三。

〔註27〕　事見《太平寰宇記拾遺》卷一「岳州巴陵縣」的記載。

〔註28〕　嚴羽：《滄浪詩話・詩評》譽崔顥〈黃鶴樓〉為唐人七律壓卷之作。

〔註29〕　齊己有〈登大林寺觀白太傅題版〉（卷八三九）。

〔註30〕　張祜〈題靈徹上人舊房〉（卷五一一）中句。

〔註31〕　齊己〈題玉泉寺〉（卷八四六）中云：「高韻雙懸張曲江，聯題兼是

張祜〉（卷四七七）中說：「岳陽西南湖上寺，水閣松房遍文字，新釘張生一首詩，自餘吟著皆無味。」還有鄭谷的〈送進士吳延保及第南遊〉（卷六七六）云：「勝地昔年詩板在。」白居易的〈遊大林寺序〉中亦言「寺中惟板、屋、木器」。可知詩板利用十分普遍。

至於「詩牌」，牌較板小。胡震亨說是唐人詩板宋人稱爲「詩牌」〔註32〕。今考張登〈醉題〉〔註33〕詩題下註云：「張登……暮詣宜春門入關，吏捧牌請書官位，醉題云云。」張祜的〈開聖寺〉〔註34〕一詩中也提到「粉牌書字甚分明」、「古壁塵昏客姓名」。可見唐時書牌之例。

「詩帖」一詞則見於高宗皇帝〈謁慈恩寺題奘法師房〉（卷二）題下註云：時帝爲太子題詩帖之於戶。此外，類似的題寫活動如「題榜」：有羅隱的〈題新榜〉（卷六六五）題註云：「在浙幕，沈崧得新榜示，題其末。」另白居易有〈誚失婢牓〉（卷四四九）中云：「宅院小牆卑，坊門帖牓遲。」這些都是張貼於牆壁的題詩。

第四節　題寫處所的預備與整治

題壁活動中，山壁天成，幾乎不費人爲建置的功夫。至於建物的題壁，其題寫環境的預備布置，最要緊的便是「粉牆」與「設板」兩項需求了。

通常一堵牆壁的整治，極簡單的方法便是「泥之」，舉如項斯的〈題令狐處士谿居〉（卷五五四）裡就有「因詩壁重泥」之舉。或者是「堊之」，亦即所謂「粉牆」；比如段成式《酉陽雜俎》卷十二載

孟襄陽。」考諸《全唐詩》得張九齡〈祠紫蓋山經玉泉寺〉（卷四九），孟浩然〈陪張丞相祠紫蓋山途經玉泉寺〉（卷一六○）二詩板。
〔註32〕胡震亨：《唐音癸籤》卷二九。
〔註33〕張登〈醉題〉（《全唐詩續補遺》卷七）。
〔註34〕張祜〈開聖寺〉（《全唐詩補逸》卷八）。一作朱慶餘〈題開元寺〉（卷五一五）。

「玄覽不喜人疥其壁，乃以白粉塗其上。」又如姚合在〈題大理崔少卿駙馬林亭〉（卷四九九）提到：「更看題詩處，前軒粉壁新。」李太白〈醉後答丁十八以詩譏余搥碎黃鶴樓〉（卷一七八）一詩中也說及：「神明太守再雕飾，新圖粉壁還芳菲」，《全唐詩》卷四六三「繁知一」條下引《雲溪友議》說秭歸知縣聽說白居易將過巫山，特地先於神女祠粉壁，并題詩一首，以待白才子行詩。又如，宋人張齊賢《洛陽縉紳舊聞記》云：楊凝式（昭宗朝進士）游寺觀，常喜賦詩，但「牆壁之上，筆跡多滿」，于是僧道便「粉壁光潔以俟揮毫」。這和前面提到詩壁重泥的預備工作相似。至於楊嗣復在〈題臨淮公舊碑〉（卷四六四）裡提到的「塗牆赭堊新」。這便不是白粉塗壁，而是赭紅色了。更費工夫一些的，就得像劉禹錫在〈國學新修五經壁歌〉〔註35〕序記中說得：「……懲前土塗不克以籌，乃析堅木負墉而庇之，其制如版牘而高廣，其平如粉澤而潔滑，背施陰關，使眾如一。」然後「申命國子能通法書者，分章揆目，遜其業而繕寫焉。筆削既成，讎校既精，白黑彬班，瞭然飛動。」足見敬慎其事。而無論是一堵壁，一塊石，一竿竹，試墨之前，仍是要先掃綠苔，才好書字題名（見白居易〈送王十八歸山寄題仙遊寺〉卷四三七所記）。另外張禮《遊城南記》亦提及孟郊、舒文興曾經題名於慈恩寺之壁磚的記載。至於寫好的壁，主人特別珍視的，還會以紗幕籠其上，比如錢鏐留於羅隱家壁的題詩，隱以紅紗罩之（卷八），張仁溥的〈題龍窩洞〉（卷七三七）中則有「碧紗籠卻又如何」之句，以及揚州惠照院寺僧以碧紗幕蓋王播昔日讀書其寺的題詩（卷四六六）。至如仍擔心題壁詩因日曬雨淋會逐漸文字剝落的，便只有緣字再刻貞石（如劉䶵刻劉禹錫〈八月十五日夜桃源玩月〉詩，卷八〇六），以期傳於不朽。

　　由於詩板的啟用主要在補充題寫空間之不足。且因板面輕便可移，無論保存汰換，均較省事，於是乃成寺觀亭驛必備之物。由於唐

〔註35〕劉禹錫〈國學新修五經壁歌〉序記（《全唐詩續補遺》卷七）。

人題寫漫遊之風頗盛，騷人墨客憑臨賦詩，有的是詩人主動要求提供詩板：如遊行每多題詩句的馬湘居於龍興觀，臨別之時，與觀中道士朱含貞三符，命版題詩廡下。〔註36〕有的是當地主人執事請求題詩的：如鄭仁表起居，經過滄浪峽，憩于長亭，郵吏堅進一板，仁表走筆云云。〔註37〕這些詩板題畢之後多釘牆上以供賞覽，通常都會累積保存下來。但也不免遭受到損失；其中包括天然的損壞：如風吹雨打以致木腐字蝕。還有便是人為的淘汰了——即所謂「打詩板」。比如蜀路飛泉亭原有詩板百餘，薛能打去諸板，僅留李端〈巫山高〉一篇。這「題詩豈易哉」的評價高標準締造了「百僅留一」的高淘汰率，其他被庸僧俗士所毀的，也便只有空惹歎息了！〔註38〕當然，「打詩板」也不盡全是汰換，舉如黎卿爲李建州打詩板（〈西湖題詩〉）附行綱軍將入京而流傳，自是另一種「惜名」的方式。〔註39〕這樣「詩板」題詩傳詩的方式與《酉陽雜俎》中所記載的「韻牒」各有異曲同工之妙，據《唐詩紀事》卷五七「段成式」條所引：「……（段常與客連句）……連時共押平聲好韻不僻者，出于竹簡，謂之韻牒。出城悉攜行，坐客句挾韻牒之語，必爲好事者所傳矣。……予因請坐客各吟近日爲詩者佳句：有吟賈島『舊國別多日，故人無少年』；有吟僧無可『河來當塞斷，山遠與沙平』。有吟誦張祜、馬戴、朱景玄、僧元礎、僧靈準的當時佳句者，不一一列舉。」可見詩之書於竹簡木板，以口吟書傳，唐時已十分流行。

第五節　題寫處所選樣介紹

本節選樣題寫處所五處：一、長寧公主東莊。二、慈恩寺塔。

〔註36〕參見馬湘：〈題龍興觀壁〉（卷八六一）題下之註。
〔註37〕王定保：《唐摭言》卷十三。
〔註38〕李建勳〈金山〉（卷七三九）中云：「盡日憑闌誰會我，只悲不見韓垂詩」《分類古今詩詞》頁88云「其詩爲庸僧所毀。」
〔註39〕李建州事見王定保：《唐摭言》「惜名」條。

三、黃鶴樓。四、玄都觀。五、端州驛，依次分別介紹於後。其中，
長寧公主東莊是標準的貴族樓閣式庭園，其中留有上官昭容〈遊長寧
公主流杯池〉二十五首的題寫之作。而慈恩寺與黃鶴樓，一爲名寺；
一爲名樓；包括皇子文士都在這名勝古蹟留下了許多精彩的題壁詩
作。至於玄都觀中，有劉禹錫前後二度題寫的詩作以譏刺時政；而端
州驛則有杜審言、沈佺期、閻朝隱、王無競、宋之問五人流刑途中的
題壁詩，是屬不平則鳴、感慨悲音。且此二地點的詩作背後皆聯繫著
一次重大的歷史事件，若以「端州驛題壁詩組」看「神龍之變」，「玄
都觀題詩」看「永貞變革」，可見題詩與時事相對呼應，分別留題下
了感事寫意的心聲。

一、長寧公主東莊

　　綜觀貴族廷士的生活範圍大都以台閣（包括宮廷與邸宅）與山林
（包括自然山水與寺廟）爲他們全部世界。就在遊宴酬酢的詩作裡，
他們歌詠風物的繁華，描摹節日的歡樂，頌贊時世的康彊，眷沐聖主
的隆恩。針對著君主朝臣縱情山水的好樂心理，以及偃武修文的承平
盛世的背景，自然連環帶動了冶遊的空氣、庭園山水的建造以及題壁
賞詩的風習，由今留存可考的題壁詩作裡，讓一方面我們清楚地感覺
著宮廷休閒生活的脈動，一方面帶領著我們走進了唐時貴族王侯的遊
樂世界。

　　山川遊宴之習既盛，建構名園別墅之風由自流行。雅仕自然的唐
人尤屬意將極妙山水納於窗几之間，於是起塔閣樓宇，鑿奇池曲流，
聚異石，植珍木，乃形成唐代獨特的「樓閣園林」〔註40〕。舉如中宗
時〈遊長寧公主東莊〉、玄宗時〈遊大哥山池〉、〈幸玉眞公主山莊〉
等題壁詩，俱可作如是觀。

〔註40〕「樓閣園林」乃指的是唐代以宮廷與貴族林園爲模式者。其特點乃
　　　　以高聳的樓閣爲中心，次要的樓閣與堂廡由此展開，并依地勢圍擁
　　　　出不同的環境來。

試以上官昭容〈遊長寧公主流杯池〉（卷五）爲例：

「玉環騰遠創，金埒荷殊榮。弗玩珠璣飾，仍留仁智情。
鑿山便作室，憑樹即爲楹。公輸與班爾，從此遂韜聲。」

「霧曉氣清和，披襟賞薜蘿。玫瑁凝春色，琉璃漾水波。
跂石聊長嘯，攀松乍短歌。除非物外者，誰就此經過。」

「暫爾遊山第，淹留惜未歸。霞窗明月滿，澗戶白雲飛。
書引藤爲架，人將薜作衣。此眞攀玩所，臨睨賞光輝。」

「泉石多仙趣，巖壑寫奇形。欲知堪悅耳，唯聽水泠泠。」

「參差碧岫聳蓮花，潺湲綠水縈金沙。何須遠訪三山路，
人今已到九仙家。」

由詩中可見長寧公主東莊，左屬都城，右頫大道。分覃茅土，式廣山河，園景崔巍。細究長寧公主本中宗第四女。下嫁楊愼交。其宅在西京崇仁坊西南隅，取高士廉舊第與左金吾衛廢營，合爲宅，作三重樓以憑觀。中宗景龍年間，因厚承恩典，乃盛加雕飾，朱樓綺閣，一時勝絕，又有山池別院，山谷虧蔽，勢若自然。中宗及韋后皆曾數游此第，留連彌日〔註41〕。又相傳長寧公主曾造第東都，第成府財几竭〔註42〕，其後韋氏敗，公主欲出賣木石，當二千萬，山池別院仍不爲數〔註43〕。《全唐詩》卷一一四丁仙芝緬懷〈長寧公主舊山池〉「座卷流黃簟，簾垂白玉鉤」，而今「平陽舊地館，寂寞使人愁」，「追想吹簫處，應隨仙鶴遊。」可見唐時競相奢侈，常以僕馬亭謝相尚，極盡享受之所能。是而遊宴之風與用力造園之舉由此加溫愈熾。而席宴之上，酒酣高歌，觸詠至樂。興起題刻，乃成自然。《太平御覽》卷一八〇即記有上官昭容操翰，於亭子柱上寫之，以記其盛，而檢索其題壁詩作，其中明點出題壁的動機是「莫怪人題樹，祇爲賞幽棲」，「不應題石壁，爲記賞山時」，於是乃有「傍池聊試筆，倚石旋題詩」之舉。而

〔註41〕 韋述：《兩京新記》十一崇仁坊所記。
〔註42〕 《新唐書》卷八十三。
〔註43〕 同註41，并見《太平御覽》卷一八〇。

其題寫的地點亦不僅限於壁，舉凡石、樹；凡興之所至，無處不可一題。於題寫之餘，上官氏還謙虛地表露著「污山壁，愧瓊壤」的心情。這和張說在見到明皇的〈過大哥山池題石壁〉中：「林亭自有幽貞趣」（卷三），便不禁發出「忘憂題此觀，為樂賞同心」（卷八七）的呼聲，是如出一轍了。

二、慈恩寺塔

　　慈恩寺，位於陝西西安南約八里處。原為隋朝無漏寺的故基，太宗貞觀二十二年（西元 648 年），太子李治（後高宗）紀念其母文德皇后〔註44〕，為之追福，即其地建寺，故以「慈恩」為名。於唐屬西京外城，地跨朱雀門東第三街（皇城東第一街）第十三坊──即進昌坊半東之地。高宗曾敕佛像幡蓋，太常九部樂，送玄奘及諸宮僧入住，并名其為翻經院，在此翻譯佛經。高宗永徽三年（西元 652 年），玄奘於寺西建塔五層，崇一百九十尺〔註45〕，磚表土心，仿西域窣堵波，以置經像。最下一層作雁形，或以菩薩借雁垂誡，故名雁塔〔註46〕。之後，成為科考舉第進士題名之所。

　　慈恩寺既成佛教聖業，復挾曲水之幽勝；便成為王侯宸游留蹤，文士吟聚樂宴之所，再加上唐朝風習豪奢，愛重節序〔註47〕，上達王

〔註44〕　文德太后即唐太宗皇后長孫氏，唐高宗李治是其第三子，長孫皇后明禮識體，受人愛戴，李治寬仁孝友，文德皇后崩，李治年方九歲，哀慕感動左右。（事見《舊唐書》卷四，唐高宗本紀第四）。

〔註45〕　另《一統志陝西西安府寺廟條》作「西院浮屠七級」，《西京雜記》則作浮圖六級。

〔註46〕　雁塔以雁形故名，此說見宋、張禮：《遊城南記》，另按《大唐西域記》卷九說當年慈恩寺僧眾修習小乘法，喜食三種淨肉（即眼不見殺，耳不聞殺，不為我而殺），時有比丘見天空雙雁飛鳴，遂思念：「若得此雁可充飲食。」忽有一雁墮地自隕。眾僧驚異，以雁即菩薩，眾曰：「此雁垂誡，宜旌彼德。」遂瘞雁為塔，是名雁塔（一曰大雁塔）。

〔註47〕　胡震亨：《唐音癸籤》卷二十七中提及：「遇逢諸節，尤以正月晦日，三月三日（上巳），九月九日（重陽）為重。後改晦日，立二月朔為中和節，與（上巳節，重陽節）並稱三大節。」另杜甫〈曲江三章〉

公，俚賤不廢，每逢慶典，萬眾同歡。故而文人紀賞年華，曲江慈恩，都入歌詠；更由於進士題名雁塔風氣的沿染，題壁吟覽，更成風雅韻事。塔寺於西元 648 至 652 年間先後完工，建寺者李治已由太子登基，是爲高宗。經常前往拜謁禮敬。《全唐詩》卷二即有御製〈謁慈恩寺題奘法師房〉的詩帖留存，此應爲最早的慈恩寺之題壁詩。

中宗繼位，景龍年間冶遊更盛，「秋天登慈恩浮屠，獻菊花酒稱壽」〔註48〕成爲一項習俗。玄宗開元八年解彥融有〈雁塔〉（卷七六九）一首，傅巖將之題壁。天寶十一年秋天，長安慈恩寺塔有名士盛會，包括杜甫、岑參、高適、薛據、儲光羲等人登臨遊覽，時高適、薛據先有題作，杜甫登塔見詩而和之，他們在寺壁所留下的同題共作成爲有唐詩壇的佳話。明、王士禎在《池北偶談》卷十八曾響往地說：「每思高、岑、杜輩同登慈恩塔，李、杜輩同登吹台，一時大敵，旗鼓相當，恨不廁身其間，爲執鞭弭之役。」其中，杜詩以懷抱深遠壓倒群賢，堪稱名作：

> 高標跨蒼穹，烈風無時休，自非曠士懷，登茲翻百憂，方
> 知象教力，足可追冥搜，仰穿龍蛇窟，始出枝撐幽，七星
> 在北戶，河漢聲西流。羲和鞭白日，少昊行清秋，秦山忽
> 破碎，涇渭不可求。俯視但一氣，焉能辨皇州。回首叫虞
> 舜，蒼梧雲正愁，惜哉瑤池飲，日晏崑崙丘，黃鵠去不息，
> 哀鳴何所投，君看隨陽雁，各有稻梁謀。（卷二一六）

安史亂後，大歷十才子群聚都下，吟詠唱和，亦不乏題詠慈恩之作。李端有〈慈恩寺懷舊〉（卷二八四）一首并序。由序文得知李端、耿湋、司空曙、吉中孚、王員外五人曾共遊慈恩寺，當時射物賦詩，各書於壁。後一年李端復游慈恩，凌霄花更發，而王員外已逝，僅見遺文在壁，不勝傷感，是有懷舊之作。今考此五人分題，《全唐詩》中

（卷二一六）註下即言「曲江……西有杏園，慈恩，都人遊賞，盛
於中和、上巳。」
〔註48〕見計有功：《唐詩紀事》卷九李適條中所引。

僅餘司空曙〈殘鶯百囀歌〉（卷二九三）一首。此後題詩於慈恩寺塔者甚多，如裴潾作〈白牡丹〉一首題於寺壁；中謂「長安豪貴惜春殘，爭賞先開紫牡丹，別有玉杯承露冷，無人起就月中看。」〔註49〕正描繪了「富貴長安」的景象。另外章八元的〈題慈恩寺塔〉（卷二八一）之七律詩板，爲時所稱。吳光淵《鑑戒錄》中有這麼一段記載：「長安慈恩寺浮圖，起開元至大和之歲，舉子前往登遊題紀者眾矣！文宗朝元稹、白居易、劉禹錫唱和千百首，傳於京師，誦者稱美。凡所至寺觀、臺閣、林亭，或歌或詠之處，向來名公詩板潛自撤之，蓋有愧於數公之詠也。會元、白因侍香於慈恩寺塔下，忽睹章先輩八元所留之句，命僧拂去埃塵，二公移時吟味，盡日不厭，悉令除去諸家之詩，惟留章公一首而已。樂天曰：不謂嚴維出此弟子。由是二公竟不爲之，詩流自慈恩息筆矣。」可見推崇一般。

　　總計有關登臨慈恩寺塔或寫景、或抒懷，題紀之作品極眾。觀中詩語慈恩寺之景觀脫略而出。先看建造慈恩寺的高宗皇帝一首〈題奘法師房〉（卷二）裡就說：「翠煙香綺閣」「定水迴分暉」。此外，解彥融〈雁塔〉的描寫是：「南山繚上苑，耆樹連巖翠。北斗臨帝城，扶宮切太清。」（卷七六九）。他如岑參〈登慈恩寺浮圖〉：「秋色從西來，蒼然滿關中，五陵北原上，萬古青濛濛。」（卷一九八）。高適〈同諸公登慈恩寺浮圖〉：「宮闕皆戶前，山河盡籫向。」「秦塞多清曠」「五陵鬱相望」（卷二一二），均勾勒出慈恩寺塔在長安城郊的經緯據點。

　　再看湧出的塔勢，岑參形容它是「孤高聳天宮」；儲光羲以「冠上閶闔開，屐下鴻雁飛（卷一三八）」描繪之，杜甫則說它「高標跨蒼穹，烈風無時休」（卷二一六）。許玫題句爲「北嶺風煙開魏闕，南軒氣象鎮商山」（卷五一六）。塔的外形「崢嶸如鬼工」，其「四角礙白日，七層摩蒼穹」（岑參句），章八元的描繪其「十層突兀在虛空，四十門開面面風」。其內部的建構則見「迴梯暗踏如穿洞，絕頂初攀

〔註49〕 裴潾〈白牡丹〉詩見《全唐詩》卷五〇七。「詩題於慈恩寺壁」之說則見徐松：《唐兩京城坊考》卷三所述。

似出籠」（章八元〈題慈恩寺塔〉詩）。杜甫亦有「仰穿龍蛇窟，始出枝撐幽」的陳述。如此均與隋唐時期流行之磚石樓閣式佛塔的形制一致，而這些多樓層建築不僅可供奉佛像，還可登臨遠眺。其視線由雲煙山岫中迴旋而下，望遠情長，陡生思鄉傷離之歎，張喬〈登慈恩寺塔〉就表露了這樣的情懷：「世人來往別，煙景古今同。……斜陽越鄉思，天末見歸鴻。」（卷六三八）等到志士登臨，翻動百憂，乃有「黃鵠去不息，哀鳴何所投，君看隨陽雁，各有稻粱謀」（杜甫句）的痛譏！至此，慈恩寺塔已由宗教聖地，佳景勝處一變為吟憂攄憤的憑寄之所了。

三、黃鶴樓

黃鶴樓，因其在武昌黃鶴山（又名蛇山）而得名。古代相傳有仙人王子安乘黃鶴過此（見《南齊書·州郡志》）；一說蜀費文褘登仙，曾駕黃鶴憩此，故號為黃鶴樓（見《太平寰宇記》）。另有故事說辛氏在此賣酒，一道士常來酌飲，辛不收酒資，道士走時，用橘皮在壁上畫一黃鶴說：「酒客至拍手，鶴即下飛舞。」辛因此致富，越十年，道士復來，取笛鳴奏，黃鶴下壁，道士跨鶴直上雲天，辛即建此樓以記感其事。其後詩人文士登臨，每借傳說落筆，多有題詠生發。

今黃鶴樓題詩之中，以崔顥〈黃鶴樓〉（卷一三○）為千古傳誦之名作：「昔人已乘黃鶴去，此地空餘黃鶴樓，黃鶴一去不復返，白雲千載空悠悠。晴川歷歷漢陽樹，芳草萋萋鸚鵡洲，日暮鄉關何處是，煙波江上使人愁。」此詩相傳為李白所傾倒。《唐才子傳》卷一云：「崔顥游武昌，登黃鶴樓，感慨賦詩。及李白來，曰：眼前有景道不得，崔顥題詩在上頭。無作而去，為哲匠斂手云。」《唐詩紀事》卷二十一又載有世傳李白作鳳凰台詩，比較勝負的說法。方回《瀛奎律髓》則主張李白之擬黃鶴樓，正在鸚鵡洲一詩，而非止於鳳凰之作，蓋以其二詩格調同而語意亦相類之故。然不惟李白欲學其詩，其後，鄭谷有詠：「石城昔為莫愁鄉，莫愁魂散石城荒」亦踵跡黃鶴

樓之詩。〔註50〕

　　細究崔詩〈黃鶴樓〉，將民間傳說與眼前景物交織在一起，時而出古，時而入今，虛實相合，盤旋轉折，寫來出神入化，詩中更措三國名士〈鸚鵡賦〉的作者禰衡被黃祖殺害之典故，登樓遠眺，見景思人，感慨雲生。末尾以長江之煙波浩渺烘托愁思，氣象擴大，波瀾起伏，情意悠悠不盡。沈德潛《唐詩別裁》卷十三評此詩爲「意得象先，神行語外，縱筆寫去，遂擅千古之奇」，嚴羽的《滄浪詩話・詩評》更盛贊「其詩乃唐人七律中之第一」。是而詩借樓傳，樓借詩名。隨著這首黃鶴樓題壁詩的廣爲傳誦，黃鶴樓的知名度乃大爲增加。

四、玄都觀〔註51〕

　　「玄都觀題壁」詩組與「永貞變革」此一歷史事件密切牽連。以下即以「永貞變革」爲時點，對照詩人們的題寫文字。

　　安史之亂後，唐朝的統治開始走向下坡，王朝步入中期，暗赫之威已失。在外以豪族大地主爲階級基礎的藩鎮擁兵自重，，蠢蠢欲動。尤其「涇原之變」後，德宗對藩鎮由鎮壓轉爲姑息，益發助漲其氣燄囂張；在內則是宦官掌握軍權和行政機要權，瞞上欺下，爲所欲爲；加之土地兼併日益劇烈，官吏衙令巧取豪奪；由於中央無能，政治腐敗，給人民帶來了深重的苦難。就是在這樣的一個歷史背景下，順宗李誦繼位，時間是貞元二十一年，西元 805 年（亦即永貞元年）。由於順宗早在做太子時便關心國事，常思有所作爲。所以即位之後，隨即任命曾任太子侍讀的王叔文爲起居舍人，王伾爲左散騎常侍，朝中諸事，多半委付裁決。共意謀計打擊宦官勢力，實行政治改革。其時王叔文密結天下知名之士如韋執誼、韓泰、陸質、呂溫、李景儉、韓

〔註50〕　《分類古今詩話》頁 121～122 引金聖歎語。
〔註51〕　「四、玄都觀：五、端州驛」敘述文字參見嚴紀華：〈試論兩組與歷史事件相關的謫貶題寫詩──「端州驛題壁」與「玄都觀題壁」〉《唐代文學研究》（桂林：廣西師範大學出版社，1998 年 10 月）第七輯，頁 54～78。

曄、陳諫、柳宗元、劉禹錫……等數十人，定爲死交。其時，劉禹錫名重一時，《新唐書》卷一六八說他「本多有狂傲之姿」，又因他工文章、善五言詩，尤爲叔文所知獎，以宰相器待之。凡出詔制時常延引劉禹錫及柳宗元圖議，出入禁中，言無不從，再加上王伾主傳授，這四個人被稱爲「二王劉柳」。〔註52〕他們力主抑制豪強，免除雜稅，任賢裁冗，廢止宮市。目標直指宦官和方鎭勢力，自然遭到反撲，其中因爲順宗病風與才魄不足，加上二王集團本身行事率意，不拘程式，導至其政治活動曲高和寡，缺乏各方面的支持。故而這場有名的「永貞變革」只推行了一百四十六天就失敗了，順宗被迫讓位太子純，是爲憲宗。二王敗死，支黨皆遭逐貶爲邊州司馬，憲宗并制有「逢恩不原」之令，歷史上稱此爲「二王八司馬事件」〔註53〕。一般認爲這是一場因積極參政而遭逢對手嚴酷打擊的政治悲劇。

　　至於劉禹錫初因受王叔文賞識，官職由之層層轉進。《舊唐書》卷一六〇中即記載他位高權重之後，「頗怙威權，中傷端士」；舉如「侍御使竇群奏禹錫挾邪亂政，不宜在朝，群即日罷官。」是其「喜怒凌人，凡所進退，全視愛怒重輕，京師人士不敢指名」。加以叔文結黨因爲「榮辱進退，生於造次」，故而難免「惟於所欲，且行事出入詭秘，外莫得其端」，遂而給人留下「作風囂張，令人側目」的印象。這樣的行事風格一直到禹錫晚年仍不改其色。所以《舊唐書》對劉禹

〔註52〕「涇原之變」指的是德宗建中二年（西元781年）成德節度使李寶臣死，其子李惟岳請求襲位，德宗不允，李遂聯同爲魏博、淄青、山南東道等節度使造反，德宗徵調關內諸鎭兵支援，其中涇原兵五千途經京師，因未得犒賞發生嘩變，德宗被迫逃出長安。「二王劉柳」指得是王伾、王叔文、劉禹錫、柳宗元等四人。以上參見《舊唐書》卷一三五王叔文列傳、《新唐書》卷一六八王叔文列傳、《舊唐書》卷一六〇劉禹錫列傳、《新唐書》卷一六八劉禹錫列傳中所述。

〔註53〕王伾，王叔文敗逐後坐誅。貶其黨韓曄饒州司馬，韓泰虔州司馬，陳諫台州司馬，柳宗元永州司馬，劉禹錫朗州司馬，凌準連州司馬、程异郴州司馬、韋執誼崖州司馬，史稱「二王八司馬」。

錫其人其事的評論是：「貞元、太和年間，以文學聳動搢紳之伍者，宗元禹錫而已。……而（禹錫）蹈道不謹，昵比小人，自致流離，遂隳素業，故君子群而不黨，戒懼愼獨，正爲此也。」

　　儘管人嘉其才而薄其行，劉禹錫自言是久蓄「報國松筠心」（〈和武中丞秋日寄懷簡諸僚故〉），他是在一個充滿矛盾與痛苦的社會現實中走上仕途，故而極思刷新政治、報效國家。所以他參加了王叔文的革新集團，而在永貞革新失敗後，自然首遭株及，貶爲朗州司馬，他遭此政治打擊，落魄於陋地，心情難免鬱悒不怡，但是挫折并沒有使他屈服，他把滿腔義憤傾注于詩歌之中，繼續堅持自己的理想，往往更加關注文學創作和文學活動；所謂「悲斯嘆，嘆斯憤，憤必有泄，故見乎詞」（劉禹錫〈上杜司徒書〉），其全盛之氣，注射語言；所以行文敘意多諷託幽遠，在充滿瘴癘之歎、拘囚之思的字裡行間仍保持著其頑強的性格。

　　憲宗元和十年（西元 815 年），劉禹錫從朗州召還，回到了長安。目睹新貴權傾京師，撫今追昔，無比憤慨，便借著游玄都觀看桃花爲題，寫下了諷刺名作：

　　　　紫陌紅塵拂面來，無人不道看花回，玄都觀裡桃千樹，盡是劉郎去後栽。〔註54〕

劉禹錫自貞元二十一年自屯田員外郎出貶朗州司馬時，此觀尙未有花，及居外十年，召到京師，人人皆言：「有道士手植仙桃滿觀，如紅霞。」遂有此篇以志一時之事。〔註55〕表面上劉禹錫著筆在桃花紅塵，草木紫陌，襯托出花景之盛，看花人之眾，一片春色爛漫。而實際上，千樹桃花乃是指十年來由於投機取巧而在政治上得意的新貴；看花的人便是那些趨炎附勢，攀高結貴之徒，他們汲汲營營地奔走權門就如同趕著熱鬧去看桃花一般。結句更輕蔑的指出：這些新貴正是

〔註54〕　《全唐詩》卷三六五〈元和十一年自朗州召至京戲贈看花諸君子〉，或作元和十年，見孟棨〈本事詩〉（事感第二）。
〔註55〕　語見劉禹錫〈再游玄都觀〉（卷三六五）前引之序文所言。

排擠我這個舊臣出去才獲得提拔昇遷罷了！如此語涉譏忿，語意尖刻，當然不爲執政者所喜。《本事詩‧事感第二》記載：「其詩一出，傳於都下，有素嫉其名者，白於執政，又誣其有怨憤。」是而，劉禹錫的這首新作便成爲眾矢之的，眼中釘自然要除之而後快。於是，劉禹錫二度受貶，出爲播州刺史，後因裴度建言說項，柳宗元亦上表請求自代，乃改授連州。而，劉禹錫前因飛語，廢錮十年，然後乍蒙徵還，重罹不幸。竟是因爲「直以慵疏招物議，休將文字佔時名」，至此，夢得怎能不忍聲咋舌，顯白無路？

十四年後，大和二年（西元 828 年）三月，劉禹錫再度奉召回京，拜主客郎中。這十四年間，皇帝由憲宗、穆宗、敬宗而文宗換了四個，人事變遷極大，但是政治鬥爭仍在繼續。這回，劉禹錫回京途中，重游玄都觀，發現其中蕩然無復一樹，惟兔葵燕麥動搖于春風耳。當此自然環境與人事環境一如滄海桑田形成強烈的對照，詩人在此中浮沈，感慨無窮，於是再題一首：「百畝庭中半是苔，桃花淨盡菜花開，種桃道士歸何處？前度劉郎今又來。」〔註56〕以俟後游。

這首詩是劉禹錫十四年前所寫〈戲贈看花諸君子〉絕句的續篇，詩語雖重提舊事，語勢更顯凌厲，除了抒發作者有意向打擊他的權貴挑戰，表示著自己決不因爲屢遭報復就屈服妥協，其詩中諷刺昔日排擠他的權貴又被別人排擠下台，桃花變菜花，反映出政治無情，世態炎涼。而「種桃道士」之語更隱隱刺及君上。《新唐書》卷一六八中對他的仕宦生涯作了這樣的註腳：「禹錫恃才而廢，褊心不能無怨望，年益晏，偃蹇寡所合，是而不得久處朝列。」尙永亮則是認爲劉氏在此表現了一種基於個體生命意志的復仇情懷。這些正說明了劉禹錫的個人特質──是一個絕不向強權妥協的「詩豪」。〔註57〕

總之，「玄都觀」前後二首題壁詩由小處言，是劉禹錫本人有意

〔註56〕劉禹錫〈再游玄都觀〉（卷三六五）。

〔註57〕尚永亮：《元和五大詩人與貶謫文學考論》（台北：文津，1993 年）中篇（下），頁 207。

地借用題壁這種方式在公眾場所作公開的批判時政，甚至驚動了被諷刺的對象，是而劉禹錫接連受貶。由此可見題壁詩已成一種直接有效的代言。由大處言，這二首題作不啻正是歷史的證言。姑不論「永貞變革」之是非功過，中晚唐數十年黨爭劇烈是不爭的事實，仕朋各依其主，各附其黨，此起彼落。而一入朋黨，一爭進取，往往同條受謗，相累連坐，個人命運乃隨黨勢浮沉矣！

五、端州驛

「端州驛題壁」詩組與著名的「神龍之變」關係密切，是反映此一歷史事件的題壁詩篇。

神龍元年（西元 705 年）二月，十八位官吏〔註58〕包括知名詩人閻朝隱、杜審言，沈佺期、宋之問，王無競等人皆被流放「嶺南惡地」。這次的貶謫乃係推翻武后政權，恢復唐室之政變的骨牌效應，而其歷史則可追溯至武周、李唐之間的權力移轉。

武則天原爲太宗才人，後爲高宗所悅，進納昭儀。永徽六年（西元 655 年）高宗廢皇后王氏，立武氏爲后。武后於是更處心積慮地加快奪權鬥爭的腳步，由於高宗李治本素柔弱，歐陽修曾稱之爲「昏童」，老年更形顢頇；且自顯慶以後，高宗又爲風疾所苦；武后奏事稱旨，多所專擅，朝中出現了「二聖」的怪現象。弘道元年（西元 683 年），高宗駕崩，武后自任攝政，直到西元 690 年，武后親自臨朝稱帝，是爲武周天授元年。其間先後立廢中宗、睿宗；同時爲了鞏固政權，大肆獎勵密告，並嚴厲鎮壓反對派。當時，來俊臣、萬國俊之徒乘時出現，陷人入罪，全憑羅織、鍛鍊。依據陳寅恪先生之考察論述：此段廢王皇后立武昭儀之爭，非僅宮闈后妃之爭，實爲有唐初期政治上社會上關隴集團與山東集團決勝負之一大關鍵。而自武曌主持中央政權之後，更逐漸破壞傳統所遵循的「關中本位政策」，代

〔註58〕 沈佺期〈初達驩州〉（卷九五）一詩中首聯：「流子一十八，命予偏不偶。」

之以新興進士，以遂其創業垂統之野心。而事實上，初唐早已施行優待太原元從（輔佐立功之人）之政策，同時高祖與太宗在任官的銓選上亦皆以地理出身之「均勢原則」來制衡官員。近時，中外學者的研究中也顯示著不同的看法：即初唐武周黨派形成之關鍵應以其功業背景、家族背景、仕職單位背景、婚姻背景爲優先考量，質疑地理區域因素並非要件。由此綜歸武后之專政掌權時期（即西元 660 至 705 年），以其個性忍斷，猜忌好殺，剷除異己，假手酷吏，禍殃及於無辜臣民牽連以千萬計，非止殘殺李氏宗支而已。〔註59〕

　　如此一來，已脫離唐初開國時期的武周一朝，面臨了不止元佐凋零的問題，朝廷信心也亟待重建，故而用人循資乃別謀選舉之方；一方面因爲武后殘戮過甚，想要見好士林，藉圖挽救，並結新援，是以舉人無論賢不肖，咸加擢拜，大置試官以處之。那時，官員本身的門第和身份都不成問題，選舉任命也不受朝廷制度和慣習的約束。是以此期唐朝社會出現了頗爲著跡的改變，門蔭入仕之途因政局的變動而呈衰落，憑科舉入仕的官僚這時才眞正在政治舞台上擔任了舉足輕重的角色。而唐代進士科早有盛名，自咸亨（670）以後，文學之士幾乎都集中在進士科。其中，閻朝隱（進士及第年不詳）、杜審言（670）、沈佺期（675）、宋之問（675）、崔融（676）、王無競（677）等人便是進士及第，步入宦途。另一方面因爲武后任事率情，厚植嬖寵，於是多有破格舉用之事。舉如張易之、張昌宗兄弟就是因爲年輕俊美受倖得寵，走進了權力核心，而終於達到炙手可熱、勢燄燻天的地步，這在待機而動的保守派人士的眼中無疑是「禍亂的根源」。神龍元年（西元 705 年），八十二歲的武后病重，這提供了以張柬之爲首的擁李人士一個絕佳的反撲時機，他們以清除「君側之奸」爲名發動政變，

〔註59〕　參見《新唐書》卷三、卷四，《舊唐書》卷一八六以及陳寅恪：《唐代政治史述論略稿》（重慶，1944）頁 14～19，岑仲勉《隋唐史》（香港：文昌，1957），頁 181，崔維澤著、何冠環譯〈從敦煌文書看唐代統治階層的成份〉《唐史論文選集》（臺北：幼獅，1990），頁 87～112 等。

率羽林軍誅易之、昌宗。實質上則以打倒武后政權和革新政策為目的，於是武后被脅迫交出政權，中宗復位，將女主武周的統治畫上了休止符，史稱「神龍之變」。

　　政變發生在正月，「翦清君奸」的矛頭直指張氏兄弟。中宗即位後，雖梟首張易之、張昌宗，復大赦天下，但不原張易之黨。凡與張氏兄弟有干係的均受株連；閻、杜、沈、宋、王等人即被視為張氏兄弟的黨羽由此獲罪，約在西元 705 年二月流放嶺南。自古放臣不與善地，多徙五溪不毛之鄉〔註60〕，在統治者看來，左降官都是需要「歷艱難而思咎」的戴罪之人。而嶺南遐荒萬里，其範圍在五嶺南側，相當於今日江西、湖南、廣東、廣西一帶，甚且包括一部分越南，是一塊高溫低濕而易於致病，尚未開化的瘴地，當時被稱為惡地，所謂「南海風潮壯，西江瘴癘多」〔註61〕，「火雲蒸毒霧，陽雨濯陰霓」，謫客騷人到此無不「瘴癘因茲苦，窮愁益復迷」每有「五嶺淒惶客，三湘憔悴顏」的形容〔註62〕，是令人聞之色變，望而生畏的蠻荒僻野。由於詩人們被逐出宮廷，跋涉江嶺，接觸新的情境，所見所感，且行且述，不能無懷。其中「端州驛題壁」詩組的留題延引著不同的意義，尤其引人注意。下以宋之問〈至端州驛見杜五審言、沈三佺期、閻五朝隱、王二無競題壁慨然成詠〉（卷五一）為起點觀察〔註63〕：

　　逐臣北地承嚴譴，謂到南中每相見，豈意南中岐路多，千山萬
　　水分鄉縣。雲揚雨散各翻飛，海闊天長音信稀，處處山川同瘴

〔註60〕據劉禹錫〈讀張曲江集〉（卷三五四）序中言：世稱張曲江為相，建言放臣不宜與善地，多徙五溪不毛之鄉。而考察宋之問〈自洪府舟行直書其事〉（卷五一）首二聯：「仲春辭國門，畏途橫萬里，越淮乘楚障，造江泛吳汜。」此仲春二月，其時韋承慶貶高要，房融流配欽州，同年三月酷吏另批放逐嶺南遠惡處，身死者除名削爵，生者如唐奉一、李秦授、曹仁哲俱流配嶺南。

〔註61〕張說〈端州別高六戩〉（卷八七）。

〔註62〕參見沈佺期〈敕到不得歸題江上石〉（卷九五）以及宋之問〈晚泊湘江〉（《全唐詩》卷五二）。

〔註63〕同前註。

癘，自憐能得幾人歸。

端州這個地點，即今廣東高要，位於西江零羊峽附近，是嶺南蕉布的集散地。交通發達，自是商旅遷客必經之途。而檢索閻杜五人等流刑的地點，依遠近分別爲王無競是在廣州（一曰嶺表），卒死於廣州；宋之問則是瀧州（今廣州西方，近廣東省西邊）；閻朝隱貶到崖州（今廣東省瓊山縣東南）；杜審言發配峰州（屬廣西安南太原府，今北越海防偏北西一帶）；沈佺期流放驩州（屬廣西又安府西南，今北越北緯二○度稍南，較峰州更南）；總其貶謫南遷之途都必須路經端州這個交通要驛。當宋之問到達端州驛亭的時候，其他四人早已通過了。自從坐事同譴之後，原本以爲或許到了嶺南可能再見，沒想到南中道路多歧，加上敕令嚴急，必期速達，於是各人分別就道，然而心中猶有悵惘不甘之情，人既不得少留，只得留跡相慰，藉以聊解愁思。於是，杜五、沈三、閻五、王二俱洩寄心情於墨題。宋之問就是面對著壁間熟悉的筆跡，憶想曾在洛陽一道遊宴的詩友如今俱遭此流變；而身處充滿瘴癘的蠻荒山川，不知是否能安然熬過放逐的日子？那裡還敢奢求朝廷赦歸呢？這些失意自傷、幽愁自憐、恐懼自失、焦慮自怨的情緒錯綜複雜，是以宋之問面對昔日洛陽一同遊宴的詩友所留之壁間筆蹤，空自歎惋，於是慨然成詠。

今考前行四人之題壁，僅餘王重民根據敦煌遺書殘詩卷斯五五五號卷子補出閻朝隱的二首詩〔註64〕，餘皆不見。且閻詩題殘缺，詩中亦有缺字。迻錄於下：

□□二首　斯五五五

嶺南流水嶺南流，嶺北遊人望嶺頭，感念鄉園不可□，肝腹一斷一迴愁。

千重江水萬重山，毒瘴□氛道路間，迴首俛眉但下淚，不知何

〔註64〕《全唐詩外編》（台北：木鐸，民國72年出版）所收王重民《補全唐詩》頁10～11引錄王仲聞先生云：「朝隱這兩首詩，殆即爲端州題壁，都是他們南徙時所作，也就都是宋之問所見的那些詩。」

處是鄉關。

觀其詩中充滿著對道路的艱難得感懼與遙望鄉關的思念。王仲聞先生認爲此即爲閻朝隱的端州題壁詩作。另外，沈佺期在流逐的旅途上感吟的作品甚多，蓋以其放逐到最遠的驩州。其在驩州貶所，有詩近十首，紀風土人情，言懷抱愁苦，儼然唐時「驩州地志」；譚優學在〈沈佺期行年考〉中說他描繪絕域風光，開拓唐詩領域，頗具史料價值。可惜其端州題壁之作今已不存。今由其另首題石詩作〈赦到不得歸題江上石〉（卷九七），或可一窺在大時代的歷史變動中，在此籠罩下的詩人受其左右的命運。

　　這些嶺南旅驛的題壁詩與詩人偃蹇的遭遇結合寄言，由傷景到傷情，例外的富有寫實精神，一掃宮廷詩人原有的典雅華麗的詩框、歌功頌德的詩旨。由於沈宋等人不同的生命履驗，使得他們創作出有別於宮廷詩風的作品：自遭貶斥，處境逆轉，由繁華直墮寂寥。於是心境沉凝，洗削鉛華，筆下素淨而情懷宛轉，別見一番悽惋鬱切之情。情由境轉，開宕起伏，寫意盤旋。而取材擴大，眼界一開，感慨遂深。雖然他們的詩並未批評這場歷史的激變，但對自己的遭遇並不沉默。且其題壁的地點是在位居交通要道的驛亭——端州驛，這五位同遭貶謫的僚友不約而同的題壁之舉，除了主要是感慨臨題的成份，應當還有以詩代簡的意圖，正因爲「海闊天長音信稀」，所以透過題壁留跡，傳遞了知止問候的訊息，好待他日有幸重見，以供回憶張本。此外，更期望借由詩作的題壁發表、借由讀者群眾甚或采詩搜謠者的傳送，能夠引起執政者的注意，矜憐其忠悃赤誠，還得清白，能夠獲得釋罪召回。這些在在都說明了「題壁詩」的多樣功能。

　　總結而言，題寫的詩歌無疑成爲一種直接有效的代言，並不排除召禍的可能，詩人仍敢於書題，向在位者鳴聲。所以，文學活動與傳播活動結合，除了擴大文學作品的影響，更帶來活潑的效應，其打破了靜態沉滯的社會傳統，使被壟斷的權力、財富、知識勢必面臨重新調整。這是創作的平行價值。此外，自作者言，其比喻意象正呈現著

瞬間所獲得的感性與知性的複雜經驗；就讀者觀，藝術能給我們在實際人生中或較難獲得的：對理念的冷靜的沉思。這是創作的垂直價值。有以進之，純粹由文字中想見時景的感應；與親臨其地，遙想當年，復睹前人題壁故事，然後憬然自覺，動感而發的豐富度相較，實不可同日而語。尤其是當文學與時事（史事）互相交會的時候，傳播的功能無疑更耀眼了他們的光亮。

第三章 題壁詩中的即景之作

第一節 「即景」的意涵

　　所謂「景」，乃是指「自然風景」，其集結了天文象如日月星辰雲霞風雨；地理象如山陵河海花葉木石；建築象如寺觀宅院亭台樓池；生物象如鳥獸蟲魚等，共同組成了動態的景觀。而遊景之餘，乃有感興。「興」之一字即「情」也，人類日處於自然風景之中，時空移轉，每每觸景而動，於是興寄自生。正如陸機《文賦》所說：「遵四時以歎逝，瞻萬物而思紛。」自古以來，這表情的工作多分派與「詩」。詩以道情，詩之所至，情以之至。〔註1〕是而作家的描寫線自單一體物延展，觀照的角度擴大到「摹山範水、抒詠自然」，其以旅人的眼光看山水，進由動態物象的共鳴為中心而構成意境，而後緣情自誘，挫物筆間。

　　溯究「覽游山水，紀寫吟詠」的風習在《詩經》、《楚辭》中已筆觸可見。雖詩教言志，借景宣托，但是作家吟詠與自然風景實已產生交感互動、二者并非孤離無關。劉勰就曾經說「屈平所以能洞監風騷之情者，抑或江山之助乎？」〔註2〕到達魏晉南北朝，紀遊訪勝與自

〔註1〕王夫之：《明詩評選》卷五。(《古詩評選》卷四)。
〔註2〕劉勰：《文心雕龍》卷十〈物色篇〉。

然風景逐漸成爲文人寫作的主要選材，所謂「莊老告退，山水方滋」〔註3〕，由謝康樂開領先河。唐朝以來，一方面承襲前朝詩風餘緒，一方面以自然風景本身特質引人（材）入勝；更拜諸山水畫的流行，釋道思想的鼎盛，莊園制度的興起，文士讀書山林以及漫遊山水，隱逸自然等時潮的習染；再加上唐帝國經濟物質環境的提供，自然風景實已成爲詩人精神生活的來源。正如黃宗羲所言「詩人萃天地之情氣，以月露花鳥爲其性情，其景與意不可分也」。由是，「即景」這一類詩歌成爲唐詩產量的大宗；凡借景抒情、情中見景，情景交融的詩作比比皆是；而詩人們如王維、孟浩然、劉長卿、韋應物都分別以描摹自然風景而各擅勝場。

第二節　即景之作的內容

一、詩作數目

　　初盛唐之交，在情感表現上，詩歌創作有一個從應制奉和擴大到感興而發的過程；在景觀題材上，也有一個從宮掖台閣移向市井里巷、山林江海的過程。於是山水清音成爲詩壇的清道者，一掃宮體詩的綺媚和應制詩的肥腴。檢索《全唐詩》中，題壁詩中的即景之作共計三四七首，是爲題壁詩歌中選用頻率最高的創作內容。其中在相同地點的題詠之作一〇一首，而在相異處所的題詠之作計二四六首，今以「同地題作」與「異地題作」二類製表，分別依「作者」、「詩題」、「詩作出處」標識條列於下，以便參較。

〔註 3〕 前書卷二〈明詩篇〉。

題壁詩中的即景之作一覽表

一、同地題作

〔慈恩寺塔〕	〔宣州琴谿水西寺〕
高宗皇帝：謁慈恩寺題奘法師房（卷二）	武平一：游涇川琴溪（卷一〇二）
儲光羲：同諸公登慈恩寺塔（卷一三八）	邢 巨：遊宣州琴谿同武平一作（卷一一七）
岑 參：與高適薛據同登慈恩寺浮圖（卷一三九）	李 白：遊水西簡鄭明府（卷一七九）
高 適：同諸公登慈恩寺浮圖（卷二一二）	杜 牧：念昔遊（三首第三首）（卷五二一）
杜 甫：同諸公登慈恩寺塔（卷二一六）	杜 牧：題水西寺（卷五二六）
章八元：題慈恩寺塔（卷二八一）	〔金山寺〕
裴 潾：白牡丹（卷五〇七）	張 祜：登金山寺（卷五一〇）
徐 夤：塔院小屋四壁皆是卿相題名因成四韻（卷七〇九）	張 祜：題潤州金山寺（卷五一〇）
解彥融：雁塔（卷七六九）	孫 魴：題金山寺（卷七四三）
〔巫山高〕	〔慧山寺〕
張九齡：巫山高（卷十七）	竇 群：同王晦伯、朱遐景宿慧山寺（卷二七一）
鄭世翼：巫山高（卷十七）	王武陵：宿慧山寺（卷二七五）
沈佺期：巫山高二首（卷十七）	朱 宿：宿慧山寺（卷二七五）
王無競：巫山（一作宋之問詩）（卷六七）	李 紳：重到惠山（卷四八二）
喬知之：巫山高（卷八一）	張 祜：題惠山寺（卷五一〇）
盧照鄰：巫山高（卷十七）	〔禪智寺〕
張循之：巫山高（卷十七）	杜 牧：將赴宣州留題揚州禪智寺（卷五二三）
閻立本：巫山高（卷十七）	羅 隱：秋日禪智寺見裴郎中題名寄韋瞻（卷六五六）
劉方平：巫山高（卷十七）	〔石甕寺〕
皇甫冉：巫山高（卷十七）	王 建：奉同曾郎中題石甕寺得嵌韻（卷三〇一）
李 端：巫山高（卷十七）	王 建：題石甕寺（卷三〇一）
于 濆：巫山高（卷十七）	〔黃鶴樓〕
戴叔倫：巫山高（卷十七）	崔 顥：黃鶴樓（卷一三〇）
孟 郊：巫山高二首（卷十七）	李 白：鸚鵡州詩（卷一八〇）
李 賀：巫山高（卷十七）	李 白：登金陵鳳凰台（卷一八〇）
僧齊己：巫山高（卷十七）	
劉禹錫：巫山神女廟（卷三六一）	
繁知一：書巫山神女祠（卷四六三）	
劉 滄：題巫山廟（卷五八六）	

〔綿州越王樓〕

喬　琳：綿州越王樓即事（卷一九六）

王　鋌：登越王樓見喬公詩偶題夏杪登越
　　　　王樓臨涪江望（卷二七二）

于興宗：雪山寄朝中知友（卷五六四）

〔宣州開元寺〕

白居易：留題開元寺上方（卷四四一）

朱慶餘：題開元寺（卷五一五）

許　渾：宣州開元寺贈惟眞上人（卷五二
　　　　六）

許　渾：冬日宣城開元寺贈元孚上人（卷五
　　　　三七）

〔崔駙馬林亭〕

姚　合：題大理崔少卿駙馬林亭（卷四九
　　　　九）

姚　合：題崔駙馬宅（卷四九九）

姚　合：題崔駙馬林亭（卷四九九）

姚　合：春日同會衛尉崔少卿宅（卷五〇〇）

朱慶餘：題崔駙馬林亭（卷五一四）

無　可：題崔駙馬林亭（卷八一四）

〔道林岳麓寺〕

杜　甫：岳麓山道林二寺行（卷二二二）

沈傳師：次潭州酬唐侍御姚員外游道林嶽
　　　　麓寺題示（卷四六六）

唐　扶：使南海道長沙題道林岳麓寺（卷四
　　　　八八）

李　節：贈釋疏言還道林寺詩有序（卷五六
　　　　六）

韋　蟾：岳麓道林寺（卷五六六）

崔　玨：道林寺（卷五九一）

〔鸛鵲樓〕

王之渙：登鸛鵲樓（卷二五三）

李　益：同崔邠登鸛鵲樓（卷二八三）

暢　當：登鸛鵲樓（卷二八七）

〔李頻莊〕

方　干：李侍御上虞別業（卷六五三）

翁　洮：和方干題李頻莊（卷六六七）

〔岳陽樓〕

張　說：岳州作（卷八六）

張　說：岳州九日宴道觀西閣（卷八八）

張　說：與趙冬曦尹懋子均登南樓（卷八
　　　　七）

張　均：和尹懋登南樓（卷九〇）

趙冬曦：陪張燕公登南樓（卷九八）

尹　懋：奉陪張燕公登南樓（卷九八）

〔滕王閣〕

王　勃：滕王閣（卷五五）

可　朋：滕王閣（《全唐詩續補遺》卷十三）

〔石　淙〕

則天武后：石淙（卷五）

太子李顯（後中宗）：石淙（卷二）

相王李旦（後睿宗）：石淙（卷二）

狄仁傑：奉和聖製夏日遊石淙山（卷四六）

李　嶠：石淙（卷六一）

姚　崇：奉和聖製夏日遊石淙山（卷六四）

蘇味道：嵩山石淙侍宴應制（卷六五）

崔　融：嵩山石淙侍宴應制（卷六八）

閻朝隱：奉和聖製夏日遊石淙山（卷六九）

徐彥伯：石淙（卷七六）

薛　曜：奉和聖製夏日遊石淙山（卷八〇）

張易之：奉和聖製夏日遊石淙山（卷八〇）

張昌宗：奉和聖製夏日遊石淙山（卷八〇）

楊敬述：奉和聖製夏日遊石淙山（卷八〇）

武三思：奉和聖製夏日遊石山淙（卷八〇）

于季子：奉和聖製夏日遊石淙山（卷八〇）

沈佺期：嵩山石淙侍宴應制（卷九六）

〔興唐寺〕

李　白：興唐寺（《全唐詩續補遺》卷四）

趙　嘏：留題興唐寺（卷五五〇）

二、異地題作

唐玄宗：遇大哥山池題石壁（卷三）	羊士諤：乾元初嚴黃門自京兆少尹貶牧巴
唐玄宗：同玉眞公主過大哥山池（卷三）	郡以長才英氣固多暇日每遊郡之
唐玄宗：途經華嶽（卷三）	東山山側精舍有盤石細泉疏爲浮
唐玄宗：登蒲州逍遙樓（卷三）	杯之勝苔深樹老蒼然遺躅士諤謬
唐德宗：七月十五日題章敬寺（卷四）	因出守得繼茲賞乃賦詩十四韻刻
上官昭容：遊長寧公主流杯池二十五首（卷	於石壁（卷三三二）
五）	羊士諤：山寺題壁（卷三三二）
王　勃：普安建陰題壁（卷五六）	劉禹錫：八月十五日夜桃源玩月（卷三五
蘇　頲：利州北佛龕前重于去歲題處作（卷	六）
七四）	劉禹錫：桃源行（卷三五六）
劉希夷：秋日題汝陽潭壁（卷八二）	劉禹錫：途次華州陪錢大夫登城北樓春望
常　建：題破山寺後禪院（卷一四四）	因睹李崔令狐三相國唱和之什翰
劉長卿：將赴嶺外留題蕭寺遠公院（卷一	林舊侶繼踵華城山水清高鸞鳳翔
五一）	集皆忝宿眷遂題此詩（卷三五九）
李　白：秋浦歌十七首（卷一六七）	劉禹錫：答東陽于令寒碧圖詩（卷三六一）
李　白：登梅岡望金陵贈族姪高座寺僧中	張　籍：夜宿黑灶溪（卷三八四）
孚（卷一八〇）	元　稹：西明寺牡丹（卷四一一）
李　白：自巴東舟行經瞿唐峽登至山最高	元　稹：留呈夢得子厚致用（卷四一四）
峰晚還題壁（卷一八一）	白居易：遊石門澗（卷四三〇）
李　白：題舒州司空山瀑布（卷一八五）	白居易：題孤山寺石榴花示諸僧眾
杜　甫：重過何氏五首（卷二二四）	（卷四四三）
杜　甫：題鄭縣亭子（卷二二五）	白居易：予以長慶二年冬十月到杭州明年
杜　甫：夔州歌十絕句之一（卷二二九）	秋九月始與范陽盧賈汝南周元範
杜　甫：題郪縣郭三十二明府茅屋壁（卷	蘭陵蕭脫清河崔求東萊劉方輿同
三二四）	遊恩德寺之泉洞竹石籍甚久矣及
錢　起：歸義寺題震上人壁（卷二三六）	茲目擊果愜心期因自嗟云到郡周
錢　起：題嵩陽焦道士石壁（卷二三九）	歲方來入寺半日復去俯視朱綬仰
錢　起：題延州聖僧穴（卷二三九）	睇白雲有媿於心遂留絕句（卷四
張　繼：楓橋夜泊（卷二四二）	四三）
張　繼：遊靈巖（卷二四二）	白居易：大林寺桃花（卷四四〇）
韓　翃：劉題寧川香蓋寺壁（卷二四五）	白居易：留題天竺、靈隱二寺（卷四四六）
暢　當：蒲中道中二首（卷二八七）	白居易：靈城西北雉堞最高崔相公首創樓
劉　商：同徐城季明府遊重光寺題晃師壁	台錢左丞繼種花果合爲勝境在雅
（卷三〇三）	篇歲暮獨遊悵然成詠（卷四四八）

白居易：西街渠中種蓮疊石頗有幽致偶題小樓（卷四五四）	張　祐：題杭州靈隱寺（卷五一〇）
	張　祐：題潤州鶴林寺（卷五一〇）
白居易：玉泉寺南三里澗下多深紅躑躅繁艷殊常感惜題詩以示遊者（卷四五四）	張　祐：題虎丘東寺（卷五一〇）
	張　祐：題虎丘西寺（卷五一〇）
白居易：早春題少室東巖（卷四五六）	張　祐：題虎丘寺（卷五一〇）
白居易：宣州崔閣老忽以近數十首詩見示（卷四五八）	張　祐：題于越亭（卷五一一）
	杜　牧：商山麻澗（卷五二三）
白居易：寄韜光禪師（卷四六二）	許　渾：再遊姑蘇玉芝觀（卷五三四）
白居易：宿誠禪師山房題贈（卷四六二）	許　渾：長慶寺遇常州阮秀才（卷五三六）
牟　融：題寺壁（卷四六七）	賈　島：早秋寄題天竺靈隱寺（卷五七四）
劉言史：山寺看櫻桃花題僧壁（卷四六八）	李　郢：友人適越路過桐廬寄題江驛（卷五九〇）
韋處厚：盛山十二詩（卷四七九）	
李　紳：題法華寺五言二十韻（卷四八一）	許　棠：過洞庭湖（卷六〇三）
姚　合：陝下厲玄侍御宅五題（卷四九九）	張　喬：書梅福殿壁二首（卷六三八）
姚　合：題長安薛員外水閣（卷四九九）	張　喬：浮汴東歸（卷六三九）
姚　合：題山寺（卷四九九）	方　干：書寶雲禪者壁（卷六四九）
姚　合：過楊處士幽居（卷五〇〇）	方　干：題雪竇禪師壁（卷六四九）
章孝標：題杭州亭驛（卷五〇六）	方　干：書法華寺上方禪壁（卷六五〇）
張　祐：題上饒亭（卷五一〇）	方　干：題越州袁秀才林亭（卷六五一）
張　祐：旅次上饒溪（卷五一〇）	方　干：題法華寺絕頂禪家壁（卷六五二）
張　祐：題招隱寺（卷五一〇）	方　干：題寶林寺禪者壁（卷六五三）
張　祐：題蘇州楞伽寺（卷五一〇）	方　干：書原上鮑處士屋壁（卷六五三）
張　祐：題蘇州思益寺（卷五一〇）	翁　洮：春日題航頭橋（卷六六七）
張　祐：題重居寺（卷五一〇）	鄭　谷：郊野（卷六七四）
張　祐：題善權寺（卷五一〇）	鄭　谷：漢陂（卷六七六）
張　祐：題南陵靜隱寺（卷五一〇）	鄭　谷：次韻和秀上人遊南五台（卷六七六）
張　祐：題丘山寺（卷五一〇）	韓　偓：湖南梅花一冬再發偶題於花援（卷六八〇）
張　祐：題僧壁（卷五一〇）	
張　祐：題普賢寺（卷五一〇）	徐　夤：題僧壁（卷七〇八）
張　祐：題丹陽永泰寺練湖亭（卷五一〇）	徐　夤：題名琉璃院（卷七〇九）
張　祐：題潤州金山寺（卷五一〇）	錢　珝：江行無題中二絕（頁8196）（卷七一三）
張　祐：題杭州孤山寺（卷五一〇）	
張　祐：題濠州鍾離寺（卷五一〇）	許　晝：江南行（卷七一五）
張　祐：題蘇州靈巖寺（卷五一〇）	崔　庸：題惠巖寺（卷七一九）
張　祐：題杭州天竺寺（卷五一〇）	李　洞：宿書僧院（卷七二三）

王仁裕：題斗山觀（卷七三六）

王仁裕：題麥積山天堂（卷七三六）

李建勳：留題敬愛寺（卷七三九）

李建勳：題信果觀壁（卷七三九）

李　中：和夏侯秀才春日見寄（卷七四八）

李　中：廬山棲隱洞譚先生院留題（卷七四九）

徐　鉉：留題仙觀（卷七五五）

劉　兼：郡齋寓興（卷七六六）

無名氏：合水縣玉泉石崖刻（卷七八六）

楊德麟：題奉慈寺二韻（卷七九九）

寒　山：無題詩二十四首。相喚探芙蓉、重巖我卜居、卜擇幽居地、登陟寒山道、可笑寒山道、杳杳寒山道、平野水寬闊、層層山水秀、鳥語情不堪、盤陀石上坐、自在白雲間、時人尋雲路、獨坐常忽忽、自見天台頂、聳聲雲霄外、寒山多幽奇、昨日遊峰頂、可貴一名山、丹丘迥聳與雲齊、雲山疊疊連天碧、碧澗泉水清、閑遊華頂上、止宿鴛鴦鳥、有鳥五色來（卷八○六）

靈　一：將出宜豐寺留題山房（卷八○九）

皎　然：題湖上蘭若示清會上人（卷八一六）

貫　休：書石壁禪居屋壁（卷八三七）

齊　己：留題仰山大師塔院（卷八三八）

齊　己：書古寺僧房（卷八四○）

齊　己：假山幷序（卷八四三）

齊　己：赴鄭谷郎中招遊龍興觀讀題詩（板）謁七真儀像因有十八韻（卷八四三）

齊　己：送泰禪師歸南岳（卷八四四）

齊　己：與節供奉大德遊京口寺留題（卷八四七）

呂　巖：秦州北山觀留詩（卷八五八）

呂　巖：題詩紫極宮（卷八五八）

伊用昌：留題閣皂觀（卷八六一）

伊用昌：題遊帷觀眞君殿後（卷八六一）

觀梅女仙：題壁（卷八六三）

劉昭禹：仙都山留題（卷八八六）

崔　融：題惠聚寺（卷八八七）

李　白：題峰頂寺（一作烏牙寺）（侯鯖錄）

李　白：普照寺（咸淳臨安）

李　白：改九子山爲九華山聯句（《李太白全集》下）

李世民：題龜峰山（《全唐詩續補遺》卷一）

蕭　翼：留題雲門山（《全唐詩續補遺》卷一）

李　華：題澤州石佛閣（《全唐詩續補遺》卷一）

嚴　武：題龍日寺西龕石壁（《全唐詩續補遺》卷四）

劉禹錫：含輝洞述（《全唐詩續補遺》卷七）

賈　島：留題南趙古廟（《全唐詩續補遺》卷八）

周　朴：靈巖廣化寺（《全唐詩續補遺》卷十三）

呂　巖：集虛觀留題（《全唐詩續補遺》卷十四）

呂　巖：題壁二絕（《全唐詩續補遺》卷十四）

張　蠙：大慈寺題壁（《全唐詩續補遺》卷十七）

韋　毅：經漢武泉（《全唐詩續補遺》卷十七）

無名氏：碧玉潭（《全唐詩續補遺》卷十七）

獨孤均：題含盧洞二首（《全唐詩續補遺》卷二十）

無名氏：玉乳泉壁間詩（《全唐詩續補遺》卷二十一）	張　祐：開聖寺（《全唐詩補逸》卷之八）
無名氏：題薊州桃李寺（《全唐詩續補遺》卷二十一）	張　祐：題池州社員外弄水新亭（《全唐詩補逸》卷之十）
無名氏：題仙人洞石鐘（《全唐詩續補遺》卷二十一）	鄭　畋：白鶴觀水閣題詩（《全唐詩補逸》卷之十二）
宣宗皇帝（李忱）：南安夕陽山眞寂寺題詩（《全唐詩補逸》卷之一）	任　宇：新安郡北百餘里即黃山西北有峰高出頗類大華因目爲小華山前郡守才客題詠至多偶登斯樓因成一絕（《全唐詩補逸》卷之十七）
崔　融：太平興龍寺首（《全唐詩補逸》卷之三）	呂　巖：題靈石屋山（《全唐詩補逸》卷之十八）
盧元輔：遊天竺寺（《全唐詩補逸》卷之八）	

二、題壁動機

　　作者既受山川之感召，境勝適足以藻濯心靈，所謂佳境難得，得遊斯遊，佳景難再，能無述焉？獨孤及在〈馬退山茅亭記〉〔註4〕中說得好：「佳境罕到，不書所作，使盛跡鬱堙、是貽林澗之媿也。」而當情懷入詩，落筆爲句，吟之賞之，唱和之不足，索性快意題之書之，遂留下了賞游的見證。今由其作品探究其發表的動機；有的是即興題寫：如劉兼在〈郡齋寄興〉（卷七六六）中說「情懷放蕩無羈束」之下，進而「醉筆語狂揮粉壁」。有的是爲了留傳千古：如李白「賦詩留巖屛，千載庶不滅」（〈登梅岡望金陵贈族姪高座寺僧中孚〉卷一八○）；以及「題詩留萬古，綠字錦苔生」（〈秋浦歌十七首〉卷一六七）。李商隱也說他要「獨留巧思傳千古，長與蒲津作勝遊」（〈奉同諸公題河中任中丞新創河亭四韻之作〉卷五四一）。還有劉禹錫於永貞元年（西元805年）貶官武陵司馬，作〈桃源行〉以及〈八月十五日夜桃源玩月〉二詩（卷三五六）并題於觀壁。詩下有序文記太和四年（西元830年）其姪劉蔵復遊此郡，見其叔詩題文字闇缺，憂慮他

〔註4〕獨孤及：〈馬退山茅亭記〉，見李昉等撰：《文苑英華》（台北：新文豐。民國68年）卷八二四。此文又見柳宗元：《河東先生集》，高明編：《隋唐五代文彙》（台北：中華叢書，民國46年）於此文末附記，辨爲至之之作，考證甚明。

年塵沒，於是刻鐫於貞石之上；另如王仁裕獨登麥積山絕頂之天堂，此處原係萬中無一人敢登之所，仁裕睥睨群山，而後題詩西壁（卷七三六）：「天邊爲要留名姓，拂石殷勤身自題」。此皆是期望借題寫文字以傳之久遠。

有的是唯恐辜負山水盛情：昔者白居易緬懷宣城章句名動靜亭山，心嚮之餘，吐露了豈可「虛教遠岫列窗間」「無復新詩題壁上」（註5）的心意。而穆宗長慶三年（西元 823 年）秋九月，白居易與僚友同遊勝地恩德寺，目擊雲水之勝，果愜心期，乃媿留絕句，自嗟俗人。（註6）而獨孤均「歷覽幽巖駭怪奇」、「但覺塵緣挹絕景」，於是「躊躇落筆媿題詩」（註7）。還有于德晦目睹黃山樓勢若巨門，乃題詩一絕（註8），方覺不負山色；劉禹錫的〈含輝洞述〉（《全唐詩續補遺》卷七）一詩提及洞名以當地山水含清輝命名，序文之中更明言「夫物之有作，俟言而遠，故述焉，而書於洞陰」。如此一來，誠納天下山水於胸壑之中，而出之佳句名詩。是「山水有靈，亦當驚知己於千古矣！」（註9）

另有賞酬宴酢，應景題詩，以美以賀：比如鄭谷盛贊渼陂水色如鏡，是以「竹莊花院遍題名」（〈郊墅〉卷六七六），其後重遊，卻發現「舊題詩句沒蒼苔」（〈渼陂〉卷六七六）；他如〈崔杞駙馬林亭〉中有御賜的奇樹異花，當時文士詩僧多有賞臨，包括朱慶餘題詩記寫此一詩人聚會（卷五一四），僧無可也曾「池上題詩」（卷八一四），姚合詩中說大家「入洞各題名」（卷五○○），此後更又屢次獨賞，常

<hr>

〔註5〕詩句引自白居易〈宣州崔閣老忽以近數十首詩見示〉（卷四五八）一詩。蓋謝宣城有〈題敬亭山詩〉，而其〈郡內高齋閒望答呂法曹詩〉中有「窗中列遠岫」句，名動一時。（見《齊詩》卷三）。
〔註6〕詩見《全唐詩》卷四四三。
〔註7〕獨孤均〈題含虛洞二首〉（《全唐詩續補遺》卷二○）。
〔註8〕于德晦〈歙郡有黃山樓北瞰黃山山勢中拆若巨門狀因題一絕〉（《全唐詩補逸》卷之六）。
〔註9〕酈道元：《水經注》卷三四。

於「蘚壁題詩」（卷四九九）。還有張祜的初〈題上饒亭〉（卷五一〇），復〈旅次上饒溪〉（卷五一〇）都曾題壁。〔註10〕許渾的〈再遊姑蘇玉芝觀〉（卷五三四）也提及「雨昏紅壁去年書」。這些都記明了佳景勝處，使得詩人再三流連，屢屢題壁。

此外，詩人見前人題詩，有意猶未盡，因而提筆揮毫，一較高下者：如張祜的〈登金山寺〉（卷五一〇）一題於壁，餘詩遂覺無味〔註11〕。孫魴到此，更作〈題金山寺〉（卷七四三），末二句言「誰言張處士，題後更無人」？後世以為「孫詩風韻不減張祜，二詩可前後并稱」〔註12〕。當然也有名詩既題，後人無能措筆者，如崔顥的〈題黃鶴樓〉，連詩仙李白也不禁贊歎說「眼前有景道不得。」〔註13〕又如許棠的〈過洞庭湖〉成為洞庭湖詩的絕唱，詩僧齊己雖欲吟詠，竟未得意。〔註14〕等而下之，強行欲題的，便遭人嘲笑了，如杜甫「夔州歌」十絕句中以天字為韻的題詩出現之後，無敢繼作者，有一監司過而見之，和韻書其側。遭後人嘲之以詩：「想君吟詠揮毫日，四顧無人膽似天。」〔註15〕至於道林寺的幽絕之景，先有宋之問的題壁（卷五一），接著杜甫分留物色也有續題（卷二二三），等到崔玨看到杜詩，不禁歎息著說：「我吟杜詩清入骨」、「今我題詩亦無味」、「不如興罷過江去」。（卷五九一）而唐扶更出之以：「兩祠物色採拾盡，壁間杜甫真少恩」（卷四八八）的埋怨語了。這些都是因為題壁詩作的刺激，誘發接續創作的例子。

題壁作品之中，除了名詩競秀之外，也有誇耀書法以流傳于世的：比如姚合在〈和王郎中題華州李中丞廳〉（卷五〇一）中就指出

〔註10〕張祜〈旅次上饒溪〉（卷五一〇）中句「更想曾題壁，凋零可歎嗟」。
〔註11〕李涉〈岳陽別張祜〉詩中語（卷四七七）。
〔註12〕尤袤：《全唐詩話》卷六說潤州金山寺，張祜、孫魴留詩為第一。
辛文房：《唐才子傳》言「（孫魴詩）騷情風韻，不減張祜。」
〔註13〕辛文房：《唐才子傳》卷一。
〔註14〕《全唐詩》卷八七一蔡押衙〈題洞庭湖〉序。
〔註15〕周紫芝：《竹坡詩話》頁17。

「君（王郎中）到亦應閑不得，主人（李中丞）草聖復詩仙。」題壁之作想當然是好詩好書法了。另如卷七〇六，黃滔有一首〈東林寺貫休上人篆隸題詩〉說貫休「墨跡兩般詩一首」，寫盡詩人風流文采，難怪要讓人見詩（字）如見人了。〔註16〕至於有才行、工楷法的沈傳師在〈次潭州酬唐侍御姚員外游道林嶽鹿寺題示〉（卷四六六）中也標示了「鏹金七言凌老杜，入木八法蟠高軒」的豪情。這些都在說明，在山水幽情的籠罩下，詩人或逞詞采，或展書藝，頻頻邀得題詩作證。

三、題作內容

　　「即景」這類題壁作品除了在官覺上閱歷自然，在創作上吟詠風景，相對地，大自然的觀照落實於詩人的思維，激盪反影，也帶來了啓示。故自詩人眼中所見的風景延伸，表現在題壁詩中乃有不同的感情流瀉其中。

　　先介紹覽游紀勝的詩篇；詩人們於此力寫山水物色之清奇佳妙，盡抒游賞吟詠之快意情長。比如自號「醉髡」的僧可朋譏評滕王閣詩板俱無佳作，隨口自吟題〈滕王閣〉（《全唐詩續補遺》卷十三）：「洪州太白方，積翠倚穹蒼，萬古遮新月，半江無夕陽。」這四句二十字描摹出所望風景之「遙」與「曠」。可朋此詩一出，郡守聞之愕然驚歎。〔註17〕

　　另有李白的登山之作：〈自巴東舟行經瞿塘峽登巫山最高峰晚還題壁〉（卷一八一）「江行幾千里，海月十五圓，始經瞿塘峽，遂步至山巔，巫山高不窮，巴國盡所歷。日邊攀垂蘿，霞外倚穹石。飛步凌

〔註16〕　黃滔詩錄於下：「師名自越徹秦中，秦越難尋師所從，墨跡兩般詩一首，香爐峰下似相逢。」（卷七〇六）。

〔註17〕　《古今圖書集成》職方典南昌府部。又見《全五代詩》三九引《中山詩話》：「洪州西山與滕王閣相對，過客多留詩，有僧覽之，告郡守曰：詩無佳者，何不去之。守愕然曰：能作佳句乎？僧即隨口吟『洪州太白方』之句。」

絕頂，極目無纖煙，卻顧失丹壑，仰觀臨青天。青天若可捫，銀漢去安在。望雲知蒼梧，記水辨瀛海，周遊孤光晚。歷覽幽意多。積雪照空谷，悲風鳴森柯，歸途行欲曛，佳趣尚未歇，江寒早啼猿，松暝已吐月，月色何悠悠，清猿響啾啾。辭山不忍聽，揮策還孤舟。」

又如羊士諤遊賞巴郡東山時，題留石壁的十四韻詩（卷三三二）中言：「石座雙峰古，雲泉九曲深，寂寥疏鑿意，蕪沒歲時侵。繞席流還罍，浮杯咽復沉，追懷王謝侶，更似會稽岑。誰謂天池翼，相期宅畔吟，光輝輕尺璧，然諾重黃金。……」全詩敘山水之勝，歡會之景，平生之志，儼然是「蘭亭遺音」。

此外，還有賞花勝事而題詩為記的：中以牡丹花景為最，蓋因唐人盛愛牡丹，長安尤甚，稱牡丹為富貴花，如裴潾就有膾炙人口的〈白牡丹〉（卷五○七）題於慈恩寺壁，元稹則有〈西明寺牡丹〉（卷四一一）題名西明寺壁。另有劉言史〈山寺看櫻桃花題僧壁〉（卷四六八），白居易的〈大林寺詠桃花〉題板 [註18]，和〈題孤山寺山石榴花示諸僧眾〉（卷四四三）。韓偓的〈湖南梅花一冬再發偶題於花援〉（卷六八○），觀梅女仙的〈題壁〉（卷八六三）都分別以燦爛的花景為題，其一方面既是為愛奇材看不盡，一方面更向遊人多處題，實已離單純愛物惜物之徑，而充滿著賞遇的心情。

另有目迎山水，胸湧愁情者：其中有的是離鄉背井的遊子；如王勃〈普安建陰題壁〉（卷五六）：「江漢深無極，梁岷不可攀，山川雲霧裡。遊子幾時還？」；又如劉希夷〈秋日題汝陽潭壁〉（卷八二）中：「歲暮歸去來，東山余宿昔。」是而當詩人成為羈旅的異客，怡情的山水毋能解憂，反而更牽動了思念的情絲。

有由勝景牽繫今昔若夢的神傷者：「徜徉山水，及時行樂」本是攬勝泛游的主要動機，那是因為百年無幾，萬事徒勞，是轉而寄情山水，談笑人生以自解。卻沒想到宇宙無窮，歲月無情，詩人們在

〔註18〕白居易〈大林寺桃花〉《全唐詩》卷四四○。

空間時間的交織網絡下更深刻地體驗了「今昔若夢，人生飄忽」的無奈。有名的〈黃鶴樓〉（卷一三○）題詩，就明白地以古景今情的對照留下詩人的歎傷：「昔人已乘黃鶴去，此地空餘黃鶴樓，黃鶴一去不復返，白雲千載空悠悠。晴川歷歷漢陽樹，春草萋萋鸚鵡洲，日暮鄉關何處是，煙波江上使人愁。」崔顥在此詩中除了呈現「今昔若夢」的感覺，同時也表達了「離情鄉愁」的思緒。又如張祜〈題于越亭〉（卷五一一）：「扁舟亭下駐煙波，十五年遊重此過。洲嘴露沙人渡淺，樹梢藏竹鳥啼多。層闌漲水痕猶在，古板題詩字已訛。腸斷中秋正圓月，夜來誰唱異鄉歌。」則是重遊舊地，竟發現詩跡漫漶，因而傷古今、傷離緒。由此可知，即景的詩作由景觸發情，而情懷不一，面貌多變，無不可入於文字涵納，是以一首詩便不限於單一主題的呈現，往往隨著作者的遭遇與環境的觸動涵蓋了多重情意。

　　亦有由奇山秀水而興起隱遁之幽情者：自古以來，山林幽壑成為隱士的最愛，梅妻鶴子，友麋鹿，業樵牧的生活內涵更使得隱士的世界絕塵離俗、空靈高秀。蔣星煜在《中國隱士與中國文化》中指出：「中國隱士的分佈，……從自然地理的角度來觀察：大部分在山谷和丘陵地；從人文地理的角度來觀察，……大部分在鄉村。」〔註19〕而透過自然風景的描寫，詩人在逃避煩爭，厭倦追逐之餘，自然傾向「真我」的尋求，於是在詩中總在賞愛山水之後，不自覺地透露出遁世忘機、回歸自然的想望。如方干〈書原上鮑處士屋壁〉（卷六五三）、羊士諤〈山寺題壁〉（卷三三二）、劉商〈同徐城季明府遊重光寺題晃師壁〉（卷三○三）以及竇群〈同王晦伯朱遐景宿慧山寺〉（卷二七一），王武陵和朱遐的〈宿慧山寺〉（卷二七五）都是，其中王武陵在宿慧山寺詩序中說到他們賞游題紀的經過：「是時山林始秋，高興在木，涼風白雲，起於座隅，逍遙於長松之下，偃息於

〔註19〕蔣星煜：《中國隱士與中國文化》（台北：龍田，民國71年）「中國隱士的地域分佈」，頁51。

磐石之上，仰視雲嶺，俯瞰寒泉，夕陽西歸，皓月東出，群動皆息。視身如空，立言妙論，以極窮奧。丹列有遁世之志，遐景有塵外之心，余亦樂天知命，怡然契合，視富貴如浮雲。一歌一詠，以抒情性，夫良辰嘉會，古人所惜，序述不作，是闕文也。山林之下，景物秀茂，賦詩道意，以紀方外之遊。」我們再看方干的〈書寶雲禪者壁〉（卷六四九）：「登寺尋盤道，人煙遠更微。石窗秋見海，山靄暮侵衣，眾木隨僧老，高泉盡日飛，誰能厭軒冕，來此便忘機。」如此，即說明了由游覽山水所興起「自然居」的想望。

是而，這些詩作建構在自然風景的基礎上，依隨著創作者的情志而有不同母題的發揮，或單獨出現，或結伴登場，皆各擅勝場。

四、題作地點

整理題壁詩中的「即景之作」，大致可區分為「同地題作」與「異地題作」兩類。前者的作品係在同一地點詠唱題寫，後者的作品則為異時異地的遊景感題。

（一）同地題作

題壁的景興詩作中約有三分之一的數量是在同一地點的題作（總數三四七首中計有一○一首同地題作）。他們或一時同詠，或先後繼唱，除了該地的山水風光著實引人入勝，這固然與唐時文士結伴漫遊的喜好，相偕酬唱的習尚密切相關。而作品題寫發表的方式，使心有所感的詩人到此除非技窮，往往不能束手，這自然成為刺激創作的一大誘因。

舉如宣州涇縣水西寺，李白先有〈遊水西簡鄭明府〉（卷一七九）題壁，言其「天宮水西寺，雲錦照東郭，清喘鳴迴溪，綠水繞飛閣。」開元年間，武平一與邢巨游涇川琴谿分留二絕句，武詩（卷一○二）「環潭澄曉色，疊嶂照秋影，幽致欣所逢，紛慮自茲屏」，邢詩（卷一一七）「靈谿非人跡，仙意素所秉，鱗嶺森翠微，澄潭照秋景」，俱刻於石壁。開元二十二年（西元 734 年）杜偉為宣州司戶時，尚有

「忽睹邢武辭，泠其金石備」〔註 20〕之語。文宗大和年間，杜牧爲宣城幕，復游水西，也留下二首小詩，其一即言及李白曾題詩水西寺，自己則「半醒半醉遊三日」（〈念昔遊〉第三首，卷五二一），繼而在古木回巖，紅白花開中不能自己，於是復以〈題水西寺〉（卷五二六）一首五絕牓於壁間：「三日去還住，一生焉再遊，含情碧溪水，重上榮公樓。」〔註 21〕

　　他如，江蘇無錫縣西的慧山寺（又作惠山寺），中有名泉慧山泉。貞元四年（西元 788 年），竇群、王武陵、朱邅景遊宿於此，分別賦詩題壁（分見卷二七一，卷二七五）。後竇群再至，王已徂謝，傷感留跋，并有李蘧作〈惠山寺記〉，且刻石以勒其事。其後，張祜（卷五一○），李紳（卷四八二）并有題詠。

　　四川綿陽縣的越王樓也是錦繡仙境。大歷年間（西元 766～779年）在此留下題壁詩作的有喬琳〈綿州越王樓即事〉，王銑〈題越王樓見喬公詩偶題〉。大中時（西元 847～859 年），御史中丞于興宗出守綿州，首登高樓賦詩（卷五六四）：「巴西西北樓，堪望亦堪愁，山辭江迴遠，川清樹欲秋，晴明中雪嶺，煙靄下漁舟，寫寄朝天客，知余恨獨遊。」正因爲恨獨遊，所以圖寫丹青，分寄朝中諸友。當時紙上賞游于興宗所寄的「江山小圖」，憑畫賦詩相和的朝臣計有王鐸（卷五五七）、盧求（卷五一二）、李朋、楊牢、李續、李汶儒、田章、薛蒙、李鄴、于壞、王嚴、劉晃、李渥、劉璐、盧洧（以上皆見卷五六四），牛徵（卷六○○），許渾（卷五三五）等一共十七人，詩作十八首（于和詩二首），所謂「景象詩情在，幽奇筆跡分」〔註 22〕，眞是一場精彩的「神遊盛會」。

〔註 20〕　《全唐詩》卷七九五杜偉下載《宣城總集》語云：唐開元甲子，武平一同河間邢巨同游涇川琴谿，題絕句，古刻尚存，後一紀，杜偉自柱史謫掾宣城，陪連帥班景倩來觀，題句：「忽睹邢武辭，泠其金石備。」餘佚。

〔註 21〕　宋、周紫芝：《竹坡詩話》，頁 17。

〔註 22〕　李鄴〈和綿州于中丞登越王樓作〉（卷五六四）中語。

　　此外，還有許棠的〈過洞庭湖〉（卷六○三）與蔡押衙的〈題洞庭湖〉句（卷八七一）；他如名勝古蹟以慈恩寺爲題，以黃鶴樓爲題，以鸛鵲樓爲題，以岳陽樓爲題，以巫山高爲題，以金山寺爲題，以石甕寺爲題，以開元寺爲題，以嶽麓寺爲題的，都是同地題作的詩組，共計十八個地點，詩作一○一首。

　　其中，一個有趣的現象是同地題作的詩篇之中，前人的題壁之作固然成爲後人觀摩的對象。而今天，我們檢視唐人的創作，卻往往有賴後人的詩作來確認前人詩篇的題壁。比如由孫魴〈題金山寺〉（卷七四三）證明張祜〈登金山寺〉（卷五一○）爲題壁佳作。又如由齊己〈遊道林寺四絕亭觀宋杜詩板〉（卷八四○）一詩以及〈懷道林寺道友〉（卷八四六）中句：「閑思宋杜題詩板」，更由唐扶〈題道林岳麓寺詩〉以及杜甫〈道林寺詩〉證明宋爲宋之問，杜爲杜甫，於是乃可追索其詩。又有喬琳的〈綿州越王樓即事〉（卷一九六）係由王鋌〈登越王樓見喬公詩偶題〉得知其爲題壁詩。而于興宗的登臨越王樓之作，亦由盧求詩中提及「滿壁朝天士」（卷五一二），王鐸詩中言此乃「謝朓題詩處」（卷五五七）以及劉璐的和詩〈洋州于中丞頃牧左綿題詩越王樓上朝賢繼和輒課四韻〉得證。另白居易的〈寄韜光禪師〉（卷四六二）更由宋朝蘇東坡〈天竺寺〉詩序中言乃白樂天親書之墨跡〔註23〕，東坡并效采白詩語，贈杭州上天竺辨才二詩留於天竺寺〔註24〕。又如白居易有〈遊石門澗〉（卷四三○）一

〔註23〕 楊家駱主編：《白香山詩集》（中國文學名著第三集第四冊，台北：世界書局。民國 76 年）引《方輿勝覽》語：「虔州有天竺寺在水東三里，東坡天竺寺詩、香山居士留遺跡一首，序云：『予年十二，先君自虔州歸，謂予言，近城山中天竺有白樂天親書「一山門作兩山門」詩，筆勢奇逸、墨跡如新，今四十年予來訪之，則詩已亡，有刻石存耳，感涕不已，而作是詩。」

〔註24〕 見前註。白居易詩原爲：「一山門作兩山門，西寺原從一寺分。東澗水流西澗水，南山雲起北山雲，前台花發後台見，上界鐘聲下界聞，遙想吾師行道處，天香桂子落紛紛。」東坡所贈二詩中「想見南北山，花發前後台。」又「南北一山門，上下兩天竺」皆採白詩語也。

詩中有「常聞慧遠輩、題詩此巖壁」之句。今考〈太平寰宇記〉記載石門澗在廬山西、懸崖對聳，形如關險。復由《東林寺志》中得存慧遠〈遊廬山詩〉一首，其中有謂「崇巖吐氣清，有客獨冥遊」之句，參照得知慧遠詩刻題於廬山〔註25〕。

（二）異地題作

　　異地而題的即景詩作，所描風景亦指奇山秀水爲多，其地點大多分佈於寺塔觀宇，樓閣亭台等定點。然以其地或屬偏幽僻遠，人跡少到，而作者不欲佳景埋沒，是以有題：或以其景奇而絕，其形險而深，賞者品味不一，遊者脾胃互異，審美者取鏡不同，自然出現因人異地的題詠。然而儘管地點不同，詩人劖裁山水，假象寫意的手法則一致，是以在二四六首詩篇中，山水形影飛躍，情感自然流動，與同題之作幾無趨異。

　　仔細觀察異地而題的即景詩作，其題寫的地點相對地引人注目。計有書於屋壁者：如韓翃〈留題寧川香蓋寺壁〉（卷二四五），李建勳〈題信果觀壁〉（卷七三九），徐夤〈題僧壁〉（卷七〇八）；有題於詩板者：如章八元〈慈恩寺〉詩板，沈佺期、王無競、皇甫冉、李端等〈巫山〉詩板，齊己〈赴鄭谷郎中招遊龍興觀讀題詩〔板〕謁七眞儀像因有十八韻〉（卷八四三）中的大雅詩板。又如張祜〈開聖寺〉（《全唐詩續補遺》卷八）中有「粉牌書字甚分明」，「古壁塵昏客姓名」的詩句，翁洮〈和方干題李頻莊〉（卷六六七）也說到「吟詩勝概題詩板」。此外，即景詩作也可題在屋梁之上：如黃滔〈題道

〔註25〕白居易〈遊石門澗〉（卷四三〇）詩：「石門無舊徑，披榛訪遺跡。時逢山水秋，清輝如古昔。常聞慧遠輩，題詩此巖壁。雲覆莓苔封，蒼然無處覓。蕭疏野生竹，崩剝多年石。自從東晉後，無復人遊歷。獨有秋澗聲，潺湲空旦夕。」明、楊慎《升庵詩話》卷十二記載：「晉釋慧遠〈遊廬山詩〉『崇巖吐氣清，幽岫棲神跡，希聲奏群籟，響出山溜滴，有客獨冥遊，徑然忘所適。揮手撫雲門，靈關安足闢，留心叩玄扃，感至理弗隔，孰是騰九霄，不奮沖天翮，妙同趣自均，一悟超三益。』此詩世罕傳，獨見於廬山古石刻耳。」詩亦存於《東林寺志》。

成上人院〉（卷七〇四）：「更看道高處，君侯題翠梁」。也有題壁詩作復爲人題於扇面傳誦的：如許棠〈過洞庭湖〉中之二秀句「四顧疑無地，中流忽有山」（卷六〇四），人爭題扇。這些都說明了作者爲自然風景所感動，騰挪意會而造詩境，企圖將清麗雋秀的自然景觀以永恒之藝術傳眞。而壁題的作法，正是一種立即顯像——以詩景對照實景，使景物在題寫的詩篇中保持了獨立自足。如此，詩作所呈現之生機活潑的藝術境界，不僅使得賞閱者的客氣塵心都盡，更擴大了他們審美的空間，使他們眞實地觸感到自然美與藝術美的分界／統一，且在詮釋自然，鐫留眞實的同時，有才情的讀者躍身翻成爲作者，詩的境界遂由「無我」轉化成「泛我」，這種全方位的觀照支配山水景象的結果是描摹山水景物的題壁詩篇融成現象本身，不朽的文學生命由是延續發揚。

五、文學風貌

題壁詩歌中的即景之作所展現的文學風貌：有以「寫實著題」見許者，亦有以「象外之象，景外之景」稱勝者，然而二者最後都走向「意與境渾」的要求。具體地說，其詩歌文字是透過所描寫的形象表現出雋永深邃的韻味，不僅局限於景象的呈現而已。

其中，題紀之作以「寫實著題」見長者，如章八元〈題慈恩寺塔〉：「十層突兀在虛空，四十門開面面風，卻怪鳥飛平地上，自驚人語半天中，迴梯暗踏如穿洞，絕頂初攀似出籠，落日風城佳氣合，滿成春樹雨濛濛。」（卷二八一），其中「穿洞出籠」之驚人語，必當身歷其境乃恍然可知。又如張祜的〈題潤州金山寺〉（卷五一〇）中：「僧歸夜船月，龍出曉堂雲，樹色中流見，鐘聲兩岸聞。」王勃的〈滕王閣〉（卷五五）詩：「畫棟朝飛南浦雲，珠簾暮捲西山雨。」等俱是作者的親身經驗，其中所描繪的景象從可見可聞可感出發，其現象形影模擬本相出現，詩人并未介入，文句之中亦無智識的污染，無疑地正是一張張客觀生活的眞實圖景。正如司空圖在《與極浦談書》中所指出

的：「題紀之作，其特點在『目擊可圖』。」〔註26〕王夫之《夕堂永日緒論・內篇》作了更進一步地說明：「身之所歷，目之所見，是鐵門限。即極寫大景，如「陰晴眾壑殊」、「乾坤日夜浮」亦不踰此限。非按輿地圖便可云「平野入青徐」也，抑登樓所見者耳。隔垣聽演雜劇，可聞其歌，不見其舞，更遠則但聞鼓聲，而可云所演何齣乎？」這和王國維在《人間詞話》中強調「忠實」——「不獨對人事宜然，即對一草一木亦須有忠實之意」的理念十分接近，此即出之於親身體驗，使客觀的景物真切而富有生命活力，得以再現真實的自然景觀。

　　至若「象外之象，景外之景」的作品是指在實景實象之外營造出一個想像的空間，其中凝蘊了一種深化的境界。如此展現在讀者眼前的：表面上是一些山水景物具象的自發運動，實際上是詩人內在情感支配下的意象組合。其手法或捕捉景物的靜態形貌，強調意象在空間中并置映出，來表達詩人瞬間的感悟；或敘述景物的動態姿勢，強調在時間的延續中，以變化的軌跡（如聲音的沈揚，色澤的明暗）展現詩人情感的律動。舉如常建的〈題破山寺後禪院〉（卷一四四）：「清晨入古寺，初日明高林。竹徑通幽處，禪房花木深，山光悅鳥性，潭影空人心，萬籟此都寂，但餘鐘磬音。」歐陽永叔特愛其「竹徑禪房」語，認係其平生想見，而不能道以言者〔註27〕。丹陽殷璠《河岳英靈集》中亦首列建詩，所欣賞的則是「山光悅鳥性，潭影空人心」這對佳句。實際上常建這首作品自首至尾充滿了寂靜的幽深，象徵著詩人心境的空靈。尤其是末尾以鐘磬音聲相結，而愈覺其深。這是「以意勝」藝術技巧最靈妙的發揮。又如張祜〈登金山寺〉：「古今斯島絕，南北大江分，水闊吞滄海，亭高宿斷雲，返潮千澗落，嘀鳥半空聞，皆是登臨處，歸航酒半醺。」詩中每一種景色背後的支撐點即在詩人落寞失意的情懷。再看另一首登高望遠的題壁詩：王之渙《登鸛鵲樓》（卷二五三）「白日依山盡，黃河入海流，欲窮千里目，更上一層樓。」

〔註26〕　郭紹虞：《詩品集解、續詩品注》。
〔註27〕　計有功：《唐詩紀事》卷一四四常建條下引歐陽脩語。

王之渙於此最高的藝術成就是在以二十字的詩語寫盡咫尺萬里之勢，末句更巧妙地自「望遠須登高」的認知中暗示人生奮鬥的旅程中應具備積極進取的精神與高瞻遠矚的胸襟，此詩在山水清音、自然眞味之上洋溢著哲理的氣勢卻又全無說教的庸瑣。至若寒山的題壁詩（卷八〇六）：「鳥語情不堪，其時臥草庵，櫻桃紅爍爍，楊柳正毿毿。旭日銜青嶂，晴雲洗碧潭，誰知出塵俗？馭上寒山南。」透過明麗的文字描寫著一個生趣橫溢的脫俗之境。還有靈一的《將出宜豐寺留題山房》（卷八〇九）：「池上蓮荷不自開，山中流水偶然來，若言聚散定由我，未是回時那得回？」詩中以簡單風景中潯浸著禪機無限，不啻正由文章貝葉中拈出蓮花世界。至此，詩人的觀照已由欣賞自然之美，然後做爲一種精緻藝術發表，轉而感應自然的變化，掌握風景的脈動，進而得以冷靜思考，領悟了人類生存的眞義，重新設定人生鵠的以及行爲模式。於是唐朝題壁詩歌中的即景之作已從各種不同的角度對「自然」做靈動的詮釋，而創造出一種清靜幽雅的境界。這樣的文學風貌的開拓，便與六朝山水講究形似的色彩漸行漸遠。

第三節　即景之作的特色

一、題壁的即景之作是賞游山水的印記

　　唐人喜好林藪淵泉，觀游之風極盛，以勝地遊覽既可滌心去慮，又可強身健氣〔註28〕。每逢節令佳日，游賞的活動更是安排頻仍，比如「三月三日天氣新，長安水邊多麗人」描繪的是上巳佳節，而「每逢佳節倍思親，遍插茱萸少一人」講得是重九登高。是凡依山傍水，無處不可一游。於是自然清心，雲海助興，風雅亦由斯而作。這些即景感興的詩篇既生動地描繪了自然山水，更拜題壁摹寫傳播之賜，許多名勝古蹟因而聲名大噪，復以詩作文字又多延攬比附傳說軼事，詩

〔註28〕如白居易〈從龍潭寺至少林寺題贈同游者〉（卷四五〇）中句「強健且宜遊勝地，清涼不覺過炎天」。

人詩作亦由之名聞遐邇,二者相得益彰。以下試以「九華山」、「寒山寺」、「興福寺」、「大慈寺」、「惠嚴寺」為例舉明之。

1. 九華山與李白〈改九子山為九華山聯句〉

中國佛教四大名山之一的九華山,原名九子山。根據《太平御覽》,《九華山錄》曰:「此山奇秀,高出雲表,峰巒異狀,其數有九,故號九子山,李白因遊江漢,遂更號曰九華。」今觀李白有〈改九子山為九華山聯句〉其序中言:「九子山……上有九峰如蓮華,按圖徵名,無所依據,太史公南遊,略而不書。事絕古老之口,復闕名賢之紀,雖靈仙往復,而賦詠罕聞,予乃削其舊號,加以九華之目。……因與二三子聯句,傳之將來。」(見王琦注《李太白全集》卷下)其石壁題詩今存《安徽青陽縣志》,後李白復贈詩韋仲堪,盛贊九華峰「天河掛綠水,秀出九芙蓉。」〔註29〕杜牧在〈九華山〉幽賞佳山之餘也提到「卻憶謫仙才格俊,解吟秀出九芙蓉」(《全唐詩續補遺》卷十),九華山亦由此馳名。

2. 寒山寺與張繼〈楓橋夜泊〉

寒山寺在今江蘇蘇州閶門外楓橋鎮,始建于梁天監間。《蘇州府志・寒山寺志》中載:寺在縣西十里楓橋,故稱「楓橋寺」。姚廣孝《寒山寺重興記》提及:「唐元和中,有寒山子與拾得、豐干為友,終隱於此。」其間牆樹幽深,風景宜人。唐人張繼題〈楓橋夜泊〉(卷二四二)詩云:「月落烏啼霜滿天,江楓漁火對愁眠、姑蘇城外寒山寺,夜半鐘聲到客船。」〔註30〕詩句天下傳誦,于是黃童白叟皆知有寒山寺也(姚廣孝〈寒山寺重興記〉語)。明代詩人高啟也贊美「畫橋三百映江城,詩裡楓橋獨有名」〔註31〕。甚至詩中「夜半鐘聲」之

〔註29〕《全唐詩》卷一六九。

〔註30〕宋、葉夢得:《石林詩話》卷中言張繼此詩乃題城西楓橋寺詩。明姚廣孝:〈寒山寺重興記〉中亦云:「人士遊覽豈無如懿孫之題詠邪……記勒石以告夫來者。」《蘇州府志、寒山寺志》有明文徵明所書張繼詩碑,又有清俞樾重書之詩碑。

〔註31〕栗斯:《唐世風光和詩人》(台北:木鐸,民國74初版),頁579所

句都引起後世有關「敲鐘時間」的討論〔註32〕；寒山寺的鐘樓因此爲受到廣泛的注意。

3. 興福寺與常建〈題破山寺後禪院〉

興福寺，在江蘇常熟虞山，爲南齊彬州刺史倪德光施舍宅園改建而成，唐時稱之爲古寺。常建詩〈題破山寺後禪院〉有「清晨入古寺，初日照高林，竹徑通幽處，禪房花木深。」（卷一四四）之句，詩境寂靜幽深，爲人所傳詠。《藏海詩話》中則謂常熟縣破頭山有唐常建詩刻。（見高步瀛《唐宋詩舉要》）此破山寺（原名古寺）即是興福寺，即由此詩，山寺因此名聞遐邇。

4. 張蠙與〈大慈寺題壁〉

張蠙字象文，唐末登第，避亂入蜀。曾於大慈寺題壁云：「牆頭細雨垂纖草，水面回風聚落花。」（《全唐詩續補遺》卷十七），後王衍與徐后遊大慈寺，見壁間所題，十分欣賞，乃賞賜霞光牋，令蠙寫詩以進，蠙進二百首，王衍善之，召爲知制誥，張蠙由此名顯。這是由於題壁詩而受人矚目的例子。

5. 李白與〈題峰頂寺〉和〈題舒州司空山瀑布〉

唐代的詩仙李白一生放浪不羈，因之采麗於其身的傳說軼聞亦多，相傳〈題峰頂寺〉一詩：「夜宿峰頂寺，舉手捫星辰。不敢高聲語，恐驚天上人。」爲李白親題於梁間小榜之作，其字豪放可愛，曾阜爲蘄州黃梅令時曾見之。〔註33〕另外，《太倉稊米集》中則記：「聞道長庚曾入夢，已應能作上樓詩。」其註云：唐人載李白在褓褓中，其家攜之上樓，問能作詩否，即應聲作絕句一首，所謂「不

引。

〔註32〕 清、馬位：《秋窗隨筆》頁 8，以及清、孫濤：《全唐詩話續編》卷下。宋、葉夢得：《石林詩話》卷中均有包括歐陽文忠等的評語。

〔註33〕 清、王琦注：《李太白全集》（北京：中華書局，1977 年）下冊卷三十引《侯鯖錄》：曾阜爲蘄州黃梅令，縣有峰頂寺，去城百餘里，在亂山群峰間，人跡所不到，阜偶至其上，梁間小榜，流塵昏晦，乃李白所題詩也，其字亦豪放可愛。

敢高聲語，恐驚天上人」是也。〔註34〕認爲這是李太白少年題壁之作。至於〈題舒州司空山瀑布〉（卷一八五）一首：「斷巖如削光，嵐光破崖綠，天河從中來，白雲漲川谷，玉案赤文字，落落不可讀，攝衣凌青霄，松風吹我足。」則傳爲太白仙去之前，留題於舒州太湖縣界的司空山中途斷崖絕壑之上。〔註35〕識者以爲此詩寫景眞如「煙雲中語」〔註36〕。

6. 崔庸與〈題惠嚴寺〉〔註37〕

蘇州崑山縣惠嚴寺殿基之時，傳說爲鬼神一夕砌成。殿中有僧繇畫龍於壁，每逢風雨之夜，龍如騰躍，僧繇乃復畫鎖，以釘固之。崔庸因題詩於寺壁：「人莫嫌山小，僧還愛寺靈，殿高神氣力，龍活客丹青。」（卷七一九）後遊人捫其釘頭仍覺隱隱，此時，寺景、壁畫、壁詩三者在遊客眼中已溶爲一種景觀了。

此外，他如崔顥與〈黃鶴樓〉（卷一三〇）詩，這一首使得李白都無法復吟，只好效顰別題於「鳳凰台」（卷一八〇）、「鸚鵡洲」（卷一八〇），同時這首七律壓卷之作〔註38〕，亦使得「有文無行」的崔顥（《唐詩紀事》語）得以名垂於後。還有王之渙、暢當的〈登鸛鵲樓〉詩；張祜與孫魴的〈金山寺〉詩等都是「詩」「景」相互推波，聲名因而鵲起的例子。當然也有比附題壁詩而羨演故事者，比如呂巖〈題靈石屋山〉（《全唐詩補逸》卷之十八）：「南塢數回泉石，西峰幾疊煙雲，登攜孰以爲侶，顏寓李甲蕭耘。」根據宋周紫芝《竹坡詩話》記載：有數道人丐食於此，寺僧拒不與，乃題詩而去。又有好事者釋爲係「呂洞賓與三人」來耳。以上俱見詩、事二者彼此之發皇推衍。

〔註34〕 此事亦見王琦注：《李太白全集》引《邵氏聞見後錄》的記載。
〔註35〕 胡仔：《苕溪漁隱叢話》載蔡絛《西清詩話》言。
〔註36〕 王琦注：《李太白全集》卷三十〈瀑布〉一詩。
〔註37〕 《全唐詩補遺》卷八八七，一作崔融〈題惠聚寺〉。
〔註38〕 嚴羽：《滄浪詩話‧詩評》譽崔顥〈黃鶴樓〉詩爲唐人七律壓卷之作。

二、題壁的即景之作與唐代園林景觀一起成熟發展

唐代人士賞愛園林（包括自然園林與樓閣園林），由宮廷到民間，其風尚并無二異。而就山水圖景的取材而言，題壁的景類詩作不但描摹了自然山水，同時也著意經營起人工山水的風貌。透過興詠題紀，唐代的建築、設計（包括亭台池閣的建構，山泉竹石的用置，奇花異卉的點綴）無不輪廓清晰。比如白居易的〈西街渠中種蓮疊石頗有幽致偶題小樓〉（卷四五四）中說：「朱檻低牆上，清流小閣前，雇人栽菡萏，買石造潺湲，影落江心月，聲移谷口泉。」又如姚合的〈題長安薛員外水閣〉（卷四九九）則提到新閣初成，風景鮮明，所謂「石盡太湖色，水多湘渚聲。翠筠和粉長，零露逐荷傾」。可以得知賞買太湖奇石裝點園林，已成唐人風尚〔註39〕。還有眾人合力共創勝境的，如白居易〈華城西北雉堞最高崔相公首創樓臺錢左丞繼種花果合為勝境題在雅篇歲暮獨遊悵然成詠〉（卷四四八）中贊嘆著「丞相棟梁久，使君桃李新」。鄭畋則是在鎮守蒼梧時，自建水閣然後題詩（詩見《全唐詩補逸》卷之十二）。其他鍾愛山水，因而闢亭留勝，造境賞遊之事詠，諸篇燦然，如：薛能的〈符亭二首〉（卷五六一）其處有飛瀑結茅，勝雅離群，昔為縣宰符姓所為，是以有感而題。沈顏亦假合大塊，化冶山水〔註40〕，而作詩〈題縣令范傳真化冶亭〉（卷七一五）。魚玄機的一首〈題任處士創資福寺〉也正是賞歎幽人所創奇境，進而粉壁留字的傑作〔註41〕。另外自創亭池，收購山寺的如崔文邕的〈千秋亭詠〉（《補全唐詩》頁104）一詩中記載著「依巖闢此亭」、「石壁效題銘」。〔註42〕

〔註39〕 太湖石佳妙，買之愛之風氣頗盛。姚合有〈買太湖石〉（卷四九九）一詩言其「愛石青嵯峨」，買回後置書房，有客來訪，謂之「忽若巖之阿」可證。

〔註40〕 沈顏〈題縣令范傳真化冶亭〉（卷七一五）一詩中說到「前有淺山……後有卑嶺……跨池左右……斯亭何名，化冶而成」。

〔註41〕 魚玄機〈題任處士創資福寺〉（卷八〇四）中句：「幽人創奇境，遊客駐行程，粉壁空留字，蓮宮未有名。」

〔註42〕 此詩與〈石亭記千秋亭記〉合題刻一石壁，記在前，為趙演所撰。詩居後，下署作者名為「崔文邕」，後有「開元十九年歲次辛未五月

這時，題壁詩的功能已不僅於佐歡助興的節目而已，更走入了風景，成為園林景觀的一部份了。比如李群玉在〈仙明洲口號〉（卷五六九）中說：「二年此處尋佳句，景物常輸楚客書」；楊巨源也說「氣象須文字」（〈同趙校書題普救寺〉卷三三三）；而白居易在遊華城樓台之時，「凝情看麗句，駐步想清塵」（卷四四八）；李華更將覽勝之情「分付石浮圖」〔註43〕，明顯地已將勝境與雅篇合為共賞的對象。而雅人若崔駙馬者，不但提供了賞游之所，更提供了題詩之所，這從姚合詩中「更看題詩處，前軒粉壁新」（卷四九九）便可得知。另外白居易在〈想東遊五十韻〉（卷四五○）亦提及為了「珠玉傳新什」，曾經「預掃題詩壁，先開望海樓」，可見文士賞游盛會已預先佈置題寫的空間。而這「題牆」之舉當然須先「命筆」以備，通常主人以高情相候，自當「筆硯隨詩主，笙歌伴酒仙」〔註44〕，又如齊己應鄭谷之招，同遊龍興觀的詩裡，也提到「何處陪游勝……登樓筆硯隨」〔註45〕這個習慣。這些都是「觀景亦觀詩，賞詩亦賞景」的明證。

　　還有出身貴盛，特愛園林的于興宗〔註46〕為東陽令時，於縣內得奇境，乃開抉泉石，芟去蕪鳥，構亭其間，題曰「寒碧」。據劉禹錫的描述是因為此座園林有「碧流貫於庭中，如青龍蜿蜒，冰徹射人、樹石雲霞又列於前，昏旦萬狀」〔註47〕，故而得名。然而景觀雖然動人心目，可惜並未有聞於時，于興宗因而形繪景圖，向劉禹錫乞辭求詩、一方面欲以好詩點襯美景，方無負美景；一方面希望

　　　　五日」一行，當是刻詩年月。（見王重民：《補全唐詩》詩下註）此
　　　　詩亦見劉善海《金石苑》之石刻板片。
〔註43〕李華〈題澤州石佛閣〉（《全唐詩續補遺》卷三）：「覽勝詩千首，
　　　　登高酒一壺，此情誰管領，分付石浮圖」。
〔註44〕白居易〈新昌新居書事四十韻〉（卷四四二）。
〔註45〕齊己〈赴鄭谷郎中招遊龍興觀讀題詩〔板〕謁七眞儀象因有十八韻〉
　　　　（卷八四三）。
〔註46〕于興宗曾題詩越王樓（卷五六四），又繪圖分贈朝友，朝中文臣季十
　　　　七人作詩酬和。
〔註47〕劉禹錫〈答東陽于令寒碧圖詩〉并引（卷三六一）。

藉著名家手筆，帶動賞游，以貽後之文士。他如齊己因懷匡廬幽景，所以曾圖峭景於靜室之壁，復覺不足，又仿作假山一面，所謂「典衣酬土價，擇日運工時」，聊得解懷。建造功就之餘，更學慧遠大師白壁題詩，作〈假山〉（卷八四三）一百八十言，於是「引看僧來數，牽吟客散遲」。如此一來，題壁的景興詩歌與園林建構不但互爲表裡，賞游勝景，涵詠雅吟流行的結果，更連帶地，繪圖山水的風習也與之形成連鎖互動。再舉白居易爲例，其晚眺江樓，也曾「好著丹青圖畫取，題詩寄與水曹郎」〔註48〕，而張籍得覽佳句勝圖，「乍驚物色從詩出」，更「將展書堂偏覺好，每來朝客盡求看」〔註49〕。甚至有些高第台主，終身不曾親至，唯展宅圖臥遊。（如白居易〈題洛中第宅〉卷四四八中所言）由是可知題壁詩與題畫詩脈源原同：題畫詩主要題於人爲山水，多半捲軸可藏，掌腕可抒；而題壁詩則直接題於自然山水，蓋無框架格欄而已。

三、詩作借題壁流傳，除賦予傳播的功能，連帶出現了批評的判準

題壁詩作除了可以誘發創作之外，同時由於題壁特具的公開傳播的功能，作品面臨著讀者直接的品評，作品的存汰自循「優勝劣敗」的法則，是而審美的標準在傳播的過程中樹立。其中以詩板的存廢最能說明這個狀況。舉如長安慈恩寺浮圖，起開元至大和年間前往登游題紀者眾多。以《全唐詩》爲例，有關慈恩題壁詩詠包括高宗皇帝、詩人文臣如杜甫、高適、儲光羲、岑參、章八元、解彥融、鄭谷以及無名釋子等多人先後有作。而文宗時，元、白二人到此賞游吟味，盡日不厭，終無所作，乃令除去諸家之詩，惟留章公一首，傳說中詩流自慈恩息筆矣〔註50〕。

〔註48〕 白居易〈江樓晚眺景物鮮奇吟玩成篇寄水部張員外〉（卷四四三）。
〔註49〕 張籍〈答白杭州郡樓登望畫圖見寄〉卷三八五。
〔註50〕 楊家駱主編：《白香山詩集》中〈題峽中石〉一詩後汪立名引吳光淵《鑑戒錄》中語。

又如在巫山神女廟的題詩，各家詩板原有千餘首，劉禹錫經過時，悉去千餘詩，但留四章（沈佺期、王無競、皇甫冉、李端）而已。〔註51〕另《唐詩紀事》卷三十「李端」中記載；薛能過蜀路飛泉亭，於百餘詩板中也作了清理，亦只留下李端的《巫山高》（卷二八五）。

另外山西蒲州的鸛鵲樓，位於黃河中高阜處，歷來爲詩人文臣登臨眺望之所。宋、沈括《夢溪筆談》中記述：「河中府鸛鵲樓三層，前瞻中條，下瞰大河，唐人留詩者甚多，惟李益、王之渙、暢當三篇，能狀其景」，其中王之渙的「白日依山盡，黃河入海流，欲窮千里目，更上一層樓」，景勢雄渾，千古傳誦不絕。

是此俱說明了：展示在公開場所的題詩，隨時接受著讀者的批評。這時候，讀者擔負起一個賞評淘汰的功能。可傳的部分，被傳抄下來，被吟唱、被記誦著；不可傳的部分，或將遭到毀棄。如果詩人或後人未能將之收錄，極有可能便從此湮滅無藏。因此，佳作往往經由題壁的宣傳作用擴大了傳播的效果，而劣作卻也因題壁的比較作用而遭到淘汰的命運。至於好壞的標準便取決於讀者群賞鑑的價值觀了。

統計即景生情的詩歌佔了唐詩產量的大宗，而綜觀唐代詩人在對自然美的多角度底刻劃上逐漸地都磨練到了收放自如的地步，表現在詩作中，便出現了自然山水最本眞的面目的追求——「純潔無飾，乾淨不雜」。於是，「取神于陶謝之間、而安頓在行墨之外」乃成爲詩學審美的共識。這個風向球透過題壁的管道向四處飄送，我們檢驗「巫山高」詩板存廢的個案便可瞭解。今所留李端、王無競、皇甫冉、沈佺期之詩板俱屬情景交融之作，舉以李端詩（卷二八五）：「巫山十二峰，皆在碧虛中。迴合雲藏月（日），霏微雨帶風。猿聲寒度水，樹

〔註51〕　《全唐詩》卷四六三繁知一〈書巫山神女祠〉詩中引《雲溪友議》言「歷山劉禹錫三年理白帝，原欲作詩，怯而不爲。後罷郡經過，悉去詩板千餘首，但留沈佺期、王無競，皇甫冉、李端四章而已。」今《全唐詩》卷三六一，劉禹錫有〈巫山神女廟〉一首，與此說不同，俱納備考。

色暮連空。愁向高唐望，清秋見楚宮。」較之未獲選留的喬知之的作品（卷八一）：「巫山十二峰，參差互隱見。潯陽幾千里，周覽忽已遍。想像神女姿，摘芳共珍薦。楚雲何逶迤，紅樹日蔥蒨。楚雲沒湘原，紅樹斷荊門。郢路不可見，況復夜聞猿。」可知一為「意長」，一為「言盡」；一為「情曲」，一為「文露」，高下立判。是以，由以上詩作之舉證明白可見：「化微妙情緒于精心的構圖，融詩人個性于典型意境，用明朗優美的意象概括總體印象」已成選詩要件，自然景觀與人文景觀在題壁詩作中並麗，不僅僅是構入事典，白描風景即止。至此，六朝後期文學采麗競繁的外衣已經脫卸，唐代詩人在即景題材的選製過程裡，已擺棄呆板堆砌物象的精描手法而增強了抒情寫意的深化功能，隱然與唐代詩學理論（興趣說、氣象說）發展的軌跡相對應。同時作品的公開題壁導致了審美價值標準的浮現檯面，而公開接受品評，更是唐詩理論建設上不容忽視的功績。

第四章　題壁詩中的交際之作

第一節　「交際」的意涵

　　隋唐社會的安定，經濟的發展，民族的融合，給唐人的文化生活提供了繁榮的基礎。各種文娛育樂活動俱現優美嫻熟的面貌。而宴饌作為一種社交活動，在唐代一直很流行。官員僚友、遊客遷人、商貿行旅的送往迎來、設宴饌行；而節慶喜宴、歡會酬酢，更是文字絲管，吟詩賦題，淋漓書壁。唐代文士在這樣多元精彩的精神生活、文化環境裡優游自得，自然培育出一種自由雍容的氣度，就在日常生活與人應對交接之中毫不經意地流露，進入紙墨行間、版壁流痕，更豐富了唐詩的文化生態。是以，「交際」的題壁之作，即就詩人文士互相往來的社交為意涵：包括訪臨探問、歡宴賦詩、酬贈唱和等社交行為為範圍，並鎖定其詩篇題寫於壁的部分進行觀察。藉此幫助我們對詩人的性格特質、社交生活甚至風習遞嬗進行不同角度的探勘，進而領略其不同的詩情。

第二節　交際之作的內容

一、詩作數目

　　《全唐詩》中以交際活動為主題的題壁詩共計一三二首。由於文

士詩人的交際詩篇本來就具有傳播訊息（交換訊息）的意圖和功能；於傳播學上，乃屬於小眾傳播行爲。然而一旦擴展到題壁這一面對大眾（即收訊者或受播者的質量擴大）的閱覽傳觀層次，則便已走向大眾傳播的系統。其交際活動包括：訪臨探問、宴飲賦題以及酬應唱和三類。中以「酬應唱和」類數量最多，有七十七首，其中包括「文士唱和」類三十首，另有「男女贈答」二十六首。其詩篇細目配合作者在不同交際活動中的題詠，分別比附於各節列表說明，以利參較。

題壁詩中的交際之作一覽表（之一）

甲、「造訪不遇」類

宋之問：使至嵩山尋杜四不遇慨然復傷田洗馬韓觀主因以題壁贈杜僕杜四（卷五一）	李　純：城南訪裴氏昆季（卷三〇九）
	韋執中：陪韓退之寶貽周同尋劉尊師不遇得師字（卷三一三）
宋之問：題鑒上人房二首（卷五三）	
張　說：盧巴驛聞張御史張判官欲到不得待留贈之（卷八七）	武元衡：崔敷歎春物將謝恨不同覽時余方爲事牽束及往尋不遇題之留贈（卷三一七）
王　維：春日與裴迪過新昌里訪呂逸人不遇（卷一二八）	韓　愈：同竇（牟）韋（執中）尋劉尊師不遇（卷三四五）
裴　迪：春日與王右丞過新昌里訪呂逸人不遇（卷一二九）	盧　仝：訪含曦上人（卷三八七）
李　白：題許宣平菴壁（卷一八五）	許　渾：尋周鍊師不遇留贈（卷五三二）
韋應物：因省風俗訪道士姪不見題壁（卷一九〇）	許　渾：與張道士同訪李隱君不遇（卷五三五）
獨孤及：與韓侍御同尋李七舍人不遇題壁留贈（卷二四七）	許　渾：湖南徐明府余之南鄰久不還家因題林館（卷五三六）
竇　牟：陪韓院長韋河南同尋劉師不遇（卷二七一）	李咸用：訪友人不遇（卷六四五）
竇　鞏：尋道者所隱不遇（卷二七一）	崔　塗：題興善寺隋松院與人期不至（卷六七九）
戴叔倫：過龍灣五王閣訪友人不遇（卷二七三）	韓　偓：訪隱者遇沈醉書其門而歸（卷六八一）
	杜荀鶴：訪道者不遇（卷六九一）

韋　莊：訪含弘山僧不遇留題精舍（卷六九五）	含　曦：酬盧仝見訪不遇題壁（卷八二三）
韋　莊：垣縣山中尋李書記山居不遇留題河次店（卷六九七）	呂　巖：題四明金鵝寺壁（卷八五九）
韋　莊：宜君縣比卜居不遂留題王秀才別墅二首（卷六九九）	許宣平：見李白詩又吟（卷八八〇）

乙、「訪臨相會」類

白居易：題崔常侍濟上別墅（卷四五〇）	李　洞：和淮南太尉留題鳳州王氏別業（卷七二三）
白居易：題天竺南院贈閑元旻清四上人（卷四五三）	李　中：訪山叟留題（卷七四七）
鄭　谷：訪題進士張喬延興門外所居（卷六七四）	李　中：訪徐長史留題水閣（卷七四七）
鄭　谷：宗人作尉唐昌官署幽勝而又博學精富得以言談將欲他之留書屋壁（卷六七五）	李　中：訪蔡文慶處士留題（卷七四七）
	李　中：吉水春暮訪蔡文慶處士留題（卷七四八）
鄭　谷：訪題表兄王藻渭上別業（卷七六六）	詹敦仁：遣子訪劉乙（卷七六一）
杜荀鶴：訪蔡融因題（卷六九二）	呂　巖：登平都訪仙二首（《全唐詩續補遺》卷十四）

二、題作內容

（一）訪臨探問

　　「訪臨探問」這一項交際活動，由於拜訪者與拜訪對象的相遇與未遇，因不同的情況造成感受各異，分別都有詩作留題。其中，「造訪不遇，借詩代言，因而題留」的詩歌計有三十二首，而「訪臨相見，緣感興會，於是留題」的詩歌則有十四首。以下先論「造訪不遇」的部分。

1. 造訪不遇

　　文士知交往來拜訪，或傾仰慕之情；或訴想念之意；或遣浮生之幽閒；或寄珍重之關懷；本在情真意誠，是以情發無限，一期能相見敘懷，共遂歡快。但若機緣不巧，造訪不遇，於是移興留字，意留不盡，或可聊慰遺憾。誠所謂「玩之堪盡興，何必見幽人」〔註1〕？縱然主人遊逸未還，然其所居青松白屋，春流晚靄，都絕風塵，自是仙境，亦足可觀，所謂「白雲紅樹繞琅東，名鳥群飛古畫中」〔註2〕。難怪王維「到門不敢題凡鳥，看竹何須問主人」〔註3〕？不但傾慕其人，所居亦令人嚮往。其中「凡鳥」、「看竹」的典故上映古人，倍見風調雅趣。據《世說新語・簡傲》記載：三國魏時的嵇康和呂安是莫逆之交，一日呂安造訪嵇康不遇，其兄嵇喜出迎，呂安乃于門上題「鳳」而去。蓋「鳳」字分寫即為「凡鳥」。呂安是在譏諷嵇喜氣俗。由此，後人訪友不遇之瑤華相贈〔註4〕，遂沿稱「題鳳」文字。舉如胡宿〈感舊〉（卷七三一）提及「粉壁已沉題鳳字」，錢起〈酬趙給事相尋不遇留贈〉（卷二三九）中是：「忽看童子掃花處，始愧夕郎題鳳來」都是。而對訪客更有延用美稱代喻者，比如陳子昂在〈酬田逸人遊巖見尋不遇題隱居里壁〉（卷八四）中說：「聞『鸞』忽相訪，題鳳久裴回」。唐求的〈友人見訪不值因寄〉（卷七二四）裡更有妙喻：「更聞鄰舍說，一隻『鶴』來尋」。至於「看竹」之典則用《晉書、王羲之傳》說王徽之趨訪吳中某家有好竹者，觀賞諷嘯、留連難去一事。王維詩句「看竹何須問主人」即由此意脫，原是在賞歡物雅景秀，逍遙行游而勝意自得，便不虛此一行，於是「造訪不遇」也成了一樁雅事。誠如方干所言「我愛尋師師訪我，只應尋訪是因緣」（〈題龜山穆上人院〉卷六五一）。

〔註1〕　宋之問〈題鑒上人房二首〉（卷五三）。

〔註2〕　韋莊〈垣縣山中尋李書記山居不遇留題河次店〉（卷六九七）。

〔註3〕　王維〈春日與裴迪過新昌里訪呂逸人不遇〉（卷一二八）。

〔註4〕　懷楚〈謝友人見訪留詩〉（卷八二三）中言：「賴有瑤華贈，清吟愈病身」。

　　這類作品的題寫動機，大多仰慕高情而造訪幽人隱士，可惜無緣相見，故而題壁留情。其中以李白的尋訪隱士許宣平最見曲折，緣起於李白偶然於洛陽同華間傳舍見到許宣平的題壁詩句：「靜夜玩明月，清朝飲碧泉，樵人歌壟上，谷鳥戲巖前。」歎爲仙語，是而親訪於新安，卻緣慳一見，便留題一首〈題許宣平庵壁〉（卷一八五）：「我吟傳舍詠，來訪眞人居。……應化遼天鶴，歸當千歲餘。」詩中有著躊躇惆悵，也有著欽羨。後來許宣平歸庵後，見題亦有酬唱：「又被人來尋討著，移庵不免更深居」〔註5〕，詩中充滿潔然無塵的離世獨居之思。《太平廣記》中曾敷衍此段軼事爲許宣平傳奇〔註6〕。

　　又如〈訪道者不遇〉（卷六九一）的杜荀鶴「寂寂白雲門，尋眞不遇眞」，於是「題詩留姓字，他日此相親」；〈過龍灣五王閣訪友人不遇〉（卷二七三）的戴叔倫「白日又欲午，高人猶未歸」，是乃「坐久思題字」；獨孤及在〈與韓侍御同尋李七舍人不遇題壁留贈〉（卷二四七）裡說「三徑何寂寂，主人山上山」；韋莊〈垣縣山中尋李書記山居不遇留題河次店〉（卷六九七）則歎：「仙吏不知何處隱，山南山北雨濛濛」；另韋莊又有〈訪含弘山僧不遇留題精舍〉（卷六九五）中提到含弘山僧歸山，是「人間不自尋行跡，一片孤雲在碧天」，如今剩下閒客徒自留題寺壁而已。竇鞏〈尋道者所隱不遇〉（卷二七一）中留下「欲題名字知相訪」的訊息，韋應物更語帶機趣：「山人歸來問是誰，還是去年行春客」（〈因省風俗訪道士姪不見題壁〉卷一九○）。辛文房《唐才子傳》卷九中記載了齊己訪陳絢，陳絢求仙不在，於是齊己留題「夜過脩竹寺，醉打老僧門。」還有許渾〈訪別韋隱居不值〉，因而「湯師閣上留詩別」，又〈與張道士同訪李隱君不遇〉（卷五三五）中則是遙想隱君「千巖萬壑獨攜琴，知在陵陽不可尋」，這些留題之作大多歎惜無能相見，而寄情高渺。

〔註5〕　許宣平先有〈庵壁題詩〉，後有〈見李白詩又吟〉，二首題壁詩俱見於卷八六。

〔註6〕　《太平廣記》卷二十四引《續仙傳》錄有許宣平一條。

另有想念友人，率意往訪的。比如李約〈城南訪裴氏昆季〉（卷三○九）：「相思起中夜，夙駕往柴荊」，結果「田頭逢餉人，道君南山行」，是而「南山千里峰，盡是相思情」。無奈之餘，「欲君知我來」，只好「壁上空書名」了。韓愈、韋執中、竇牟三人同訪劉尊師不遇，於是分別以「同尋師」三字爲韻，各賦詩一首，說明「仙客誠難訪，吾人豈易同」，這時又發現「齋軒粉壁空」，怎能「不題三五字」呢？〔註 7〕還有訪臨朋友，適逢好友酩酊大醉，是而見了等於沒見。比如韓偓書門留詩：「曉入江村覓釣翁，釣翁沈醉酒缸空，夜來風起閒花落，狼藉柴門鳥徑中」〔註 8〕又如錢起臥病，李員外來訪，毋能多言，於是題扉而去，留得枕上相思而已（卷二三六），便是二例。更妙得是李益在〈詣紅樓院尋廣宣不遇留題〉（卷二八三）：「柿葉翻紅霜景秋，碧天如水倚紅樓，隔窗愛竹無人問，遣向鄰房覓戶鉤」。說自己也跟王徽之一樣「愛竹」，主人雖然不在，訪客竟然不避嫌地差遣隨役到鄰居家找起開門的工具去了。這種乍看不盡情理的反賓爲主，正是捨棄了「喜遇」之類的正面描述，相反地通過了「不遇之後」的「擅入不拘」的行動刻劃出主客之間超乎尋常的友情，然後灑脫留題，正見眞率，不落俗套。這些和王子猷訪戴（《世說新語·任誕》）的「興盡而返，不必相見」，眞有異曲同工之妙。

其他如與人相期，因故爽約，一方惆悵題詩的情形也有：例如張說的〈盧巴驛聞張御史張判官欲到不得待留贈之〉（卷八七）；武元衡的〈崔敷歎春物將謝恨不同覽時余方爲事牽束及往尋不遇題之留贈〉（卷三一七）；崔塗的〈題興善寺隋松院與人期不至〉（卷六七九）；此外，許渾前往雙溪巖辭別韋隱居，未料韋隱居卻到了開元寺一欲送別許渾，雙方陰陽錯差，終不得遇，於是有湯師閣上留詩相

〔註 7〕 竇牟〈陪韓院長韋河南同尋劉師不遇〉（卷二七一），得同字韻。韓愈〈同竇韋尋劉尊師不遇〉（卷三四五），得尋字韻。韋執中〈陪韓退之竇貽周同尋劉尊師不遇得師字〉（卷三一三）。文中所引詩句見竇詩。

〔註 8〕 韓偓〈訪隱者遇沈醉書其門而歸〉（卷六八一）。

別。〔註 9〕還有韋莊在宜君縣卜居不遂，留題王秀才別墅二首〔註 10〕等等，詩中在在都流露了未得相見的遺憾以及想見故人的思慕。

此外，造訪不遇的留題還可以製造「抬高身價」的效果。我們看王定保《唐摭言》卷七中記載：「牛僧孺以所謁韓愈、皇甫湜：二公誨之曰：某日可遊青龍寺，薄暮而歸。二公聯鑣至彼，因大署其門曰：韓愈、皇甫湜同訪幾官不遇。翌日，輦轂名士咸觀焉。奇章之名，由是赫然矣。」此處雖未題詩，然題字敘情亦見名士留題相互提攜之功。

「既到君家不見君，待君歸來君未歸，黃犬搖尾銜人衣，白鷗慣見人不飛」〔註 11〕，有的訪客既來之則安之，李咸用就是喝茶吟詠，等到「吟罷留題處」，已是「苔階日影斜」。〔註 12〕而盧仝久侯含曦和尚，留詩說他等得口乾：「轆轤無人井百尺，渴心歸去生塵埃。」〔註 13〕等到含曦回到長壽寺，也題詩酬應：「長壽寺石壁，盧公一首詩，渴讀即不渴，飢讀即不飢」〔註 14〕。於是，盧仝的題詩搖身一變遂成為了解渴解飢的良方。另有道士呂巖往訪金鵝寺方丈不遇，也有妙詩題壁：「方丈有門出不鑰，見箇山童露雙腳，問伊方丈何寂寥，道是虛空也不著，聞此語，何欣欣，主翁豈是尋常人，我來謁見不得見，謁心耿耿生埃塵，歸去也，波浩渺，路入蓬萊山杳杳，相思一上石樓時，雪晴海闊千峰曉。」（卷八五九）詩中充滿著橫生的逸趣與玄機。

還有明知對方不在，仍然往訪的。比如許渾的〈湖南徐明府余之南鄰久不還家因題林館〉（卷五三六）一首，實在是因為相思盡極，

〔註 9〕　許渾〈訪別韋隱居不值〉并序（卷五三四）。
〔註 10〕　韋莊〈宜君縣比卜居不遂留題王秀才別墅二首〉（卷六九九）。
〔註 11〕　顧況〈訪邱員外丹〉（《全唐詩補逸》卷之六，據宋、陳郁：《藏一話腴》補入。）
〔註 12〕　李咸用〈訪友人不遇〉（卷六四五）。
〔註 13〕　盧仝〈訪含曦上人〉（卷三八七）。
〔註 14〕　含曦〈酬盧仝見訪不遇題壁〉（卷八二三）中句。

於是留言寄情，希冀早歸。故而，單就「造訪不遇」一椿生活中之平凡瑣事，文士妙手題壁，詩中或見幽默之筆調，或呈飄逸之神采，正明白標示了唐代文人們不受世情凡俗拘束，任性自由、浪漫解放的生活態度。

2. 訪臨相會

　　至於訪臨山居的相見歡呢？除了身處於「蘚色花陰閣，棋聲竹徑深，籬根眠野鹿，池面戲江禽」〔註15〕的閒境野景之中，自是一樂。而得會幽人，相攜同入竹扃〔註16〕，一滌塵心，那才眞是快哉此行。貫休就說「師心多似我，所以訪師重」（〈題一上人經閣〉卷八三三），是故無論是「聞酌送韶光」〔註17〕；或是「陪賞增詩價」〔註18〕，總使人「心爽慮醒」〔註19〕，情不自禁地便要題詩、題名了。只是剪燭對酒，清話歡敘之餘，終不得不歸，聊借題詩權宜留贈：比如李中數次往訪處士蔡文慶都有留題〔註20〕：鄭谷與博學精富的宗人相會，在屋壁留下了不可磨滅的樊川記憶。〔註21〕另外，探訪友人爲之加油打氣的，如鄭谷在〈訪題進士張喬延興門外所居〉（卷六七四）中云：「近日文場內，因君起古風」，贊美兼鼓勵，倍見執意尋訪的盛意深情。

　　如果當事人不空，也有命子代訪其友的：詹敦仁便曾遣子琲往訪劉乙，并贈以詩：「掃石耕山舊子眞，布衣草履自隨身，石崖壁立題詩處，知是當年鳳閣人」〔註22〕詩中對劉乙自鳳閣舍人棄官自

〔註15〕李中〈訪蔡文慶處士留題〉（卷七四七）。
〔註16〕李中〈訪山叟留題〉（卷七四七）。
〔註17〕李中〈吉水春暮訪蔡文慶處士留題〉（卷七四八）。
〔註18〕李洞〈和淮南太尉留題鳳州王氏別業〉（卷七二三）。
〔註19〕同註15，詩中有「茶美睡心爽，琴清塵慮醒」之語。
〔註20〕如李中〈訪蔡文慶處士留題〉（卷七四七），又如〈吉水春暮訪蔡文慶處士留題〉（卷七四八）。
〔註21〕鄭谷〈宗人作尉唐昌官署幽勝而又博學精富得以言談將欲他之留書屋壁〉（卷六七五）。
〔註22〕見《全唐詩》（卷七六一）

隱爲漁浦叟〔註23〕，充滿了嚮羨之情，其後敦仁亦致仕而歸，自號
「清隱」。那麼這一首遣子相訪的題詩不僅是贈人題詩，也是述己
志向了。

（二）宴飲賦題

　　無論唐代國勢如何消長起落，唐代的社會始終瀰漫著一種疏放自
由的空氣，連帶地使得唐人的社交生活熱鬧精彩。其中邀宴聚飲的活
動最屬頻繁，只要是意氣相得、興味相投的朋友相會，少不了飲酒吟
詩，書題樂唱以佐佳興。所謂「俯飲一杯酒，仰聆金玉章」〔註24〕，
「共賦新詩發宮徵，書于屋壁彰厥美」〔註25〕。復以唐代的文人學士
多爲詩酒雙全的佳客：舉如詩仙李白特別強調酒中妙趣不傳醒者；湖
州崔元亮自言癖在詩與琴酒〔註26〕；白居易也自稱是「愛琴、愛酒、
愛詩客。」〔註27〕韋應物、房孺復則被時人目之爲「詩酒仙」〔註28〕；
而名書法家懷素上人就在「枕槽藉麴猶半醉」的情況下，書得滿壁縱
橫千萬字〔註29〕；這些都是在酒酣耳熱，意興遄飛之下，逞神造意，
題名留跡。此時，豈無魚牋絹素以入墨？「但嫌局促兒童戲」，所以
「粉壁素屏不問主」，一逕便以「山爲墨兮磨海水，天與筆兮書大地」，
一豁胸襟興氣〔註30〕，好使精意長存了。

〔註23〕 劉乙〈題建造寺〉（卷七六三）中曾自言「題像閣人漁浦叟」。
〔註24〕 韋應物〈郡齋雨中與諸文士燕集〉（卷一八六）。
〔註25〕 王迥〈同孟浩然宴賦〉一作〈題壁歌〉（卷二一五）。
〔註26〕 劉禹錫〈湖州崔郎中曹長寄三癖詩自言癖在詩與琴酒其詞逸而高吟
　　　　詠不足昔柳吳興亭皋隴首之句王融書之白團扇故爲四韻以謝之〉（卷
　　　　三五七）。
〔註27〕 白居易〈詩酒琴人例多薄命予酷好三事雅當此科而所得已多爲幸斯
　　　　甚偶成狂詠聊寫愧懷〉（卷四五五）。
〔註28〕 白居易：〈吳郡詩石記〉中記載：「韋應物……房孺復……皆豪人也。
　　　　韋嗜酒每與賓友一醉一詠，其風流雅韻，多播於吳中，或目韋房爲
　　　　詩酒仙。」
〔註29〕 竇冀〈懷素上人草書歌〉（卷二〇四）。
〔註30〕 詩句見貫休〈觀懷素草書歌〉（卷八二八）及竇冀〈懷素上人草書歌〉
　　　　（卷二〇四）。

綜計《全唐詩》中飲宴賦詩題壁的作品有九首。如下表所列：

岑　參：冀州客舍酒酣貽王綺寄題南樓（卷一九八）	白居易：花樓望雪命宴賦詩（卷四四三）
王　迥：同孟浩然宴賦（一作題壁歌）（卷二一五）	鮑　溶：人日陪宣州范中丞傳正與范侍御宴（卷四八五）
杜　甫：醉歌行贈公安顏少府請顧八題壁（卷二二三）	姚　合：春日同會衛尉崔少卿宅（卷五〇〇）
杜　甫：巫山縣汾州唐使君十八弟宴別兼諸公攜酒樂相送率題小詩留屋壁（卷二三二）	姚　合：早夏郡樓宴集（卷五〇〇）
	徐　鉉：御筵送鄧王（卷七五六）

　　以上大抵是「詩家會詩客」的宴吟之作，觀其聚會歡暢，氣氛熱烈，每每「映花相勸酒，入洞各題名」〔註31〕。其中杜甫的〈醉歌行〉一首是在「酒酣耳熱忘頭白」的情況下，「一爲歌行歌主客」〔註32〕，吟詠既畢，復央請名筆顧戒奢以八分題壁〔註33〕，是詩書并麗於壁間。又如白居易〈花樓望雪命宴賦詩〉（卷四四三）說道：「百尺花樓江畔開，素壁聯題分韻句」。再看王迥的〈題壁歌〉〔註34〕云：「屈宋英聲今止已，江山繼嗣多才子，作者于今盡相似，聚宴王家其樂矣。共賦新詩發宮徵，書于屋壁彰厥美。」此外，《舊唐書・李德裕傳》卷一七四記載李德裕好著書爲文，曾於依闕南置平泉別墅，其間清風翠篠，樹石幽奇，李未仕時，常講學其中。即從官藩服，出將入仕，三十年不復重遊，而題寄歌詩，皆銘之於石。今有〈花木記〉〈歌詩篇錄〉二石存焉。此些或記盛宴歡會、或講學論意，或藉壁題佐歡、或以題石彰才，皆傳爲美事。

〔註31〕姚合〈春日同會衛尉崔少卿宅〉（卷五〇〇）。
〔註32〕杜甫〈醉歌行贈公安顏少府請顧八題壁〉（卷二二三）。
〔註33〕葛立方：〈韻語陽秋〉卷十四提及開元天寶有韓擇木、蔡有鄰、顧戒奢皆善作八分書，名聞當時。杜甫〈送顧八分文學適洪吉州〉（卷二二三）亦有「三人并入直，恩澤各不二，顧於韓蔡內……鉤深法更秘」之語。
〔註34〕王迥〈題壁歌〉，《全唐詩》卷二一五作〈同孟浩然宴賦〉。

　　然而宴飲題詩也有悲情：舉如杜甫的〈巫山縣汾州唐使君十八弟宴別兼諸公攜酒樂相送率題小詩留於屋壁〉（卷二三二）中「臥病巴東久，今年強作歸，故人猶遠謫，茲日倍多違。接宴身兼杖，聽歌淚滿衣，諸公不相棄，擁別惜光輝。」鮑溶在〈人日陪宣州范中丞傳正與范侍御宴〉（卷四八五）中對「流光易去歡難得」不能無感，因而題詩。他日再上詩樓，重睹粉壁題名，物是人非，倍增傷感，復作一詩〔註35〕。而南唐李後主在綺霞閣上設宴送別其弟李從益，也曾題詩閣壁之上〔註36〕，徐鉉有一首〈御筵送鄧王〉（卷七五六）中更提及：「滿座清風天子送，……綺霞閣上詩題在，……」詩中滿溢離情依依。此是題詩相送，贈言寄情。

（三）酬應唱和

　　「酬應唱和」這種社交活動，是以詩作傳情達意，復藉激盪情懷，應和相答，其效用在增進彼此間的了解，除了鞏固現成的人際關係，進而可拓展新的社交據點，更亦由此推波助瀾，造成風潮。而就其唱酬的對象主導其作品的內容，可區分為三類：1. 文士唱和之作。2. 男女贈答之作。3. 一般戲題之作。統計題於壁者有七十七首。

1. 文士唱和之作

　　唐代文士喜好酬詩唱和，從公主出嫁、將相回朝、出鎮遷官、高朋雲集、紀勝抒情、紀行述懷，常常宴餞賦題，甚至展開詩藝競賽。其間交善互慕者之間詩文往來，此唱彼和，互相贈答，憑仗著珠璣詩筆將一己的情懷感觸、思維想法，連同優美的文藻傳給對方，他方收受，亦就題論事或順情延展以回應，就這樣一唱一和，有贈有答之間，不但交換了意見，寄陳了友情，切磋了技藝，并在互相欣賞中，共得其樂。

　　由于唱酬的風氣是如此地盛行，唱酬時遂在唐詩中佔有極大的比例，舉如白居易在〈餘思未盡加為六韻重寄微之〉（卷四四六）中

〔註35〕鮑溶〈宣城北樓昔從順陽公會於此〉（卷四八五）。
〔註36〕李後主題詩為〈送鄧王二十弟從益牧宣城〉（卷八）。

就說二人元、白酬唱「走筆往來盈卷軸」，前後寄和詩達數百篇，近代無如此多有也〔註37〕。而白和劉禹錫之間的唱和詩作亦幾近二〇〇首。這樣頻繁的詩文往來，在特定的傳播圈子裡自然會刺激創作，帶動風潮。而真正地走入基層社會，將詩歌的讀者面擴大到市民階層，還是要靠更普遍、更通俗的傳播方式——題壁，使一般人民也有機會自然的、主動的接觸這些詩歌，復而藉由誦吟抄寫，再度「複播」詩作，因而造成更大的流行。

　　檢視《全唐詩》中，文士唱和的詩作以題壁方式發表的共計三十首。其中以元稹，白居易的唱和計十首，數量最多，參見後表析列：

題壁詩中的文士唱和之作一覽表

韋應物：酬豆盧倉曹題庫壁見示（卷一九〇）	元　稹：以州宅夸於樂天（卷四一七）
韋應物：答河南李士巽題香山寺（卷一九〇）	白居易：武關南見元九題山石榴花見寄（卷四三八）
高　適：題李別駕壁（卷二一三）	白居易：重過秘書舊房因題長示（卷四三八）
武元衡：韋常侍以賓客致仕同諸公題壁（卷三一七）	白居易：吟元郎中白鬚詩兼飲雪水茶因題壁上（卷四四二）
楊巨源：酬崔博士（卷三三三）	白居易：早多遊王屋自靈都抵陽台上方望天壇偶吟成章寄溫谷周尊師中書李相公（卷四四五）
元　稹：三月二十四日宿曾峰館對桐花寄樂天（卷四〇一）	
元　稹：感石榴二十韻（卷四〇八）	白居易：重題別東樓（卷四四六）
元　稹：小碎（卷四一四）	白居易：宣州崔大夫閣老忽以近詩數十首見示吟諷之下竊有所喜因成長句寄題郡齋（卷四五八）
元　稹：桐孫詩（卷四一四）	
元　稹：和樂天過秘閣書省舊廳（卷四一五）	姚　合：酬薛奉禮見贈之作（卷五〇一）
元　稹：酬樂天武關南見微之題山石榴花詩（卷四一六）	姚　合：酬盧汀諫議（卷五〇一）
元　稹：和樂天重題別東樓（卷四一七）	姚　合：和厲玄侍御題戶部李相公盧山西林草堂（卷五〇一）

〔註37〕白居易〈餘思未盡加為六韻重寄微之〉一詩及註中文字。

劉得仁：和厲玄侍御題戶部相公廬山草堂（卷五四四）	馮少吉：山寺見楊少卿書壁因題其尾（卷七七〇）
劉得仁：和段校書多夕寄題廬山（卷五四五）	貫　休：酬王相公見贈（卷八三五）
方　干：題慈溪張丞壁（卷六五〇）	貫　休：題蘭江言上人院二首（卷八三六）
王　鍇：贈禪月大師（卷七六〇）	

元白唱和詩作表

主　題	方　式	唱　和　題　壁　之　作
秘書舊房長句	唱	白居易，重過秘書舊房因題長句（卷四三八）：「應有題牆名姓在，擬將衫袖拂塵埃」
	和	元稹，和樂天過秘閣書省舊廳（卷四一五）：「聞君西省重徘徊……壁記欲題三漏合……」
桐花詩	唱	元稹，三月二十四日宿曾峰館夜對桐花寄樂天（卷四〇一）
	和	白居易，初與元九別後忽夢見之及寤寢而書適至兼寄桐花詩悵然感懷因以此寄*（卷四三二）
	又和	元稹，酬樂天書懷見寄*（卷四〇一）（下註本題與前詩同）
	再題	元稹，桐孫詩（卷四一四），序云：「元和五年，予貶掾江陵，三月二十四日宿曾峰館，山月曉時，見桐花滿地，因有八韻寄白翰林詩。當時草蹙，未暇紀題。及今六年，詔許西歸，時桐樹上孫枝已拱矣，予鬢兩莖……因題舊詩，仍賦桐孫詩一絕，又不知幾年復來商山道中，元和十年正月題。」
山石榴詩	酬贈	元稹，感石榴二十韻（卷四〇八）
	唱	白居易，武關南見元九題山石榴花見寄（卷四三八）：「榴花不見見君詩」
	和	元稹，酬樂天武關南見微之題山石榴花詩（卷四一六）：「又更幾年還共到，滿牆塵土兩篇詩。」
別東樓	唱	白居易，重題別東樓（卷四四六）「太守三年嘲不盡，郡齋空作百篇詩」（另白居易，「三年為刺史」二首之一（卷四三一）：「三年為刺史……唯向城郡中，題詩百餘首。」知其守蘇杭，公餘時多有為題壁）
	和	元稹，和樂天重題別東樓（卷四一七）：「為郎抄在和郎詩」

州宅自夸詩	唱	元稹，以州宅夸於樂天（卷四一七）中有：「四面常時對屏障，一家終日在樓台⋯⋯我是玉皇香案吏，謫居猶得住蓬萊」
	和	白居易，答微之誇越州州宅*（卷四四六）
	又唱	元稹，重夸州宅且暮景色兼酬前篇末句*（卷四一七）
	又和	白居易，微之重誇州居其落句有西州羅剎立譏因嘲茲石聊以寄懷*（卷四四六）
	後人和	李紳，新樓詩二十首（卷四八一）*序云：「到越州日，初引家累登新樓，望鏡湖，見元相微之題壁詩云『我是玉京天上客，謫居猶得小蓬萊，西面尋常對屏障，一家終日在樓台』，微之與樂天，此時只隔江津，日有酬和相答。時余移官九江，各乖音問。頃在越之日，荏苒多故，未能書壁，今追思爲新樓詩二十首。」

※「元白唱和詩作表」中，標示「*」者，表示資料不足，然疑其應爲題壁詩作者。

這些元白唱和的詩作充分流露了元白二人交情深厚，除了身離二地無法相聚的思念之情繚繞於字裡行間，我們可以發現「聯句唱和」、「步韻酬答」這些遊戲規則廣泛地被納入詩歌創作的體裁中，甚至成爲激發寫作的動機。而在作品內容上一種平實的、充滿情趣的，與生活密切結合的寫作走向出現，成爲詩人唱和的主題。其和詩復有由詩筒、詩瓢等物傳遞（《唐音癸籤》卷二九），更是妙法奇觀。

他如，王鍇有〈贈禪月大師〉（卷七六〇），貫休詩中亦見〈酬王相公見贈〉（卷八三五）一首，其中提及：「一從麟筆題牆後，常祇冥心古像前」。王藹先曾留題二首於蘭江言上人院，貫休復從而和題（卷八三六）。武元衡在韋常侍致仕歸隱之際，並同諸公題壁留贈〔註38〕；韋應物在〈答河南李士巽題香山寺〉（卷一九〇）中「書壁貽友生」；姚合是「詩成客見書牆和」以酬贈薛奉禮（卷五〇一）；白居易則一邊「吟詠霜毛句」，一邊「閒嘗雪水茶」，於元宗簡家中壁上題詩（卷四四二）；楊巨源甚至在〈酬崔博士〉（卷三三三）裡出現了告饒之詞：「長被有情邀唱和，近來無力更祇承」，實在是因

〔註38〕 武元衡〈韋常侍以賓客致仕同諸公題壁〉（卷三一七）。

為崔立之才思敏捷，連韓愈都說他「朝為百賦猶鬱怒，暮作千詩轉遒緊」〔註39〕，今日勉力一試，「為君書壁右」，或許在這孤城之中將較少遭人憎笑吧！

　　除了一般酬唱，次韻論交之外，還有以詩酬唱致以贊美、道賀、慰勉之意者，舉如劉得仁（卷五四四）、姚合（卷五○一）分別有〈和厲玄侍御題戶部相公廬山草堂〉的詩作，一方面贊羨李玨草堂白雲生涯之逍遙，一方又誇頌「行人盡歌詠，唯子獨能詩」（姚詩），而「柱史題詩後，松前更蕭然」（劉詩）。又如權德輿的〈從叔將軍薔薇花開太府長卿有題壁長句因以和作〉（卷三二六）。另外方干是重逢故人因〈題慈溪張丞壁〉（卷六五○），白居易則是喜獲宣州崔閣老（崔龜從）見示數十首近詩，乃成長句寄題郡齋（卷四五八）。韋應物在〈酬豆盧倉曹題庫壁見示〉（卷一九○）裡稱贊豆盧君有才，將來昇遷郎署必定優先。還有贊賞地靈人傑，於是詠詩題石壁，「欲使故山知」的作品；更有見他人題壁詩，歎美其書法佳妙，因而續題相和的；前者如白居易〈早冬遊王屋〉之作（卷四四五），後者如馮少吉見楊凝式的〈題壁〉（卷七一五），驚歎楊少卿真跡妙過鍾王，故勸寺僧愛惜，因為「此書書後更無書」（卷七七○）。至後，宋人安鴻漸也有一首〈題楊少卿書後〉，均推崇其書法藝術之精妙。

2. 男女贈答之作

　　「問世間情為何物，直教人生死相許」。屬於男女贈答，纏繞在「情愛」這個主題的題壁詩歌在《全唐詩》中計有二十六首。此些皆為情致纏綿，哀怨悱惻的作品，且多繁衍本事，成為淒美動人的愛情故事。比如「人面桃花」題詩的崔護故事曲折；北里題詩的妓別有幽情；還有閨中少婦怨棄恨離的相思書字，以及假借鬼仙的無名題唱，都見造化弄人、因緣福命的感喟題詠。以下分別整理列表於後：

〔註39〕韓愈〈贈崔立之評事〉（卷三三九）。

主題	作者	題唱之作	本事
題詩寄情	崔護	崔護尋春邂逅一女子，題都城南莊「去年今日此門中，人面桃花相映紅，人面不知何處在，桃花依舊笑春風」（卷三六八）	《太平廣記》卷二七四中記崔護春遊渴飲，見女驚艷，復尋無人，乃於戶扃題此詩，後再往訪，女因相思已死，崔護前往弔唁，哭之復活，乃以女歸之。（孟棨《本事詩》亦載其事）
題詩調情	王霞卿	題唐安閣壁「春來引步暫舊遊，秋見風光倚寺樓，正好關懷對煙月，雙眉不覺自如鉤」（卷七九九）	題下註云：霞卿乃會稽宰韓嵩妾，嵩死流落會稽，題詩唐安寺，鄭殷彝和詩求謁，霞卿答詩拒之。
	鄭殷彝	和詩「題詩仙子此曾遊，應是尋春別鳳樓，賴得從來未相識，免教錦帳對銀鉤。」	
	王霞卿	答鄭殷彝：「君是煙霄折桂身，聖朝方切用儒珍，正堪西上文場戰，空向途中泥婦人。」	
題詩調情	孫棨	題妓王福娘牆三首（卷七二七）之三，中詩句「寒肌不耐金如意，白癩爲膏郎有無」？	
	王福娘	題孫棨詩後（卷八〇二）「若把文章邀功人，吟看好箇語言新」	題下註云：孫棨贈福娘詩，俱題窗左紅牆，後有數行未滿，福娘因自題之。
	王福娘	問棨詩：「……非同覆水應收得，只問仙郎有意無」*	註云：以紅箋題詩授棨索和。
	孫棨	答福娘詩：「泥中蓮子雖無染，移入家園未得無」*	
	王福娘	謝棨詩：「泥蓮既沒移栽分，今日分離莫恨人」，原題又作擲紅巾詩。	此詩題於紅巾之上。
題詩調情	趙光遠	題妓萊兒壁（一作題北里妓人壁）「欲知腸斷相思處，役盡江淹別後魂」（卷七二六）	《北里志》記載趙光遠驕侈放蕩，常游北里狎邪，與名妓楊萊兒親善，時有詩唱。
	楊萊兒	和趙光遠題壁：「長者車塵每到門，長卿非慕卓王孫。定知羽翼難隨鳳，卻喜波濤未化鯤。……」（卷八〇二）	
題詩調情	李標	題窗詩（卷八〇二）中句「洞中仙子多情態，留住劉郎不放鬆」。	註下云：進士李標，詣蘇蘇，飲次，題詩於窗。蘇蘇先未識標，不甘其題，因取筆繼和。
	王蘇蘇	和李標（卷八〇二）「阿誰亂引閒人到，留住青蚨熱趕歸」	

題詩寄情	李商隱	柳枝五首有序，以「之五」爲例，「畫屏繡步障，物物自成雙，如何湖上望，只是見鴛鴦」（卷五四一）	序云：柳枝乃洛中里娘，因詠李義山燕台詩想慕風采，後爲人取去，李商隱重至，因寓詩以墨其故處。
題詩寄情	陳季卿	題禪窟蘭若 題潼關普通院門 江亭晚望題書齋 　（此三首俱見卷八六八）	作者本事云：陳季卿舉進士無成，訪青龍寺，遇山翁，見東壁有寰瀛圖，長嘆「願自渭泛月歸」。翁乃折一竹葉作舟置圖中，季卿果覺若歸，乃分別題於禪窟蘭若南楹，題於關門東普通院門，題於家中書齋。其後月餘，其妻來說，始知果歸題詩別妻。
題詩寄情	周仲美	書壁（卷七九九）中句「愛妾不愛子，爲問此何理，棄官更棄妻，人情寧可已。」	題下註云：仲美隨夫金陵幕，夫因事棄官入華山，仲美求歸未得，因書所懷於壁。
題詩寄情	王　氏	書石壁（卷七九九）中句「何事潘郎戀別筵，歡情未斷妾心懸」。	題註云：「王氏隨夫宰永福，留連累日……俟久不至，乃題詩石壁……」
題詩寄情	慈恩塔院女仙	題寺廊柱（卷八六三）	《彥周詩話》頁二八，謂爲鬼仙詩，婉約可愛，慈恩塔院女仙疑爲白鶴。
題詩寄情	沈亞之	夢輓秦弄玉（卷四九三）	題註云：沈亞書夢入秦，娶公主弄玉，後公主卒，西之歸國之際，感咽良久，因題宮門。

3. 一般戲題之作

　　文士在抒情寫意，應酬唱和之餘，有時也有一些信筆隨題，捉狹笑謔的遊戲之作，統計《全唐詩》中共有二十一首，如下表所列：

〈戲題之作〉題壁詩

李　煜：賜宮人慶奴（卷八） 岑　參：戲題關門（卷二〇一） 包　佶：戲題諸判官廳壁（卷二〇五） 皇甫冉：秋夜戲題劉方平壁（卷二四九） 元　稹：代郡齋神答樂天（卷四一七） 白居易：醉題沈子明壁（卷四四四）	白居易：題香山新經堂招僧（卷四五八） 許　渾：寄房千里博士（卷五三六） 李商隱：戲題友人壁（卷五四〇） 韋　蟾：長樂驛嘲李湯給事題名（卷五六六） 孫　棨：題劉泰娘舍（卷七二七）

呂　巖：宋朝張天覺爲相之日有繼縷道人及門求施公不知禮敬因戲問道人有何仙術答以能捏土爲香公請試爲之須臾煙罷道士不見但留詩于案上云（卷八五八） 許　碏：醉吟（卷八六一） 韋鵬翼：戲題盯眙壁（戲題盯貽邵明府壁）（卷七七〇）	無名氏：題房魯題名後（卷八七二） 閻敬愛：題濠州高塘館（卷八七〇） 李和風：題敬愛詩後（卷八七〇） 張　登：醉題（《全唐詩續補遺》卷七） 呂　巖：飛雲山留題（《全唐詩續補遺》卷十四）

　　這些作品往往筆調風趣，幽默地出以調侃的口吻，或自嘲；或嘲人。有的是冷眼旁看世情，戲中有淚；有的是笑指人生空匆，莫計較、莫去心，聊且付諸莞爾。比如岑參的〈戲題關門〉（卷二〇一）：「來亦一布衣，去亦一布衣，羞見關城吏，還從舊路歸」。又如張登暮詣宜春門入關，守門人捧牌請書官位，於是〈醉題〉其上：「閑遊靈沼送春回，關吏何須苦見猜，八十老翁無品秩，也曾身到鳳池來」〔註40〕。同樣是入關，由于詩人感慨不同，筆下遊戲之作便見不同的風情。至於情醺醉吟，戲筆漫題，每見狂蹤：舉如周游名山洞府，石崖峭壁無處不題〔註41〕的許碏便說自己是「群仙拍手嫌輕薄，謫向人間作酒狂」（卷八六一）。

　　還有詼諧景事，反語敘情的，如韋鵬翼〈戲題盯眙壁〉（卷七七〇）中「自從煮鶴燒琴後，背卻青山臥月明」，李商隱〈戲題友人壁〉（卷五四〇）「相如解作長門賦，卻用文君取酒金」，元稹〈代郡齋神答樂天〉（卷四一七）「爲報何人償酒債，引看牆上使君詩」，白居易〈題靈隱寺紅辛夷花戲酬光上人〉（卷四四三）的「芳情香（鄉）思知多少，惱得山僧悔出家」，韋蟾的〈長樂驛諔李湯給事題名〉（卷五六六）中「笑人何事寡詩情？……書字才能記姓名」。這些作品的筆

〔註40〕辛文房：《唐才子傳》五。又見《全唐詩續補遺》卷七。
〔註41〕許碏生平事跡見《全唐詩》卷八六一許碏小傳。

調玩笑輕鬆，寄寓詼諧風趣，每每博君一粲！

　　另外，針對世俗百態，詩人也有嬉笑語詠唐事，尤其唐代倡伶多知書達言描畫解詩，故而風流詩人與多情名妓每有狎邪調笑的戲題。比如白居易在〈醉題沈子明壁〉就說：「不愛君家十叢菊，不愛君家萬竿竹，愛君簾下唱歌人」。而久游倡肆的崔涯，每一題詩里壁，時人傳誦笑樂之，坊妓聲價亦隨之增減，其戲作〈嘲李端端〉〔註42〕使得「李娘子才出墨池，便登雪嶺」。北曲劉泰娘未有名時，門可羅雀；待得孫棨一首〈題劉泰娘舍〉（卷七二七），然後詣訪者結駟于門。此外，閻敬愛夜宿濠州高塘館，遙想襄王巫山歡會，歎息如今神女不曾入夢，因而有題〔註43〕，李和風見題以為癡人說夢，於是續題其詩之後：「高唐不是這高塘，淮畔荊南各異方，若向此中求薦枕，參差笑殺楚襄王」（卷八七〇）。而往來行人觀之，無不解頤竊笑。

　　此外，呂洞賓這個傳說中神龍見首不見尾的人物，由於他行蹤飄忽，往往「曲終人不見，徒留數行字」，因此倍增其神秘的色彩。另如他曾捏土為香，留詩桌案，詩戲張天覺：點出「世間宜假不宜真，看淡得失莫記較」；如此生命中真輕鬆乃得〔註44〕。又如〈飛雲山留題〉（《全唐詩續補遺》卷十四）：「攜節來此步飛雲，錢滿賓階綠蘇勻，江上同歸共誰去，不堪回首不逢人」中，以逐句第三字倒讀而得「呂洞賓來」四字，更是在戲題之中穿插字謎的趣味巧思。還有《唐語林》卷五也曾記載著：「吳道子訪僧，不見禮，遂于壁上畫一驢，其僧房

〔註42〕崔涯〈嘲李端端〉（卷八七〇）第一首：「黃昏不語不知行，鼻似煙窗耳似鐺，獨把象牙疏插鬢，崑崙山上月初明」。端端得詩甚憂，侯涯使院飲回，伏拜請之重贈飾之。於是崔涯又題一首「覓得黃騧鞍繡鞍，善和坊裡取端端，揚州近日渾成差，一朵能行白牡丹」，於是豪富之士，復臻其門。事見《全唐詩》卷八七〇〈嘲李端端〉詩下註。

〔註43〕閻敬愛〈題濠州高塘館〉（卷八七〇）。

〔註44〕呂巖〈宋朝張天覺為相之日有繼縷道人及門求施公不知禮敬因戲問道人有何仙術答以能捏土為香公請試為之須臾煙罷道士不見但留詩于案上云〉詩（卷八五八）。

器物無不踏踐，後僧謝之，乃塗去。」這些戲題之作與傳說故事結合，平添無數趣味。

第三節　交際之作的特色

一、交際的詩篇本身即是一種社交活動的媒介，其題詩贈答的對象多半已經選定，其傳遞意息的範疇原屬於「小眾傳播」。當這些作品以不同於傳統的方式題寫於門扉，牆壁，山壁，於是受播者由特定群擴延到非特定群，乃形成「大眾傳播」。故就傳播發展的過程觀察，傳播行為的內容和功能與傳播管道的形式以及受播者的組織關係實為密切。

比如交際類題壁詩篇中屬於「來訪不遇」這類主題的，題詩最主要的目的是留名或是留言，所謂「欲君知我來，壁上空書名」〔註45〕，此乃屬於「非面對面的小眾傳播」〔註46〕。另如「男女贈答」中的緣情之作，希冀於茫茫人每中幸得一接緣之人。這在強烈的宿命觀背後，還是要依賴「大眾傳播」作為圓夢的基礎。他如宴飲中的會題以及尋常生活中的諧謔戲題，雖已有酬應的對象或是捉狹的主題，但由于傳播管道向大眾公開，自然在群眾中造成迴響，而由此流傳開來，甚至敷衍本事成為小說話本中的情節題材。

二、題壁的交際詩作的價值不僅只歸類於文學作品的賞析，將之視為社會學的文獻資料尤具意義。由其詩文贈答，情意傳達之中，我們至少可以觀察出：

（一）文人關係

舉如王維與裴迪，李中與蔡文慶，元稹與白居易、杜甫與顧戒奢的交誼，以及幾個詩僧如貫休、含曦的社會交往皆可一探脈絡。且由

〔註45〕李約〈城南訪裴氏昆季〉（卷三〇九）。

〔註46〕小眾傳播是人類最早的一種傳播型態，也是應用最廣泛的一種，通常可作「面對面」與「非面對面」的劃分，前者多以聲音媒介為多，後者則以文字媒介較多。

其詩文題贈的內容可知其「以文會友」、「以文論交」的習性。誠所謂「唐代文人境通，則以詩相戒；境窮則以詩相勉；索居，則以詩相慰；同處，則以詩相娛」〔註47〕。其中元白友誼「千里神交，若合符契，友朋之道，不期至歟」〔註48〕，二者驅駕文字，往來投寄，除有「詩筒」傳遞，更由於興至題壁，在基層的社會中，亦多見其作品被普遍廣泛的傳播著。

（二）社會現象

唐代的狎妓邪游成了一種時髦風氣，而娼妓中亦不乏才色俱佳，通音曉墨之流，與文士互相攀援舉附的情形更較歷代為盛。文士們的作品藉由樂妓的歌唱傳播，隨之流行愈廣，連帶牽動文士的聲譽的漲落，如「旗亭舉唱」〔註49〕便是一例。而倡伶藉由文士之文筆以抬高身價者，如自誇誦得白學士〈長恨歌〉之妓，不同他者。〔註50〕他如文士留題北里門壁的詩篇更直接影響娼門生意的興盛清淡，舉如崔涯〈嘲李端端詩〉、孫棨〈題劉泰娘舍〉可見一般。是知唐詩之誦作與崇尚已成為群眾認知與公共活動，而創作的形式態度也由個人之間的抒情敘意到群眾之中的交流寫實，兼以娼妓們身處公眾場所，又與文士們往來頻繁，其宛若「文學傳播的旋轉門」，儼然成為一個理想的動態媒介。

其餘，由白居易的〈題香山新經堂招僧〉可知其為寺招僧之作，足見名流題詩亦具推薦的廣告效果。還有李和風的〈題敬愛詩〉，譏其「好色而不好德」，事主羞窘，時人訕笑，亦隱然形成輿論。

三、題壁的交際詩作主要在記人事活動，故傳錄的功能發揮無遺。蓋因人海浮沉，時空變換，聚散遇合，不可揣知。且其生活經驗永不重複，是而緣情飛文，興題壁記，一則以傳衍，一則以錄存。而

〔註47〕白居易：〈與元九書〉《白氏長慶集》卷二八。

〔註48〕孟棨：《本事詩·徵異》。

〔註49〕「旗亭舉唱」故事說王昌齡、高適、王之渙之詩分別為伶妓所謳唱事。見王灼：《碧雞漫志》卷第一。

〔註50〕同註47。

仔細觀察文士贈答的作品中，不只是因寄懷而題贈己詩，也不只是因相思而抄題人詩，除了以詩會友，刺激生發創作，創作亦形成刺激的題壁效果外，古人酬和詩必答其來意，於是又出現了「兼代書信」的功能，舉如元稹詩上說：「小碎詩篇取次書，等閒題柱意何如，諸侯到處應相問，留取三行代鯉魚」〔註51〕，節省了魚雁往返的功夫。此外，訪人不遇，題壁留名，小詩代言，信手揮灑，漫筆成趣，亦是一種「以詩代簡」。至於短章戲題，或寫日常的笑談閒趣，或取荒唐無稽的瑣碎，更近於詩體的游戲文學，這些作品儘管水準不齊，成就不一，然其嘗試了溝通詩歌與其他文學形式的橫向聯繫，擴大了詩歌表現的領域。

　　四、由于這些交際之作入手生活情事，不避庸瑣，初以來意往覆為主，所以指事的色彩極濃，趣味各見。其後技巧上逐漸講究酬唱韻對的工整，即有花巧，亦由此生變〔註52〕。其中尤以「次韻唱酬」為弄韻新法，起自大曆以後。所謂「用韻」乃和詩用來詩之韻。若依來詩之韻盡押之不必以次曰「依韻」，并依其先後而次之，則為「次韻」。〔註53〕辛文房《唐才子傳》中亦言「次韻唱酬之法，自令狐楚、薛能、元稹、白樂天集中稍稍開端，逮日休、龜蒙，則飈流頓盛，猶空谷有聲，隨響即答。韓渥、吳融以後，汗漫無禁。於是天下翕然，順下風而趨。以意相和之法，漸廢間作。」〔註54〕張表臣《珊瑚鉤詩話》卷一也有類似的意見：「元白唱和始依韻，多至千言，少或百數十言，篇章甚富」，可見元白以來驅駕文字，舊韻新辭以鬥工，逐漸成風。〔註

〔註51〕　元稹〈小碎〉（卷四一四）。
〔註52〕　唱和詩多酬以本韻，詩體亦同。而韓愈、韋執中、竇牟三人同訪「劉尊師」不遇，分別以「同尋師」的韻腳為三詩題壁，是兼寓內容而協韻之例。
〔註53〕　胡震亨：《唐音癸籤》卷三，「和韻聯句」一條中言「至大曆中，李端、盧綸野寺并居酬答，始有次韻，後元、白二公次韻亦多，皮陸更盛矣。」
〔註54〕　辛文房：《唐才子傳》卷八皮日休條。
〔註55〕　元稹〈酬樂天餘思不盡加為六韻之作〉（《元氏長慶集》卷二十二）

55）此風所襲，題壁的唱和詩作亦受其染。顯而易見地，在這樣的內容形式主導流行之下，題壁詩作品泰半少以陽春白雪之高調立意，而多為平實俚俗、通情順意的表露。且和韻在於押字渾成，酬句在於才力均敵，主以「聲華情實，中不露本」為貴〔註56〕。如果強行依附，難免於稱工鬥麗之餘，缺少雍容之度。故而，由利弊互見的角度衡審題壁的交際詩歌，正為其「生活的語言，寫實的文學」這一層面進行認證，恰好檢驗了唐詩的多樣性。

中句「次韻千言曾報答」，下注云：「樂天曾寄予千字律詩數首，予皆次用本韻酬和，後來遂以成風耳。」
〔註56〕胡震亨：《唐音癸籤》卷三。

第五章　題壁詩中的仕宦之作

第一節　「仕宦」的意涵

　　由於專制政治社會結構中的文人普遍走向入仕參政的道路。唐代讀書人的主要出路便是應試科舉，入闈登第，求取功名。因之，文臣的命運往往和政局的變化關係密切，仔細觀察其生命歷程，或多或少都有一段時間與官宦仕途生涯脫不了干係。於是，策試納卷的緊張，穿楊折桂的喜悅；然後，宦海浮沉的甘苦，仕途播遷的冷暖，公務纏身的倥傯，官紳暫脫的悠閒……這些考場、官場的榮悴浮沉，牽繫著他們境遇的窮達與心情的起落，一旦落入創作吟詠，觸處皆思，便成為抒發的題材。舉韓偓〈朝退書懷〉為例：「粉壁不題新拙惡，小屏唯錄古篇章，孜孜莫患勞心力，富國安民理道長」（卷六八二）便可得知文士們兢業自持、戮力報效的心情。

第二節　仕宦之作的內容

一、詩作數目

　　總計唐代題壁詩中以仕宦為內容主題的計有六十四首，如下表所列：

題壁的仕宦詩作表

宋之問：至端州驛見杜五審言沈三佺期閻五朝隱王二無競題壁慨然成詠（卷五一）	武元衡：元和癸巳余領蜀之七年奉詔徵還二月二十八日清明途經百牢關因題石門洞（卷三一六）
宋之問：途中寒食題黃梅臨江驛寄崔融（卷五一）	林　藻：梨嶺（卷三一九）
閻朝隱：端州題壁（王仲聞補）（補《全唐詩》頁 10）	韓　愈：合江亭（卷三三七）
劉庭琦：詠木槿樹題武進文明府廳（卷一一〇）	韓　愈：謁衡嶽廟遂宿嶽寺題門樓（卷三三八）
王　灣：秋夜寓直即事懷贈蕭令公裴侍郎兼通簡南省諸友人（卷一一五）	劉禹錫：題集賢閣（卷三六〇）
劉長卿：留題李明府雪溪水堂（卷一四九）	呂　溫：道州弘道縣主簿知縣三年頗著廉慎秩滿縣闕申使請留將赴衡州題赴廳事（卷三七〇）
劉長卿：初貶南巴至鄱陽題李嘉祐江亭（卷一四九）	白居易：祗役駱口因與王質夫同遊秋山偶題三韻（卷四二八）
劉長卿：題冤句宋少府廳留別（卷一五〇）	白居易：徵秋稅畢題郡南亭（卷四三四）
岑　參：醉題匡城周少府廳壁（卷一九九）	白居易：曲江感秋二首（卷四三四）
岑　參：題永樂韋少府廳壁（卷二〇〇）	白居易：再因公事到駱口驛（卷四三六）
岑　參：宋州東登望題武陵驛（卷二〇〇）	白居易：〈酬和元九東川路詩十二首〉第一首〈駱口驛舊題詩〉（卷四三七）
杜　甫：題省中院壁（卷二二五）	白居易：題西亭（卷四四四）
薛　據：題丹陽陶司馬廳壁（卷二五三）	白居易：留題郡齋（卷四四六）
趙居貞：雲門山投龍詩（卷二五八）	白居易：秘省後廳（卷四四八）
李　益：送常侍御使西蕃寄題西川（卷二八三）	白居易：自罷河南已授七尹每一入府悵然舊遊因宿內廳偶題西壁兼呈韋尹常侍（卷四五七）
鄭　常：謫居漁陽白沙口阻雨因題驛亭（卷三一一）	李德裕：盤陀嶺驛樓（卷四七五）
皇甫澈：賦四相詩（卷三一三）	姚　合：書縣丞舊廳（卷五〇〇）
武元衡：臺中題壁（卷三一六）	裴夷直：將發循州社日於所居館宴送（卷五一三）
武元衡：西亭題壁寄中書李相公（卷三一六）	朱慶餘：夏日題武功姚主簿（廳壁）（卷五一四）
	魏　扶：貢院題（卷五一六）

路　貫：和元常侍除浙東留題（卷五四七）	三四）
元　晦：除浙東留題桂郡林亭（卷五四七）	羅　隱：題新榜（卷六六五）
薛　能：將赴鎮過太康縣有題（卷五五九）	鄭　谷：題汝州從事廳（卷六七六）
	韓　偓：朝退書懷（卷六八二）
薛　能：乞假歸侯館（卷五六一）	徐　夤：醉題邑宰南塘屋壁（卷七〇九）
薛　能：監郡鍵爲將歸使府登樓寓題（卷五六一）	李　中：贈胊山楊宰（卷七四八）
盧　偓：題嘉祥驛（卷五六六）	王　周：巫山公署壁有無名氏戲書二韻（卷七六五）
賈　島：題長江（一作題長江廳）（卷五七二）	鄭　綮：題中書壁（卷八七〇）
	李　兼：題洛陽縣壁（卷八七三）
溫庭筠：和友人題壁（卷五七八）	和　凝：洋川（《全唐詩續補遺》卷十四）
韋承貽：策試夜潛紀長句於都堂西南隅（卷六〇〇）	賈　竦：謁華嶽廟（《全唐詩補逸》卷之十二）
林　寬：和周繇校書先輩省中寓直（卷六〇六）	鄭　常：謫居漢陽白沙石阻風因題驛亭（《全唐詩外編》頁 424）
司空圖：頃年陪恩地赴甘棠之召感動留題（卷六三二）	楊　發：和李衛公漳浦驛留題（《全唐詩外編》頁 482）
司空圖：題裴晉公華嶽廟題名（卷六	

　　而觀其入仕問政之順序必先經策試貢舉，復依其科名留放。而或留或放，又分爲京官與外任，以下各就其標類進行敘述論析。

二、題作內容

（一）策試貢舉的題壁詩例

　　唐朝試士初重策，兼重經，其後乃騎重詩賦。至中葉後，人主至親爲披閱，翹足吟詠所撰，於是文士益復競趨名場，殫工韻律。〔註1〕按例舉場開於二月，其時「槐花黃，舉子忙」，而每年秋天七月，各府州縣便紛紛覓解舉子送京，一欲穿楊折桂。舉如有「藻蘊

〔註1〕 胡震亨：《唐音癸籤》卷二十七。

橫行」〔註2〕之譽的林藻曾題一首〈梨嶺〉（卷三一九）談到參舉競試的心情：「曾向嶺頭題姓字，不穿楊葉不言歸，弟兄各折一枝桂，還向嶺頭聯影飛。」當時試場設在都省，亦稱都堂，定有試夜給燭三條之規，相傳權德輿主文之際，曾戲云：三條燭盡，燒殘舉子之心。〔註3〕而策試之夜闈場舉子題詩，如韋承貽〈夜題都堂西南隅〉中提及「三條燭盡鐘初動，九轉丹成鼎未開，殘月漸低人擾擾，不知誰是謫仙才」〔註4〕，此外，唐彥謙也有一首〈試夜題省廊柱〉（卷六七二），詩句中都表露了僕僕於仕途風塵，惟一的願望便是試後能聞吉語，避免重來棘籬。〔註5〕而仕場之中，不但是考生題壁留詩，考官也有興起留題的：宣宗大中初，魏扶知禮闈，入貢院，就曾題詩一絕：「梧桐葉落滿庭陰，鎖閉朱門試院深，曾是昔年辛苦地，不將今日負前心。」（卷五一六）原來今日的考官，正是昔日的考生，難怪要有感而發了。

（二）任職京官臺省的題壁詩例

　　唐朝京官詩題廳壁的流行應源自唐朝本有題寫廳記壁記的習俗，上至中央機構，下至州縣官署，有各式各樣的廳記壁記留存。根據韋述《兩京新記》中云：「郎官盛寫壁記，以紀當廳前後遷除出入，浸以成俗。」而封演《封氏聞見記》、王讜《唐語林》卷八中推衍壁記之由，都有「當是國朝（唐朝）以來，始自臺省，遂流郡邑耳」的記載。而在《文苑英華》中之文目分類亦設有「壁記」一類。以詩而言，《全唐詩》中卷三六〇劉禹錫詩寄令狐相公：「三省壁中題姓字，

〔註2〕　福建《莆陽縣志》載：「林藻與其弟蘊及歐陽詹爲閩中人士，莆人登進士第自藻始，閩人有『歐陽獨步，藻蘊橫行』之語。」
〔註3〕　宋、吳曾：《能改齋漫錄》云「主文權德輿於簾下戲云：三條燭盡，燒殘舉子之心。舉子遽答云：八韻賦成，驚破侍郎之膽。」
〔註4〕　韋承貽〈策試夜潛紀長句於都堂西南隅〉（卷六〇〇）。
〔註5〕　韋詩中言「褒衣博帶滿塵埃，獨自都堂納卷回，蓬巷幾時聞吉語，棘籬何日免重來。」唐詩中則言「麻衣穿穴兩京塵，十見東堂綠桂春，今日競飛楊葉箭，魏舒休作畫籌人」。

萬人頭上見儀形。」〔註6〕以及卷七五一徐鉉致殷悅、游簡言擢升翰林學士，江文蔚拜御史中丞的賀詩也提到「猶有西垣廳記在，莫忘同草紫泥來」〔註7〕，這些都是爲官題名廳壁的証明。至於京官承制寓值，即事懷贈，進而便有詩題於壁以寫志書情，舉如題中書省的有鄭綮〈題中書壁〉：「側坡蛆混輪，蟻子競來拖，一朝白雨中，無鈍無嘍囉。」此詩迺言國運且衰，旦夕將有愚智同盡之禍。蓋時人以鄭綮忝竊相位，多訕笑之，胡震亨則以此詩直言不諱，並不可笑。〔註8〕還有侍職秘書省的如白居易〈秘省後廳〉（卷四四八）以及林寬〈和周繇校書先輩省中寓直〉（卷六○六）等題詩，其中林詩提到秘書署中「名姓鐫幢記，經書逐庫題」，其粉壁之上還留有「黏塵賀草沒，剝粉薛禽迷」〔註9〕等名書法家、名畫家的題跡。其詩末尾結以「此中真吏隱，何必更巖棲？」顯然意指「朝隱」可視爲「大隱」。另外武元衡爲監察御史時，有〈台中題壁〉（卷三一六）：「柏台年未老，蓬鬢忽蒼蒼，無事裨事主，何心弄憲章。」集賢閣壁上則留有劉禹錫的遺跡：「鳳池西畔圖書府……曾是先賢翔集地，每看壁記一慚顏。」（卷三六○）後白居易亦有詩相和（卷四四九）。至于門下省，杜甫擔任左拾遺時，官職司屬門下，職掌供事、也有詩諷諫以救人主言行之失。如〈題省中院壁〉：「袞職曾無一字補，許身愧比雙南金」（卷二二五）。另如鄭谷在尚書省寓直，因尋都堂四廊之下昔年試處，石柱上名記仍在，詩心生動，因題〈南宮寓直〉（卷六七六）一首，對「寓直事非輕」是充滿了「宦孤憂且榮」的責任感。以上詩題地點雖不相同，但多於行公事餘，題詩以明己志。其中，亦有題詩於壁以敘官秩創置之遷授始末，與題名廳記作意相同者，如鄭谷任刑部都官郎

〔註6〕　劉禹錫〈客有話汴州新政書事寄令狐相公〉（卷三六○）。
〔註7〕　徐鉉〈賀殷游二舍人入翰林江給事拜中丞〉（卷七五二）。
〔註8〕　胡震亨：《唐音癸籤》卷二十六。
〔註9〕　「賀草」指得是賀知章草書，溫庭筠有〈秘書省有賀監知章草題詩筆力遒健風尚高遠拂塵尋玩因有此作〉（卷五七八）；「薛禽」指得是薛稷畫鶴。張彥遠《名畫記》言秘書省有薛稷畫鶴，時號一絕。

中時，曾作詩留題：「都官雖未是名郎，踐歷曾聞薛許昌，復有李公陪雅躅，豈宜鄭子忝餘光，榮爲後進趨蘭署，喜拂前題在粉牆。他日節旄如可繼，不嫌曹冷在中行。」〔註10〕此詩正是以壁記說事，明著前政履歷，以發將來健羨之意。〔註11〕

（三）外任府縣的題壁詩例

朝廷百司諸廳府皆有壁記，既已成習。而唐人仕宦，每重內輕外，是有「領郡輒無色」、「欲把一麾江海去」的詩詠。至州縣親民吏，尤視爲輕，銓曹不甚加意。〔註12〕是以員官或走任京外，或佐巡州府，治民率物，耳目所治，多有所感。析理其題壁詩作內容多出現：

1. 述志酬情，委曲見意

如武元衡帥西川鎮蜀有題壁西亭之作〔註13〕，中言：「廉頗不覺老，蓬瑗始知非，援鉞虛三顧，持衡曠萬機」（卷三一六）。如賈餗於重修華嶽廟，謁詩題名之作亦有感天命福，戒慎自修之意。〔註14〕另趙居貞爲皇上祈福見瑞象吉兆，因留題〈雲門山投龍詩〉（卷二五八）於巖壁，以喜以懼。又有重遊故府，悵然有感的白居易的西壁偶題之作〔註15〕，提到河南府六年之中換任七尹：包括嚴休復、王質、鄭澣、

〔註10〕鄭谷〈故許昌薛尚書能嘗爲都官郎中後數歲故建州李員外頻自憲府內彈拜都官員外八座外郎皆一時騷雅宗師則都官之曹振盛於此予早年請益實受深知今忝此官復是正秩豈唯俯慰何以仰繼前賢榮惕在衷遂自賀〉（卷六七六）。

〔註11〕陳鴻墀：《全唐文紀事》卷一體例一，頁3。

〔註12〕胡震亨：《唐音癸籤》卷二六，另見勞格、趙鉞：《唐尚書省郎官石柱題名考》「點校說明」中，亦舉証說明唐朝官場中重京官，輕外任的風氣。

〔註13〕武元衡有〈西亭題壁寄中書李相公〉（卷三一六），及〈甫搆西亭偶題因呈監軍及幕中諸公〉（卷三一七）。

〔註14〕賈餗〈謁華嶽廟〉（《全唐詩補逸》卷之十二）中言「……國家崇明祀，五岳盡封冊。……惟神本貞信，以道徵損益。……髫年業文翰，弱冠薦屯厄，天命幾微茫，神遠徒悚惕。」

〔註15〕白居易〈自罷河南已換七尹每一入府悵然舊遊因宿內廳偶題西壁兼呈韋尹常侍〉（卷四五七）。

李紳、李珏、裴潾、韋長七人，政風如酒味各不相同，正詩中所謂「杯嘗七尹酒，樹看十年花」。還有元和四年元稹以監察御史出使東川，往來鞍馬間，行經駱口驛，看到東壁有李逢吉，崔韶出使雲南的題名，北壁上則有白居易題擁石關的留詩，王質夫一併相和。故而賦題〈駱口驛〉二首（卷四一二）：「郵亭壁上數行字，崔李題名王白詩，盡日無人共言語，不離牆下至行時。」此時見書名字詩如見故友。倘若由此詩追索白居易與王質夫同遊擁石關所題之詩作；於卷四二八，卷四三六乃分別得見白居易的兩首題詩，前詩開頭即云：「石擁百泉合，雲破千峰開」，後詩則是：「今年到時夏雲白，去年來時秋樹紅」。〔註16〕正是元稹所見「開雲紅樹」等篇，篇中白居易並自言二度前來駱口驛，皆是因為「勤王意」而來。其後，白居易得知元稹有東川題和七言句二十二首，復更酬和之：「拙詩在壁無人愛，鳥汙苔侵文字殘。唯有多情元侍御，繡衣不惜拂塵看」〔註17〕。這些和詩皆因新境追憶前事，充滿友誼的溫馨。此外，羅隱於光化年間，輔佐浙幕，題詩於新榜（卷六六五）之末亦有「灞陵老將無功業，猶憶當時夜獵歸」的感歎。

2. 征旅鎮邊，發豪情慷慨

　　唐代文士除了在台省府縣間迴旋，亦多有遊宦外幕者，是以題壁詩中亦出現了豪偉的軍旅風光以及塞外征情，舉如薛能〈將赴鎮過太康縣有題〉（卷五五九）中：「十萬旌旗移巨鎮，幾多輧軦負孤莊，時人欲識征東將，看取欃槍落大荒」。又如盧渥〈題嘉祥驛〉云：「星使自天丹詔下，雕鞍照地數程中，馬嘶靜谷聲偏響，旗映晴山色更紅」〔註18〕；俱極寫軍行移邊，軒冕之盛。至於塞外征情；有述立功邊疆

〔註16〕　白居易〈駱口驛〉二詩為〈祗役駱口因與王質夫同遊秋山偶題三韻〉（卷四二八），另〈再因公事到駱口驛〉（卷四三六）。然王質夫相和詩未見。

〔註17〕　白居易〈酬和元九東川路詩十二首〉第一首〈駱口驛舊題詩〉（卷四三七）。

〔註18〕　盧渥〈題嘉祥驛詩〉（卷五六六），《太平廣記》卷二〇〇「盧渥」條提及此詩版後為易定帥王存尚書碎之。

之豪情者：如李益〈送常曾侍御使西蕃題西川〉（卷二八三）中言：「今日聞君使，雄心逐鼓鼙，行當收漢壘，直可取蒲泥。」是何等雄壯。亦有灑記征人淚者，如岑參〈宋州東登望題武陵驛〉（卷二〇七）中詠「白骨半隨河水去，黃雲猶傍郡城低」，又是何等悲愴！

3. 描題公務的繁忙與悠閒

　　地方官吏直接與民接觸，自不免訟政繁雜，公文瑣碎。比如元積的〈醉題東武〉（卷四二三）便大歎「役役行人事，紛紛碎簿書」；白居易佐牧蘇州時，也是「朝亦視簿書，暮亦視簿書，簿書視未竟，蟋蟀鳴座隅，始覺芳歲晚，復嗟塵務拘」〔註19〕，其後劉禹錫亦視事蘇州郡，看見樂天這首「簿書來繞身」〔註20〕的題詩，乃有「煙波扁舟」的想望，這是外放地方郡守公務繁忙的一面。

　　吏治宦遊生涯自然也有悠閒的一面：其欣嚮「宓子彈琴邑宰日」，便別是一段為政風流。〔註21〕我們看政安年豐的治下，「案牘既簡少，池館亦清閒」便得「南亭日瀟灑，偃臥恣疏頑」〔註22〕；身既處於縣幽公事稀的職散優閒地〔註23〕，又正值「訟閒徵賦畢，吏散卷簾時」〔註24〕，公署官舍有如閒居山舍〔註25〕，職吏或看山吟詩〔註26〕；或聽雨覆棋；或書葉煮茗〔註27〕；或遍題清景〔註28〕；眼中相

〔註19〕　白居易〈題西亭〉（卷四四四）。

〔註20〕　劉禹錫〈到郡未浹日登西樓見樂天題詩因即事以寄〉（卷三五八）。

〔註21〕　杜甫〈七月一日題終明府水樓二首〉（卷二三一）。「宓子鳴琴」典故出自《呂氏春秋・察賢》謂宓子賤為單父縣令，彈琴身不下堂，而單父治。後世稱為「鳴琴而治」。蓋宓子任人，任力者故勞、任人者故逸。

〔註22〕　白居易〈徵秋稅畢題郡南亭〉（卷四三四）。

〔註23〕　白居易〈官舍閒題〉（卷四三九）。

〔註24〕　李中〈贈朐山楊宰〉（卷七四八）。

〔註25〕　鄭谷〈題汝州從事廳〉（卷六七六）有「詩人公署如山舍」句，許渾〈姑孰官舍〉（卷五三三）有「草生官舍似閒居」句。

〔註26〕　朱慶餘〈夏日題武功姚主簿（廳壁）〉（卷五一四）中有「當門立看山，吟詩老不倦」之語。

〔註27〕　李中〈贈朐山楊宰〉（卷七四八）中有「聽雨入秋竹，留僧覆舊棋，得詩書落葉，煮茗汲寒池」之句。

憐幽砌之色，雲水之思頓生胸壑之中。

4. 謫貶廢離，抒窮愁不平

　　貶謫歷來是封建官僚系統作爲對罷罪犯錯官員的一種處分，唐代詩人們在求仕任官途中有的懷才不遇、時不我與；有的仕途蹇澀不順、壯志難伸；有或因罪連坐獲譴、官場失意；有或竟遭人陷害，因之逐放外地，於是自傷自痛，不能無感，更有不平之鳴，屢屢入詩留題。比如鄭谷在〈小北廳閒題〉（卷六七七）裡說：「冷曹孤宦本相宜，山在牆南落照時，洗竹澆莎足公事，一來贏寫一聯詩。」便有無奈之思。裴夷直在〈循州社日留題館壁所居於左〉一詩中亦感仕途遷徙生涯飄忽不定〔註29〕，倘若再看到舊記前人多以官位顯達〔註30〕，與之相較，五味雜陳，心情惟有自知。

　　其中更因或意迕君主，或連罪受難，或遭讒緣忌，或甚是無端受竄，人臣因此蒙遷受貶，必然抑忿不平，氣鬱難消。而自古放臣不與善地，多徙五溪不毛之鄉。有唐一代例見「北官南貶」，當謫臣行入瘴癘荒蠻之地，目睹路歧音稀，身感風淒雨苦，動搖生情，不能無感，不能無鳴，便往往留下了悽愴題壁，丹心留字的感人之作，其中有瘴癘之歎，有拘囚之思，大抵託諷禽鳥，寄詞草樹，鬱然有騷人之風，悲士之旨。

　　舉如著名的「嶺南事件」，沈佺期，宋之問，杜審言，閻朝隱，王無競等人俱因坐交張易之兄弟，流貶嶺南。在經過「端州驛」的時候，謫貶僚友慨然成詠，先後題壁〔註31〕。宋之問在詩中自言「逐臣

〔註28〕和凝（僧）〈洋川〉（《全唐詩續補遺》卷十四）末二句「更待決旬無事後，遍題清景作詩仙」。

〔註29〕勞格、趙鉞《唐尚書省郎官石柱題名考》卷二左司員外郎「裴夷直」條下言：《歲時雜詠》有裴夷直〈循州社日留題館壁所居於左〉詩，《萬首唐人絕句》作〈將發循州社日於所居館宴送〉，見《全唐詩》卷五一三。

〔註30〕鄭谷〈題汝州從事廳〉（卷六七六）：「壁看舊記官多達，牓挂明文吏莫違」。

〔註31〕「端州驛題壁」詩組今存宋之問作品（卷五一），閻朝隱作品（《補

北地承嚴譴」，但仍「北極懷明主」，更傷「故園腸斷處」，「自憐能
得幾人歸？」另如闇朝隱的詩作亦皆提及蠻荒之險苦，更陳述了輸誠
無門，身遭棄逐的苦痛。

　　而號稱「五言長城」的劉長卿於仕官旅程亦屢遭遷謫，其一貶
於肅宗至德三年（西元 758 年），左遷南巴。二貶於吳仲孺誣奏，流
治睦州，其時約在大曆中（西元 773～774 年），故其詩作多羈人怨
士之思，詩情悽惋清切，比如〈初貶南巴至鄱陽題李嘉祐江亭〉（卷
一四九）中說：「……不才甘謫去，流水亦何之，地遠明君棄，天高
酷吏欺，清山獨往路，芳草未歸時，流落還相見，悲懽話所思，猜
嫌傷蕙茞，愁暮向江籬……水雲初起重，暮鳥遠來遲，白首看長劍，
滄州寄釣絲……憐君不得意，川谷自逶迤。」又如〈留題李明府雪
溪水堂〉（卷一四九）、〈題冤句宋少府廳留別〉（卷一五○）都流露
著「謫居投瘴癘，離思過湘沅，從此扁舟去，誰堪江浦猿」的楚思
騷情。還有鄭常謫居漁陽白沙口爲風雨所阻，失意惆悵乃分題於驛
亭﹝註32﹞。而唐文宗開成二年（西元 837 年），「長江逐臣」﹝註33﹞
賈島因飛謗坐罪曾留題長江主簿廳（卷五七二）。另外於貞元十九年
（西元 803 年），上書請寬民徭因遭謫貶的韓愈更在〈謁衡嶽廟遂宿
嶽寺題門樓〉（卷三三八）中抒發了他對仕途坎坷的不滿情懷：「竄
逐蠻荒幸不死，衣食才足甘長終，侯王將相望久絕，神縱欲福難爲
功」，由此可見詩人們痛感人間不平之餘，由於對現實失望，面對人
生世事的態度乃趨冷漠。且以流放與貶謫爲主題的題壁詩中，前朝
文人屈原、賈誼的楚韻騷情在貶謫文學行列中先行，多所承繼追隨。
尤其到了中唐時期，國事紛擾，以放逐爲題的作品增多，風格紛呈，
進入了貶謫文學的高峰。

全唐詩》）。
〔註32〕鄭常有〈謫居漢陽白沙口阻雨因題驛亭〉（卷三一一），亦有〈謫居
　　　漢陽白沙口阻風因題驛亭〉（《全唐詩外編》頁 424）。
〔註33〕張蠙〈傷賈島〉詩（卷七○二）中稱賈島爲「生爲明代苦吟身，死
　　　作長江一逐臣」。

此外，暫憑好山麗水療治失意，苦中作樂以自解的如李德裕〈盤陀嶺驛樓〉（卷四七五）：「……好山聊復一開顏。明朝便是南荒路，更上層樓望故關。」詩中仍難掩惆悵之情。至若白居易則是「樂天知命」，由譴黜的生命經驗中將自我釋放：其於詩中自云「窮通與榮悴，委運隨外物」〔註34〕，並慨然將詠懷詩留題於曲江之路。由此可見文臣仕子一入宦網則毋能免於窮通榮枯。而在起伏揚落的過程中，忠奸之爭與感仕不遇往往成為其所面臨的矛盾與困境，前者使得自許耿介孤忠之士益發執著于現實；後者則驅使文人尋求超越現實，進行自慰與自解。復加以原本在抒發一己的鬱恨苦悶，一旦其題於壁，具備了公開傳覽的性質的同時，乃在讀者之間牽繫起「同是天涯淪落人」的感慨，便產生了解人與慰人的功能，無論是遷人、過客，甚至作者本身再度憑覽壁題的作品，都因為觸動了相同的經歷，而記憶猶新，感懷更深。由此，文學的功能再一次跨越靜態的傳錄，擔任起動態的滋生的使命。

（四）贊賀官箴的題壁詩例

題府廳壁詩，另有或述及施政履歷，以發仿羨者，是以褒美人才，抑揚閫閾的誦贊多入歌詠。比如杜甫〈題衡山縣文宣王廟新學堂呈陸宰〉（卷二二三）力贊孔門不棄，雅才乃資，所謂「衡山雖小邑，首唱恢大義，因見縣尹心，根源舊宮閟」。薛據〈題丹陽陶司馬廳壁〉（卷二五三）說：「詔書增寵命，才子益能官」。崔桐〈題桐廬李明府官舍〉（卷二九四）是這樣贊美的：「流水聲中視公事，……觀風競美新為政。」韓愈〈題合江亭〉（卷三三七）一首則推崇新任刺史鄒君：「中丞黜凶邪（指前刺史元澄無政），天子閔窮餓，君侯至之初，閭里自相賀」，并將詩題於巖上之石壁，以免塵泥污蝕。

皇甫澈的〈賦四相詩〉（卷三一三）中因為看到蜀州刺史廳壁記

〔註34〕　白居易〈曲江感秋〉二首（卷四三四），此二首詠懷之作皆題於曲江路。

中所載前後四公張柬之、鍾紹京、李嶠、王縉先後居相位，緬懷景行遺烈，嗟歎不足，於是更賦詩題寫其行事，以昭世人。他如呂溫調衡州，留題於道州廳事，自謙「術淺功難就」〔註35〕。元晦〈除浙東留題桂郡林亭〉（卷五四七）與其觀察副使路貫唱和〔註36〕，前者惜「西鄰月色何時見，南國春光豈再游」。後者美「謝安致理逾三載，黃霸清聲徹九重」。此外，巫山公署壁上有無名氏戲書之詩韻〔註37〕，以及判語〈題洛陽縣壁〉〔註38〕，都說明著好錄政聲，聞於御覽，政通民樂，縣妖破膽。

第三節　仕宦之作的特色

　　一、題壁的仕宦詩作與朝廷府廳壁記的習俗關係密切。其目的在化時垂後，而化時的功用尤重。觀有唐一朝歷官序記勒碑題壁，而題名多鏤柱刻石。不但是內省府台有壁記題名，其他軍政衙門，地方官府都有壁記，是用以說明政體建置和任職官員交替的狀況。屬於「仕宦」一類的題壁詩與之性質類近、自然習衍成風，由詩中可得知其改充遷轉之歲月。比如白居易〈自罷河南已換七尹每一入府悵然舊遊因宿內廳偶題西壁兼呈韋尹常侍〉（卷四五七）中提到「杯嘗七尹酒」，考唐代都畿道河南府尹自文宗大和七年（西元 833 年）到開成三年（西元 839 年）六年之中果歷七尹〔註39〕。另皇甫澈〈賦四相詩〉（卷三一三）中亦記載著張柬之於聖曆元年（西元 698 年），鍾紹京於景雲元年（西元 710 年）。王縉約於乾元中，李嶠於乾元二年（西元 759

〔註35〕呂溫〈道州弘道縣主簿知縣三年頗著廉慎秩滿縣闕申使請留將赴衡州題其廳事〉（卷三七〇）。

〔註36〕路貫〈和元常侍除浙東留題〉（卷五四七）。

〔註37〕王周〈巫山公署壁有無名氏戲書二韻〉（卷七六五）。

〔註38〕李兼〈題洛陽縣壁〉（卷八七三）序中言：李果爲洛陽令，民吏畏服，縣妖亦爲之破膽，不敢居於官衙。

〔註39〕郁賢皓：《唐刺史考》（江蘇：江蘇古籍出版社。1985 年 2 月）第四編〈都畿道〉卷四九、五〇「河南府」。

年）皆以相位出為蜀州刺史〔註40〕。此外，鄭谷詩〈故許昌薛尚書能嘗為都官郎中後數歲故建州李員外頻自憲府內彈拜都官員外八座外郎皆一時騷雅宗師則都官之曹振盛於此予早年請益實受深知今忝此官復是正秩豈唯俯慰何以仰繼前賢榮愓在衷遂自賀〉（卷六七六）中提到前後任的都官郎中都說明了官吏遷除出入的情形。且依唐代尚書省的建置，尚書都堂居中，東有吏、戶、禮三部，由左司統之；西有兵、刑、工三部，右司統之。石柱題名原係東西各一，朱彝尊《曝書亭集》卷四中提及左柱存而右柱已失，是以兵、刑、工三部所屬郎官題名不見。王昶以為石柱之亡當在唐代以後〔註41〕，其即是舉鄭谷〈中台五題〉（卷六七四）之一「石柱」：「暴亂免遺折，森羅賢達名」為例以釋。另鄭谷的題壁詩〈南宮寓直〉（卷六七六）中云：「粉廊曾試處，石柱昔賢名」，其下并有自注云：「直事稍暇，即於都堂四廊下尋頃年試所題名記，至今多在。」以鄭古時任刑部都官，其時題名猶存，是可用佐參証干說。綜觀仕宦詩作之題壁處所不僅限於台省、府郡州縣邊驛亦有壁題。詩中所指大抵無非政事、官箴與民情。其目的除了謹述行事，詠贊休美，垂功德於後世之外〔註42〕，當然最重要的還是「見賢思齊，見不肖而內自省」的教化時俗的功效〔註43〕。誠如呂溫《道州刺史廳後記》所言：「壁記非古也。若冠綬命秩之差，則有格令在；山川風物之辨，則有圖牒在；所以為之記者，豈不欲述理道、列賢不肖以訓于後，庶中人以上得化其心焉。」〔註44〕此即題壁之仕宦詩作意義之所在。

〔註40〕　前書第十四編〈劍南道〉卷二二五「蜀州」。

〔註41〕　清、勞格、趙鉞：《唐尚書省郎官石柱題名考》（北京：中華書局，1992年）附錄一引王昶《金石萃編》所記。

〔註42〕　皇甫澈〈賦四相詩〉（卷三一三）題下序文。

〔註43〕　劉禹錫〈白太守行〉（卷三五五）詩：「夸者竊所怪，賢者默思齊，我為太守行，題在隱起珪」。

〔註44〕　宋、姚鉉編：《唐文粹》卷七三，記三府署類所收呂溫〈道州刺史廳後記〉。

二、綜合運用題壁的仕宦詩作可以作爲研究唐制的參考。比如韋承貽的試闈題詩中有「三條燭盡鐘初動」之句，知爲夜試。又根據馬端臨《文獻通考》中言：「舊制，夜試以二燭爲限。」白樂天集中〈長慶元年重考試進士事宜狀〉談到「伏準禮部試進士……兼得通宵」，蓋因「木燭只許兩條，有過於迫促驚忙之弊」，是韋詩中言盡三燭，與白文之言兩燭，正可互相參証，皆足一存唐制。

另外，唐代郎官是清要官〔註45〕，往往受到特別的稱譽〔註46〕，由于地位緊要，郎官一職皆爲官員所望取。而郎官本身也往往結朋約黨，成爲一股勢力。如唐德宗時，「王仲舒、韋成季、呂洞輩爲郎官，朋黨輝赫，日會聚歌酒」（《舊唐書・韋執誼傳》）另於《資治通鑑》開元三年十二月的記載中也有尚書左丞韋玢因建議汰除郎官，姚崇指爲「郎官謗傷」，未料本人卻遭到貶黜一事。由此可見唐代郎官在中央朝廷的影響力不容小覷，而都官之間的來往交結，其風振盛。今由題壁詩例：如鄭谷卷六七六的自賀詩，提及薛能、李頻先後爲都官郎中，皆爲一時騷雅宗師，考諸乾寧四年鄭谷爲刑部都官郎中，詩家稱爲「鄭都官」〔註47〕，其仰繼前賢，一則以榮，一則以惕，正合詩中所言「榮爲後進趨蘭署，喜拂前題在粉牆」，是知文人同列，請益唱和，援引提附，亦屬常情。另一值得注意的是這些詩文通常文字儉樸，寓意淺明易懂，充分反映出題壁詩作者已將讀者群接受度列入考量。

總結而言，若就「爲政化俗」的角度觀察，題壁的仕宦詩作自具意義；而就唐時「官制政習」這一層面進行探析考證，題壁的仕宦詩歌亦見參考價值，二者指涉交關，可以互相發明。

〔註45〕 根據司馬光：《資治通鑑》〈唐紀〉開元元年「姚元之嘗奏請序進郎吏」條考異：「若郎中、員外郎則是清要官」。宋、趙昇：《朝野類要》卷二并進一步解釋：「職慢位顯謂之清，職緊位顯謂之要，兼此二者謂之清要。」
〔註46〕 權德輿：《權載之文集》卷三一〈司門員外郎壁記〉中言：「蓋宗公責任，多由此塗出，所以儲明才、練官業，必於是焉。」
〔註47〕 辛文房：《唐才子傳》卷九「鄭谷」條。

第六章　題壁詩中的閒適之作

第一節　「閒適」的意涵

　　「閒適」指得是閒居自適，不慕官爵。自擂閒適的詩篇正如一澄秋水反映著清閒幽靜生活情趣的倒影，涵漾著怡然自得境界的波芒。其主要的精神價值在自由與本眞的體現，而依傍凝聚於詩作中乃出現沖淡和諧的藝術氛圍。因之，舉凡寧謐優美的村居圖景，純樸平厚的田野風情，以及靈幽忘機的隱士情，溫馨去名的農家樂，知足得性的讀書香都成爲描詠的內容。而細究其作品的思想根源應來自「優游以養拙〔註1〕」的人生意志，換言之，「拙」字所代表的自然無爲，以退爲進的人生態度，以及隨性保眞、逃避現實的人生哲學正是閒適詩的基調。

　　可以想見的，蘊含這樣一個閒適趣味的詩域，他的道路必定是四通八達的；道家的清淨無爲，佛教的超渺眞素，建安風骨的孤標明放，魏晉名士的風流曠達，……都在其中推陳出新，尤其是盛唐這個時段在政治和生產上積極的變革，產生了一個穩定富榮的社會，生活在這樣空氣中的人們以自信和滿足的心情來欣賞自然，體

──────────────

〔註1〕　見潘岳〈閒居賦〉（李善《昭明文選》第十六卷）。

味人生。因之培養了「進則兼濟天下，退則獨善其身」的理想，前者以「聖王功業」自許，後者以「養高忘機」自值。所以詩人們無論個體的遭遇如何，都總是試著以開朗達觀的態度去調適自己，這樣的心情一直延續到安史亂後，雖然唐朝的國勢已走向下坡，但是詩人們的格局仍在，表現在閒適主題的詩作依然是對自然眞樸之境的詠贊，以及放曠不羈情懷的流露，極少出現對抗現實的悲憤或消沉頹廢的無緒，仍多出現著追求個性自由，實現個人價值的積極態度。到達晚唐，山河變色，家園殘破，閒適自樂的生活經驗幾難再得，詩人們儘管仍努力在文字意象中磨鑄「桃花源」的理想，羨慕嚮往清澹閒適的生活，但與現實已有距離，在無奈與感傷中，絕望放逐式的麻醉自我取代了避世修隱式的充實自我。閒適的境界至此向唐詩揮手告別。

第二節　閒適之作的內容

一、詩作數目

　　整理《全唐詩》閒適詩歌題壁的計有三三五首，如下表所列：

題壁的閒適詩作表

王　績：過酒家五首（卷三七）	李　白：醉題王漢陽廳（卷一八二）
王　績：題酒店壁（卷三七）	李　白：題隨州紫陽先生壁（卷一八四）
包　融：登翅頭山題儼公石壁（卷一一四）	岑　參：上嘉州青衣山中峰題惠淨上人幽居寄兵部郎中并序（卷一九八）
王　維：遊李山人所居因題屋壁（卷一二六）	岑　參：題雲際南峰眼上人讀經堂（卷二〇一）
王　維：題友人雲母障子（卷一二八）	岑　參：題梁鍠城中高居（卷二〇一）
萬　楚：題江潮莊壁（卷一四五）	李嘉祐：題王十九茆堂（卷二〇六）
李　白：對酒醉題屈突明府廳（卷一八二）	杜　甫：寄題江外草堂（卷二二〇）

杜　甫：題柏大兄弟山居屋壁二首（卷二三一）	白居易：新昌新居書事四十韻因寄元郎中張博士（卷四四二）
錢　起：天門谷題孫逸人石壁（卷二三六）	白居易：題道宗上人十韻（卷四四四）
錢　起：題玉山村叟屋壁（卷二三八）	白居易：自題新昌居止因招楊郎中小飲（卷四四九）
錢　起：玉山東溪題李叟屋壁（卷二三八）	白居易：題岐王舊山池石壁（卷四五一）
韋渠牟：步虛詞十九首（卷三一四）	白居易：重修香山寺畢題二十二韻以紀之（卷四五四）
羊士諤：題郡南山光福寺寺即嚴黃門所置時自給事中京兆少尹出守年三十性樂山水故老云每旬數至後分閬川州門有去思碑即郄拾遺之詞也（卷三三二）	白居易：題香山新經堂招僧（卷四五八）
劉禹錫：書題壽安甘棠館二首（卷三六四）	白居易：閒居自題戲招宿客（卷四五九）
呂　溫：題從叔園林（卷三七一）	白居易：宿張雲舉院（卷四六二）
孟　郊：題從叔述靈巖山壁（卷三七六）	白居易：宿誠禪師山房題贈（卷四六二）
孟　郊：題林校書花嚴寺書窗（卷三七六）	車　融：題道院壁（卷四六七）
李　賀：題趙生壁（卷三九〇）	張　祜：題僧壁（卷五一〇）
元　稹：題李十一自行里居壁（卷四一二）	許　渾：將赴京師留題孫處士山居二首（卷五三〇）
白居易：訪陶公舊宅（卷四三〇）	許　渾：題靈山寺行堅師院（卷五三四）
白居易：香爐峰下新卜山居草堂初成偶題東壁（卷四三九）	李商隱：題僧壁（卷五三九）
白居易：重題四首（卷四三九）	李商隱：復至裴明府新居（卷五四〇）
白居易：西省北院新構小亭種竹開窗東通騎省與李常侍隔窗小飲各題四韻（卷四四二）	李商隱：裴明府居止（卷五四〇）
	李商隱：題李上謨壁（卷五四〇）
	李商隱：江村題壁（卷五四〇）
	姚　鵠：野寺寓居即事二首（卷五五三）
	項　斯：杭州江亭留題登眺（卷五五四）

馬　戴：題靜住寺欽用上人房（卷五五六）	曹　松：羅浮山下書逸人壁（卷七一七）
韋　蟾：題僧壁（卷五六六）	李　中：書蔡隱士壁（卷七四七）
段成式：題僧壁（卷五八四）	李　中：書郭判官幽齋壁（卷七四八）
劉　滄：題桃源處士山居留寄（卷五八六）	李　中：夏日書依上人壁（卷七四八）
李　頻：留題姚氏山齋（卷五八九）	李　中：廬山棲隱洞譚先生院留題（卷七四九）
李昌符：題友人屋（卷六〇一）	李　中：書夏秀才幽居壁（卷七四九）
皮日休：二遊詩并序（卷六〇九）	李　中：留題胡參卿秀才幽居（卷七五〇）
皮日休：秋晚留題魯望郊居二首（卷六一二）	徐　鉉：玉笥山留題（卷七五五）
皮日休：臨頓爲吳中偏勝之地陸魯望居之不出郛郭曠若郊墅余每相訪款然惜去因成五言十首奉題屋壁（卷六一二）	徐　鉉：迴至南唐題紫極宮裡道士房（卷七五五）
司空圖：題休休亭（卷六三四）	廖　融：題伍彬屋壁（卷七六二）
李山甫：方干隱居（卷六四三）	王　周：題廳壁（卷七六五）
李咸用：和吳處士題村叟壁（卷六四五）	吳　公：絕句（卷七八三）
方　干：寄李頻（卷六四八）	寒　山：〔無題詩一七四首〕（卷八〇六）
方　干：書吳道隱林亭（卷六五〇）	茅棟野人居
方　干：李侍御上虞別業（卷六五三）	白雲高嵯峨
羅　鄴：留題張逸人草堂（卷六五四）	一自遯寒山
鄭　谷：書村叟壁（卷六七六）	寒巖深更好
杜荀鶴：和友人見題山居（卷六九一）	棲遲寒巖下
杜荀鶴：題汪氏茅亭（卷六九二）	隱士遁人間
杜荀鶴：醉書僧壁（卷六九三）	父母續經多
徐　夤：醉題邑宰南塘屋壁（卷七〇九）	田家避暑月
喻坦之：留別友人書齋（卷七一三）	千雲萬水間
楊凝式：題壁（卷七一五）	寒山棲隱處
曹　松：書翠巖寺壁（卷七一六）	偃息深林下
	今日巖前坐
	（以上幽景十二首）
	吾家好隱淪

自樂平生道	獨臥重巖下
有一餐霞子	元非隱逸士
寒山唯白雲	可重是寒山
高高峰頂上	以我棲遲處
粵自居寒山	（以上適境三七首）
滿卷才子詩	慣居幽隱處
欲得安身處	自從出家後
我居山	吾心似秋月
雍容美少年	我家本住在寒山
有個王秀才	竟日常如醉
下愚讀我詩	人生在塵蒙
有人笑我詩	有人畏白首
少年學書劍	昨到雲霞觀
多少天台人	嗔是心中大
寒山深	人間寒山道
重巖中	時人見寒山
寒山無漏巖	久住寒山凡幾秋
快榜三翼舟	益者益其精
一住寒山萬是休	山客心悄悄
自羨山間樂	徒勞說三史
余家本住在天台	出生三十年
家住綠巖下	寒山道
寒山寒	身著空花衣
少小帶經鋤	凡讀我詩者
家有寒山詩	本志慕道倫
客難寒山子	水清澄澄瑩
五言五百篇	寒山有裸蟲
一為書劍客	余家有一窟
我住在村鄉	世有聰明士
閑自訪高僧	我見利智人
琴書須自隨	我見人轉經
有人兮山楹	可笑五陰窟

多少天台人	莊子說送終
不見朝垂露	我見瞞人漢
縲縷關前業	智者君拋我
變化計無窮	他賢君即受
默默永無言	柳郎八十二
烝砂擬作飯	洛陽多女兒
有身與無身	我今有一襦
寒山有一宅	三五痴後生
千年石上古人蹤	說食終不飽
我向前谿照碧流	白拂栴檀柄
千生萬死凡幾生	我見黃河水
沙門不持戒	可貴天然物
世有一等流	富兒會高堂
可畏三界輪	巖前獨靜坐
可憐好丈夫	寒山出此語
惡趣甚茫茫	世事繞悠悠
世有多事人	五獄俱成粉
人以身爲本	摧殘荒草廬
如許多寶貝	自古多少聖
生前大愚痴	一鉼鑄金成
世有多解人	報汝修道者
箇是誰家子	有人把椿樹
寄語食肉漢	推尋世間事
天高高不窮	寒山出此語
不行眞正道	我有六兄弟
余勸諸稚子	眾星羅列夜明深
勸你三界子	寒山頂上月輪孤
上人心猛利	昔年曾到大海遊
三界人蠢蠢	人生一百年
我見凡愚人	可畏輪迴苦
語你出家輩	人生不滿百
貪愛有人求快活	可歎浮生人

四時無止息		施家有兩兒
手筆太縱橫		從生不往來
尋思少年日		養女畏太多
眾生不可悅		有樂且須樂
心高如山嶽		二儀既開闢
憶得二十年		讀書豈免死
一生慵懶作		秉志不可卷
勸你休去來		三月蠶猶小
乘茲朽木船		教汝數般事
男兒大丈夫		（以上悟境一三二首）
梵志死去來	豐　干：	壁上詩二首（卷八〇七）
出身既擾擾	無　可：	酬姚員外見過林下（卷八一
董郎年少時		三）
憐底眾生病	無　可：	奉和段著作山居呈諸同志三
大海水無邊		首次本韻（卷八一四）
為人常喫用	皎　然：	題山壁示道維上人（卷八一六）
噴噴買魚肉	皎　然：	題沈少府書齋（卷八一七）
我見出家人	皎　然：	題周諫別業（卷八一七）
自聞梁朝日	貫　休：	春晚書山家屋壁二首（卷八二
我見轉輪王		六）
余見僧繇性希奇	貫　休：	書陳處士屋壁二首（卷八二七）
我見世間人	貫　休：	書倪氏屋壁三首（卷八二七）
汝為埋頭痴兀兀	貫　休：	書無相道人菴（卷八三一）
急急忙忙苦追求	貫　休：	題令宣和尚院（卷八三三）
欲識生死譬	齊　己：	寄剡湖方干處士（卷八三八）
夕陽赫西山	齊　己：	秋興寄徹公（卷八三八）
天下幾種人	齊　己：	臨行題友生壁（卷八三九）
老翁娶少婦	齊　己：	書匡山隱者壁（卷八四二）
群女戲夕陽	齊　己：	書李秀才壁（卷八四三）
春女銜容儀	修　睦：	題僧夢微房（卷八四九）
昨見河邊樹	呂　巖：	題桐柏山黃先生庵門（卷八
養子不經師		五七）

呂　巖：題僧房絕句（卷八五八）		呂　巖：崔中舉進士遊岳陽遇眞人錄沁園春詞詰其姓名薦之李守排戶而入惟見留詩于壁（卷八五八）	
呂　巖：題全州道士蔣暉壁（卷八五八）			
侯道華：題院詩（卷八六〇）		呂　巖：題嵩山觀（《全唐詩續補遺》卷十四）	
許　碏：題南嶽招仙觀壁上（卷八六一）			
皇甫曾：題普門上人房（《全唐詩續補遺》卷五）		慈　觀：書妙圖塔院張道者屋壁（《全唐詩續補遺》卷十七）	
唐　廩：冬日書黎少府山齋（《全唐詩續補遺》卷十三）		裴　休：書留延慶化成寺壁（《濟源縣志》卷十六）	
呂洞賓：題酒家門額（《全唐詩續補遺》卷十四）		神　秀：偈（《全唐詩續補遺》卷二）	
		慧　能：偈（《全唐詩續補遺》卷二）	
呂　巖：熙寧元年八月十九日過湖州東林沈山用石榴皮寫絕句於壁自號回山人（卷八五八）		李　蟠：題善權寺石壁（《全唐詩續補遺》卷十八）	

　　細觀以閒適爲主題的詩篇，寫意的重點多放在生活經驗的體認與發抒，雖然取象的素材仍不脫以自然山水爲景幕，但是濃郁的歸隱鄉土與強烈的熱愛生活這二種感情支配著詩人的思維。因此在他們歌詠的筆下常常可以感覺到以人爲主活動的痕跡，其是以田園的情趣領略山水，又以山水的眼光觀賞田園，所以作品籠罩著隱逸恬退的思想與閒適自足的情懷，在淡色中見深趣，在幽境中見生意，故與即景詩已別。這一點由於詩作的題壁更提供了一個絕佳的觀察點。

二、題作地點

　　觀其題壁的地點多爲詩中人物中、長期（至少也是一段時日）居留的定點，如山舍屋壁、村居郊園，齋廬林亭。故此類詩作實即爲其人一段生活的場景，并非僅是旅人過客暫駐偶訪的興寄，是以少見名山勝水，古廟名刹的依傍。比如「平生志在野雲深」的裴休就曾「爲報往來游玩者，園林常住莫相侵」。（〈書留延慶化成寺壁〉《濟源縣志》卷一六）。皎然也明標「獨居何意足，山色在前門」（〈題山壁示道維

上人〉，卷八一六）的趣味。故而在文字表達方面，驚心動魄的佈局少，款宛安恬的構意多。所謂「閒心對定水，清淨兩無塵」（白居易〈題玉泉寺〉卷四五四）。由于題寫的詩句就是詩人的心情。所以充滿了滄浪南山，桃源圖畫的追求與嚮往。

三、創作內容

　　綜觀題壁的閒適詩作，所描敘得是幽景，流露得是閒情，寄寓的是適境，參透的是悟境。

（一）幽　景

　　所謂「幽景」，大抵而言，乃包括了曠如之景與奧如之景。其景觀當然不僅限於其所挾帶的幽麗之「外美」，而強調進一步營造出一種寂寥的世界，透過孤、清的感覺，讓人領略潛藏其中的閒適之「內美」。

　　什麼是「曠如之景」呢？柳宗元說得好：「其地凌阻峭，山幽郁，廖廓幽長，則于曠宜。……因其曠，雖增以崇台延閣，回環日星，臨瞰風雨，不可病其敞也。」〔註2〕證以題壁詩：比如杜荀鶴的題壁句：「開戶曉雲連地白，訪人秋月滿山明」（〈和友人見題山居〉卷六九二），又如包融的〈登翅頭山題儼公石壁〉（卷一一四）：「……青為洞庭山，白是太湖水，蒼茫遠郊樹，倏忽不相似，萬象以區別，森然共盈几。」是以色澤的借喻渲染出廣大空曠的視覺美。再看崔峒的〈題崇福寺禪師院〉（卷二九四）：「清磬度山翠，閑雲來竹房，身心塵外遠，歲月坐中長。向晚禪堂閉，無人空夕陽。」高仲武說這首題詩「文思雅淡」〔註3〕。另外元稹的〈題李十一修行里居壁〉（卷四一二）：「雲闕朝迴塵騎合，杏花春盡曲江閒。」寒山的題壁詩（卷八○六）：「今日巖前坐，坐久煙雲收，一道清谿冷，千尋碧嶂頭，白雲朝影靜，明月夜光浮。身上無塵垢，心中那更憂？」皆是以最能代表詩人曠逸風

〔註2〕見柳宗元：〈永州龍興寺東丘記〉。
〔註3〕高仲武：《唐宋詩舉要》崔峒詩下註。

格的「白雲、流水、青山、修竹、飛鳥」等意象，形成一個動態的多層次的立體空間結構，來傳達出閒適詩歌特有的空濛曠寂而又靈動之至的美感。另外，亦有利用「洞窗泄景」的手法來攝取鄉園美景，呈現他們真正心儀的超逸環境。比如呂溫〈題從叔園林〉（卷三七一）：「阮宅閒園暮，窗中見樹蔭，樵歌依野草，僧語過長林，鳥向花間井，人彈竹裡琴，自嫌身未老，已有住山心。」皎然〈題沈少府書齋〉（卷八一七）句：「千峰數可盡，不出小窗間。」貫休〈書倪氏屋壁〉三首之一（卷八二七）中亦有「窗中山色青翠黏」之句。是而在此些吟詠之餘，自然感受到一股「所得乃清曠，寂寥常掩關」的安靜自適的氣氛環繞周遭，詩人至此幽境，不能無感，又為彰來者，故而多留記題石題壁。

至於「奧如之景」呢？相對於「曠如之景」，其可能出現的特點：一是範圍狹小；二是幽靜、深邃，與世隔絕；三是氣氛清冷，觸處成寒，幾疑不可久居。舉如曹松〈羅浮山下書逸人壁〉（卷七一七）中：「漁釣未歸深竹裡，琴壺猶戀落花邊，可中更踐無人境，知是羅浮第幾天？」李范〈題岐王舊山池石壁〉（卷四五一）：「樹深藤老竹迴環，石壁重重錦翠斑。俗客看來猶解愛，忙人到此亦須閒。」無不以茂樹叢石寫戶檻庭墀，狀迫邃迴合之景以見曲奧之形。這真如杜荀鶴所謂「出塵景物不可狀，小手篇章徒爾為」（〈題江氏茅亭〉卷六九二）。此外，又有以若有若無的音聲，突如其來的動作反襯出情景的孤寂、幽遠的奧境者：比如劉禹錫〈書題壽安甘棠館二首之一〉（卷三六四）：「公館似仙家，池清竹徑斜，山禽忽驚起，衝落半巖花。」正是以動襯靜，在詩中結合了建築的美與自然生命的機趣。馬戴〈題靜住寺欽用上人房〉（卷五五六）中：「磬接星河曙，窗連夏木深。」是極寫音聲的傳送，調動了讀者精微的聽覺，兀自串連起更深、更幽的寂靜的聯想（一種由寧靜到寂寞甚至孤獨的感覺），其中高情適思自由人各自領略了。

（二）閒　情

　　對息影山林，志挽煙霞的雅士高人而言，他們的生活絕不是千篇一律，乏善可陳；相反地，滿斥著無窮的趣味與不盡的新意。「閒適」，絕不意味著單調無聊，而是不同生活意義的發揮和生命價值的實現。以自號「醉吟先生」的白居易為例，其詩篇中賦為「閒居」者極多，統計閒適詩篇計有二十二首，大約作于以下三處：首都長安，洛陽履道里以及廬山香爐峰。先看他的「履道閒居」的居住情景（參見白居易〈池上篇〉并序，卷四六一）：「地方十七畝，屋室三之一，水五之一，竹九之一，而鳥樹橋道間之。」說明了境雅何須大。其中的建築有池東粟廩，以無粟不能守；另作池北書庫，以無書不能訓；復建池西琴亭，以無琴不能娛賓朋之故。再看他春風秋月之旦夕的消閒活動：拂臥楊貞一所贈之青石、暢飲陳孝山所釀之美酒、援置崔晦叔之清琴、彈奏姜發所授之秋思一曲，陶然其中，優游自適，然後韻章粗成，令其姪阿龜握筆題石，命為「池上篇」。這樣的閒適境界，讀其所題，毋論今古，無不頓生嚮羨之情，而況居隱其中？難怪樂天要將〈閒居自題戲招宿客〉（卷四五九）之思題詩於壁以招客，而在快哉賞愛之餘，執意要終老此間了。

　　此外，他又在香爐峰下架巖結宇，新置草堂，過著逍遙自在的山居生活，《全唐詩》卷四三九留有他在香爐峰下，題草堂東壁之作：「五架三間新草堂，石階桂柱竹編牆，南簷納日冬天暖，北戶迎風夏月涼，灑砌飛泉纔有點。拂窗斜竹不成行，來春更葺東廂屋，紙閣蘆簾著孟光。」此外，復有題石之詩〔註4〕以及重題之作，他的生活每天無非是「日高睡足猶慵起，小閣重衾不怕寒，遺愛寺鐘欹枕聽，香爐峰雪撥簾看」〔註5〕，既寫意又詩情，這怎能不使人厭棄名利的追逐、機心的謀逞呢？

〔註4〕白居易〈香爐峰下新置草堂即事詠懷題於石上〉（卷四三〇）。
〔註5〕參看白居易〈香爐峰下新卜山居草堂初成偶題東壁〉（卷四三九）以及〈重題香爐峰四首〉（卷四三九）的題壁詩作。

　　他如在長安寫的〈自題新昌居止因招楊郎中小飲〉（卷四四九）點出三升酒，一碗茶，笙歌同醉的閒趣，直與顏回的曲肱簞食瓢飲之樂同調，而卷四四二〈新昌新居書事四十韻因寄元郎中張博士〉中亦提到「題牆書命筆」「久結靜中緣」，他的新昌新居「不鬥門館華，不鬥林園大」（〈自題小園〉卷四五九），詩中所流露的知足守安和無處不能自得的情懷，眞所謂「大隱隱於榮華」，有心境即生趣味。再看白樂天造訪陶彭澤舊宅，想慕其風不能默默，因而題下詩句（卷四三○）：「不慕尊前酒，不慕琴無絃，慕君遺榮利，老死在丘園。」如此慕與不慕的旨趣在在都說明了詩人閒適生活最終的理想。

　　不僅於逸隱高情，閒適生活別有趣味橫生，詩人的題壁詩作中亦多著手於此一主題的歌詠。以下分從「農家樂」、「讀書趣」、「醉鄉情」三個不同的層面分別論述於後。

1、農家樂

　　這些題壁的作品主要在詠讚田野風光，豆香瓜熟的歡愉。詩中洋溢著純樸的詩語，溫暖的人情。如貫休〈春晚書山家屋壁二首〉（卷八二六）：

> 柴門寂寂黍飯馨，山家煙火春雨晴，庭花濛濛水泠泠，小兒啼索樹上鶯。
>
> 水香塘黑蒲森森，鴛鴦鸂鶒如家禽，前村後壟桑柘深，東鄰西舍無相侵，蠶娘洗繭前溪淥，牧童吹笛和衣浴，山翁留我宿又宿，笑指西坡瓜豆熟。

此外，貫休另有〈書倪氏屋壁三首〉（卷八二七）極寫田野風光之明媚如畫，充滿「無厭不放」的切切之情。〔註6〕他如萬楚〈題江潮莊壁〉（卷一四五）：

> 田家喜秋熟，歲晏林葉稀，禾黍積場圃，楅梨垂戶扉，

〔註6〕貫休〈書倪氏屋壁三首〉（卷八二七）：「茶烹綠乳花映簾，撑沙苦筍銀纖纖，窗中山色青翠黏，主人於我情無厭。」「白桑紅椹鶯咽咽，麵揉玉塵餅挑雪，將爲數日已一月，主人於我特地切。」「水嬌草媚掩山路，睡槎鴛鴦如畫作。春光靄靄忽已暮，主人剛地不放去。」

野閒犬時吠，日暮牛自歸，時復落花酒，茅齋堪解衣。

鄭谷〈書村叟壁〉（卷六七六）：

草肥朝牧牛，桑綠晚鳴鳩，列岫簷前見，清泉碓下流，
春蔬和雨割。社酒向花篘，引我南陂去，籬邊有小舟。

李商隱〈題李上謩壁〉（卷五四〇）中：

嫩割周顒韮，肥烹鮑照葵，飽聞南燭酒，仍及撥醅時。

詩人既入園廬，躬耕自隱，圖治生產乃成為一種生活勞動，故詩中多有家居農事生活的描繪，在題壁詩中勞動的記述如：「大婦然竹根，中婦舂玉屑，冬暖拾松枝，日煙坐蒙滅，木蘚青桐老，石井水聲發，曝背臥東亭，桃花滿肌骨。」（李賀〈題趙生壁〉卷三九二）再看看其他隱者的生活：「蒲葵細織團圓扇，薤葉平鋪合遂花，卻用水荷苞綠李，兼將寒井浸甘瓜，慣緣嶮峭收松粉，常趁芳鮮掇茗芽。」（方干〈題懸溜巖隱者居〉卷六五三）又如「田家避暑月，斗酒共誰歡，雜雜排山果，涑涑圍酒樽，蘆蓆將代席，蕉葉且充盤，醉後搘頤坐，須彌小彈丸。」（寒山題壁詩，卷八〇六）這些詩中所紀錄的是無華的田園生活，脫去了人們在功利社會中虛矯的外衣，還一個赤裸裸的本眞。因此寒浸甘瓜，美味無比；蕉葉充盤，何陋之有？而所吟詠的正是一個平凡無奇的實生活，而落實的、溫馨的滿足感融合其中。

2、讀書趣

對文士書生而言，居山林幽景之中，擁書香文翰之寶，窮披閱琅誦之樂，此情此景，眞讓人陶然其中，終生相許。杜甫就曾領略「山居精典籍，文雅涉風騷」，「筆架霑窗雨，書籤映隙曛」之趣，而有〈題柏大兄弟山居屋壁二首〉（卷二三一）的發抒；陳陶處士則是「妻子亦讀書」（貫休〈書陳處士屋壁二首〉卷八二七）。白居易在〈偶題閣下廳〉裡明指「平生閒境界，盡在五言中。」（卷四四二）寒山是「家中何所有，唯有一床書」，「當陽擁裘坐，閑讀古人詩」（卷八〇六）。而特別築室藏書的有韋少保靜恭宅的藏書洞〔註 7〕；另有徐修矩、任

〔註 7〕見孟郊〈題韋少保靜恭宅藏書洞〉（卷三七六）。

晦二人宅於林泉，守藏世書萬卷。皮日休就曾在此恣用研詠，每至日宴忘食。他在〈二遊詩〉（卷六〇九）中曾這樣贊歎：「有第可棲息，有書可漁獵，吾欲與任君，終身以斯愜。」此一詩篇不但留贈並題於茅棟。更妙得是李商隱〈復至裴明府所居〉（卷五四〇）中的「柱上雕蟲對書字，槽中瘦馬仰聽琴」，這些一方面說明讀書的樂趣無窮，甚或物我兩忘。另一方面，由此延伸而出的是君子不以幽顯爲意，偏向浸淫書樂的自持。

3、醉鄉情

詩酒之進入文士的生活領域，通常伴隨以二種姿態出現：一是靈感的誘發劑，二是失意的揮發劑。前者在會宴酬酢之際，往往佐酒助歡，酣飲賦詩；所謂「酒會即詩會」。後者或退公獨處、或移病閑居、或不遇於仕途、或自異於現實，有的人借杜康以銷憂；有的人遁醉鄉以避禍；酒意與詩情一齊發酵，高情活躍，率意任性，自由去僞，是所謂「俯仰各有態，得酒詩自成」﹝註8﹞。復以詩人在出仕入仕之際，公餘閒居之時，其所創作的題酒詠隱、快意自持的興歎題壁，正反映了不同的生活態度與情調。而怡然的田園生活乃與平淡自適的詩風緊密相連。

先看王績的「題酒詠隱」詩；他有題酒店壁詩六首（卷三七）試舉三例：

此日長昏飲，非關養性靈。眼看人盡醉，何忍獨爲醒。

對酒但知飲，逢人莫強牽。倚鑪便得睡，橫甕足堪眠。

昨夜瓶始盡，今朝甕即開。夢中占夢罷，還向酒家來。

這三首以酒爲題材的詩作，不僅在宣揚酒德，醉酒之餘主要還在寄情、抒懷。「斗酒學士」王績在一個風雲激蕩，龍騰虎躍的時代裡三仕三隱，雖然沿續著魏晉名士風度，畢竟是孤獨的，由「昏飲無關養性」這二句題壁便可見其並未徹底忘懷社會事功，但是這位「五斗先

﹝註8﹞　見蘇軾〈和陶淵明飲酒詩〉。

生」終於逐漸在田園山水中自適其適。所謂「倚鑪睡、橫甕眠」,「醒來復向酒家來」(見前引詩)倘若從更深層的意義來看,是否這「寄酒爲跡」遽然是象徵著以飲酒爲契機的對人生的一種克服——至少是相對的克服。

於是醉酒、題詩、酣眠幾已譜成醉鄉三部曲,岑參在〈題梁鍠城中高居〉(卷二〇一)提到:「題詩飲酒後,只對諸峰眠。」這些是何等地瀟灑放曠!此外,「千山石上古人蹤」的寒山子經常也是詩酒相隨,卷八〇六中記錄著他「滿卷才子詩,溢壺聖人酒……此時吸兩甌,吟詩五百首」,然後「一例書巖石,自誇云好手」。杜荀鶴在「聽我吟詩供我酒,不曾穿得判齋錢」的快意大發之餘,留下了〈醉書僧壁〉(卷六九三)。即使詩人阮囊羞澀,詩酒二物仍是不可缺少的。如果有知己佳鄰相伴相邀、飲酒吟詩,更是樂趣無窮了。白居易這首〈西省北院新構小亭種竹開窗東通騎省與李常侍隔窗小飲各題四韻〉(卷四四二):「結託白鬚伴,因依青竹叢,題詩新壁上,過酒小窗中。」所描繪的不啻是閒致生活的小品。至於「酒中仙」李白筆下所描寫的醉境除了不拘於塵俗的高蹈之外,即便是閒適詩篇仍不脫了詩人本身浪漫狂放的性格。試看他題於府廳壁上的二首醉題:

> 陶令八十日,長歌歸去來。故人建昌宰,借問幾時迴?
> 風落吳江雪,紛紛入酒杯。山翁今已醉,舞袖爲君開。
>
> (〈對酒醉題屈突明府廳〉卷一八二)
>
> 我似鷓鴣鳥,南遷懶北飛,時尋漢陽令,取醉月中歸。
>
> (醉題王漢陽廳)卷一八二

這「雪入酒杯,醉月舞袖」的豪情雅致正道出了醉鄉情趣。而詩人率意題於府廳,「田園將蕪胡不歸」的召喚脫略而出,經由題壁的揭示,直接傳遞給讀者。於是「詩酒」成爲閒適生活文化型態的一部分,文人雅士在其中找到人生的歸宿和心靈的安慰:如「相逢不令盡,別後爲誰空」〔註9〕、「尋思避世爲逋客,不醉長醒也是癡」〔註10〕;又

〔註9〕王績〈題酒店壁〉(卷三七)。

如「移老入閒中，身更求何事」？不過祈望「天將富此翁，酒庫不曾空」〔註11〕罷了。而詩人醉意醺然中，無處不題，舉凡酒店（王績〈題酒店壁〉卷三七）、酒家（韋莊〈題酒家〉卷七〇〇）、酒樓（呂巖〈題永康酒樓〉卷八五八）、酒庫（白居易〈自題酒庫〉卷四五七）都可看到與酒相關的題壁詩──不僅府廳舍壁而已。此所謂「以一醉為富」，醉鄉情實豐富了閒適生活的內涵。

（三）適　境

　　一個恬適閒雅的生活該是每一個時代，每一個國度人們共同的想望。不論是帝王權貴、名士文臣、英雄武將，抑或引車賣漿、版築屠卜者流，無不嚮往保有一個寧靜和適的心靈。但是這個理想未必能在現實生活中完全落實。在名利追逐，權力遊戲之後，不管贏家輸家都將面臨不同的調整與適應。才士文人往往便從生活中領悟思考，尋得安頓身心的方法，比如說修業山林、隱耕歸漁。儘管一些別有用心之人以隱居為「終南捷徑」〔註12〕，抑或是戰亂流離導致人們退縮自安居所。但綜觀整個唐朝（包括興盛時期與衰退時期），隱逸之風甚盛，詩人如丘為、祖詠、孟浩然、王維、李白、儲光羲、岑參、劉長卿等無論是先仕後隱，或先隱後仕，抑或時隱時仕，雖有失意於官場仕途，絕望於現實環境者，亦有終生不仕者，都因為這種樂天安命，適性自然的人生觀，以山林為歸宿的自覺，選擇了怡淡閒適的生活終老。這些情懷透過詩筆表現出來，題寫在石壁上，有曲折的心路歷程畢見。

　　舉如岑參〈上嘉州青衣山中峰題惠淨上人幽居寄兵部楊郎中〉（卷一九八）中提到：「早知清淨理，久乃機心忘」，末尾又歎「為

〔註10〕　韋莊〈題酒家〉（卷七〇〇）。
〔註11〕　白居易〈自題酒庫〉（卷四五七）。
〔註12〕　《新唐書》卷一二三〈盧藏用傳〉：「司馬承禎嘗召至闕下，將還山，藏用指終曰：『此中大有佳處。』承禎徐曰：『以僕視之，仕宦之捷徑耳。』」

政愧無術，分憂幸時康，君子滿天朝，老夫憶滄浪，況值廬山遠，抽簪歸法王。」既發幽躅勝慨，後更命小吏刮磨石壁以識其事。王維在〈遊李山人所居因題屋壁〉（卷一二六）中自陳：「世上皆如夢，狂來止自歌。」錢起在〈天門谷題孫逸人石壁〉（卷二三六）裡也有深刻的體悟：「相見竟何說，忘情同息機。」又如遭亂到蜀江的杜甫在〈寄題江外草堂〉（卷二二〇）說他生性放誕，兼以「嗜酒愛風竹」，是以「卜居必林泉」。可見詩人脫屣心情一生，「固必」之執頓放，名宦便不能拘束。此外，李蟠的〈題善權寺石壁〉（《全唐詩補逸》卷之十三）一詩敘及之軼事尤屬曲折傳奇。蓋李蟠於太和年間曾在善權寺讀書習業，嘗見白龍於此寺中，李蟠本名蚪，赴舉之前，曾夜得一夢示其名上添一畫成虯字。及寢，曰：虯者蟠也，乃更名為李蟠，其後果然登第，三十年後乃出俸錢收贖此寺，以了「終歸林藪」之志。〔註13〕以上諸例中，詩人們「換卻世上心，獨起山中情」〔註14〕，在拋名棄利之後，樂天委分，便無所謂憔悴兀鬱了。然而適境的涵養也並非必居山巘清幽之所，蓋靜乃向方寸求得。倘若求名心在、幽閒難遂，明日又將落入馬蹄塵土之中，落得世人嘲笑而已。是而，適境無非「真靜」二字而已〔註15〕，誠如陶淵明〈歸去來辭〉中所言：「質性自然，非矯厲所得，飢凍雖切，違己交病。」如能識運知命，帶著一份自覺的意識來關注現實、達觀的面對困境乃至死亡，於是可臻適境矣。

（四）悟　境

〔註13〕李蟠之事見吳騫：《拜經樓詩話》卷二第十七條。另《全唐文》卷七八八收李蟠請自出俸錢收贖善權寺事奏文一篇，略謂：「寺在縣南五十里離墨山，……寺內有洞府三所……洞內常有雲氣昇騰，云是龍神所居之處。臣太和中在此習業。今請自出俸錢依元買價收贖。……」其題詩中亦云：「從此便歸林藪去，更將餘俸買南山。」

〔註14〕孟郊〈題從叔述靈巖山壁〉（卷三七六）。

〔註15〕李昌符〈題友人屋〉（卷六〇一）末二句言：「愛君真靜者，欲去又踟躕。」

　　漢族傳統的文化結構中向是以「入儒出道」爲核心。所謂「兼濟天下」與「獨善其身」成爲歷代文士互補的人生道路。故而，「身在江湖」而「心存魏闕」也成爲知識份子的常態心理。〔註16〕到達唐代，儒、道、釋三家融合在宗教和文化方面的浸透，對文人思想也起了正面的激盪作用，比如隱逸思想就糅合了儒家的「樂天知命」、道家的「知足不辱」和佛家的「四大皆空」等理念，他們或者從行動上歸隱山林，或者從思想上遁入空門，以實踐人生。這樣的內省自覺，使得奉佛學道成爲唐代文人一個重要的社會風尚，在他們的詩中筆下自然凝造出對佛道了悟的一種空澄的世界。

　　舉如楊凝式這首〈題壁〉（卷七一五）：「院似禪心靜，花如覺性圓，自然知了義，爭肯學神仙。」又如李商隱的〈題僧壁〉（卷五二九），「捨生求道有前蹤，乞腦剜身結願重。……若信貝多眞實語，三生同聽一樓鐘。」都說明了「與佛結緣」、「以禪修心」的主旨，所謂「法界無邊」，「剃頭未必知心法，必要閒於名利人」〔註17〕方妥。這是「奉佛」之悟。那麼，「學道修仙」的禮拜呢？先看呂巖的〈題全州道士蔣暉壁〉（卷八五八）：「醉舞高歌海上山，天瓢承露結金丹，夜深鶴透秋空碧，萬里西風一劍寒。」又如牟融的〈題道院壁〉（卷四六七）中說：「……星壇火伏煙霞暝，林壑春香鳥雀馴。若使凡緣終可脫，也應從此度閒身。」還有徐鉉〈迴至南康題紫極宮裡道士房〉（卷七五五）也提到：「……還經羽人家，豁若雲霧披。何以寬吾懷，老莊有微詞。達士無不可，至人豈偏爲？……」由此可見，道家老莊的崇尙自然與道教丹鼎修煉的思想融合，反映在文人題壁詩作中便是求仙學道與生活山林的密切聯繫。所謂「清眞去障」，「何須底死言名利，尋得清閑即便休」〔註18〕！明顯易見的，除去對物欲的追求、名

〔註16〕參見李志慧：《唐代文苑風尚》（台北：文津出版社。1989 年 7 月）第四章「仕途失意後的隱逸情趣。」

〔註17〕韋蟾〈題僧壁〉（卷五六六）。

〔註18〕呂巖〈題嵩山觀〉（《全唐詩續補遺》卷十四）的結語。

位的奢望，才能解脫煩惱與痛苦，而無論是入佛或參道，都要求先經過「心靈淨化」的試煉過程，然後乃能進入一個嶄新的空間。這對仕途受挫的失意者以及厭倦俗務的名士派特別具有鎮靜撫慰的功能。前者如白居易，後者如寒山子都分別在其生命歷程中出現了階段性的佛道悟求。〔註19〕舉如白居易有一首〈題道宗上人十韻〉（卷四四四）題於法堂，即在說明道宗上人乃以詩爲佛事，其語皆爲義作，爲法作，爲方便智作，爲解脫性作，全以詩句牽引王公文彥，而後導入佛智，與一般詩僧酬唱不同，其實此詩正借他人酒杯澆一己胸中塊壘，是亦爲白樂天悟佛之道法。〔註20〕再以寒山子的題壁詩作爲例，其屬於「悟道學佛」的一三二首作品中，除了表自性境界的體悟詩，如有名的「吾心似秋月，碧潭秋皎潔，無物堪比倫，教我如何說？」更多的是透過智慧，認識生死澈悟之後的曉喻佛理的說道詩：如「水清澄澄瑩，徹底自然見。心中無一事，水清眾獸現。心若不妄起，永劫無改變。若能如是知，是知無背面。」讀起來就像是佛偈的伸延，使我們迅速的聯想到神秀、慧能題於壁間的「菩提之辨」〔註21〕。然而由宗教觀點

〔註19〕詹石窗《道教文學史》中有白居易服食雲母散等丹藥的記載。同時引《雲仙雜記》的記載，白居易在廬山草堂曾煉丹學仙，并有親製「飛雲履」，謂「足下生雲，當升朱府」之事。至於白居易晚年潛心向佛，則由其〈達哉樂天行〉「……七旬才滿冠已掛，……或隨山僧夜坐禪……」可証。參見詹氏著：《道教文學史》（上海：上海文藝出版社，1992 年 5 月），頁 325～327。有關寒山子，陳慧劍曾提到寒山子在三十五歲以後，天台訪道，是慕道生涯，曾留下十三首題壁之作，而七十歲以後的寒山子擺脫了道士生涯，眞正地「入佛」，約有一二四首學佛詩。參見陳氏著：《寒山子研究》（台北：天華出版社，1974 年），頁 143～頁 155

〔註20〕見白居易〈題道宗上人十韻〉之序文中記載在上人法堂留有其與鄭余慶（故相國），歸登（尚書）、陸刑部、元宗簡（少尹）、鄭絪（吏部鄭相）、韋處厚（中書韋相）、錢徽（錢左丞）的唱酬題作，其人皆朝賢，其文皆義語（佛義）。

〔註21〕禪宗六祖南北二家之偈，北爲神秀〈偈〉云：「身是菩提樹，心如明鏡台，時時勤拂拭，勿使惹塵埃。」，南爲慧能〈偈〉云：「菩提本無樹，明鏡亦非台，本來無一物，何處惹塵埃。」二詩俱書於壁。（見《全唐詩續補遺》卷二）。

來看，這些說道勸世詩就像是「上堂法語」；而就文學的角度來看，卻正是明白如話、拙樸無飾的哲理詩！其內容純然是向世人提供了一種出世棄俗的態度與悲天憫人的情操，這些作品便是他們參悟化境之後的本色表達。孫昌武在〈中晚唐禪文學〉的指陳：「禪宗創立伊始，廣用偈頌爲宣傳手段，不過，其傳統的表達方式是備以明禪理。其後乃發展成歸屬到個人名下或由個人創造的偈頌，他們以抒寫自身體悟的形式出現，從而脫離傳統經論中的倡頌形式而表現爲文學形式。」〔註22〕正對以「悟境」爲主題的題壁閒適詩做了補充。

第三節　閒適之作的特色

　　一、閒適生活入詩而復題壁的創作泰半是採循由情入景的藝術手法。詩歌的本質在於作家本身特有的「眞意與心遠」精神的保持或追求。所以，詩歌的感覺是眞切渾樸而有餘味，正是大自然的本色。司空圖在《二十四詩品》裡論「自然」時曾說：「俯拾皆是，不取諸鄰，俱道適往，著手成春，如逢花開，如瞻歲新，眞與不奪，強得易貧，幽人空山，過雨采蘋，薄言情悟，悠悠天鈞。」故大凡呈現以田園風格與牧歌氣息的詩篇，多尊重自然境界。較之同樣取資山水之題壁的即景詩作，多是以因景生情的手法描寫宇宙中奇麗精彩的景觀，而後興感敍懷，給人留下生動而深刻的印象，蹊徑自異。倘若由此二類作品題壁的地點來觀察：閒適詩的題寫處所大都在野戶、草堂與山居；即景詩的地點則集中於所謂「名勝古蹟」，此亦可以輔助我們了解二者旨歸不同。

　　二、「閒適」情趣的獲得，無可否認地，絕大部分來自於歸隱的生活的體認，但並不等於必要離塵遁世才能得到至適大和。尤其是在唐代，文士詩人們大都有曾經做官或準備入仕的經歷打算，而在現實

〔註22〕見孫昌武：〈中晚唐禪文學〉（《唐代文學研究第三輯》廣西師範大學，1992 年）頁 272。

生活中，人們形跡所拘，往往身不由己，只好待機而動。但無論是在束名利的市朝；還是在繫清通的林泉；大都渴望著超越現實以追求恬澹虛靜。《晉書・隱逸傳》的說法是「形居塵俗而栖心天外」，即便是隱逸詩宗陶淵明也是「結廬在人境」，至於「喧不喧」、「閒不閒」乃是一種心情，而不專指一個環境。《新唐書・隱逸傳》裡也將隱者分列爲三等：上者「身藏而德不晦，自放草野」，第二等「絜志峭行而不屈於俗」，其於爵祿「汎然受，悠然辭」。末焉者「內審其才終不可當世取舍，乃逃丘園而不返」。〔註23〕可見文士們力求排遣內心苦悶，尋求解脫，大都希望在自然田園中將自我釋放。「廣大教化主」白居易在〈與元九書〉中就曾經提到：「或退公獨處，或移病閒居，知足保和，吟玩情性。」賈島在〈題岸上人郡內閒居〉（卷五七一）說：「靜向方寸求，不居山障幽。」方干〈題桐廬謝逸人山居〉（卷六五〇）也有「由來朝市爲眞隱」的意見。是而詩人棄官但不棄世，歸田不一定隱居。其實，詩人之「歸去來」，對官場來說是隱，對名利來說是棄，而對廣大的自然與眞正的民生而言，卻是步步接近了。故而，他們筆下的歌詠往往出現空曠清寂的山野圖景以及淡渺幽適的生活品味，前者乃在借「美的自然」的描繪，曲折表現對「醜的現實」的否定；後者則借意境的深雋暗示詩人不想妥協的本質。但脫離了「閒趣適境」的意象，詩人的體悟將變成索然乏味的說教，所以從這個角度來看，閒適詩歌掌握了作家群的時代情緒和心理活動，具有極高的現實意義。

　　三、題壁的閒適詩歌所使用的語言與其創作意圖和內容步調大趨一致。不像其他內容的詩類可能包容各種不同的藝術技巧和不同的審美眼光；其多是以簡潔練達，平易淺白的語言以及錯落有致，質樸無華的形式，表現出一種乾淨的清音。

　　舉如寒山的這首題壁（卷八〇六），全詩明朗平白，易讀易懂：

〔註23〕　《新唐書》卷一九六〈隱逸傳〉。

　　寒山唯白雲，寂寂絕埃塵，草座山家有，孤燈明月輪。

　　石床臨碧沼，虎鹿每爲鄰，自羨幽居樂，長爲象外人。

日人吉川幸次郎說：「寒山使用這種坦白率眞的語言，在一個并不坦白與率眞的社會裏，大概算是一種僞裝，同樣也是一種隱遁。在其他詩人那裡大約也是如此。」〔註24〕唐代的詩苑有幸保有著閒適詩這塊淨土，而其以特殊的風采——即一種玲瓏淡泊，恬美中和的自然美在多元樣的唐詩面貌中獨樹一格。

　　四、此外，「閒適」的另一樂趣應在於「隨意揮灑，著處爲題」了，這些詩作留書刻題於宇宙自然之中，儼然成爲詩人自適生活的一部份。許多隨意題壁的詩篇，更可看出詩人浪漫無羈，快意任性的性格。且看釋無可的「日暮題詩去，空知雅調濃」〔註25〕，或者是「染翰揮嵐翠，僧名幾處題」〔註26〕，還有呂巖用石榴皮在壁上書留絕句，抒發「安貧樂道」的情懷。〔註27〕而李中手筆更大，爲了不辜負美景吟興，除將名士閒趣〈題徐五教池亭〉（卷七五〇），還要求「憑君命奇筆，爲我寫成圖」。李咸用的〈和吳處士題村叟壁〉（卷六四五）〔註28〕原是因爲觀閱他鄉鄉景，勾動了歸心似箭，又看見了吳處士的書壁題句，因此誘發了他的和題，詩中的閒適居景俱是記憶中的純樸家園鄉景。如此一來，這樣跨越時空的聯想，全有賴「題壁」這座橋樑得以曲全細密的展現。再看一首白居易的〈宿張雲擧院〉〔註29〕就描

〔註24〕吉川大師之語見周發祥、朱虹：〈寒山詩歌在國外〉一文所錄。此文收入《文史知識》1986年第一期。

〔註25〕無可〈酬姚員外見過林下〉（卷八一三）。

〔註26〕無可〈奉和段著作山居呈諸同志三首次本韻〉（卷八一四）。

〔註27〕呂巖〈熙寧元年八月十九日過湖州東林沈山用石榴皮寫絕句於壁自號回山人〉（卷八五八）一詩。

〔註28〕李咸用〈和吳處士題村叟壁〉（卷六四五）一詩首二聯是「因閱鄉居景，歸心寸火然，吾家依碧嶂，小檻枕清川」末二聯則說「每憶關魂夢，長誇表愛憐，覽君書壁句，誘我率成篇」。

〔註29〕白居易〈宿張雲擧院〉（卷四六二），與卷五〇〇姚合的〈過張雲峰（一作擧）院宿〉二詩相同：「不喫胡麻飯，杯中自得仙。隔籬招好客，掃室置芳筵。家醞香醪嫩，時新異果解。夜深唯畏曉，坐穩豈思眠。

述了對「杯中自得仙」,「詩成貴在前」的平實生活十分愜意自得,做好的詩第二天還要題在壁上,傳播周知呢!

是而,這種「閒將酒壺出,抱琴榮啓樂,放眼看青山,盡爲閒日月」的逍遙閒適多少人「求而不遇」?倘若能放下身段,每一個人都可以擁有如同白居易的「池上之樂」(〈池上篇〉并序,卷四六一)中所謂:「十畝之宅,五畝之園,有水一池,有竹千竿,勿謂土狹,勿謂地偏。足以容膝,足以息肩,有堂有庭,有橋有船,有書有酒,有歌有弦。有叟其中,白鬚飄然,識分知足,外無求焉,如鳥擇木,姑務巢安,如龜居坎,不知海寬,靈鶴怪石,紫菱白蓮,皆吾所好,盡在吾前,時飲一杯,或吟一篇,妻孥熙熙,雞犬閑閑,優哉游哉,吾將終老乎其間。」〔註30〕白居易既效五柳先生作醉吟先生以自況,因爲「池上篇」。晚唐司空圖亦擬白居易醉吟傳爲〈休休亭記〉。蓋因晚唐時亂政僻,是以司空圖避世自清,辭托不官,率自題詩於楹,自號「耐辱居士」,其中謂:「一局棋,一爐藥,天意時情可料度,白日偏催快活人,黃金難買堪騎鶴,若曰爾何能,答言耐辱莫。」(〈題休休亭〉卷六三四),豈不正是以詭激之詞一傳放達之情?此番嘯傲之志,堪稱官場中的異數。〔註31〕由此看來,倘能「形骸委順動,方寸付空虛」〔註32〕,忘卻一切名利得失,於是充腸皆美食,容膝即安居。如飲自然之清冽,如得養生之火傳,乃無往而不自得。

棋罷嫌無題,詩成貴在前。明朝題壁上,誰得眾人傳。」
〔註30〕白居易〈池上篇〉序中提及:太和三年(公元 829 年)白居易爲太子賓客,分秩於洛下,息躬於池上,醉睡於石,睡起偶詠,阿龜(白居易姪)握筆,因題石間。視其粗成韻章。命爲池上篇。
〔註31〕尤袤《全唐詩話》卷五。
〔註32〕白居易〈松齋自題〉(卷四二八)。

第七章　題壁詩中的諷諭之作

第一節　「諷諭」的意涵

　　詩歌之與諷諭相連，以宣洩民情疾苦，暴露黑暗、反映現實，大而對整個政治社會環境提出批判檢討，小而就個別之習染行性做一箴規勸戒，成為文學中的「黃連」。這一劑苦口良藥，正針對著人世間種種不平與苦難，義無反顧地挑起打擊強權、伸張正義的職責。因此，一首首諷諭詩便是一張張社會炎涼的圖影。由於其強烈地關懷社會，自然扮演起「民眾代言人」的角色。這樣的一個傳動參與，成功地強化了文學的社會功能，使得人們（包括讀者與作者）在自我省思上較深邃，在理念堅持上更分明，文明傳續的薪火因而益發燦爛。

　　觀察我國第一部詩歌總集《詩經》中就有「上以風化下，下以風刺上」的謠諫記述：比如《魏風・葛屨》裡「維是褊心，是以為刺。」《大雅・民勞》：「王欲玉女，是用大諫。」無疑的已勾勒出風詩的諷諫作用。漢代鄭玄在《詩譜序》裡說得更明白：「論功頌德，所以將順其美；刺國譏失，所以匡救其惡。」《詩大序》裡更樹立了諷諫的典範：「言之者無罪，聞之者足以戒。」古聖王采天下之詩，欲以知國之利病、民之休戚，做為施政加令的參考，故而「欲開壅蔽達人情，先向歌詩求諷刺」（白居易〈采詩官〉）。因此屈賦楚騷以切身之苦憤

諫君上，冀其悔悟，其意痛而詞激，悲壯異常。兩漢六朝的樂府歌謠著眼於大環境的悲屈不平，提出控訴，其語真而情切，感人至深。到了唐代，詩派蓬勃，詩情麗天，其中諷諭詩獨樹一幟，將有唐一朝的興盛衰亡，以冷眼熱心，以疾言屬筆，做了最寫實的記陳。

第二節　諷諭之作的內容

一、詩作數目

　　《全唐詩》內容指涉諷諭（明諷暗諭）的題壁詩作共有一六一首，如下表所列：

題壁的諷諭詩作

唐明皇：續薛令之題壁（卷三）	李商隱：九日（卷五四一）
吳越王（錢鏐）：題壁句（卷八）	趙　嘏：題僧壁（卷五五〇）
吳越王（錢鏐）：沒了期歌（卷八）	盧　駢：題青龍精舍（卷六〇〇）
軍　士：沒了期歌（卷八）	司空圖：月下留丹灶（卷六三四）
張　謂：題長安壁主人（卷一九七）	羅　隱：衡陽泊木居士廟下作（卷六六五）
張　謂：長安失火後戲題蓮花寺（卷一九七）	羅　隱：后土廟（卷六五六）
薛令之：自悼（卷二一五）	羅　隱：題磻溪垂釣圖（卷六六五）
韓　愈：贈侯喜（卷三三八）	溫　憲：題崇慶寺壁（卷六六七）
韓　愈：題木居士二首（卷三四三）	鄭　谷：初還京師寓止府署偶題屋壁（卷六七五）
劉禹錫：元和十一年自朗州召至京戲贈看花諸君子（卷三六五）	杜荀鶴：將過湖南經馬當山廟因書三絕（卷六九三）
劉禹錫：再遊玄都觀（卷三六五）	王　轂：夏日題道邊樹（卷六九四）
李　賀：官不來題皇甫湜先輩廳（卷三九三）	裴　說：岳陽兵火後題僧舍（卷七二〇）
王　播：題木蘭院二首（卷四六六）	李　瀚：留題座主和凝舊閣（卷七三七）
周匡物：應舉題錢塘公館（卷四九〇）	
許　渾：紀夢（卷五三八）	劉　坦：書從事廳屏上（卷七三七）

張仁溥：題龍窩洞（卷七三七）	張保胤：又留別同院（卷八七〇）
馮　道：放魚書所鑰戶（卷七三七）	李　濤：題僧院（卷八七〇）
劉　洞：句（卷七四一）	蔣貽恭：五門街望有題（卷八七〇）
高　越：詠鷹（卷七四一）	鄭仁表：題滄浪峽牓（卷八七〇）
李家明：題紙鳶止宋齊丘哭子（卷七五七）	姚　嶠：題大梁臨汴驛（卷八七〇）
劉山甫：題青草湖神祠（卷七六三）	無名氏：改魏扶詩（卷八七二）
驪山遊人：題故翠微宮（卷七八四）	李　兼：題洛陽縣壁（卷八七三）
貞元文士：題端正樹（卷七八四）	無名氏：延和閣詩（卷八七五）
寒山子：無題八十五首（卷八〇六）	無名氏：普滿題潞州佛舍（卷八七五）
貫　休：題某公宅（卷八三七）	無名氏：越中狂生題旗亭（卷八七五）
唐末僧：題戶詩（卷八五一）	黃萬祐：題蜀宮壁（卷八七五）
呂　巖：題東都妓館壁（卷八五八）	衛　遜：孟蜀桃符詩（卷八七五）
成　眞人：題壁（卷八六〇）	孫　咸：題廬山神廟詩（卷八七五）
李遐周：題壁（卷八六〇）	無名氏：題張昌儀門語（卷八七六）
張　辭：題壁（卷八六一）	無名氏：大明寺壁語（卷八七七）
伊用昌：題酒樓壁（卷八六一）	無名氏：客題青龍寺門（卷八七七）
樵　夫：貽白永年詩（卷八六二）	陶　穀：題南唐官舍壁（卷八七七）
隔窗鬼：題窗上詩（卷八六六）	陳　裕：放生池（《全唐詩續補遺》卷十七）
巴陵館鬼：柱上詩（卷八六六）	
崇聖寺鬼：題壁（卷八六六）	清遠居士：題透明巖安祿山題記後（《全唐詩續補遺》卷二〇）
鄭　愚：醉題廣州使院（卷八七〇）	羅　隱：題壁續句（卷六五六）
柳　逢：朝染家（卷八七〇）	（《全唐詩續補遺》卷十六）

　　究諸唐代帝國的文治武功得臻極盛，實有賴於融和發展的力量，無論在種族血統、宗教思想、產業文藝各方面都瀰漫著開放與包容的自由空氣。雖然統治階級的威權心態仍高，但對於不同的意見並未禁言獄文以圖「消聲滅跡」。相反地，唐初的皇帝對於輕鬆活潑的諧謔諷諭詩章都深知戒惕，可以雅納。比如《隋唐嘉話》記載唐太宗宴近

臣，長孫無忌、歐陽詢互戲以嘲的故事（《唐語林》卷五），孔紹安以〈詠石榴〉暗示自己未獲禮遇（《唐詩紀事》卷三），唐高宗時次子賢曾詠〈黃台瓜辭〉（卷六）令樂工歌之，以剌武后之陰謀朝政，濫殺太子。孟棨《本事詩》中更記載有「皇帝怕老婆」的諷諭詩〈回波詞〉嘲笑唐中宗之深畏韋后。由之可見上層階級體系並未嚴厲禁阻諷諭的詩題，那麼，根植於草莽閭野這個母胎的諷諭詩遂更廣泛的發展。再加上諷諭詩作借由壁題之徑公開揚播，效果倍彰。是以，題壁的諷諭詩作的社會實用功能最強。

二、題作內容

詩人們以洞燭世情的冷眼，以關懷民生的熱心，或透過親身經驗的洗禮，或借由眼中所見，耳中所聞，犀利銳敏地披露人間不公平的現象，這些口誅筆伐上及執政官僚，甚至大膽的詩人們乃敢於將批評的矛頭直指當時的最高統治者——皇帝；同時，諷諭的題材乃包羅萬象——上諷時政，下諷市情；文字的表現有冷嘲、有熱諷、有痛快淋漓的當頭棒喝，有拐彎抹角的指桑罵槐。甚至地方的謠諺讖語，都反映著民意，具有佐治的功能。其中，透過題壁的披露，往往直接迅速地影響到統治階層的決策改變，不啻為民眾的福音。以下分從「時政」與「俗情」兩方面來探討題壁的諷諭之作。

（一）上諷時政

1. 諷刺指責朝廷賦稅橫征，徭役繁多。如：

（1）〈沒了期歌〉（卷八）為吳越王錢鏐與軍士在公署壁題之應答。

沒了期，沒了期，營基才了又倉基（軍士題）。

沒了期，沒了期，春衣才了又冬衣（武肅題）。

以上二首乃「勞者歌事」。晚唐末年，時局動盪，軍士不但需服兵役又要服勞役，役事繁瑣，不堪其苦，於是發為詠歌，部轄見之皆怒，而吳越王錢鏐以包容的胸懷，風趣的語句，委婉的解釋為政者的苦

衷，并非不關心民生疾苦，但願上下一心，共體時艱。這樣幽默的文字，誠意的回應，果然安撫了軍士們焦躁的情緒，大家平和而團結地完成工作。

　　（2）〈題磻溪垂釣圖〉（卷六六五）羅隱作：「呂望當年展廟謨，
　　　　直鉤釣國更誰知？若教生在西湖上，也是須供使宅魚。」
此詩乃諷諫吳越王錢鏐向西湖漁民每日征納鮮魚數斤的漁稅，俗譏爲「使宅魚」〔註1〕。羅隱聰明地利用吳越王命他題詩於壁畫「磻溪垂釣圖」的機會，進行勸諭，據說錢鏐果然察納雅言，蠲免了這道漁稅。

　　另外，鄭愚〈醉題廣州使院〉（卷八七○）中：「數年百姓受飢荒，太守貪殘似虎狼。」伊用昌〈題茶陵縣門〉（卷八六一）中：「夜後不同更漏鼓，只聽鎚芒織草鞋。」李嘉祐〈題靈台縣東山村主人〉（卷二○七）：「處處征胡人漸稀，山村寥落暮煙微。……貧妻白髮輸殘稅，餘寇黃河未解圍。」都是痛責兵禍的可怕。這些詩皆是以諷刺與揭露雙管齊下的手法，對亂世失序的現象做了毫不留情的指責。此是以「諷諭詩」達「兼濟之志」！

2. 諷刺統治階層迎仙佞佛，迷信無知

　　（1）〈后土廟〉（卷六五六）羅隱作：「四海兵戈尙未寧，始於雲
　　　　外學儀形，九天玄女猶無聖，后土夫人豈有靈，一帶好雲侵
　　　　鬢綠，兩層危岫拂眉青，韋郎年少知何在，端坐思量太白經。」
《十國春秋》記載：「隱與顧雲謁淮南高駢，隱見駢酷好仙術，潛題后土廟刺之。連夕掛帆而返，巫者告之，駢怒，發急棹追之，不及。」

　　（2）〈延和閣詩〉（卷八七五）：「延和高閣上干雲，小語猶疑太乙
　　　　聞，燒盡降眞無一事，開門迎得畢將軍。」
此乃無名氏詩作，亦刺高駢惑於神仙之術，起延和閣，飾以珠玉，綺窗繡戶，殆非人工。每旦并焚名香祈王母之降，後及於畢師鐸亂，於

〔註1〕　「使宅」一詞見《酉陽雜俎・金剛經鳩異》：「郭司令鎮蜀，……有番狗，隨郭臥起，非使宅人，逢之輒噬。」原指節度使邸宅；泛指官家。「使宅魚」指繳納官府的魚。

藻井垂蓮壁上見留二十八字詩。其末句言「不得降眞，迎得畢將軍」
之諷作結，寓意自明。

（3）張辭〈題壁〉一首則是譏諷著民間沉迷於爐火藥事的怪現
象，如其中四句：「爭那金烏何，頭上飛不住，紅爐漫燒藥，
王顏安可住？」（卷八六一）

（4）清遠居士在大蓬山透明巖壁上目睹安祿山題詩曰：「大唐先
天二年，歲在辛丑七月朔，安祿山敬造彌勒佛一龕。」故於
其後題一詩曰：「妖胡作逆罪滔天，翠輦倉皇幸蜀川，千載
業緣磨不盡，卻來邀福向金仙。」（《全唐詩續補遺》卷一一
○）以深諷之。

3. 諷刺官場恩怨情仇、奪權樹私

（1）〈元和十一年自朗州召至京戲贈看花諸君子〉（卷三六
五）：「紫陌紅塵拂面來，無人不道看花回，玄都觀裡桃千
樹，盡是劉郎去後栽。」

（2）〈再遊玄都觀〉（卷三六五）：「百畝庭中半是苔，桃花淨盡菜
花開，種桃道士歸何處？前度劉郎今又來。」

此二首是劉禹錫於玄都觀一題再題，以俟舊游的作品。劉禹錫在順宗
永貞年間（約西元 805 年）參加王叔文集團，推行「永貞革新」。後
爲宦官、貴族、藩鎮聯合之勢力反制，自云遭受迫害流貶朗州。是借
玄都觀之桃花開謝爲喻，諷刺小人得志以及新貴擅權的嘴臉，並表露
其不屈服的意志。

（3）〈九日〉（卷五四一）李商隱作：「曾共山翁把酒時，霜天白
菊繞階墀，十年泉下無人問，九日樽前有所思。不學漢臣栽
苜蓿，空教楚客詠江蘺。郎君官貴施行馬。東閣無因再得
窺。」

《全唐詩話續編》卷上：「商隱依彭陽令狐楚，以牋奏受知，後其子
綯有韋平之拜，惡商隱從鄭亞之辟，浸疏之。重陽日，義山造其廳事，
題壁『十年九日，郎君東閣』之句。綯見之恨，扃閉此廳，終身不處。」

（4）〈題崇慶寺壁〉（卷六六七）溫憲作「十口溝隍待一身，半年
　　　千里絕音塵，鬢毛如雪心如死，猶作長安下第人。」

溫憲，溫庭筠子。《全唐詩話》卷五記載：「僖昭之間（溫憲）試于
有司，值鄭相延昌掌邦貢，以其父文多刺時，復傲毀朝士，抑而不
錄。既不第，遂題一絕於崇慶寺壁。後滎陽公登大用因國忌行香見
之，憫然動容。暮歸宅已除趙崇知舉，即召之。謂曰：某頃主文衡，
以溫憲庭筠之子，深怒絕之，今日見一絕，令人惻然，幸勿遺也。
於是成名。」

（5）李瀚的〈留題座主和凝舊閣〉（卷七三七）：「座主登庸歸
　　　鳳闕。門生批詔立鰲頭。玉堂舊閣多珍玩，可作西齋潤筆
　　　不？」

凡此種種都在說明結黨營私，派系傾軋之下，有題詩明志，有書字表
意的作者，也有惱羞成怒，或幡然動容的讀者，其反應對待有「幸與
不幸」，多半又與詩旨之溫柔敦厚相關。

4. 自傷懷才不遇，暗刺不逢明時

（1）薛令之〈自悼〉（卷二一五）：「朝日上團圓，照見先生盤，
　　　盤中何所見，苜蓿長闌干，飯澀匙難綰，羹稀筋易寬，只可
　　　謀朝夕，何由保歲寒。」

　　　唐明皇〈續薛令之題壁〉（卷三）有所回應：「啄木嘴距長，
　　　鳳凰羽毛短，若嫌松桂寒，任逐桑榆煖。」

這一組君臣詩答，發生在玄宗開元中，薛令之爲左補闕兼太子侍講，
時東宮官僚清淡，積年不遷，令之對照同時賀知章自右庶子遷太子賓
客受秘書監的禮遇，心中難免不平，乃題詩〈自悼〉於東宮壁。明皇
見之不悅，以爲諷己，索筆作「聽任自便」之詞，題於其傍。令之乃
謝病恨歸〔註2〕。觀諸玄宗用人，因未獲賞識而生怨艾之詞者還有裴

〔註2〕　「薛令之謝病歸」乃根據《唐語林》卷五的記載。另《新唐書·賀
　　　　知章傳》列傳一二一云：「令之棄官，徒步歸鄉里。」王定保：《唐
　　　　摭言》卷十五：「令之謝病東歸，對帝之賦資，令之計月而受，餘無

陽詩人孟浩然的「不才明主棄，多病故人疏」敘述了自己仕途失意的苦悶〔註3〕。開元二十五年（西元737年）皇帝制中更明白規定：「老疾不堪釐務者與致仕」〔註4〕。是以聖意難測，「直犯龍顏請恩澤」未必行得通。自古彌衡不遇，趙壹無祿，文士難免有遇合的歎傷，這些自傷的題壁之作豈不正是一生失意之詩，千古得意之句？

（2）無名氏的〈改魏扶詩〉（卷八七二）：「葉落滿庭陰，朱門試院深。昔年辛苦地，今日負前心。」

此詩源於宣宗大中初，魏扶知禮闈，入貢院，曾有題詩：「梧桐葉落滿庭陰，鎖閉朱門試院深，曾是昔年辛苦地，不將今日負前心」。（卷五一六）及牓出，無名子以為其主持試務不公，見其題詩乃削為五言以譏之。

5. 撫今思昔，譏指殷鑑未遠

　　這類的諷諭詩作往往通過歷史的題材發抒對現實社會的感觸，詩人以敏銳細膩的心思洞察了現實總是重蹈歷史的覆轍。一方面必要見證政治與社會的興亡盛衰。因之詩人或假諸史實，或旁借事象，以示警的苦口，以助諷的婆心，達到借古諷今的目的。以下節選詩句以明：

（1）張保胤〈又留別同院〉（卷八七○）：「如今憔悴離南海，恰似當時幸蜀時。」

（2）蔣貽恭〈五門街望有題〉（卷八七○）：「閒向五門樓下望，衙官騎馬使衙官。」

所取。」

〔註3〕「不才明主棄」句見孟浩然〈歲暮歸南山〉之詩。有關孟浩然放歸南山事，王定保：《唐摭言》卷十一，計有功：《唐詩紀事》卷廿三都有「玄宗不悅於孟浩然『不才明主棄』句，言『其不求朕，非朕棄卿』，終是不降恩澤。」的傳聞記載。羅聯添考此事虛構，其辯證參見羅氏著：《唐代文學論集》（台北：學生書局，民國78年，初版）下冊。

〔註4〕見劉昫等撰：《舊唐書》本紀第八玄宗下。

（3）驪山遊人〈題故翠微宮〉（卷七八四）：「天子不來僧又去，
　　樵夫倒時一株松。」〔註5〕

（4）貞元文士〈題端正樹〉（卷七八四）：「馬嵬此去無多地，合
　　向楊妃冢上生。」〔註6〕

（5）劉洞〈句〉（卷七四一）：「翻憶潘郎章奏內，惛惛日暮好沾
　　巾。」〔註7〕

6. 謠諺讖夢，借異述事，託象刺時

欲探風雅之奧者，不妨先問謠諺之塗，蓋謠諺皆天籟自鳴，直抒
己志，如風行水上，自然成文；〔註8〕而讖言夢語、紀異述怪，則每
借冥冥宿命，直指人情，細究其理，實寓志刺時，是一語成眞，預警
每驗。亦或有謂乃無名好事之徒於事發之後，追循前徵，多所比附，
圖以徵妄之詞，惕勵人心。是以其流行傳播，不僅是機械性的傳遞訊
息，反映民意，更具有渲洩感染的作用。

《全唐詩》中屬謠諺讖夢以問政刺時者人多散見於讖記（卷八
七五）、諺謎（卷八七六、八七七）、題語（卷八七三）、其作者無名
託書爲鬼怪者亦多，且多比附故事解語以拆詩謎，是其文字俚俗，
無甚藝術可言。但其內容多與民生社會息息相關，且其故事傳衍的
群眾多屬巷里民間等基層。由之，其作品之中所呈顯的社會功能自
令人不可忽視。

舉如刺明皇幸蜀事者，如成眞人〈題壁〉（卷八六○）：「蜀路南
行，燕師北至，本擬白日昇天，且看黑龍飲渭。」又如李遐周於玄都

〔註5〕《全唐詩》卷七八四於詩題下有註：「翠微寺在驪山絕頂，舊驪宮
也。……有游人題云。」

〔註6〕段成式：《西陽雜俎》：「長安西端正樹，去馬嵬一舍之程。……有
文士經過，題詩逆旅。不顯姓名。」知其題旅舍之壁。

〔註7〕潘郎指潘佑。按潘佑諫表中有「家國惛惛，如日將暮」之語，在刺
李後主「庸懦於政，醉夢於生」。此句《全唐詩》卷七四一下註引《江
南野錄》之語：「金陵受困，洞爲七言詩，榜路傍云云。」知其爲題
榜。

〔註8〕杜文瀾：《古謠諺》，劉毓崧序。

觀的〈題壁〉（卷八六〇）：「燕市人皆去，函關馬不歸，若逢山下鬼，環上繫羅衣。」

　　他如無名氏〈題張昌儀門語〉（卷八七六）預測其將有大禍。另有〈越中狂生題旗亭〉（卷八七五）說錢鏐敗董昌事，〈普滿題潞州佛舍〉（卷八七五）暗指平泚賊之亂，還復太平有望。以及孫威〈題廬山神廟詩〉（卷八七五）也曾預言南唐板蕩。黃萬祐〈題蜀宮壁〉（卷八七五）則詭言王建之殂。〈孟蜀桃符詩〉（卷八七五）更隱隱預知了孟蜀的滅亡。另《唐詩紀事》卷十六記載：盧駢員外一日於青龍僧舍，命題題於南楣云：「壽夭雖云命，榮枯亦太偏，不知雷氏劍，何處更衝天？」（卷六〇〇）題畢，涉旬卒。此皆奧乎其義，詭測難辨？其或敗亡有象，而智者先知之類，亦未可知。大抵這些題壁之作，正是社會狀況之感應，所謂「個體之病亂由心生，家國之動亂由民起。」皆至危之象。

　　此外，借異述事的如羅隱寢疾，錢鏐探臨題句於壁，謂其「黃河信有澄清日，後代應難繼此才」（卷八），事實證明，其子羅塞翁善畫羊猿，羅隱果無文嗣，不能不說是一種巧合。另有許渾〈紀夢〉（卷五三八）題壁的故事中因提及「座中唯有許飛瓊」洩露了仙機，復於夢中二入瑤台，將詩改為「天風飛下步虛聲」方妥。其事可謂玄之又玄。

（二）下諷世情

1. 諷映觸目荒涼，戰火離亂的兵禍

（1）鄭谷〈初還京師寓止府署偶題屋壁〉（卷六七五）：「秋光不見舊亭台，四顧荒涼瓦礫堆。火力不能銷地利，亂前黃菊眼前開。」

（2）唐彥謙〈題證道寺〉（卷六七一）中句：「記得逃兵日，門多貴客車。」

（3）裴說〈岳陽兵火後題僧舍〉（卷七二〇）：「十年兵火真多事，

再到禪扉卻破顏，唯有兩般燒不得，洞庭湖水老僧閒。」

〔註 9〕

2. 諷映貴賤貧富懸殊、社會階級習俗的偏差

（1）貫休〈題某公宅〉（卷八三七）「宅成天下借圖看，始笑平生眼力慳。……只恐中原方鼎沸，天心未遣主人閒。」

（2）杜荀鶴〈將過湖南經馬當山廟因書三絕〉（卷六九三）以第二首爲例：「貪殘官吏虔誠謁，毒害商人瀝膽過。祇怕馬當山下水，不知平地有風波。」此乃借行難描摹惡官奸商的嘴臉。

（3）唐末僧〈題戶詩〉（卷八五一）：「枕有思鄉淚，門無問疾人，塵埋床下履，風動架頭巾。」

此詩本事係：「唐以前僧寺中，或僧有疾病者，未有安養之所。唐末一山寺有僧臥病久，乃自題其戶云云。適有部使者經從過寺中。見其題因詢其詳，惻憐之，邀歸墳庵，療治之，其後部使者貫顯，因言於朝，遂令天下寺院置延壽寮，專安養病僧也。」由此可知疾病安養中心的設立，唐時已有。考《舊唐書・武宗本紀》會昌五年八月壬午大毀佛寺，復僧尼爲民。其中特敕：「悲田養病坊，緣僧尼還俗，無人主持，恐殘疾無以取給……，各於本管選耆壽一人勾當，以充粥料。」事述與僧詩相合。由此可知此正是借由題壁的公開傳覽的特性，促使執政者注意到民生疾苦。

（4）馮道〈放魚書所鑰戶〉（卷七三七）：「高卻垣牆鑰卻門，監丞從此罷垂綸，池中魚鱉應相賀，從此方知有主人。」

《全唐詩》詩題下引《詩史》註：道性仁厚，家有一池，每得魚放池中，其子監丞每竊釣之，道聞之不悅，於是高其牆垣，鑰其門戶，作詩書其門。

〔註 9〕 考裴說於卷七二○有〈題岳州僧舍〉一首曾提及「與師吟論處，秋水浸遙天。」後岳州僧舍更遭兵火，劫後再題，心情已是不同。

（5）陳裕〈放生池〉〔註10〕：「鵝鴨同群世所知，蜀人競送放生
池，比來養狗圖雞在，不那闍梨是野貍。」

此詩亦有因緣：大慈寺東北有池，號曰放生池。蜀人競以三元日，多
採鵝鴨放在池中，裕因謁主池僧不遇，當門書一絕句，自此放生稍息
矣。

　　以上兩則是均就「放生」這一習俗分有兩極意見的譏刺，根據顏
眞卿〈乞御書天下放生池碑表〉中所記，開元、天寶年間，於天下州
縣臨江帶郭處，各置放生池，凡八十一所。蓋取好生之德，廣恩動植，
澤及昆蟲之意。一般民眾對於林漁事業亦皆主張「斧斤網罟以時而
入」，元稹在〈修龜山魚池示眾僧〉詩中曾言：「勸爾諸僧好護持，不
須垂釣引青絲。」（卷四二三），張頂在〈獻蔡京〉〔註11〕一詩中亦以
「放生」的習俗以刺州政：「臨川太守清如鏡，不是漁人下釣時。」
陳裕詩則爲天下萬物請命，譏刺差別性待遇的「放生之德」。

3. 諷刺攀援名利，才淪德喪的偏邪

（1）張謂〈題長安壁主人〉（卷一九七）：「世人結交須黃金，黃
金不多交不深，縱令然諾暫相許，終日悠悠行路心。」〔註12〕

（2）鄭仁表〈題滄浪峽牓〉（卷八七○）：「分峽東西路正長，行
人名利火然湯。路傍著板滄浪峽，眞是將開攪撩忙。」〔註13〕

（3）姚嵒〈題大梁臨汴驛〉（卷八七○）中句：「近日侯門不重
才，莫將文藝擬爲媒。」

（4）周匡物〈應舉題錢塘公館〉（卷四九○）：「萬里茫茫天塹遙，

〔註10〕　〈放生池〉詩引自《全唐詩續補遺》卷十七。
〔註11〕　〈獻蔡京〉一詩見《全唐詩》卷四七二。時蔡京刺撫州，州有放生
池，京禁魚罟，頂乘小舟垂釣。京捕之，因獻此詩。
〔註12〕　詩題中「長安壁主人」顯係典型的市儈人物。觀其詩意推測極有可
能題壁，且《全唐詩》中孟浩然有〈題長安主人壁〉，豆盧復有〈落
第歸鄉留別長安主人〉，均作「長安主人」一詞。此一「題長安壁主
人」可能即爲「題長安主人壁」，列存備考。
〔註13〕　《全唐詩》卷八七○詩題下註：「鄭仁表經過滄浪峽，憩於長亭，驛
吏堅進一板，仁表走筆云云。」可知此詩乃題於詩板的作品。

秦皇底事不安橋，錢塘江口無錢過，又阻西陵兩岸潮。」
根據《太平廣記》卷一九九引《閩川名士傳》說周匡物及第前，因家
貧徒步應舉，路經錢塘江，因乏僦船工資，久不得濟，乃於公館題詩
云云。郡牧出而見之，乃罪津吏，是以天下津渡皆傳此詩諷誦，相傳
從此舟子不敢取選舉人錢者，自茲開端。

（5）高越〈詠鷹〉（卷七四一）：「雪爪星眸眾所歸，摩天專待振
　　　毛衣。虞人莫謾張羅網，未肯平原淺草飛。」
以上數則乃就種種澆薄的世風，被架空的倫理道德著墨，在嬉笑中見
針砭，在附託外物中見指露，完全是一種「諷兼比興」的寫法。其中
第五則尚有本事相附，根據《唐詩紀事》卷七一引《唐餘錄》的記載：
高越不欲娶當時鄂帥李簡之女，乃詩題一絕于壁，不告而去。正見其
不攀援婚姻以求仕宦的耿介。

4. 譏諷嫌貧愛富，前倨後恭的嘴臉

（1）王播〈題木蘭院〉二首（卷四六六）其一：「三十年前此
　　　遊，木蘭花發院新修，如今再到行經處，樹老無花僧白頭。」
　　　其二：「上堂已了各西東，慚愧闍黎飯後鐘，三十年來塵撲
　　　面，如今始得碧紗籠。」
王定保《唐摭言》卷七有云：「王播少孤貧，嘗客揚州惠昭寺木蘭院，
隨僧齋餐，諸僧厭怠，乃齋罷而後擊鐘，播至，已飯矣。後二紀。播
自重位出鎮是邦，因訪舊游，向之題紀，皆已碧紗幕其上，播乃繼以
二絕句。」這二首題壁諷諭詩寫進了人情勢利，冷暖自知。而「飯後
鐘」的典故也由此流傳開來。《全唐詩補逸》卷七引《大元一統志》
也提到段文昌〈題曾口寺〉有「曾聽闍黎飯後鐘」的殘句，本事類同。
張仁溥在〈題龍窩洞〉（卷七三七）中亦云：「他日各為雲外客，碧紗
籠卻又如何？」至宋，蘇軾有〈石塔寺〉一首，並引王播詩，這些戲
作皆為飯後鐘事的延申。

（2）柳逢〈嘲染家〉（卷八七○）：「紫綠終朝染，因何不識非，
　　　莆田竹木貴，背負十柴歸。」

此詩的本事：根據《全唐詩》詩題註云：「莆田縣有染家家富，因醉毆兄，至高標十木。既歸，鄉親爲會。有秀才柳逢旅遊掇席，主人不樂。柳生怒而題壁。染人遂與束帛，贖其詩。」其詩意在嘲諷莆田染家是非不明，毆兄在前，復嫌貧輕文，更爲諷刺的是此一染家最後復與束帛贖買此詩。

5. 諷刺人類之劣根性——貪吝與自大

（1）裴玄智《書化度藏院壁》（卷八六九）：「將肉遣狼守，置骨向狗頭，自非阿羅漢，焉能免得偷。」此詩是道盡「監守自盜、世風日下」的涼薄。

（2）劉坦《書從事廳屏上》（卷七三七）「金殿試迴新折桂，將軍留辟向江城，思量一醉猶難得，辜負揚州管記名。」在譏刺酒吏之「吝」，須索甚艱。

（3）李賀〈官不來題皇甫湜先輩廳〉（卷三九三）：「官不來，官庭秋。老桐錯幹青龍愁。書司曹佐走如牛。疊聲問佐官來不？官不來，門幽幽。」

以上三則分別譏諷人性中的貪吝私懶，有自諷者，有諷人者，其中李賀詩語以玩笑式的幽默語，寓莊於諧，刻劃衙內辦公的形色，眞是入木三分，耐人尋味。

6. 諷刺「鬼神何如盡信，修道猶未忘俗」的迷思

（1）趙嘏〈題僧壁〉（卷五五〇）：「曉望疏林露滿巾，碧山秋寺屬閒人，溪頭盡日看紅葉，卻笑高僧衣有塵。」

（2）李濤〈題僧院〉（卷八七〇）：「走卻坐禪客，移將不動尊，世間顛倒事，八萬四千門。」〔註14〕

（3）張謂〈長沙失火後戲題蓮花寺〉（卷一九七）：「金園寶刹半長沙，燒劫旁廷一萬家，樓殿縱隨煙焰去，火中何處出蓮

〔註14〕〈題僧院〉題下註云：「濤布衣時往來京洛間，泥水關有不動尊院，中有僧不出院十餘載。每過必省之。未幾，寺焚僧散。再過之，但有門扉而已，因題詩云云。」由此註證知此詩題壁。

花。」
(4) 韓愈〈題木居士〉二首（卷三四三）：
其一：「火透波穿不計春，根如頭面榦如身，偶然題作木居
士，便有無窮求福人。」
其二：「爲神詎比溝中斷，遇賞還同爨下餘，朽蠹不勝刀鋸
力，匠人雖巧欲何如。」
(5) 羅隱〈衡陽泊木居士廟作〉一作〈題木居士廟〉（卷六五六）：
「鳥嗓殘陽草滿庭，此中枯木似人形，只應神物長爲主，未
必浮槎即有靈，八月風波飄不去，四時黍稷薦惟馨，南朝庾
信無因賦，牢落祠前水氣腥。」

上引五則，第一則在暗笑修道猶不能忘情於塵俗，後六則皆在言「鬼
神未能盡信」。羅隱在〈甘露寺火後〉一詩中說得好：「只道鬼神能護
物，不成龍象自成灰。」（卷六五六）元人辛文房《唐才子傳》中亦
曾提到：「詩文凡以譏刺爲主，雖荒祠木偶，莫能免者。」因之，最
後三首的〈題木居士（廟）〉中諷刺形象的客觀意義便不僅於「枯木
爲似人形之神主」的諷詠，其「木居士」與「求福人」實可視爲官場
中的兩種人物：一爲尸位素餐的無能輩，一爲愚昧投機的無知輩。《論
語・爲政》云：「非其鬼而祭之，諂也。」韓愈與羅隱的同題分詠〔註
15〕，是成功地以詠物寓言的形式，影射人與物之間的名實不符，並
對一般無知追隨虛僞的醜陋愚笨面目亦作了極精彩的反諷。

7. 諷勸「嗔慾成空，人生若夢」的虛無

這類的主題主要以寒山子的詩作爲大宗，計有八十五首。由於寒
山的詩無題，故僅列首句以識名目。包括有「常聞釋迦佛」、「妾在邯
鄲佳」、「快哉混沌身」、「浪造凌霄閣」、「田舍多桑園」、「我見一癡漢」、

〔註15〕 韓愈〈題木居士二首〉之「木居士」在耒陽縣北沿流二三十里籠口
寺，中有退之所題木居士在，元豐初，以禱旱不應，爲邑令析而薪
之。羅隱則題爲〈衡陽泊木居士廟下作〉。考《中國歷代地名要覽》
耒陽縣在湖南省，屬衡陽道衡州府。二者應屬同地而題。

「世有一等愚」、「死生元有命」、「去家一萬里」、「有漢姓傲慢」、「貪人好聚財」、「傳語諸公子」、「丈夫莫守困」、「畫棟非吾宅」、「我見世間人」、「世有一般人」、「吁嗟濁濫處」、「不須攻人惡」、「浩浩黃河水」、「若人逢鬼魅」、「我見世間人」、「我行經古墳」、「蹓馬珊瑚鞭」、「君看葉裡花」、「驅馬度荒城」、「王堂掛珠簾」、「可惜百年屋」、「誰家長不死」、「城中娥眉女」、「花上黃鸚子」、「俊傑馬上郎」、「璨璨盧家女」、「自古諸哲人」、「我見多知漢」、「少年何所愁」、「徒閉蓬門坐」、「我見世間人」、「自有慳惜人」、「啼哭緣何事」、「縱你居犀角」、「富兒多鞅掌」、「賢士不貪婪」、「昔日極貧苦」、「買肉血濡濡」、「豬吃死人肉」、「我見東家女」、「有酒相招飲」、「城北仲家翁」、「多少般數人」、「寄語諸仁者」、「常聞國大臣」、「儂家暫下山」、「世間何事最堪嗟」、「世人何事可吁嗟」「余曾昔睹聰明士」、「常聞漢武帝」、「貧驢欠一尺」、「俗薄眞成薄」、「國以人爲本」、「婦女慵經織」、「低眼鄒公妻」、「我在村中住」、「鸚鸝宅西國」、「有樹先林生」、「或有衒行人」、「天生百尺樹」、「精神殊爽爽」、「兩龜乘犢車」、「東家一老婆」、「大有飢寒客」、「是我有錢日」、「笑我田舍兒」、「富貴疏親聚」、「赫赫誰甌肆」、「昔時可可貧」、「大有好笑事」、「我見百十狗」、「無衣自訪覓」、「一人好頭肚」、「蹭蹬諸貧士」、「新穀尙未熟」、「夫物有所用」、「極目兮長望」、「鹿生深林中」、「老病殘年百有餘」八十五首。〔註16〕

以下試舉其中特精彩之妙絕語，以窺其諷刺藝術之淋漓盡致：

（1）傳語諸公子，聽說石齊奴，僮僕八百人，水碓三十區，舍下養魚鳥，樓上吹笙竽，伸頭臨白刃，癡心爲綠珠。

（2）我見世間人，個個爭意氣，一朝忽然死，只得一片地，闊四尺，長丈二，汝若會出來，爭意氣，我與汝，立碑記！

〔註16〕《全唐詩》卷八○六「寒山」下有註：寒山嘗於竹木石壁書詩，并村野屋壁所寫文句三百餘首。其詩中亦自嘗言：「五言五百篇，七字七十九，三字二十一，都來六百首，一例書嚴石，自誇云好手。」是證其詩俱皆題壁。

（3）若人逢鬼魅，第一莫驚懷，捺硬莫采渠，呼名自當去，
　　　燒香請佛力，禮拜求僧助，蚊子叮鐵牛，無渠下觜處。

（4）豬吃死人肉，人吃死豬腸，豬不嫌人臭，人反道豬香，
　　　豬死拋水內，人死掘土藏，彼此莫相噉，蓮花生沸湯。

（5）城北仲家翁，渠家多酒肉，仲翁婦死時，吊客滿堂屋，
　　　仲翁自身亡，能無一人哭，吃他盃臠者，何太冷心腹？

（6）夫物有所用，用之各有宜，用之若失所，一缺復一虧，
　　　圓鑿而方枘，悲哉空爾為，騏驎將捕鼠，不及跛貓兒。

（7）我見百十狗，箇箇毛鬙鬙，臥者渠自臥，行者渠自行，
　　　投之一塊骨，相與哇嘊爭，良由為骨少，狗多分不平。

（8）新穀尚未熟，舊穀今已無，就貸一斗許，門外立踟躕，
　　　夫出教問婦，婦出遣問夫，慳惜不救乏，財多為累愚。

（9）富貴疏親聚，只為多錢米，貧賤骨肉離，非關少兄弟，
　　　急須歸去來，招賢閣未啟，浪行朱雀街，踏跛皮鞋底。

（10）常聞漢武帝，爰及秦始皇，俱好神仙術，延年竟不長，
　　　金台既催折，沙丘遂滅亡，茂陵與驪嶽，今日草茫茫！

由於寒山詩除了「諷諭」，還不離「勸世」，雖非語語皆偈，但卻是野寺孤鐘，用心極苦極深，用語既白又明，其中有用史實以諷，如石崇綠珠，秦皇漢武事；有借生死之情，豁虛實之悟，如人豬輪迴，三生之轉；更有妙語成典，如「蚊子叮鐵牛」者。這些托物寄諷、借題發揮之作，字語拙樸而比喻新警，令人印象深刻。

第三節　諷諭之作的特色

　　一、諷諭詩作的特質即在不平而鳴；更由於悲憫的情懷，詩人之眼放大，極力於關懷社會，自然便與社會群眾緊密相連。而這些詩作既是有意的譏諷，當然期待這些聲音能夠「上達天聽」，雖然自古以來采詩的工作一直被認為應該去做，但並不是有效地在做。采詩的管道隨著人主的意欲時而關閉，時而暢通。相反地，人世間的不平卻遞增無已，未嘗終止。故而公開題寫成為攄苦宣憤的一種最直接且非暴

力的表達方式。通常，每一首諷諭詩的背後都潛藏著一種或數種問題，而訴諸題壁這種公開的方式，使得問題透明化，浮現檯面，導引相關者／執政者的注意；同時借由冰山一角的顯露，題壁使得諷諭詩宛若磁石一般，不但在社會中催化同情，并引結奧援；迫使主事者必得去處理（或改善）這些問題。是而，題壁的方式憑藉眾人的力量將諷諭詩的傳播效果加乘，而對整個社會所提供的正面清源的意義尤其值得注意。這些諷諭詩的題寫作者們敏於觀察，敢於揭發，他們富於理想而熱情，而他們所持的人生態度更是嚴肅而認真的。

　　二、綜觀題壁的諷諭詩作中有十七首〔註17〕。或針對個人人事，或指向社會改革得到了回應（包括採納或拒絕）。而作品中亦有以讖夢謠諺的體式公開題壁，向社會問題宣戰；且其文字通俗，顯係民間基層的作品。而分析其作者的身份：除寒山子外，以無名氏作者群為最多，有十五篇。晚唐著名的諷諭詩人羅隱有五篇，杜荀鶴有一篇。以上這些數字說明了：唐代詩人們除以題壁詩歌的方式觸事感物，發其揄揚怨憤，道其喜怒哀樂，更進而揮動大纛向惡質的現象、不合理的制度公開「挑戰」，而在專制政權中得到回應，誠屬可貴。正如社會學家墨登（R. K. Merton）所言：題壁的諷諭詩顯然發揮了「顯性的功能」。〔註 18〕此外，題壁的諷諭詩作以謠讖的體式，以不記名的方式從事創作，保留了傳統以來溫柔敦厚的美刺風格。而就創作的心

〔註17〕　此十七首包括〈沒了期歌〉二首（卷八）、〈題蟠溪垂釣圖〉（卷六六五）、〈玄都觀〉詩二首（卷三六五）、〈九月〉（卷五四一）、〈題崇慶寺壁〉（卷六六七）、〈自悼〉（卷二一五）、〈續薛令之題壁〉（卷三）、〈改魏扶詩〉（卷八七二）、〈題戶詩〉（卷八五一）、〈放魚所鑰戶〉（卷七三七）、〈放生池〉（《全唐詩續補遺》卷十七）、〈木蘭院〉二首（卷四六六）、〈嘲染家〉（卷八七〇）、〈后土廟〉（卷六五六）。

〔註18〕　所謂顯性的功能與隱性的功能，依照社會學家墨登（R. K. Merton）的解說：凡對於一個社群系統發生適應（adapting）或調整（adjusting）作用的客觀後果，為參與此一社群生活的成員所意向并認同者，即為顯性的功能；……相反地，即為隱性的功能。」此段文字引錄自易君博：《政治學論文集——理論與方法》（台灣省教育會出版，1977年8月二版），頁 212～215。

理態度分析，無可諱言的乃是基層民眾畏懼逼害的取向。那麼，做爲
這種心情的背景——整個社會政治環境的治亂變動便有跡可循了。

　　總而言之，由於諷諭詩原本即是一份份社會寫實的史料，一篇
篇人民生活的報導，與民眾息息相關，是故容易在民間流傳，產生
迴響。加上這些作品「公開題壁」，更成爲了帶頭示範的指標。我們
可以覺察出這些作品極富社會意義，且其通俗的色彩極濃，其中大
多保留了自然質朴，不務雕華的寫實精神，亦大膽的使用口語俚詞，
以話家常、發牢騷的形態嘲諷諧剌這社會百態、炎涼人生。魯迅說：
「諷剌的生命即是眞實。」〔註19〕題壁的諷諭詩篇正是以無畏的精
神，掌握眞實，捍衛在寫實戰線的前端。

〔註19〕見魯迅：《且介亭雜文二集》〈什麼是諷剌〉一文。

第八章　題壁詩中的感傷之作

第一節　「感傷」的意涵

　　「感傷」這個主題是詩歌創作中最深沉的基調，正如同它是人類感情世界中最深刻的一環。「感」即所謂「感物」，「傷」指得是「傷懷」。前者較偏重于客觀事象；後者則強調主觀情懷，二者極難截然分割。因爲懷抱的「傷慟」，往往由「事物」而引起。而記事的作品亦多有「感情」的因子滲入。所謂「人稟七情，應物斯感，感物吟志，莫非自然。」（劉勰《文心雕龍・明詩》）由於人生平凡，去來苦短，且因爲生命必有所止，所以不能無「傷」。而際遇浮沉、榮枯代謝，變化無常，都在冥冥造化中註定，所以不能無「感」。更何況春秋荏苒，寒暑移接；滄海桑田，物是人非；俯仰感傷，觸物增悲。至若世表冥邈，造化弄人，人們累形勞神之餘，不入其心，不稱其情，所以斷魂飲恨。於是浸辭染翰之際，便滿溢著「痛娛情而寡方，怨感目之多顏」〔註1〕的悵語戚音了。

　　是以感傷的源頭本來自「情不稱物」。亦即內在的心理慾望與

〔註 1〕　陸士衡〈歎逝賦〉收入李善：《昭明文選》（台北：藝文印書館，民
　　　　　國 63 年七版），第十六卷，頁。

外在的現實環境產生矛盾或衝突，人類在無法妥協、折衷之後，終於失去了平衡點，於是失控的情感一瀉千里，降到了谷底。在《詩經》裡，早就有「一日不見，如三月兮」〔註2〕般悠悠情懷的含蓄表達，也有「如之何勿思」〔註3〕底漫漫孤寂的眞摯流露。到了〈黃鳥〉掩卷長呼的是「彼蒼者天，殲我良人」的沉痛。樂府詩中充滿對人生的感歎，命運的無奈以及時世的悲苦等種種描述〔註4〕，構成了精彩感人的歌篇。李善的《昭明文選》就收有「詠懷」和「哀傷」的詩類。於是，感傷之河愈闊：舉如項羽的「雖不逝兮可奈何」〔註5〕是英雄末路的絕筆；漢武的「少壯幾時奈老何」〔註6〕道出了帝王的傷情；班婕妤憑藉著扇子見捐的恐懼傳遞著婦女的悲哀〔註7〕；王粲〈七哀〉爲憂時亂而摧傷心肝；曹植七步詠詩，感慨兄弟情份涼薄〔註8〕；阮籍徘徊〈詠懷〉〔註9〕，詠述著內心世界的憂傷。到達唐詩，「哀愁感傷」不僅僅是一種情緒反應，其已由親身的經歷具體的遭遇的基礎上，擴展深化爲一種包蘊著對整個現實人生意義與價值的思索與感喟。於是，「感傷」這曲主律，貫穿起各個作家不同的風格特徵，以多元的內涵、空麗的色彩，在唐朝詩音的國度中曼妙演出。〔註10〕

〔註2〕 《詩經》〈子衿〉篇。

〔註3〕 《詩經》〈君子于役〉篇。

〔註4〕 如〈薤露〉、〈蒿里〉、〈十五從軍征〉、〈戰城南〉等。

〔註5〕 項羽，〈垓下歌〉。

〔註6〕 漢武帝，〈秋風辭〉。

〔註7〕 班婕妤，〈怨歌行〉。

〔註8〕 曹植，〈七步詩〉末二句「本是同根生，相煎何太急。」

〔註9〕 阮籍，〈詠懷詩〉首二句「夜中不能寐，起坐彈鳴琴」，末聯以「徘徊將何見，憂思獨傷心」作結。

〔註10〕 由於「感傷」幾乎是人們慣常的生命經驗，其穿透力極強，因此每逢適宜的時代社會空氣籠罩，詩文中出現以感傷爲主題的頻率相對增加。尤其是王朝的衰頹期，感重情況，痛苦的心情與唯美的要求結合，藝術的表達則趨於華美哀傷、抽象頹廢。

第二節　感傷之作的內容

一、詩作數目

　　《全唐詩》中，以感傷爲主題的題壁詩計有二一三首，篇目甚多。因爲人類的感情纖細、敏銳而又繁複多變，表現在字裡行間，每一種情傷，每一份哀感都動人心弦。是以下分別以（一）睹物思人。（二）懷古之思。（三）悼哀之痛。（四）傷時之悲。（五）恨離之情。（六）蹭蹬之愁。六類作一析評。其中，「睹物思人」四十三首，「懷古之思」十九首，「悼哀之痛」四十一首，「傷時之悲」二十七首，「恨離之情」四十七首，「蹭蹬之愁」三十六首。

二、題作內容

（一）睹物思人

　　「睹物思人」的詩作是一首悲愴交響曲。是由「故物」到「故人」的一種聯想。「思人」固然是千古以來悲感傷情的主奏；而「故物」就像樂譜中的音符，由於思者和被思者曾經共同譜曲，因而在「曲終人不見」的時刻，這個熟悉的「故物」便成爲具有特殊意義的象徵，作爲一種喚起過去生活經驗中美好回憶的媒介，讓往日時光倒退，讓痛苦與歡樂重新顯影。

　　在那個時代，沒有比文字更能精確地刻記往事遺痕了，尤其是壁題文字。當詩人快意寫詩題壁的豪情逸興筆墨方落，孰知他日已成憑弔瞻仰的遺跡恨事。往者已矣，而思者何堪？這種「今時笑宴，他時荒塚」的無常尤其令人驚心動魄。於是，飽經滄桑的詩人勉力按捺著波濤翻滾的錯綜情緒，一再愴然題詠，而後人復觀後人，後題附有後題。我們看元稹的碧潤寺的題句：「他生莫忘靈山別，滿壁人名後會稀」（卷四一三），再讀他的褒城驛題詩：「今日重看滿衫淚，可憐名字已前生」（卷四○三）。這寫的是前題生發今作，舊墨與新跡并刊，卻說得都是同一種心情：「傷人亦復自傷」的無奈。

　　檢閱《全唐詩》之中，「睹物思人」的題壁詩一共四十三首，如下表所列：

「睹物思人」詩作表

張九齡：祠蓋山經玉泉寺（卷四九）	劉禹錫：貞元中侍郎舅氏牧華州時余再
顏眞卿：刻清遠道士詩因而繼作（卷一	忝科第前後由華觀謁陪登伏毒
五二）	寺屢焉亦曾賦詩題於梁棟今典
孟浩然：陪張丞相祠蓋山途經玉泉寺	馮翊暇日登樓南望三峰浩然生
（卷一六〇）	思追想昔年之事因成篇題舊寺
杜　甫：多到金華山觀因得故拾遺陳公	（卷三五八）
學堂遺跡（卷二二〇）	劉禹錫：途次華州陪錢的夫登城北樓春
杜　甫：陳拾遺故宅（卷二二〇）	望因睹李崔令狐三相國唱和之
牛　嶠：登陳拾遺書台覽杜工部留題慨	什翰林舊侶繼踵華城山水清高
然成詠（《全唐詩補逸》卷十三）	鸞鳳翔集皆忝宿眷遂題此詩（卷
顧　況：題歙山棲霞寺（卷二六六）	三五九）
顧　況：天寶題壁（卷二六七）	白居易：西明寺牡丹花時憶元九（卷四
顧　況：題元陽觀舊讀書房贈李範（卷	三二）
二六七）	白居易：重題西明寺牡丹（卷四三七）
李　端：慈恩寺懷舊並序（卷二八四）	白居易：重過壽泉穩與楊九因題店壁
丘　丹：經湛長史草堂（卷三〇七）	（卷四三四）
呂　渭：經湛長史草堂（卷三〇七）	白居易：藍橋驛見元九詩（卷四三八）
湛　賁：伏覽呂侍郎丘員外舊題十三代	元　稹：襄城驛二首（卷四〇三）
祖歷山草堂詩因書紀事（卷四	元　稹：襄城驛（卷四〇九）
六六）	薛　能：襄城驛有故元相公舊題詩因仰
湛　賁：題歷山右長史祖宅（卷四六六）	歎有作（卷五六〇）
孟　郊：李少府廳弔李元賓遺字（卷三	薛　能：題襄城驛池（卷五六〇）
八一）	白居易：棣華驛見楊八題夢兄（卷四四
韓　愈：夕次壽陽驛題吳郎中詩後（卷	一）
三四四）	白居易：赴杭州重宿棣華驛見楊八舊詩
羊士諤：題司南山光福寺寺即嚴黃門所	感題一絕（卷四四一）
置時自給事中京兆少尹出守年	白居易：商山路有感并序（卷四四三）
三十性樂山水故老云每旬數至	白居易：重感（卷四四三）
後分闍川州門有去思碑即郊拾	白居易：商山路驛桐樹昔與微之前後題
遺之詞也（卷三三三）	名處（卷四四一）

元　稹：僧如展及韋載同遊碧澗寺各賦
　　　　詩予落句云他生莫忘靈山座滿
　　　　壁人名後會稀展共吟他生之句
　　　　因話釋氏緣會所以莫不悽然久
　　　　之不十日而展公長逝驚悼返覆
　　　　則他生蓋有兆耶其間展公仍賦
　　　　黃字五十韻飛札相示予方屬和
　　　　未畢自此不復撰成徒以四韻為
　　　　識（卷四〇三）

元　稹：公安縣遠安寺水亭見展公題壁
　　　　漂然淚流因書四韻（卷四〇三）

元　稹：八月六日與僧如展前松滋主簿
　　　　韋載同游碧澗寺得扉字韻寺臨
　　　　有碧澗穿注兩廊又有龍女洞能
　　　　興雲雨詩中噴字以平韻（卷四
　　　　一三）

劉禹錫：碧澗寺見元九侍御和展上人詩
　　　　有三生之句因以和（卷三六五）

元　稹：閬州開元寺壁題樂大詩（卷四
　　　　一五）

白居易：答微之（卷四四〇）

白居易：往年稠桑曾喪白馬題詩廳壁今
　　　　來尚存又復感懷更題絕句（卷
　　　　四五五）

李德裕：重過列子廟追感頃年自淮服與
　　　　居守王僕射同題名於廟壁僕射
　　　　已為御史余尚布衣自後俱列紫
　　　　垣繼遊內署兩為夏官之代復聯
　　　　左揆之榮荷寵多同感涕何因書
　　　　四韻奉寄（卷四七五）

李德裕：雨中自秘書省訪王三侍御知早
　　　　入朝便入集賢侍御任集賢校書
　　　　及升柏台又與秘閣相對同院張
　　　　學士亦余特厚故以詩贈之（卷
　　　　四七五）

李德裕：僕射相公偶話於故集賢張學士

　　　　廳寫得德裕與僕射舊唱和詩其
　　　　時和者五人惟僕射與德裕皆列
　　　　高位淒然懷舊輒獻此詩（卷四
　　　　七五）

李德裕：追和太師顏公同清遠道士遊虎
　　　　丘寺（卷四七五）

王　起：和李校書雨中自秘省見訪知早
　　　　入朝便入集賢不遇詩有序（卷
　　　　四六四）

張　祐：題靈徹上人舊房（卷五一一）

杜　牧：川守大夫劉公早歲寓居敦行里
　　　　肆有題壁十韻今之置第乃獲舊
　　　　居洛下大僚因有唱和歎詠不足
　　　　輒獻此詩（卷五二六）

薛　能：題嘉陵江驛（嘉陵驛）（卷五六
　　　　〇）

崔　塗：過長江賈島主簿舊廳（卷六七
　　　　九）

李群玉：長沙開元寺昔與故長林許侍御
　　　　題松竹聯句（卷五六九）

趙　鳴：栗亭（卷六〇七）

徐　夤：塔院小屋四壁皆是卿相題名因
　　　　成四韻（卷七〇九）

徐　鉉：文或少卿文山郎中交好深至二
　　　　紀已餘暌別數年二子長逝奉使
　　　　嶺表途次南唐弔孫氏之孤於其
　　　　家睹文或手書於僧窗慷慨悲歎
　　　　留題此詩（卷七五五）

清遠道士：同沈恭子遊虎丘寺有作（卷
　　　　八六二）

丘　丹：奉使過石門瀑布（卷八八三）

郭密之：永嘉經謝公石門山作（卷八八
　　　　七）

馬　玨：石門歌（《全唐詩補逸》卷之五）

郭密之：永嘉懷古（《全唐詩補逸》卷之
　　　　六）

　　這些作品在觀覽「陳跡」（是爲「上游作品」）而想見昔人，隨之慨然成詠，斐然「題壁」（是爲「下游作品」）的過程中，前者不僅僅是後者的觸媒而已，它們通常表現著一致的生命情調：比如有些作品對人生提示了相同的看法或重複出現類似的感歎；所以縱使素昧平生，亦能跨越時空，每每聯貫起古今作者的心情。實際上，還有許多下游作品與上游作品的作者們相交熟識，甚至作者本身更曾屢屢親自參與前後題詩的活動。所以當觀覽「陳跡」轉變爲臨視「遺跡」之時，「昨是今非」的時間隔距與「物在人亡」的空間隔距，使得詩人質疑起生命的脆弱，更加痛惜其生命經驗的缺損。這和部份即景類的題壁詩歌亦由前人題詩刺激創作的動機自是不同〔註11〕。同時這也說明了題壁詩除了特具公開、廣泛、迅速傳播的社會功能之外，更發揮了啓思性的文學功能，延傳著文學藝術的生命。

　　以下試由「上游作品」與「下游作品」的承傳關係以及旁證資料的佐參，幫助我們了解「睹物思人」這一類作品裡所擁抱的感傷世界。〔註12〕

〔註11〕　題壁的即景詩篇中，前人的題作是一種刺激，屬於外力的作用，它激勵起原是賞游者不吐不快的發表慾望或是一較高下的競爭心理。前後之詩作的内容多就風景抒情，可能近似，可能不同；但都以大自然爲基調，也就是賞詩之外仍須賞景，方能相得益彰。而題壁的感傷詩篇，前人的題作（上游作品）是一個火種，他對下游作品的影響是主動而全面性的，二者作品之間常有可以平行承轉的特質，比如上、下游的作品共同分享某種相同的生活經驗，抑或是下游作品/作者對上游作品/作者的想念、感傷、呼應之作。

〔註12〕　「睹物思人」部份上游作品與下游作品對照一覽表中標示*者，表示該詩提及作者曾伏睹他人題壁，有感發興，然其作未確定即爲題壁詩者。

題壁詩 （睹物）	對　象 （思人）	上　游　作　品 （原作）	下　游　作　品 （續作）	旁　　證
金華觀題詩 （陳公學堂 遺跡）	陳子昂	陳子昂 春日登金華觀 （卷八四）*	杜甫 多到金華山觀因得故拾遺 陳公學堂遺跡（卷二二〇） 陳拾遺故宅，中句：「…… 彥昭超玉價，郭振起通 泉。到今素壁滑，灑翰銀 鉤連。盛事會一時，此堂 豈千年。終古立忠義，感 遇有遺編。」（卷二二〇） 牛嶠	詩註：陳子昂，少讀 書金華山，後節度使 李叔明為立旌德碑於 山之讀書堂側。 《歲寒堂詩話》卷下 四：陳拾遺故宅蓋拾 遺與趙彥昭、郭元振 輩，嘗題字于壁間， 公後登宰輔，少陵詩 紀此而已。
			登陳拾遺書臺覽杜工部留 題慨然成詠，中句：「…… 北廂引危檻，工部曾刻 石，辭高謝康樂，吟久驚 神魄，拾遺有書堂，荒榛 堆瓦礫，二賢問世生，垂 名空烜赫。」（《全唐詩補 逸》卷之十三）	
水門樓題詩	張貞期	張貞期 題望黃河詩（詩佚）	崔曙 登水門樓見亡友張貞期題 望黃河詩因以感興，中 句：「……人隨川上逝，書 向壁中留。」（卷一五五） *	
東林精舍中 鄭侍御題詩	鄭弘憲	鄭弘憲 題東林精舍詩 （詩佚）	韋應物 東林精舍見故殿中鄭侍御 題詩追舊書情涕泗橫集因 寄呈澧州馮少府，中句： 「中有故人詩，淒涼在高 壁。」（卷一九一）*	
棲霞寺題詩	陳後主	陳後主，同江僕射 遊攝山棲霞寺詩 （《魏晉六朝詩》陳 詩卷四） 江總，入攝山棲霞 寺詩并序（陳詩卷 八）	顧況，題歙（攝）山棲霞 寺，中句：「……明徵君舊 宅，陳後主題詩。跡在人 亡處，山空月滿時。」（卷 二六六）	江總，入攝山棲霞 寺，序中言：「……乙 巳年十一月十六 日……停山中宿，永 夜留連。……率製此 篇，以記即目，俾後 來賞者，知余山志。」
清源寺（王右 丞故宅）題詩	王　維	王維，戲題輞川別 業（卷一二八）*	耿湋，題清源寺即王右丞 故宅，中句：「……孟城今 寂寞，輞水自紆餘……陳 跡留金地，遺文在石渠。」 （卷二六九）* 司空曙，過胡居士（湖上） 觀王右丞遺文：「……題詩 今尚在，暫為拂流塵。」 （卷二九二）	李肇《國史補》：「唐 王維好釋氏……得宋 之問輞川別業，山水 勝絕，今清源寺也。」

題壁詩（睹物）	對象（思人）	上游作品（原作）	下游作品（續作）	旁證
慈恩寺各賦一物題詩	同遊故友王員外、耿拾遺、吉中孚、司空曙	司空曙，殘鶯百囀歌同王員外耿拾遺吉中孚李端遊慈恩各賦一物（卷二九三）。餘詩不見。	李端，慈恩寺懷舊并序中句：「……遺文一書壁，新竹再移叢。」（卷二八四）	李端，慈恩寺懷舊序中言：「余去夏五月，與耿湋、司空文明、吉中孚同陪故考功王員外，來游此寺。……遂賦五物。其一曰凌霄花，公實賦焉，因次諸屋壁以識其會，……凌霄更發，遺文在目，良友逝矣。……故書之。
湛茂之草堂題壁詩	南平王劉鑠、湛茂之、江淹	南平王劉鑠，過歷山湛長史草堂詩（《魏晉六朝詩》宋詩卷五） 湛茂之，歷山草堂應教（宋詩卷五） 江淹，無錫縣歷山集詩（梁詩卷三）	丘丹，經湛長史草堂（卷三〇七） 呂渭，經湛長史草堂（卷三〇七） 于頔，和丘員外題湛長史舊居（卷四七三）* 李益，和丘員外題湛長史舊居（卷二八三）* 韋夏卿，和丘員外題湛長史舊居（卷二七二）* 湛賁，題歷山司徒右長史祖宅，伏覽呂侍郎丘員外舊題十三代祖歷山草堂詩因書紀事，中句：「……遺文煥石壁。」	丘丹，經湛長史草堂序言：「……慧山寺，即宋司徒右長史湛茂之別墅也。……故南平王劉鑠有過湛長史歷山草堂詩。湛有酬和……至齊竟陵王友江淹，亦有繼作，余登茲山以睹三篇，列於石壁。」
石門巖題詩	謝康樂、丘遲（丘丹六代祖）	謝靈運，石門岩上宿詩（《魏晉六朝詩》宋詩卷二） 丘遲，過石門瀑布詩（詩佚）	丘丹，奉使過石門瀑布並序中句：「……吾祖昔登臨，謝公亦遊衍。」（卷八八三） 馬珦，石門歌（《全唐詩補逸》卷之六） 郭密之，永嘉懷古，一作石門山（《全唐詩補逸》卷之五） 郭密之，永嘉經謝公石門山作（卷八八七）	丘丹，奉使過石門瀑布序中言：「謝康樂，有宿石門巖上詩，予六代祖梁中書侍郎……有過石門瀑布詩。……小子大曆中奉使，竊有繼作……追蹤昔賢，蓋造奇懷感之志也。」 《武昌志》《湖北金石志》《明一統志》《輿地碑目》均提及馬珦有刻石門詩。 《阮元兩浙金石志》《錢大昕十駕齋養新錄》俱提及二詩刻於青田之石門洞崖壁，前人錄金石者皆未之及。

題 壁 詩 （睹物）	對 象 （思人）	上 游 作 品 （原作）	下 游 作 品 （續作）	旁 證
青龍寺題詩	親　人	舅氏庶子詩（詩佚）	權德輿，早夏青龍寺致齊憑眺感物因書十四韻：「遺韻留壁間，淒然感東武。」（卷三二五）*	權詩下註：「寺壁有舅氏庶子詩。」
光福寺題詩	嚴武、郄昂	嚴、郄詩不存	羊士諤，題郡南山光福寺即嚴黃門所置時自給事中京兆尹出守年三十性樂山水故老云每旬數至後分困川州門有去思碑即郄拾遺之詞也（卷三三二）	羊士諤，乾元初嚴黃門自京兆尹貶牧巴郡……乃賦詩十四韻刻於石壁，一詩中「桃李思華簪」下註：「時郄詹事昂自拾遺貶清化尉，黃門年三十餘，且爲府主，與郄意氣友善，賦詩高會，文字猶存。」
秭歸鎮壁題詩	李　觀	李三十觀秭歸鎮壁題詩（詩佚）	歐陽詹，睹亡友題詩處，中句：「舊友親題壁上詩，傷者緣跡不緣詞。」（卷三四九）*	亡友即李觀。
伏毒寺題詩	盧徵（華州舅氏）	伏毒寺題詩（詩佚）	劉禹錫，貞元中侍郎舅氏牧華州時余再忝科第前後由華覲謁陪登伏毒寺屨焉亦曾賦詩題於梁棟今典馮翊暇日登樓南望三峰浩然生思追想昔年之事因成篇題舊寺（卷三五八）	
敷水驛題詩	盧　徵	敷水驛題詩（詩佚）	劉禹錫，途次敷水驛伏睹華州舅氏昔日行縣題詩處潸然有感，中句：「……繁華日已謝，章句此空留。」（卷三五八）*	
華州城樓題詩	李絳、崔群、令狐楚	李、崔、令狐三相國華州唱和詩作不存	劉禹錫，途次華州陪錢大夫登城北樓春望因睹李崔令狐三相國唱和之什翰林舅侶繼踵華城山水清高鷩鳳翔集皆忝宿眷遂題此詩，中句：「……壁中今日題詩處，天上同時草詔人。」（卷三五九）	
西明寺牡丹題詩	元　稹	元稹，西明寺牡丹（卷四一一）	白居易，西明寺牡丹花時憶元九，中：「前年題名處，今日看花來。」（卷四三二） 白居易，重題西明寺牡丹（卷四三七）	

題壁詩（睹物）	對象（思人）	上游作品（原作）	下游作品（續作）	旁　證
藍橋驛元九題詩	元　稹	元稹，留呈夢得子厚致用，一作題藍橋驛，（卷四一四）中有「千層玉帳鋪松蓋，五出銀區印虎蹄」句證明其「江陵歸時逢春雪」。	白居易，藍橋驛見元九詩：「藍橋春雪君歸日，秦嶺秋風我去時。每到驛亭先下馬，循牆繞柱覓君詩。」（卷四三八）	
褒城驛題詩	戴叔倫	褒城驛題詩（佚）	元稹，褒城驛，中句：「……已種千竿竹，又栽千樹梨。……悵望東川去，等閒題作詩。」（卷四〇九）元稹，褒城驛二首，其一：「容州詩句在褒城，幾度經過眼暫明，今日重看滿衫淚，可憐名字已前生。」其二：「憶昔萬株梨映竹，偶逢黃令醉殘春，梨枯竹盡黃令死，今日再來衰病身。」（卷四〇三）薛能，褒城驛有故元相公舊題詩因仰歎而作，中有句：「鄂相頃題應好池，題出萬竹與千梨。……聞吟四壁堪搔首，頻見青蘋白鷺鷥。」（卷五六〇）薛能，題褒城驛池（卷五六〇）	戴叔倫，於貞元四年授容州刺史，容管經略史，兼御史中丞，故後人稱爲戴容州，有詩〈容州回逢陸三別〉（卷二七四）中有「此地故人別，空餘淚滿衣。」
碧澗寺題詩	僧如展	元稹，八月六日與僧如展前松滋主簿韋載同游碧澗寺得扉字韻寺臨有碧澗穿注雨廊又有龍女洞能興雲雨詩中噴字以平聲韻，末聯云：「他生莫忘靈山別，滿壁人名後會稀。」（卷四一三）	元稹，僧如展及韋載同遊碧澗寺各賦詩予落句云他生莫忘靈山座滿壁人名後會稀展共吟他生之句因話釋氏緣會所以莫不悽然久之不十日而展公長逝驚悼返覆則他生豈有兆耶其間展公仍賦黃字五十韻飛札相示予方屬和未畢自此不復撰成徒以四韻爲識，中有：「重吟前日他生句，豈料踰旬便隔生」句（卷四〇三）元稹，公安縣遠安寺水亭見展公題壁漂然淚流因書四韻，首二聯云：「碧澗去年會，與師三兩人，今來見題壁，師已是前身。」（卷四〇三）劉禹錫，碧澗寺見元九侍御和展上人詩有三生之句因以和，中句：「廊下題詩滿壁塵。」（卷三六五）	

題壁詩 （睹物）	對　象 （思人）	上游作品 （原作）	下游作品 （續作）	旁　　證
棣華驛題詩	楊虞卿	楊八，題夢兄弟詩（詩佚）	白居易，棣華驛見楊八題夢兄弟詩（卷四四一），末句言「自題詩後屬楊家」。白居易，赴杭州重宿棣華驛見楊八舊詩感題一絕，中句「往恨今愁應不殊，題詩梁下又踟躕。」（卷四四三）	
蘇州郡西樓題詩	白居易	白居易，題西亭，云：「朝亦視簿書，暮亦視簿書。」	劉禹錫到郡未浹日登西樓見樂天題詩因即事以寄（卷三五八），中句：「雲水正一望，簿書來繞身。」*	
通州題柱詩	白居易	詩即白居易「通州阿軟詩」，中落句爲「淥水紅蓮一朵開，千花百草無顏色」（卷四三八）	元稹見樂天詩「通州到日日平西，……見君詩在柱心題。」（卷四一五）*	參見白居易詩題如下：微之到通州日授館未安見塵壁僕舊詩其落句云淥水紅蓮一朵開千花百草無顏色然不之題者何人也微之吟嘆不足因綴一章兼錄僕詩本同寄……。（卷四三八）
稠桑驛題詩	不能忘情於白馬	白居易，有小白馬乘馱多時奉使東行至稠桑驛溘然而斃足可驚傷不能忘情題二十韻（卷四四八）	白居易，往年稠桑曾喪白馬題詩廳壁今來尚存又復感懷更題絕句，中有「壁上題詩塵蘚生」之句。（卷四五五）	
列子廟題壁	王　起	題名於列子廟壁	李德裕，重過列子廟追感頃年自淮服與居守王僕射同題名於廟壁僕射已爲御史余尚布衣自後俱列紫垣繼遊內署兩爲夏官之代復聯左揆之榮荷寵多同感涕何極因書四韻奉寄，中有「重看題壁處，豈羨棄儒生」（卷四七五）	
張學士廳壁題詩	張學士	李德裕，雨中自秘書省訪王三侍御知早入朝便入集賢侍御任集賢校書及升柏台又與秘閣相對同院張學士亦余特厚故以詩贈之（卷四七五） 王起，和李校書雨中自秘省見訪知早入朝便入集賢不遇詩，并序。（卷四六四）	李德裕，僕射相公偶話於故集賢張學士廳寫得德裕與僕射舊唱和詩其時和者五人惟僕射與德裕皆列高位淒然懷舊輒獻此詩，中句：「賦感鄰人笛，詩留夫子牆。」（卷四七五）	

題壁詩 （睹物）	對　象 （思人）	上游作品 （原作）	下游作品 （續作）	旁　證
長江主簿廳題詩	賈島	賈島，題長江，一本有廳字（卷五七二）	崔塗，過長江賈島主簿舊廳，中有「到廳空見舊題名」句（卷六七九） 薛能，嘉陵驛見賈島舊題，云「嘉陵四十字，一一是天資」（卷五六〇）＊	
栗亭題詩	杜甫	杜工部，題栗亭十韻不復見（見趙詩下註）	趙鴻，栗亭，註云「刻石同谷」，其詩云「杜甫栗亭詩，詩人多在口，悠悠二甲子，題紀今何有。」（卷六〇七）	
僧室手書	蕭彧	蕭彧手書	徐鉉，文彧少卿文山郎中交好深至二紀已餘睽別數年二子長逝奉使嶺表途次南康弔孫氏之孤於其家睹文彧手書於僧室慷慨悲歡留題此詩（卷七五五）	
宣城北樓題詩	范傳正	鮑溶，人日陪宣州范中丞傳正與范侍御宴（卷四八五）	鮑溶，宣城北樓昔從順陽公會於此（卷四八五）：「憑師看粉壁，名姓在其間。」＊	順陽公即范傳正。
東林寺詩板	靈澈	靈澈，東林寺酬韋丹刺史（卷八一〇）宿東林寺（卷八一〇）＊	白居易，讀僧靈澈詩：「東林寺裡西廊下，石片鐫題數首詩，言句怪來還校別，看名知是老湯師」（卷四三九）＊ 張祜，題靈澈上人舊房，中句「寂寞空門支道林，滿堂詩板舊知音。」（卷五一一）	
李少府廳遺字	李元賓	李元賓題少府廳云：富從叔宅有感，有其義而無其辭。（見孟郊詩下註）	孟郊，李少府廳弔李元賓字（卷三八一）中：「零落三四字，忽成千萬年，那知冥寞客，不有補亡篇，斜月弔空壁，旅人難獨眠。」	《新唐書》卷二〇三：李觀字元賓⋯⋯卒年二十九。⋯⋯從叔李華與蕭穎士齊名，有〈弔古戰場文〉。
玉泉寺詩板	張九齡 孟浩然	張九齡，祠紫蓋山經玉泉寺（卷四九）孟浩然，陪張丞相祠紫蓋山途經玉泉寺（卷一六〇）	齊己，題玉泉寺（卷八四六）中首聯云「高韻雙懸張曲江，聯題兼是孟襄陽」，末聯云「時移兩板成塵跡，猶挂吾師舊影堂。」＊	
洪澤館壁詩	故禮部尚書	題詩佚	皇甫冉，洪澤館壁見故禮部尚書題詩（卷二五〇）中句：「底事洪澤壁，空留黃絹詞。」＊	

題壁詩 （睹物）	對象 （思人）	上游作品 （原作）	下游作品 （續作）	旁證
壽陽驛壁	吳丹	吳郎中詩佚	韓愈，夕次壽陽驛題吳郎中詩後（卷三四四）	
賀知章草書題詩	賀知章	賀監草書題詩（詩佚）	劉禹錫，洛中寺北樓見賀監草書題詩（卷三五九）中：「高樓賀監昔曾登，壁上筆蹤龍虎騰。」*	
賀草題詩	賀知章	賀監知章草題詩（詩佚）	溫庭筠，祕書省有賀監知章草題詩筆力遒健風尚高遠拂塵尋玩因有此作（卷五七八）中句：「落筆龍蛇滿壞牆」。*	
東林寺題詩	貫休	東林題詩不詳	黃滔，東林寺貫休上人篆隸題詩（卷七○六）：「墨跡兩般詩一首，香爐峰下似相逢。」*	
大林寺題詩	蕭存、魏弘簡，李渤三人	蕭郎中存、魏郎中弘簡、李補闕渤詩句不存	白居易大林寺桃花（卷四四○）：「人間四月芳菲盡，山寺桃花始盛開。齊己，登大林寺觀白太傅題版（卷八三九）句：「清時誰夢到，白傅獨尋來」。	白居易，遊大林寺序，謂白等十七人，自遺愛草堂歷東西二林宿大林寺……周覽屋壁，見蕭存、魏弘簡，李渤三人姓名詩句，其時孟夏月，黎桃始華，澗事猶短……若別造一世界者元和十二年四月九日所記。
道林岳麓寺宋杜詩版	宋之問杜甫	宋之問，自衡陽至韶州謁能禪師（卷五一） 杜甫，岳麓山道林二寺行（卷二二三）中句：「宋公放逐曾題壁，物色分留與老夫。」	齊己，遊道林寺四絕亭觀宋杜詩版（卷八四○） 齊己，懷道林寺道友（卷八四六）中句：「閒思宋杜題詩板。」	
虎丘寺刻石壁詩	清遠道士	清遠道士，同沈恭子遊虎丘寺有作（卷八六二）	顏眞卿，刻清遠道士詩因而繼作（卷一五二） 李德裕，追和太師顏公同清遠道士遊虎丘寺（卷四七五） 皮日休，追和虎丘寺清遠道士詩（卷六一八）* 陸龜蒙，次追和清遠道士詩韻（卷六一七）* 陸龜蒙，補沈恭子詩（卷六一七）	皮日休詩下序文（卷六一八）：「虎丘山有清遠道士詩一首……顏太師魯公愛之不暇，遂刻於巖際，并有繼作，李太尉……又次而和之。……予嗜古者，觀而樂之，因繼為和答。

在這些題壁詩作中，我們可以看到詩人們睹物思人，每每興起「人事有代謝，往來成古今」的惆悵，如果是生離久別，乍見故人題名，更免不了「秋心蕭索」〔註13〕、「淚落難收」〔註14〕。倘若不幸竟是陰陽永隔，自然是驚悼返覆〔註15〕，涕泗橫集〔註16〕。深深感覺著「新知雖滿堂，故情誰能覯」〔註17〕？由之，他們是更敏感地覺察出緣會無由，如今「名已前生」，空留「今生遺恨」，惟期「他生莫忘」。故在情感上，是極端不情願而又無奈的。但在意志上詩人還是不輕易認輸，儘管睹物思人引起如許的傷痛，但是他們仍然執意留下痕跡。所以李紳〈重到惠山〉（卷四八二）是「還向窗間名姓下，數行添記別離愁。」元稹則為「憶君無計寫君詩」，而且還「題在閬州東寺壁」〔註18〕。白居易乾脆直接明言「他日君過此，殷勤吟此篇」〔註19〕，而有遊人過客或見短篇題字，有惻惻動情者，亦請繼和。〔註20〕是而，儘管是「草聖數行留壞壁」〔註21〕，抑或是「詩板重尋墨尚新」〔註22〕，憑臨有物總勝過空無物痕。縱使是「仁壽元和二百年，濛籠水墨淡如煙」〔註23〕般地「時與文字古，跡隨山水幽」〔註24〕，詩人卻執著於選擇擁有「今日見名如見面」〔註25〕、「傷看緣跡不緣詞」〔註26〕的傷情。那麼，

〔註13〕白居易〈吉祥寺見錢侍郎題名〉（卷四四三）。
〔註14〕韓愈〈贈張十八助教〉（卷三四三）。
〔註15〕元稹〈僧如展及韋載同遊碧澗寺各賦詩〉（卷四〇三）一詩詩題中言展公長逝，驚悼返覆，則他生豈有兆耶。
〔註16〕韋應物〈東林精舍見故殿中鄭侍御題詩〉（卷一九一）一詩詩題言其追舊書情，涕泗橫集。
〔註17〕同前註。
〔註18〕元稹〈閬州開元寺壁題樂天詩〉（卷四一五）。
〔註19〕白居易〈重過壽泉憶與楊九別時因題店壁〉（卷四三四）。
〔註20〕白居易〈商山路有感〉序中言「後來有與予、杓直、虞平遊者，見此短什，能無惻惻乎？儻未忘情，請爲繼和。」
〔註21〕劉禹錫〈傷愚溪三首〉其二。
〔註22〕高璩〈句〉（卷五九七）。
〔註23〕竇鞏〈陝府賓堂覽房杜二公仁壽年中題紀手跡〉（卷二七一）。
〔註24〕崔曙〈登水門樓見亡友張貞期題望黃河詩因以感興〉（卷一五五）。
〔註25〕白居易〈感化寺見元九劉三十二題名處〉（卷四三七）。

白居易「每到驛亭先下馬，循牆繞柱覓君詩」〔註27〕，徐鉉「張叟僧房見手書」、「塵心唯此未能除」〔註28〕，柳宗元「壁中忽見三行字，拭淚相看是故人」〔註29〕，黃滔「墨跡兩般詩一首，香爐峰下似相逢」〔註30〕，元稹「七過褒城驛，回回各為情」、「尋覓詩章在，思量歲月驚」（《遣行十首》卷四一○），正見浮世眞情，深刻動人。

（二）懷古之思

詩思無邪，詩情浪漫，復以漢民族的通性「尚古念舊」；所以詩人追尋一個逝去的時代，嚮往古聖前賢、先烈昔雄，無不心有戚戚。這種懷古的心理是奠基在人類恆在追求一個顛撲不破的價值肯定，一種至善至美的情操永存。如太史公對孔子的形容：「高山仰止，景行行止，雖不能至，心實嚮往之。」這份懷古的幽情常以對照的方式映襯今昔，宛若跋涉過時光的山水，在另一個前世，將自我安置，表現出今古同調的寄託。檢視在《全唐詩》中，以「懷古之思」為主題的題壁詩有十九首，如下表所列：

題壁的懷古詩作

元 稹：題陽城驛（卷三九七）	溫庭筠：題望苑驛（卷五七八）
徐 凝：題緝雲山鼎池二首（卷四七四）	狄歸昌：題馬嵬驛（卷六八八）
杜 牧：商山富水驛（卷五二二）	王仁裕：題孤雲絕頂準陰祠（卷七三六）
許 渾：題衞將軍廟（卷五三四）	洪州將軍：題屈原祠（卷七八四）
薛 逢：題白馬驛（卷五四八）	無名氏：永州舜廟詩（卷七八六）
鄭 畋：馬嵬坡（卷五五七）	魏 徵：砥柱山（《全唐詩續補遺》卷一）
李 玖：白衣叟述甘棠館西楹詩（卷五六二）	柳公權：砥柱（《全唐詩續補遺》卷八）

〔註26〕歐陽詹〈睹亡友題詩處〉（卷三四九）。
〔註27〕白居易〈藍橋驛見元九詩〉（卷四三八）。
〔註28〕見徐鉉〈文彧少卿文山郎中交好深至二紀已餘……〉（卷七五五）一詩。
〔註29〕柳宗元〈段九秀才處見亡友呂衡州書跡〉（卷三五二）。
〔註30〕黃滔〈東林寺貫休上人篆隸題詩〉（卷七○六）。

王　勃：題九江英烈廟（《全唐詩續補遺》卷一）	賈　島：紀湯泉（《全唐詩補逸》卷之六）
李欽止：漢武帝祈仙台（《全唐詩續補遺》卷十九）	羅　隱：甘露寺題恨石懷古詩（《分類古今詩話》頁 113）

在這些作品中，我們發現詩人每借憑臨故地，弔懷前賢，想見風範，進而抒陳一己的懷抱。比如徐凝〈題縉雲山鼎池兩首〉（卷四七四）云：「黃帝旌旗去不回，空餘片石碧崔嵬，有時風卷鼎湖浪，散作晴天雨點來。」另如：「天地茫茫成古今，仙都凡有幾人尋，到來唯見山高下，只是不知湖淺深。」《唐詩紀事》卷十七引潘若沖《郡閣雅談》云：「此縉雲山乃黃帝上山之所，鼎湖蓋黃帝鑄鼎處也，有池在山頂。自此詩一出，自後無敢題者。」又如面臨禹跡砥柱，魏徵（《全唐詩續補遺》卷一）及柳公權（《全唐詩續補遺》卷八）都有吟詠。柳詩云：「禹鑿鋒鈒後，巍峨直至今。……舊碑文字在，遺事可追尋。」另洪州將軍〈題屈原祠〉（卷七八四）歎詠「大夫元是獨醒人」﹝註 31﹞。再看薛逢的〈題白馬驛〉（卷五四八）在「強指豐碑哭武侯」之際，領悟了「滿壁存亡俱是夢」。他如甘露寺有恨石一方，相傳孫權常據其上與劉備論曹操，其寺壁間有羅隱的詩板上題「英雄已往實難問」，「恨石空存事莫尋」。﹝註 32﹞以上諸例皆是在抒發對往古文化或聖賢「式微」的幽情。這種在遠古的靈魂中尋找「自我高潔」理想之依歸的主題，魏晉六朝的詩歌已有，唐代詩人不過標立新形象而已。舉如唐詩人對於諸葛武侯以及屈原的相惜之情正如魏晉詩人對於周公、孔子的想望追隨，其嚮往與執著是不變的。

而通過歷史的長廊，詩人在懷古詩中再一次的溫習史跡，並感悟人生無常，榮華如夢，於是空留歎息。舉如影響唐朝最巨大的一場戰爭——安史之亂，就讓詩人的感受深刻。是以驪山馬嵬坡的憑弔題詠

﹝註31﹞ 《詩話總龜》前集卷十六載：「屈子沉沙之處，……上有祠，唐末有洪州衙前軍將，忘其姓名，題一絕。自後能詩者，不能措手。」
﹝註32﹞ 見《分類古今詩話》，頁 113。

極多，舉如賈島在〈紀湯泉〉裡的歌詠：「驪山豈不好，玉環污流脂，至今華清樹，空遺後人悲。……古寺僧寂寞，但餘壁上詩，不見題詩人，令我長歎咨。」另鄭畋的〈馬嵬坡〉（卷五五七）一詩：「玄宗回馬楊妃死，雲雨雖亡日月新，終是聖明天子事，景陽宮井又何人？」詩人懷古傷今，盛世不再，筆下的題作多見悽感之音。〔註33〕

此外，許渾的〈題衛將軍廟〉（卷五三四）中的衛逖幫助太宗平定天下，可惜國史未錄其人，今懷弔忠魂，因題詩廟壁，紀功緬頌，得以留名。〔註34〕另有「驛名不合輕移改，留警朝天者惕然」〔註35〕的商山陽城驛，因與陽公道州同名，基於避賢諱，先有元稹作〈陽城驛〉（卷三九七）一詩八百言，改名為避賢驛，署題於門楣，詩述平生行蹟，正如陽公傳記〔註36〕；後杜牧復改名為商山富水驛〔註37〕，並為詩得使「後代聲華白日懸」。以上這些題壁詩作是透過了思賢懷古的途徑，除了重現前人的事蹟，供人憑弔緬懷；更可一補國史之闕，以免其人其事湮滅無存。

（三）悼哀之痛

自古皆有死，莫不飲恨而吞聲。方當目睹蔓草縈骨，拱木斂魂，究有幾人能堪？是人生到此，天道寧論；而逝者已矣，遺恨生人，於

〔註33〕　《唐詩紀事》卷五六「鄭畋」條言：馬嵬太眞縊所，題詩者多悽感。鄭畋所作詩，觀者以為有宰輔之器。除了賈島的〈紀湯泉〉（《全唐詩補逸》卷之六），狄歸昌〈題馬嵬驛〉（卷六八八），溫庭筠〈題望苑驛〉（卷五七八）等詩皆詠明皇楊妃事。

〔註34〕　許渾〈題衛將軍廟〉（卷五三四）序中略謂「將軍名逖，陽羨人，少習詩書，學弓劍，有武略。洎擒竇建德，太宗顧而奇之。天下既定，錄其功。拜將軍宿衛，以母老且病，乞歸侍殘年。……既而以孝敬睦閨門，以然信居鄉里。……惜乎國史闕書其人，因題是詩於廟壁。」

〔註35〕　杜牧〈商山富水驛〉（卷五二三）。

〔註36〕　白居易〈和陽城驛〉（卷四二五）中言：「商山陽城驛，中有歎者誰，云是元監察。……因題八百言，言眞文甚奇。……若作陽公傳，欲令後世知。……」

〔註37〕　同註35。

是追思痛傷，悼亡哀感之作，自然觸處血淚，令人心驚不已！〔註38〕

　　檢諸《全唐詩》，痛陳死別之恨的題壁詩作一共四十一首，如下表所列：其中作品多分見題留於廳院山崖驛樓影堂之壁。

「悼哀之痛」的題壁詩作

權德輿：從事淮南府過亡友楊校書舊廳感念愀然（遂書十韻）（卷三二六）	和虎不暴物姦吏屏竄三載復遭邪佞所惡接賓客分司東都或舉其目或寄於風亦蘭繼詩人之末云（卷四八○）
韓　愈：去歲自刑部侍郎以罪貶潮州刺史乘驛赴任其後家亦譴逐小女道死殯之層峰驛旁山下蒙恩還朝過其墓留題驛梁（卷三四四）	姚　合：吟詩島（卷四九九） 朱慶餘：哭胡遇（卷五一四） 鄭　顥：續夢中十韻（卷五六三） 皮日休：傷開元觀顧道士（卷六一四）
張　籍：哭山中友人（卷三八四）	陸龜蒙：和過張祜處士丹陽故居并序（卷六二六）
白居易：有小白馬乘馭多時奉使東行至稠桑驛溘然而斃足可驚傷不能忘情題二十韻（卷四四八）	顏　萱：過張祜處士丹陽故居有序（卷六三一）
白居易：與夢得偶同到效詩宅感而題壁（卷四五六）	若耶溪女子：題三鄉詩（卷八○一） 誰氏女：題沙鹿門（卷八○一） 陸貞洞：和三鄉詩（卷七二六）
熊孺登：題逍遙樓傷故韋大夫（卷四七六）	劉　谷：和三鄉詩（卷七二六） 王　祝：和三鄉詩（卷七二六）
李　紳：轉壽春守太和庚戌歲二月祇命壽陽時替裴五塘終歿因視壁題自塘而上或除名在邊坐殿歿凡七子無一存焉壽人多寇盜好訴訐時謂之凶郡獷俗特著蒙此處之顧余衰年甘躓前患俾三月而寇靜期歲而人	王　滌：和三鄉詩（卷七二六） 韋　冰：和三鄉詩（卷七二六） 李昌鄴：和三鄉詩（卷七二六） 王　碩：和三鄉詩（卷七二六） 李　縞：和三鄉詩（卷七二六） 張　綺：和三鄉詩（卷七二六） 高　衢：和三鄉詩（卷七二六）

〔註38〕李善：《昭明文選》卷十六，江文通〈恨賦〉。

賈　馳：復睹三鄉題處留贈（卷七二六）	虎丘山石壁鬼：詩二首（卷八六五）
寒　山：「一向寒山坐」，「何似長惆悵」二首（卷八〇六）	范傳正：題皎然影堂（《全唐詩續補遺》卷七）
義　淨：道希法師求法西域終於菴摩羅跋國後因巡禮希公住房傷其不幸聊題一絕（卷八〇八）	李　驊：讀惠山寺若冰師集因題故院五首（《全唐詩續補遺》卷十三）
貫　休：聞赤松舒道士下世（卷八三〇）	蒲禹卿：題驛門（《全唐詩續補遺》卷十七）
齊　己：荊門寄題禪月大師影堂（卷八四五）	呂　巖：題家上亭（《全唐詩補逸》卷之十八）

　　若依悼哀之對象作分：有悲國主受誅或仙逝者；如蒲禹卿〈題驛門〉（《全唐詩續補遺》卷十七）：「我王銜璧遠稱臣，何事全家并殺身。……獨向長安儘惆悵，力微何路報君親」。鄭顥亦曾夢中得「石門霧露白，玉殿莓苔青」之不祥語，書之於楹，後乃有〈續夢中十韻〉（卷五六三）以悼念宣宗。另有喪夫之痛者；如若耶溪女子〈題三鄉詩〉（卷八〇一）中：「昔逐良人西入關，良人身歿妾空還。」是佳人有恨，書題三鄉。亦有哭失愛女者；如罪貶潮州的韓愈在赴任途中，女兒道死，當時只得「草殯荒山白骨寒」，待得重蒙恩赦，復過其墓，這時爲人之父者百感交集：「致汝無辜由我罪，百年慚痛淚闌干」〔註39〕，眞是千古恨事一椿。還有弔傷故友者：如顏萱〈過張處士丹陽故居〉（卷六三一）中言：「憶昔爲兒逐我兄，曾拋竹馬拜先生，書齋已換當時主，詩壁空題故友名。」此故友除指張祐，更提及皮日休，陸龜蒙二人之相屬和詩，除嗟歎天不愛才，沒後猶以貧窮相譴其身後，所謂「魂應絕地爲才鬼」「五湖風月合教貧」（陸詩，卷六二六）復以己況清困亦如張祐，是借他人酒杯澆一己胸中

〔註39〕　韓愈〈去歲自刑部侍郎以罪貶潮州刺史乘驛任其後家亦譴逐小女道死殯之層峰驛旁山下蒙恩還朝過其墓留題驛梁〉（卷三四四）。

塊壘，故出警語：「唯我共君堪便戒，莫將文譽作生涯。」（皮詩，卷六一四）。又如權德輿〈從事淮南府過亡友楊校書舊廳感念愀然遂書十韻〉（卷三二六），另苦吟詩人賈島客死長江謫途中，姚合、張喬、歸仁等人都有弔傷賈島吟詩台之作〔註40〕，他如白居易傷感崔群等故友零落〔註41〕、朱慶餘題詩奠祭胡遇〔註42〕、貫休以篆文題詩悼輓赤松舒道士〔註43〕、張籍〈哭山中友人〉（卷三八四）等等皆是。尚有傷弔師父的題詩；比如范傳正〈題皎然影堂〉：「余亦當時及門者，共吟佳句一焚香。」〔註44〕又如李騭於大和年間曾肄業於惠山寺，著歌詩，數百篇，悉記之屋壁，其中〈讀惠山若冰師詩集因題古院〉五首〔註45〕，撫今追昔，俱是悼亡文字。如：「陰陰垂露跡，苔壁幾年書。種樹青松老，傳衣白髮居。字工窮八體，詩律繼三閭。豈是多年學，眞空任性餘。」如：「常聞鑿洞碑，此立爲冰師。意刻山泉解，功深造化疑。碧雲終一謝，飛錫久無期，惆悵人間世，空傳樂府詞。」以及「五天何處望，心念起皆知，化塔留今日，泉鳴自昔時，古苔生石靜，秋草滿山悲，莫道聲容遠，長歌白雪詞。」等詩旨高懷情深，清感異常。此外，《唐詩紀事》卷三十四中記載李道昌於虎丘山石壁見鬼題詩二首，甚異其事，於是奏聞，准敕令致祭：「……痛復痛兮何處賓，悲復悲兮萬古墳……」其後數日，復見〈祭後石上詩〉，陸龜蒙詩詠其事：「靈氣猶不死，尚能成綺文」，皮日休也有和應：「空令傷魂鳥，啼破山邊墳」，實屬奇聞。

　　以上種種皆題壁悼哀之作，其傷人自傷，詩人終難免於憤離之

〔註40〕　姚合〈吟詩島〉（卷四九九），張喬〈題賈島吟詩台〉（卷六三九），歸仁〈題賈島吟詩台〉（卷八二五）。

〔註41〕　白居易〈與夢得偶同到敦詩宅感而題壁〉（卷四五六）。

〔註42〕　朱慶餘〈哭胡遇〉（卷五一四）。

〔註43〕　貫休〈聞赤松舒道士下世〉（卷八三○）。

〔註44〕　范傳正〈題皎然影堂〉（《全唐詩續補遺》卷七）。

〔註45〕　《全唐詩》卷六○七收李騭〈讀惠山若冰師集因題故院三首〉，另據《全唐詩續補遺》卷十三補兩首，一共五首。

旨，騷憂之情。此外，痛傷寵物而題詩廳壁的，如白居易因座下白馬
溘然而斃題在稠桑驛壁的不能忘情詩（卷四四八），足見詩人情思纏
綿，感觸細敏。

　　在這些詩作中，特別值得一提的是「題三鄉詩」這組題詩，由於
傷情入詩，遺恨在壁，於是路人惆悵，才子牽情；陸續題和者甚多。
今就其題壁和詩的數目言：得陸貞洞等題和三鄉詩十一人〔註46〕。就
其詠題的內容言：在痛良人埋骨黃泉，是杞婦哭夫。詩作既經公開題
寫，於是在社會上自然引發迴響：所謂「壁古字未滅，聲長響不絕」
〔註47〕甚有題詩稍離悲情而涉於對若耶女子的愛慕（如張綺詩）。由
此可以看出題壁詩所發揮之「大眾傳播」的兩項基本效益：既收傳發
速度快，幅員廣之功，為有效率的一種傳播活動。又為刺激（包括續
發創作刺激以及中止創作刺激）→影響（包括形成正面及負面的價值
判斷標準）交替作用，是呈雙向循環的一種傳播活動。

（四）傷時之悲

　　「日月忽其不淹兮，春與秋其代序。」這種傷時自失的焦慮自
古以來即是詩人常有的心態。子曰：「逝者如斯夫，不舍晝夜。」
面對時間的流轉，往事如煙，前塵若夢，多少文士詞臣始終無法坦
然，而屢屢發出唏噓感喟。於是隨著壁間文字的凋剝蒙塵，往往出
現美人遲暮，老驥伏櫪的心聲流露。從陳子昂〈古意題徐令壁〉的
「白雲蒼梧來、氛氳萬里色」（卷八四）。竇鞏的〈陝府賓堂覽房杜
二公仁壽年中題紀手跡〉：「仁壽元和兩百年，濛籠水墨淡如煙。」
（卷二七一）白居易〈題流溝寺古松〉（卷四三六）：「欲知松老看塵
壁，死卻題詩幾許人？」吳融〈叢祠〉裡：「雨散雲風二十年」、「拂
塵看字也淒然。」（卷六八六）而徐寅在〈題南寺〉裡目睹「舊僧歸
塔盡」、「壁蘚昏題記」（卷七〇八），無名氏的〈聖壽寺〉則記載著：

〔註46〕題三鄉詩作者有陸貞洞、劉谷、王祝、王滌、韋冰、李昌鄴、王碩、
　　　　李縞、張綺、高衢、賈馳等十一人，詩皆見卷七二六。
〔註47〕賈馳〈復睹三鄉題處留贈〉首聯：「壁古字未滅，聲長響不絕。」

「石罅題詩紀別年，風煙南北各淒然。」（《全唐詩續補遺》卷二十一）還有「題詩客」章孝標在〈題杭州樟亭驛〉裡傷感「世事日隨流水去，紅花還似白頭人」（卷五〇六），這些都是沿題壁風景所繪成的一幅幅「傷時圖」。他們感歎著：歲月人間促，百年如夢竟何成？眼前所見是山水不移人自老，故而「郵亭寄人世，人世寄郵亭」的悽愴頓萌胸中。至此，文士們紛紛將時間與內心經歷聯繫在一起來加以表現。質言之，即詩人們也逐漸在時間的輪轉和事物的往復中從事了自我建設，他們已了解自然的變化是事物規律性的消長現象，乃嘗試由中跳脫，因此。我們在覽讀司空曙的〈殘鶯百囀歌〉（卷二九三）中「歌殘鶯，歌殘鶯，悠然萬感生，謝朓羈懷方一聽，何郎閑吟本多情」的感慨，自然生發與作者相同的歎息：「此時斷絕為君惜，明日玄蟬催髮白！」而白居易的題詩，也讓人體物詩人有感於玉泉寺澗下花叢似火，可惜卻「今日多情惟我到，每年無故為誰開」〔註48〕的那種由「傷時」到「惜時」的焦慮之情。於是愴然題詩以示遊者，這個舉動無疑地說明了詩人正有意地通過題壁這個傳播管道宣洩自己、影響群眾。

此外，傷時的題壁詩篇由於傷時亂的作品底加入，更擴大了詩人創作的廣度與深度。詩人注意到戰爭所帶來的苦痛遠甚於自然的老化。尤其殘忍地是亂世之中，時光的腳步依然前行，未曾給與蒼生百庶片刻喘息，貴如帝王者如文宗皇帝因迫於仇士良專恣，面對上林花發、春時又至，未嘗為樂。乃有〈宮中題〉（卷四）：「憑高何限意，無復侍臣知」的自傷。而浪跡山野的鍾離權的一首〈題長安酒肆壁〉：「莫厭追歡笑語頻，尋思離亂好傷神，閑來屈指從頭數，得見清平有幾人？」治世傷時已令人惆悵難銷，若復增念征車塵土，那真是悲風迴繞，痛入魂髓了。

〔註48〕 白居易〈玉泉寺南三里澗下多深紅躑躅繁艷殊常感惜題詩以示遊者〉（卷四五四）。

「傷時之悲」的題壁詩

文宗皇帝：宮中題（卷四）	吳　融：叢祠（卷六八六）
陳子昂：古意題徐令壁（卷八四）	徐　夤：題南寺（卷七〇八）
杜　甫：題忠州龍興寺所居院壁（卷二二九）	徐　夤：東歸題屋壁（卷七〇九）
竇　鞏：陝府賓堂覽房杜二公仁壽年中題紀手跡（卷二七一）	何昌齡：題楊克儉池題（卷七五七）
司空曙：殘鶯百囀歌（卷二九三）	寒　山：憶昔遇逢處，昔日經行處，歲去換愁年，山中何太冷，我聞天台山，自從到此天台境（六首）（卷八〇六）
白居易：玉泉寺南三里澗下多深紅躑躅繁艷殊常感惜題詩以示遊者（卷四五四）	
白居易：題流溝寺古松（卷四三六）	鍾離權：題長安酒肆壁三絕句（卷八六〇）
姚　合：寄題縱上人院（卷四九九）	徐　凝：遊安禪寺（《全唐詩續補遺》卷八）
章孝標：題杭州樟亭驛（卷五〇六）	
雍　陶：蜀中戰後感事（卷五一八）	無名氏：聖壽寺三首（《全唐詩續補遺》卷二十一）

（五）恨離之情

　　江文通〈別賦〉有言：「黯然銷魂者，惟別而已矣！」別離雖為一緒，而事本興端萬族。《全唐詩》中摹暫離之狀，寫思歸之情的題壁詩篇共計四十七首，都在寫使人意奪神駭的恨離之情。如下表所列：

「恨離之情」的題壁詩作表

李　煜：送鄧王二十弟從益牧宣城（卷八）	孟　郊：送淡公（「鄉在越創中」一首）（卷三七九）
蘇　頲：將赴益州題小園壁（卷七四）	張　籍：送遠曲（卷三八二）
王　灣：次北固山下（卷一一五）	張　籍：送元八（卷三八六）
岑　參：臨河客舍呈狄明府兄留題縣南樓（卷一九九）	白居易：十年三月三十日別微之於澧上十四年三月十一日夜遇微之峽中停舟夷陵三宿而別言不於盡者以詩終之因賦七言十七韻以贈且欲記所遇之地與相見之時
杜　甫：題郲縣郭三十二明府茅居壁（卷二三四）	
竇　群：北地（一作容州）（卷二七一）	

爲他年會話張本也（卷四四〇）	韋　莊：東陽贈別（卷六九八）
白居易：留題天竺靈隱兩寺（卷四四六）	黃　損：書壁（卷七三四）
姚　合：送陟遐上人遊天台（卷四九六）	韓熙載：感懷詩二章（奉使中原署館壁）（卷七三八）
姚　合：送雍陶及第歸覲（卷四九六）	
姚　合：送李傳秀才歸宣州（卷四九六）	徐　鉉：明道人歸西林求題院額作此送之（卷七五六）
姚　合：寄題尉遲少卿郊居（卷四九六）	
雍　陶：題情盡橋（卷五一八）	無名氏：題水心寺水軒（卷七八六）
杜　牧：池中送孟遲先輩（卷五二〇）	寒　山：弟兄同五郡，垂柳暗如煙，昨夜夢還家，昨日何悠悠，白鶴銜苦桃，去年春鳥鳴（六首）（卷八〇六）
許　渾：送薛秀才南遊（卷五三六）	
杜　牧：寓居開元精舍酬薛秀才見貽（卷五三三）	
盧　肇：將歸宜春留題新安館（卷五五一）	齊　己：臨行題友生壁（卷八三九）
薛　能：留題汾上舊居（卷五五九）	齊　己：寄上荊渚因夢廬岳乃圖壁賦詩（卷八三九）
賈　島：寄胡遇（卷五七三）	齊　己：寄益上人（卷八四五）
李　騭：慧山寺肄業送懷坦上人（卷六〇七）	曹　汾：去東林寺詩（《全唐詩補逸》卷之七）
李　騭：自惠山至吳下寄酬南徐從事（卷六〇七）	張　昭：夜吟寶鞏集追思夷門題處已三稔矣悽然感興書之（《全唐詩補逸》卷之十六）
方　干：書桃花塢周處士壁（卷六五〇）	
羅　鄴：秋日留題蔣亭（卷六五四）	呂　巖：題京師景德寺東廊三學院壁（《全唐詩補逸》卷十八）
吳　融：題揚子津亭（卷六八四）	

1. 摹暫離之狀

人生在世，似乎總無法擺脫別離的陰影。別離就好像是一種宿命，或遲或早，或人或己，都將親身走過。當別離必要產生，不論它是正在進行的場景，或是夢魂之中深重難忘的記憶，都伴隨著一份無法切斷的苦痛，而且正繼續延伸。這時，別離周遭的情境往往和感傷的情緒聯袂而行。落入詩語之中，便出現：「歲窮惟益老，春至卻辭家，可惜東園樹，無人也作花」[註49]，以及「誰教冷泉水，送我下

[註49] 蘇頲〈將赴益州題小園壁〉（卷七四）。

山來」〔註50〕的投射，顯然詩人主觀的感情世界受到別離的刺激乃朝向客觀的存在世界移轉過渡，於是詩中的景與情逐漸由對立而產生交融。然而，有別必怨，有怨必盈。詩人在別意迷離，離情飛揚的當口，終究情不自禁地執意要紀念留贈，這贈別的舉動包括了韋莊〈東陽贈別〉（卷六九八）中的題橋而去，蘇頲臨行題詩於小園壁（卷七四），而揚子江津亭之上更是早已遍佈了「紀行文字」〔註51〕。還有詩人題名留念：如齊己〈臨行題友生壁〉（卷八三九）說他「殷勤題壁去，秋草此相尋。」另如張籍送罷元宗簡，除了感唱往後只得「舊遊重到獨題名」（〈送元八〉卷三八六），在〈送遠曲〉（卷三八二）裡又切切叮嚀行者：「願君到處自題名，他日知君從此去。」姚合在〈送李傳秀才歸宣州〉（卷四九六）之際也要求「殷勤拂石壁，爲我一書名」，爲的或許是「幽石題名處，憑君亦記余」〔註52〕吧！有的詩人則是題詩贈別；如姚合〈送陟遐上人遊天台〉結語說「此詩成亦鄙，爲我寫巖扉」〔註53〕。又如明道人歸西林時向徐鉉求題院額，徐鉉於是「含情題小篆，將去挂巖扉」〔註54〕；而「黎陽渡頭未歸人」的岑參則將滿腹「望鄉不見」的情愁全都留題縣南樓（卷一九九）。另憲宗元和十四年（西元 819 年）白居易、元稹、白行簡三人相會於西陵峽，停舟夷陵三宿，於其間偶遇一地，勝境奇絕，以三人始遊，故名爲「三遊洞」，直至分別猶未忍於行，乃將不盡之言以詩終之，書于石壁，且以十七韻詩記留所遇之地與相見之時，好爲他年會話張本：「未死會應相見在，又知何地復何年」？〔註55〕這些都是想要把握現有的歡

〔註50〕白居易〈留題天竺靈隱兩寺〉（卷四四六）。
〔註51〕吳融〈題揚子津亭〉（卷六四）。
〔註52〕姚合〈送雍陶及第歸覲〉（卷四九六）。
〔註53〕姚合〈送陟遐上人遊天台〉（卷四九六）。
〔註54〕徐鉉〈明道人歸西林求題院額作此送之〉（卷七五六）。
〔註55〕詩見白居易〈十年三月三十日別微之於澧上十四年三月十一日夜遇微之於峽中停舟夷陵三宿而別言不盡以詩終之因賦七言十七韻以贈且欲記所遇之地與相見之時爲他年會話張本也〉（卷四一〇），遊三遊洞事見白居易〈三遊洞序〉《白香山詩集》（台北：世界書局，

娛，卻又留不住時光，因之刻意記題——或為當事人添留記憶；或欲好事者傳知。此外，最多情感人的要算是雍陶將「情盡橋」改名為「折柳橋」了，因為他覺得「從來只有情難盡，何事名為情盡橋？自此改名為折柳，任他離恨一條條」（卷五一八）。另外，曹汾在〈去東林寺詩〉（《全唐詩補逸》卷七）中也發抒著「塵網分明知束縛，更須騎馬別林泉」的無奈。後主李煜在卷八〈送鄧王二十弟從益牧宣城〉的詩題綺霞閣，更是離情依依：「且維輕軻更遲遲，別酒重傾惜解攜，浩浪侵愁光蕩漾，亂山凝恨色高低，君馳檜楫情何極，我憑闌干日向西，咫尺煙江幾多地，不須懷抱重淒淒」。詩人們在此索性放開了情感的閘欄，一任傷情的水泛溢奔流。

2. 寫思歸之情

在空間上既已分隔兩地，在時間上又覺渡日如年，遊子離臣思歸的心情積累沉澱，於是依著自然風光的襯寫，不經意地便洩露了詩人潛藏內心的秘密。我們看王灣這首〈次北固山下〉（卷一一五）：「客路青山外，行舟綠水前，湖平兩岸闊，風正一帆懸。海日生殘夜，江春入舊年。鄉書何處達，歸雁洛陽邊。」其中「海日」「江春」二句萬古相傳，張說並手題其詩於政事堂，懸之示人，奉為能文楷式。〔註56〕然此思歸既不得歸，他鄉過客的詩人將如何排遣愁緒呢？於是，有的「幾度題詩上石橋」〔註57〕；有的如許渾在送薛秀才南遊之後，發現昔日同遊之江樓上如今是殘留「遶壁舊詩塵漠漠」〔註58〕，相憶情深，乾脆將薛洪詩句「題在空齋夜夜吟」〔註59〕，以聊解相思之苦。齊己更有神來之筆，當他夢回廬岳，山色嵯峨，覺來歸心不遂，乃圖

1987 年），頁 195。
〔註56〕 鄭谷〈卷末偶題三首〉（卷六七五）第一首末言「何如海日生殘夜，一句能令萬古傳。」張說手題其詩於政事堂示人一事分見宋、尤袤《全唐詩話》卷一，以及清、沈德潛《說詩晬語》卷下均曾提及。
〔註57〕 齊己〈寄益上人〉（卷八四五）。
〔註58〕 許渾〈送薛秀才南遊〉（卷五三六）。
〔註59〕 許渾〈寓居開元精舍酬薛秀才見貽〉（卷五三三）。

壁賦詩，好作日日神遊〔註60〕。這眞是所謂「離夢躑躅而別魂飛揚」
〔註61〕。

久別之後，倘若歸來，又當如何？黃損的〈書壁〉中說：「歸來
人事已銷磨」（卷七三四）。原本是江北人的韓熙載成爲江南客之後，
復使中原，發現知舊都絕，竟是「舉目無相識，爭如身不到」，「不如
歸去來，江南有人憶」〔註62〕！由此，讓人憮然相覺時空的無情，人
們在隨著「別離」的車駕隆隆前行之時，實際上已走進新的命運佈圖，
即使能有機會又重回出發點，其時，已非生命的原點。

是而，徘徊悽惻，輾轉斷腸，誰能不恨離別？

（六）蹭蹬之愁

就心理學的觀點來說，環境的順遂或蹇塞對於人的影響極大，尤
其是心思細密，觸感敏銳的文藝創作群，在他們的生命經驗中；遭時
不遇，連罪謫貶，科場不第，行旅勞頓，饑寒交迫，甚至無後的隱憂，
苦雨的煩厭都烙下傷感的痕記，把這種經驗感覺展現於詩歌世界，自
然形成一種陰黯清苦的情調。於是「貧士失職而志不平」的悲歡成爲
貫串作者實際人生與筆下情感世界的主題。因爲他們所面對的宇宙時
空在消極感喟地情緒對待中變得益發抽象而不可捉摸掌握，而在人生
的舞台上，詩人亦呈現著相對的沉潛內斂和保守退縮，他們一方面努
力修性潔行，自誓丹心，不因窮愁而潦倒；一方面又將不平與失意託
寄於虛無與逍遙，笑傲權貴塵俗。這種表現個人身世之感爲核心的搖
落之悲、蹭蹬之愁自然籠罩著悲觀低調的色澤。

總計《全唐詩》中歸屬於「蹭蹬之愁」的題壁詩篇有三十六首，
如下表所列：

〔註60〕 齊己〈寄上荊渚因夢廬岳乃圖壁賦詩〉（卷八三九）。
〔註61〕 江淹〈別賦〉。
〔註62〕 韓熙載〈感懷詩二章〉一題作〈奉使中原署館壁〉（卷七三八）。《分
　　　　類古今詩話》亦載：韓熙載自江南奉使中原爲感懷詩，題於館壁有
　　　　二首。

「蹭蹬之愁」類的題壁詩作

李　煜：病起題山舍壁（卷八）	薛　能：許州題觀察判官廳（卷五五九）
張　說：夜坐（卷八六）	
蕭穎士：早春過七嶺寄題硤石裴丞廳壁（卷一五四）	賈　島：題興化園亭（卷五七四）
	李　郢：春晚與諸同舍出城迎座主侍郎（卷五九○）
孟浩然：題長安主人壁（卷一六○）	
杜　甫：題忠州龍興寺所居院壁（卷二二九）	曹　鄴：題山居（卷五九二）
	盧　攜：題司空圖壁（卷六六七）
錢　起：冬夜題旅館（卷二三六）	韋　莊：下第題青龍寺僧房（卷六九五）
錢　起：題陳季壁（卷二三七）	
錢　起：下弟題長安客舍（卷二三七）	于　鄴：下第不勝其忿題路左佛廟（卷七二五）
錢　起：晚歸嚴明府題門（卷二三九）	
白居易：桐樹館重題（卷四三一）	王巨仁：憤怨詩（卷七三二）
白居易：霖雨苦多江湖暴漲塊然獨望因題北亭（卷四三九）	李　中：書小齋壁（卷七四七）
	李　中：書王秀才壁（卷七四七）
呂　群：題寺壁二首（卷五○五）	寒　山：箇是何措大，書判全非弱，之子何惶惶，吁嗟貧復病，六極常嬰困，聞道愁難遣，欲向東巖去（七首）（卷八○六）
韋　瓘：留題桂州碧濤亭（卷五○七）	
許　渾：行次潼關題驛後軒（卷五二八）	
許　渾：留題李侍御書齋（卷五三二）	
許　渾：秋日行次關西（卷五三二）	孟賓于父子：題壁詩（《分類古今詩話》頁205）
項　斯：題令狐處士谿居（卷五四四）	

　　以下分就 1. 懷才不遇。2. 時運不濟二類作一析論。

1. 懷才不遇

　　唐代王朝選拔官吏最有效的手段，便是科舉考試。是以唐代文人乃多半選擇經由應舉的途徑晉身仕場，以達成其人生最終目的——從政以拯物濟世。是以唐朝文士大多有競試考場、追逐功名的經驗。我們看身為女子的魚玄機這首〈遊崇真觀南樓睹新及第題名處〉（卷八○四）：「自恨羅衣掩詩句，舉頭空羨榜中名」對能參加科考是如何地

充滿著羨慕之情。然而在科舉試場上固有摘花折桂的登第者，更多的是困頓于場屋的落第者；即便是踏上了仕途，而官場權詐，不擅逢迎應對，不願委屈事合，因而浮沈於仕途，沉淪於卑位的士人亦比比皆是，這些辛苦奔波，輾轉受挫，幾度織夢又幾度夢碎的經歷呈示於詩篇，便出現「懷才不遇」的憤悒與感傷，其中亦不乏題壁之作。

　　舉如終身未仕的孟浩然於開元十六年（西元 728 年）應進士不第，有〈題長安主人壁〉（卷一六○）一首提及「久廢南山田……猶未獻甘泉……授衣當九月，無褐竟誰憐」，詩中所題的長安主人或隱指張說。此外，錢起亦曾領略落第的辛酸，曾在長安客舍留下「不逐青雲望，愁看黃鳥飛」（〈下第題長安客舍〉卷二三七）的詩句。韋莊在「題柱未期歸蜀國」之際是借酒銷愁，然而仍無奈於「酒薄恨濃消不得」﹝註63﹞！比較放得開的落榜文士或者戲稱自己是「偷游曲水人」﹝註64﹞，而將對貢院門子贈號爲「出放叟」﹝註65﹞。其中鑽牛角尖的落第者往往出以憤怨文字。比如屢試不第的賈島，以「病蟬」自喻爲詩，結果觸怒貴人，因而被列爲「舉場十惡」。後來執政裴度於舉試時，對他積惡不選，所以賈島不免心懷怨懟。恰巧其時裴度新建興化園池，於是便作〈題興化園亭〉（卷五七四）一首以譏刺之：「破卻千家作一池，不栽桃李種薔薇，薔薇花落秋風起，荊棘滿庭君始知。」世人以爲其態度侮慢，最後落得終身不遇。他如于鄴也有〈下第不勝其忿題路左佛廟〉（卷七二五）：「雀兒未逐鸇風高，下視鷹鸇意氣豪，自謂能生千里足，黃昏依舊委蓬蒿」。然此二題詩之出，結局並不相同。前者賈詩以侮慢不遜得罪當道，故卒不得第，抱撼而終；後者于

──────────

﹝註63﹞　韋莊〈下第題青龍寺僧房〉（卷六九五）。
﹝註64﹞　見李郢〈春晚與諸同舍出城迎座主侍郎〉（卷五九○）詩，卷八七六作無名氏〈題長樂驛壁〉，另一說爲下第者戲題於長樂驛壁之作，見《全唐詩續補遺》卷十八收王定保〈下第題長樂驛壁〉，三詩皆同。
﹝註65﹞　何蒙〈贈趙叟〉（《全唐詩補逸》卷之十六）詩下註（見《南餘載》卷上）：「趙叟者……嘗爲貢院門子，每歲放榜之後，或去或留，率慶慰之，若出放叟然。」

詩則是口既出怨言，遂隱居自適，不與時處。當然也有在人生的境遇上愈挫愈勇，百折不回的，比如李中〈書小齋壁〉（卷七四七）自陳：「道在唯求己，明時豈陸沉。」仍能守才自珍，並未自暴自棄。

此外，還有傷人不遇的題壁之作，舉如錢起〈題陳季壁〉（卷二三七），許渾〈留題李侍御齋〉（卷五三二），盧攜〈題司空圖壁〉（卷六六七）；其中或傷郢人苦調，寄憐屯奇；或慰前賢晚達，莫歎霜鬢。最可憐的是呂群於下第後題詩二首於寺之東壁（卷五○五），中云：「賴有殘燈火，相依坐到明」。其句意態寥落，後更不幸，竟為僕奴所殺。

2. 時運不濟

貧病相磨，形枯容損；時運不濟，壯志沉銷。人於病中，總是特別脆弱，感悟也多，比如後主李煜〈病起題山舍壁〉（卷八）：「誰能役役塵中累，貪合魚龍構強名」。而秀才王去微則是「貧來賣書劍，病起憶江湖」（李中〈書王秀才壁〉卷七四七），到頭來惟得與孤月伴吟。白居易在〈桐樹館重題〉（卷四三一）裡也說：「階前下馬時，梁上題詩處，慘澹病使君，蕭疏老杉樹，自嗟還自哂，又向杭州去。」孟賓于父親也有詩句題壁埋怨家貧：「他家養兒三四五，我家養兒獨且苦」，幸好孟賓于十分爭氣，是「眾星不如孤月明，牛羊滿山獨畏虎」。〔註66〕至于白髮過半的項斯雖是「病嘗山藥偏，貧起草堂低」，但在貧病之中還不忘亦莊亦諧的調侃自己「為月窗從破，因詩壁重泥」〔註67〕。其他困窘於生計的題詩有張說曾題〈夜坐〉（卷八六）：「……百金誰見許？斗酒難為貰。……」錢起〈題吳通微主人（壁）〉（卷二三七）：「食貧無盡日，有願幾時諧？」杜甫〈題忠州龍興寺所居院壁〉（卷二二九）：「小市常爭米，孤城早閉門……空看過客淚，莫覓主人恩。」皆見「捉襟見肘」的無奈。

「行路難、行子苦」也容易使人興起窮途末路之悲。比如徐夤

〔註66〕孟賓于父子題詩見《分類古今詩話》頁205。
〔註67〕項斯〈題令狐處士谿居〉（卷五五四）。

的〈旅次寓題〉（卷七○八）感慨著「胡為名利役，來往老關河」的
途窮抱疾之困，蕭穎士〈早春過七嶺寄題硤石裴丞廳壁〉（卷一五四）
裡也大歎「出硤寄趣少，……茲路豈不劇。……」錢起於〈晚歸嚴
明府題門〉（卷二三九）中的文字蕭條，心情一片索然：「秋中回首
君門阻，馬上應歌行路難」，在〈冬夜題旅館〉（卷二三六）一詩中
更因為「四海盡窮途，一枝無宿處」而憑窗獨坐至曙，再想到明天
勞歌又發，自無法像許渾吟題「平生無限意，驅馬任塵埃」〔註68〕
的那般曠達了。

　　此外，如身遭誣毀，羅織下獄的王巨仁亦將〈憤怒詩〉（卷七三
二）書於獄壁，問語蒼天。這些都清楚的反應出了個人境運的窮通得
失，正是切膚之痛。

第三節　感傷之作的特色

　　一、題壁的感傷詩不僅在抒懷寄思而已，在作品的流傳中亦或
同時反映了道德價值觀，在民眾中樹立標竿，在社會中造成迴響。舉
如前節（三）「悼哀之痛」所舉的〈題三鄉詩〉詩組題詩。其內容痛
良人遠逝。其作者是為民間女子。然因其詩其事之哀惻動人，是以詩
人們思感其夫妻情深，而多有和題，綿延後世聲響未絕；如此，詩旨
民心，正明白地反映了當時的社會民情。此外，題壁詩組和題既保有
著「私下傳遞消息」的各種好處及目的，同時也起了「公共傳遞」的
作用，而提供後世得以進行各種賞讀及聯想。

　　二、感傷詩作之公開題寫，一如「櫥窗展示」，除了借作品的形
式、內容明白表示作者受到經驗的洗禮重新定位的經過（如宋之問的
應制之作與竄逐之作裡，即出現了主題內容，風格情志完全迥異的創
作）；更落實了情感的共鳴與生活的波動實正是文藝創作的源泉。因
為寫作和想像的動力往往是受現實的失敗與挫折感所激發，通常生活

〔註68〕許渾〈行次潼關題驛後軒〉（卷五二八）。

波動愈大，情感愈深刻，作品遂連帶可觀。誠如胡震亨《唐音癸籤》卷二八中所言：「夫貧老愁病，流竄滯留，人所不謂佳者，然而入詩則佳。」正與「賈誼非流竄，不能作賦以自安」的寫寓相同。此外，展覽與傳播的行爲一方面有助於社會中不合理的現象（比如負面的、黑暗的、嚴重的社會問題）加速曝光、全面顯影。一方面借由「傷情」這個基調在受播群眾中引發「印證」與「聯想」——前者直指印證彼此（作者與讀者）所熟悉、類似、且可能已經發生的部份（如同爲落第題詩或同遭兇事之不幸），進而獲得寬慰與抒解；後者則涵括其相關延伸部分的聯想，其事況在未來或許可能發生（如矜憐貧寒流離之苦痛），是以由此先行自覺、深知戒惕，或進而施以援助救濟。這樣的效果，於是使得題壁的感傷詩作的時代意義以及社會功能因而特別顯著。

第九章 題壁詩作的作家分析

第一節 作家的身分分析及其作品數量

統計唐代題壁詩的作者約三百六十人，若以《全唐詩》所收羅之詩人二千二百餘人爲唐詩的總創作人口之約數，可知大約有五分之一弱的作者有題壁的創作活動，且有詩作留傳。若再進一步觀察其作者的身分，則涵蓋了帝王、后妃、太子、文臣、武將、僧侶、道士、文士、樵子、軍士、閨秀、姬妾、妓女、以及佚名人士〔註1〕。概舉其例而言：帝王貴族的詩作如唐玄宗〈過大哥山池題石壁〉（卷三）、李治（高宗）爲太子時有〈謁慈恩寺題奘法師房〉（卷二）、后妃類如上官昭容〈遊長寧公主流杯池〉（卷五）等。朝廷中文臣武將的詩作前者如白居易〈吟元郎中白鬚詩兼飲雪水茶因題壁上〉（卷四四二），後者如洪州將軍〈題屈原祠〉（卷七八四）。此外，如貞元文士〈題端正樹〉（卷七八四）、錢鏐軍士〈沒了期歌〉題壁（卷八）以及樵夫〈貽白永年詩〉（卷八六二）等〔註2〕。僧侶道士則有寒山子〈一住寒山萬

〔註1〕 佚名人士包括其名姓不可考者如驪山遊人（卷七八四），無名氏（卷八七二）以及假託鬼怪之名以詩寄意者；如隔窗鬼（卷八六六）、怪（卷八六七）。

〔註2〕 樵夫〈貽白永年詩〉題註云：「……一日，有樵夫扣戶白：西峰巖中

事休〉（卷八○六）、呂巖〈題東都妓館壁〉（卷八五八）等。婦女詩作中包括了閨秀周仲美〈書壁〉（卷七九九）〔註3〕、姬妾王霞卿〈題唐安寺閣壁〉（卷七九九）〔註4〕、妓女楊萊兒〈和趙光遠題壁〉（卷八○二）等〔註5〕。另外佚名詩作如無名氏〈題長樂驛壁〉（卷七八六）等，其範圍分佈廣泛。其中以文臣二百八十七人、作品七百二十七首為最大的題壁作者群。其次為無名作者三十三人、僧道二十二人、帝王十人。同時，並有女性作者十二人參與詩作題壁的行列。

在眾多作者之中，有二百二十四人僅有一篇題壁詩作傳錄後世，這些單一產量作家裡包括有文臣、僧道、婦女（閨秀、姬妾、妓女）以及佚名的作者群。其餘作家產量自寒山子三一一首詩作全部題壁以下數目不等。今仍依清聖祖御定《全唐詩》之著作凡例，依王室、文臣、僧侶、道士等類屬，選錄著有題壁詩作四首以上之作者羅列於後表，略依初盛中晚之序，并次列作品數量前十五名的作者。以助於對各類作者所題寫詩作之比例概況作一析解。

| 作 家 題 壁 詩 作 統 計 表 | | | | | | | | | |
時代	身分	姓　名	即景	閒適	諷諭	感傷	交際	仕宦	總計	排名
盛唐	王室貴族	唐玄宗	4		1				5	
初唐	后妃	上官昭容	25						25	5
初唐	文臣	王　績		6					6	
		宋之問				1	3		4	
		張　說	3			1	1		5	

　　有仙會話。……去則瞑矣，但見崖壁有詩，翰墨猶濕」云云。
〔註3〕周仲美隨夫金陵幕，夫因事棄官入華山，仲美求歸未得，乃書所懷於壁。
〔註4〕王霞卿為會稽宰韓嵩妾，嵩死，流落會稽，題詩唐安寺。
〔註5〕孫棨《北里志》記載楊萊兒為北里名妓，與趙光遠親善，多有唱和題壁。

盛唐	文臣	岑　參	1	3		1	2	3	10	
		李　白	27	3			1		31	3
		劉長卿	1			3			4	
		杜　甫	10	3		5	2	1	21	9
		錢　起	3	3		4			10	
中唐	文臣	劉禹錫	5	2	2	2		1	12	
		元　稹	2	1		8	9	4	24	6
		白居易	13	15		20	11	7	66	2
		韋處厚	12						12	
		韋渠牟		19					19	10
		姚　合	12			6	5	1	24	6
		張　祜	28	1		1			30	4
晚唐	文臣	許　渾	4	2	1	4	5		16	11
		李商隱		5	1		6		12	
		薛　能				5		3	8	
		杜　牧	4			3			7	
		賈　島	2			4			6	
		朱慶餘	2			1		1	4	
		李　騭				7			7	
		方　干	8	3		1	1		13	15
		鄭　谷	3	1	1		3	1	9	
		杜荀鶴		3	3		2		8	
		羅　隱	1		4	1		1	7	
		皮日休		4		1			5	
		司空圖		1	1			2	4	
		韋　莊				2	4		6	
		徐　夤	3	1			3	1	8	
		李　中	2	6		2	4	1	15	13
		徐　鉉	1	2		2	1		6	
中唐	僧侶	寒　山	24	181	85	21			311	1
晚唐		貫　休	1	9	1	1	3		15	13
		齊　己	7	5		4			16	11
晚唐	道士	呂　巖	6	7	1	4	5		23	8

　　總計上表共收作家三十八人，其作品都在四首以上。其中作家身分爲王室貴族者二人、文臣三十二人、僧侶三人、道士一人。若依作家所處時代爲背景來考察，由初唐作者五人、盛唐六人；中唐時有七人，且其作品數量亦逐漸增加，到盛唐中唐擴增將近二倍，到了晚唐，作家達到二十人，作品量亦呈穩定成長。〔註6〕可知詩作題壁之風習自初唐以來，至中、晚唐時益熾。〔註7〕

　　復以作品數量作一說明，當以寒山子三一一首稱最，是題壁詩家中的異數。其次爲「廣大教化主」白居易：約有六六首，詩中充分流露平易近人的詩風本色。李白三十一首，張祜三十首排名三、四，皆與其文士漫遊山水之風與作者本身放浪不羈之性情有關，尤其是張祜，這位喜遊山多苦吟的作家，凡歷僧寺往往題詠，無怪乎僧房佛寺，多賴張貼其詩以誇標榜〔註8〕，是題詩寺壁最多的作家。還有元稹，姚合同以題壁詩二十四首并列第六，元稹、姚合約與白居易同時，當時其與同儕朝臣迭有唱和，詩風習染，題壁詩作自多。僧侶之中的貫休亦具特色，此人廣交詩友，雖身披宗教的袈裟，卻是作爲一個「社會人」的態度從事創作，再加上他工書善畫，其題壁詩作，詩書并麗，如珠玉生輝。另外，上官昭容遊池二十五首題壁記歡宴盛事，居第五位，道士呂巖名列第八，俱以能詩善詠之才與本工詩翰的文臣分庭抗禮；而詩聖杜甫亦列名其間。〔註9〕

　　當然，作家除了決定作品的創作數量之外，更主控著作品的內容，我們從初唐詩人題壁詩作中大多以宴遊酬和爲主題，盛唐以後則

〔註6〕　盛唐作家六人，作品八十一首；中唐作家七人、作品躍增爲一八七首。約爲前者之二倍強，此風延續到晚唐，晚唐作家二十人、作品達一九五首（此作品數量之比例未將寒山子三一一首列入計算）。

〔註7〕　「初盛中晚」之說蓋取明、高棅《唐詩品彙》之分期。高棅以太宗貞觀至玄宗開元初爲初唐，開元到代宗大曆前爲盛唐，大曆至憲宗元和爲中唐，文宗開成之後爲晚唐。

〔註8〕　見宋、葛立方：《韻語陽秋》卷四所云。

〔註9〕　杜甫以題壁詩二十一首，列名第九位。

重山水田園與邊塞，表現著偉盛的「盛唐之音」；中晚唐的詩人由時事復重人事，是以諷諭、交際類的題壁詩乃多見觸及。且其創作群體與創作心態已由官方轉向民間；態度自不限於拘謹雅正，而轉趨任情放達；而其詩作風格淺俗平實易懂。這些都是詩人自覺於時代的發展，在作品中作了最忠實的反映，尤其是題壁的作品作爲一個公開的抽樣，其與歷史的軌跡完全相合。

第二節　作家的角色扮演及其題寫態度

「詩的文化」是唐代社會大眾一個最重要的精神資源，也是一個文學的寶庫。當時，詩的體裁被普遍而廣泛地使用著。作者在表情達意之際皆自然地以「詩」作爲共通的語碼來試圖交換彼此（包括其他作者、讀者以及作者本身）的情意。因之，詩人在文藝創作過程中的角色扮演與其創作的意圖和題寫的態度於是產生極大的關聯。

一、題壁詩人是作者，又是讀者。有不少的題壁詩人在成爲作者之前，他是先扮演著讀者的角色，由於先分擔著賞鑑作品的職能，之後情意激盪，因之再生發創作意圖。舉如孫魴的〈題金山寺〉（卷七四三）：「誰言張處士，題後更無人？」是讀了張祜的〈登金山寺〉（卷四五〇）後的題作。如楊巨源〈酬崔博士〉（卷三三三）中因「長被有情邀唱和」，因而「今日爲君書壁右」。又如白居易在棟華驛看見了楊虞卿〈題夢兄弟詩〉，於是先後二次留宿棟華驛都有所感題（分見卷四四一和卷四四三）。姚合〈酬薛奉禮見贈之作〉（卷五〇一）亦是「詩成客（姚合）見書牆和」，另如戴叔倫在襄城驛的題壁，陸續有元稹（卷四〇三、四〇九）以及薛能（卷五六〇）的續題。這些都是讀他人詩作之後的題壁活動。還有的是寫讀自己作品，也一再更吟復題的：如顧況〈天寶題壁〉（卷二六七）中云：「卻來書處在」；另有白居易卷四四八有〈稠桑驛喪小白馬〉題詩和卷四五五有〈往年稠桑曾喪白馬題詩廳壁今來尚存又復感懷更題絕句〉的續題之作。又如李

端在慈恩寺看到自己以前賞遊賦詩射物，於是又作〈慈恩寺懷舊〉（卷二八四）一首以抒感懷，無疑地此類的作者的創作意圖受到誘發，其題寫的態度係出以主動的題寫。

二、題壁詩人是作家、又是書家。這一類的題壁詩人通常喜歡親自題壁，以展現其著詩、書墨雙重的才華。舉如東林寺有貫休上人篆隸題詩是「墨跡兩般詩一首」〔註10〕。鍾離權在開元寺留有草書詩二絕（卷八六○），楊少卿的眞跡〈題壁〉（卷七一五）馮少吉以爲妙過鍾王〔註11〕。還有計有功在《唐詩紀事》卷四十也記載著柳公權與唐文宗的夏日聯句：「薰風自南來，殿閣生微涼。」帝愛其詩，令公權題壁，其字方圓五寸，帝尤賞贊珍視。另外沈傳師讚美唐扶〈題道林麓鹿寺詩〉文是「鏘金七言凌老杜」，字是「入木八法蟠高軒」。〔註12〕至於洛中寺北樓以及秘書省題壁的賀草題詩，一時愛重，更是書文并佳的作品。〔註13〕其實，有唐詩人多善書者，《宣和書譜》就收有各家名蹟，王漁洋統計如賀知章、李白、張籍、白居易、許渾、司空圖、吳融、韓偓、杜牧、溫飛卿、李商隱等無不工書，特爲詩所掩耳。〔註14〕由於詩人兼具兩項才藝，使得他們在創作意圖與題寫態度上都傾向積極與主動，自然帶動著題壁的風氣。

三、一般的題壁詩人大多在自發的創作意圖下，以主動的題寫態度發表作品。舉「即景而情興」之例：如羊士諤的〈乾元初嚴黃門

〔註10〕黃滔〈東林寺貫休上人篆隸題詩〉（卷七○六），借此亦可援引說明篆隸書體在中唐時期復興的一種線索。

〔註11〕馮少吉〈山寺見楊少卿書壁因題〉（卷七七○）云：「此書書後更無書」。

〔註12〕參見沈傳師〈次潭州酬唐侍御姚員外游道林嶽麓寺題示〉（卷四六六），以及唐扶〈使南海道長沙題道林岳麓寺〉（卷四八八）二詩。

〔註13〕劉禹錫〈洛中寺北樓見賀監草書題詩〉（卷三五九）云：「高樓賀監昔曾登，壁上筆蹤龍虎騰，中國書流尚皇象，北朝文士重徐陵。」另溫庭筠〈秘書省有賀監知章草題詩筆力道健風尚高遠拂塵尋玩因有此作〉（卷五七八）亦云：「越溪漁客賀知章，……落筆龍蛇滿壞牆」之句。

〔註14〕王士禛：《漁洋詩話》卷下。

自京兆少尹貶牧巴郡以長才英氣固多暇日每遊郡之東山山側精舍有盤石細泉疏為浮杯之勝苔深樹老蒼然遺躅士諤諤因出守得繼茲賞乃賦詩十四韻刻於石壁〉（卷三三二）。舉「因事而感」之例：如徐鉉〈文彧少卿文山郎中交好至深二紀已餘睽別數年二子長逝奉使嶺表途次南康弔孫氏之孤於其家睹文彧手書於僧室慷慨悲歎留題此詩〉（卷七五五）。也有在誘發的創作意圖之下由他人代題的狀況：比如帝王遊宴，命名家代題的詩作。舉武則天以及群臣奉和十七人的〈石淙〉詩為例，武則天詩成之後，敕召名書法家薛曜以正字題刻於石崖之壁，蓋因自然形勢之所，當使人題綵翰，各寫瓊篇，如此庶幾無滯於幽棲，冀不孤於泉石。〔註15〕其他央人代題之作：有傾慕大家名書者；如杜甫的〈醉歌行贈公安顏少府請顧八題壁〉（卷二二三），顧八即是當時善寫八分書的顧戒奢。杜甫在詩中即明言「詩家筆勢君不嫌，詞翰升堂為君掃」。亦有由於路途遙遠不克親題者；如姚合贈詩陟遐上人，詩中請求大師代為題寫於巖扉之上。〔註16〕又如李益〈送常曾御史西蕃題西川〉（卷二八三）中云：「舊國無由到，煩君下馬題」。還有由於交情深厚，互題詩作以酬相思者；如許渾〈送薛秀才南遊〉（卷五三六）中提及許渾因思念薛洪，是以題薛洪詩句於空齋之壁夜夜吟誦。至於唱和頻繁的元白二人；元稹是「為郎抄在和郎詩」〔註17〕，投之以瓊瑤玉章；白居易則是「君寫我詩盈寺壁，我題君句滿屏風」〔註18〕，報之以木桃嘉音。另白居易〈寄題餘杭郡樓〉（卷四五九）也請裴弘泰「憑君吟此句，題向望濤樓」。又如賈島與孟郊，孟郊在〈送淡公〉（卷三七九）詩中提及「都城第一寺，昭成屹嵯峨，為師

〔註15〕　武則天〈游石淙詩〉序中所言。（《全唐詩續補遺》卷一）。另薛曜為唐初名書畫家薛稷之弟，其師法北碑之峻整，更有一種瘦勁鋒銳之氣概。

〔註16〕　姚合〈送陟遐上人遊天台〉（卷四九六）。

〔註17〕　元稹〈和樂天重題別東樓〉（卷四一七）。

〔註18〕　白居易〈答微之〉（卷四四○）題註云：微之於閬州西寺手題予詩，予又以微之百篇題此屏風上。各以絕句相報答之。

書廣壁，仰詠時經過」。以上皆是題寫他人壁詩，以慰解思念。另有抄些好詩題壁自賞者：如皮日休在〈追和虎丘寺清遠道士詩〉（卷六〇九）之序文中說到：顏真卿對清遠道士的題詩愛之不暇，遂題刻於巖際，并有繼作。李德裕也有追和詩（卷四七五）其中盛讚清遠道士是「逸人綴清藻」，顏魯公是「前哲留篇翰」，皆在舒文繡段也。他如誓光大師以草書題寫「高適歌行李白詩」，題在好文天子的水殿殿壁之上，題完之後，君王紫衣親寵錫，真是無上榮寵。〔註19〕此外，有柳芳暗記百韻詩題壁以誇示其過目不忘的本事〔註20〕，更有不知名人士私自傳鈔摹寫的：如白居易「笑嘲阿軟」的詩歌十五年後在通州館壁上發現時字跡已經漶漫〔註21〕，這些都是在原作詩人不知情狀況下的題寫。

綜上所述作家在題壁詩作創作伊始或源於自發，或源於誘發；其參與題寫的過程中或出之以主動，或出之以被動；在角色扮演上有時候是創作者，有時候是題寫者，有時候身兼二職，有時候又橫跨讀者與作者產生循環創作。由於當時的傳播環境尚未發達周全，所以工作角色的分工並不妥貼，常有混淆的情形。即便是題寫環境雖已為人所注意，仍然有因陋就簡的情形。

一般題寫的環境最重要的是「粉牆」與「設板」。大約寺廟與驛館多有備置詩板以供題寫，否則便就各建築物之廳宇廊廡可書之牆壁柱楹隨意書題，通常講究些的主事者（如園主、驛長）在一些高官名家來訪經過時會先粉牆掃壁，以俟題名或題詩。〔註22〕至於題寫的工

〔註19〕　見齊己〈誓光大師草書歌〉（卷八三七）。

〔註20〕　王讜：《唐語林》卷三記「開元中，柳芳暗記李幼奇百韻詩，題之於壁」以示其過目不忘，善於記誦之事。

〔註21〕　白居易〈微之到通州日援館未安見塵壁間有數行字讀之即僕舊詩……〉（卷四三八）一詩中云「十五年前似夢遊，曾將詩句結風流，偶助笑歌嘲阿軟，可知傳誦到通州。」

〔註22〕　「題名」如李世民〈題龜峰山〉（《全唐詩續補遺》卷一）中云：「一堂賢聖總虛空，遊山宰相書名字」；「題詩」如貫島〈弔孟協律〉（卷五七二）所言：「集詩應萬首，物象遍曾題」。此外，「粉牆」與「設

具──筆硯的預備：《全唐詩》中提到唐玄宗看到薛令之題壁詩後，「索筆題其傍」〔註23〕。白居易平日在新昌居中自是「題牆書命筆，沽酒率分錢」〔註24〕；當得知令狐尚書有意往訪，他的準備工作包括了「應將筆硯隨詩主，定有笙歌伴酒仙」〔註25〕。至於在出遊香山寺時，「身閒甚自由」，且吟且遊，隨行的即是「吟來攜筆硯」〔註26〕。至於齊己〈赴鄭谷郎中招遊龍興觀讀題詩板謁七眞儀像因有十八韻〉（卷八四三）裡也有同樣的說法：「到處琴棋旁，登樓筆硯隨」。另外王霞卿〈題唐安寺閣壁〉（卷七九九）序中提及「時有輕綃捧硯、小玉看題」。白居易在〈三月三日祓禊洛濱〉（卷四五六）也說遊泛之娛，備有「左筆硯而右壺觴」。符載的排場更大，《唐詩紀事》卷五一裡記載他是有小吏十二人捧硯，人分兩題。由這些資料顯示當時的府縣館驛、宅院名寺應是有筆硯可索的。而喜好文雅之詩客騷人遊旅四方，或由僕婢代勞，或親身背負笈篋，皆懷筆硯，以備題詠。如果實在是環境簡陋，又按捺不住發表的衝動，於是便出現呂巖以劍畫詩于雪地（卷八五八），杜牧書字細沙（卷五二三），張又新沾酒題盤（卷四七九），或者以石榴皮寫絕句於壁（呂巖、卷八五八）等變通的辦法，皆可視爲隨興題壁風氣的流衍延續。

　　在這樣的環境之中，作家們雖想題遍林泉，題盡物象，但也要考慮到容納詩章的空間大小的問題。且隨著時空環境以及文化風習的轉變，是以作家題寫的原則除「璀璨詩章」〔註27〕爲題寫之要件外；漸重「短小麗絕」〔註28〕的寫情之作，比如元稹即是「小碎詩篇題柱

　　　板」之事參見第二章，「題壁詩作的題寫地點」之說明。
〔註23〕明皇帝〈續薛令之題壁〉《全唐詩》卷五題註引孟棨《本事詩》所言。
〔註24〕白居易〈新昌新居書事四十韻因寄元郎中張博士〉（卷四四二）中句。
〔註25〕白居易〈令狐尚書許過弊居先贈長句〉（卷四五〇）。
〔註26〕白居易〈重修香山寺畢題二十二韻以紀之〉（卷四五四）。
〔註27〕白居易〈偶以拙詩數首呈裴少尹侍郎蒙以盛製四篇一時酬和重投長句美而謝之〉（卷四五三）中云：「……報我之章何璀璨……宜上屏風張座隅。」
〔註28〕白居易〈題詩屏風絕句〉（卷四四〇）序云：「……前後辱微之寄示

〔註29〕，韓偓在〈朝退書懷〉（卷六八二）裡亦主張：「粉壁不題新拙惡，小屏唯錄古篇章」。至于空間較寬較大的山壁，便如寒山子的詩作「五言五百篇，七字七十九，三字二十一，都來六百首，一例書巖石」（卷八○六）了。另外作者對自己早年的作品不甚滿意，因而重新加以整理的；如貫休於乾符年間避寇山寺見己前作散書屋壁，遂大事修改，或留、或除、或修、或補得二十四首，此蓋因作者自覺原作之風調野俗，格力低濁，豈可聞於大雅君子哉！〔註30〕

　　此外，作家雖多習慣即興創作題寫，但也有預先寫好，隔天再題的，如白居易〈宿張雲舉院〉（卷四六二）：「明朝題壁上，誰得眾人傳？」至於詩題之後的題名，一般都入官名，姓氏、名號、字行；去官者官名上加一「前」字，有人題名不言姓，但書名而已，如劉長卿，以天下無不知其名故。〔註31〕還有人一旦歸隱，題詩便不著舊官名，如梅處士，以官服已卸故，是抹去不題。〔註32〕亦有不欲題名者如齊己，是在標舉「野吟無主」的洒然放意。〔註33〕還有以詩酬寄他人，臨到題名之時心虛（謙虛）不敢自題的，如姚合「今到詩家渾手戰，欲題名字倩人書」（〈寄酬盧侍御〉卷四九七），另有劉賓客《嘉話錄》「慈恩題名」條下記載，談茂元秉筆時，不欲名字著彰，這又是因著名題押縫版子上者率多不達，或即不久物故的忌諱。至於題名之時也有標明以郡望者如渤海幸南容之例。以上種種都是題壁作家題詩題名的千姿百態。

　　　　之什殆數百篇，雖藏于篋中，永以爲好。不若置之座右，如見所思，繇是掇律句中短小麗絕者，凡一百首，題錄合爲一屏風。」
〔註29〕　元稹〈小碎〉（卷四一四）。
〔註30〕　貫休〈山居詩二十四首〉（卷八三七）并序。
〔註31〕　一般題名之法式可參照〈韓昌黎傳〉外集題名〈福先塔寺題名〉之格式，如國子博士韓愈退之、前試左武衛冑曹李演廣文等。劉長卿事則見辛文房：《唐才子傳》卷二「劉長卿」條。
〔註32〕　張籍〈贈梅處士〉（卷三八五）之「題詩不著舊官名」。
〔註33〕　齊己〈偶題〉（卷八四七）：「時事懶言多忌諱，野吟無主若縱橫，君看三百篇章首，何處分明著姓名。」

第三節　作家選樣介紹

　　作家的選樣分從五類人物加以介紹：分別是帝王類、文臣類、僧侶類、道士類以及婦女類。各類的代表作家依序爲唐玄宗李隆基、白居易、寒山子、呂洞賓以及三湘驛女子李弄玉五人。至於選樣的原則乃分別由其作品之個別特色，社會影響，數量多寡以及質量的高低這幾個層面來作考量。總的說來，題壁詩的數量多顯示該作家習慣於使用題壁的方式發表作品，同時由於數量多，傳播的面積廣，影響自然較大。當然作品的質量（舉如其藝術成就）以及其凸顯的個別風格（特色）也值得注意研究，因爲質佳格高的作品在一定程度上可以彌補數量的不足；〔註34〕而特色別具的題壁詩往往是帶動流行的先鋒，總是讓人興趣盎然。至於社會影響大者足以發人深省，這類的題壁詩作特具時代意義，亦不容忽視。

一、帝王類作家選樣──唐玄宗

　　計《全唐詩》收玄宗題壁詩五首，主要爲遊宴酬唱、誇功紀盛之作四首，其餘諷諭一首。除此之外，見於其他文集、詩詠提及玄宗題壁之習者有三處：如王讜《唐語林》卷五記載：「潞州啓聖宮，有明皇敧枕斜書壁處，并腰鼓馬槽並存，張宏靖爲潞州從事時皆見之。」又如劉禹錫在三鄉驛樓曾經伏睹玄宗望女几山詩〔註35〕，鄭嵎在石甕寺紅樓壁間亦發現玄宗題詩殘跡，蓋以草書，八分每一篇

〔註34〕在三百五十餘位題壁作家群中，平生僅靠一首題壁詩傳後的：如參與「石淙題壁」的文臣中劉希夷、狄仁傑、張易之、張昌宗、武三思、于季子等人，以及〈題三鄉驛女子〉的唱和文士如陸貞洞等十一人皆是。嚴格說來歌功頌德式的詩作其藝術成就皆不甚高，而後例則以其聯合詠唱一事，而以其詩背後的社會意義獲得文士讀者的注意。同時，個別存詩少的詩人，如寫〈滕王閣〉題壁詩的可朋由於其詩芳華自露、其意新警可觀，是以獲得文學評家的好評。這些都說明存在作品的數量與質量間一個特殊的關係。

〔註35〕劉禹錫〈三鄉樓伏睹玄宗望女几山小詩注小臣斐然有感〉（卷三五六）云：「……開元天子萬事足，惟惜當時光景促，三鄉陌上望仙山，歸作霓裳羽衣曲。」

一體。〔註36〕旁繪有王右丞山水，惜其詩今已不存。

　　考索自貞觀至天寶年間，詩體成熟，詩容瑰麗，自然上行下效，獎倡成風，觀諸玄宗之詩作正是帶頭實踐的結果，此實因應當時所處的整個大時代的背景，正是天下大理、河清海晏，物殷俗阜〔註37〕的盛世。是以除君臣相共媟飲，歡洽賦詩之外，人主每愛巡邊謁山，其誇耀昇平，稱允事功之心態昭然若揭。在這些題壁詩歌中多見綺繪文字之中滿斥著蓬勃煥發的信心與理想，正是時代精神播耕在文學藝術中的種籽。無怪乎胡震亨在《唐音癸籤》卷二十七談到有唐吟業之導源有自；也認爲玄宗材藝兼該，通風婉於時格，是用古體再變，律調一新。因之朝野景從，謠習寖廣。其中，玄宗與薛令之的一組君臣題壁的應答卻非一同，實已走出詩學賞心悅目的條框，而是從實用的角度自行創作，將問題引介入詩，尋得解答。此詩作題壁已然成爲人際（君臣）溝通的橋樑。於是，題紀文字在這樣的文學情境中策馬而行，正是繁榮生活、包容胸襟的寫照，往後借由公眾傳播之利，進而獲得更大的發揚。

二、文臣類作家選樣──白居易

　　統計白香山詩以題壁方式流傳後世的有六十六首，在創作數量上僅次於釋子寒山的三一一首，居第二位，而較諸列名其下之詩作三十餘首約有過半的差距，換言之，白詩題壁以發表或流傳的頻率實爲唐代文士詩人之冠。究其原因，此與詩人自身傳播意圖之強弱與詩作本身流傳價值之高低的關係密切。先論作者的傳播意圖：自古以來，才士懷文抱質，常疾身沒世而名不稱，尤痛其嘔心瀝血之作盡隨時空之移轉而湮滅無存，是昔者杜元凱欲刻二碑，一置峴山之巔，一沉甕江之底，以待日後陵谷遷替而出，可以永傳。而白居易愛重其詩文尤甚〔註

〔註36〕　鄭嵎〈津陽門詩〉（卷五六七）云：「慶山汙瀦石甕毀，紅樓綠閣皆支離……煙中壁碎摩詰畫、雲間字失玄宗詩。」
〔註37〕　王讜：《唐語林》卷三。
〔註38〕　趙翼：《甌北詩話》卷四有言：「才人未有不愛名，然莫有如香山之

38〕，曾撰其稿子五本，分付各處堂樓庋藏。不但如此，其詩名之著，及身已風行海內〔註 39〕，此自然與其強烈之傳播意圖有關，他自己在〈與元九書〉中就曾提到「韋蘇州歌行才麗，五言高雅閑澹，自成一家之體，今之秉筆者，誰能及之？然當蘇州在時，人亦未甚愛重，必待身後然後貴之。」言下之意不勝惋惜。復觀察其本身所從事之文學活動：舉如他提出「文章合為時，詩歌合為事而作」的文學理論，帶動中唐「新樂府運動」的發展；又如他獨創之次韻相酬的長篇排律和誘於一時一物發為一笑一吟的小碎篇章，被時人名以「元和體詩」〔註40〕，都在當時造成極大的流行。可見白居易在文學的領域上是以相當積極的態度在創作著，而他的理論結合創作，又頻常地使用唱和的方法、題壁的形式發表他的作品，這都說明了作者傳播的意圖：不僅要流傳於「後」，亦要風行於「時」。

　　如今，我們在白樂天的題壁詩作中，可以找到有許多篇幅是針對著特定、明確的傳播對象的：舉如〈從龍潭寺至少林寺題贈同遊者〉（卷四五○），〈玉泉寺南三里澗下多深紅躑躅繁豔殊常感惜題詩以示遊者〉（卷四五四），〈題孤山寺石榴花示諸僧眾〉（卷四四三），〈題靈隱寺紅辛夷花戲酬光上人〉（卷四四三），〈題天竺南院贈閑元旻清四上人〉（卷四五三），〈閒居自題戲招宿客〉（卷四五九），〈題香山新經堂招僧〉（卷四五八），這些受播者或緣人際關係與作者相熟同遊、或依地緣關係為題壁處所附近的居民、住持，此皆構成「小眾傳播」之體。至於〈宿張雲舉院〉（卷四六二）中明標：「明朝題壁上，誰得眾

甚者。」
〔註39〕胡震亨：《唐音癸籤》卷二五有云：「唐詩人生素享名之盛，無如白香山。」
〔註40〕「元和體」詩歌正是元稹於〈上令狐相公詩啟〉中自謂之定義。《舊唐書》卷一六六〈元稹傳〉曾有著錄。陳寅恪在《元白詩箋證稿》中加以箋釋，謂「元和體詩」可分為二類：其一為次韻相酬之長篇排律。其二為杯酒光景間之小碎篇章，此類亦包括微之所謂豔體詩中之短篇在內。

人傳」，則實已邁入「大眾傳播」之域。

至於其唱和的對象亦多，如元微之、劉夢得、崔元亮、裴令公等皆有詩作酬唱。而這些詩作酬唱之餘，復又題壁。如白居易〈吟元郎中白鬚詩兼飲雪水茶因題壁上〉（卷四四二），元稹〈和樂天重題別東樓〉（卷四一七）中云：「爲郎抄在和郎詩」，還有互相抄寫對方詩歌的，如元稹〈閬州開元寺壁題樂天詩〉（卷四一五）中云：「憶君無計寫君詩，題在閬州東寺壁。」白居易〈答微之〉（卷四四〇）中云：「君寫我詩盈寺壁，我題君句滿屏風。」以報雙方知遇之情。另外，吳光淵《鑑戒錄》中記載：「文宗朝元稹、白居易、劉禹錫唱和千百首，傳於京師，誦者稱美，凡所至寺觀、台閣、林亭，或歌或詠，向來名公詩板潛自撤之，蓋有媿於數公之詠也。」如此一來，名士唱和，互相援引，本已爲人所矚目，復又有詩板題壁，供人賞鑒，無啻推波助瀾。故而無論題詩的內容或形式往往成爲眾人摹寫仿習的焦點。

而詩人本身在長久浸淫於筆硯之後，題壁之舉遂成慣習。如白居易在〈自問行何遲〉（卷四四四）裡便說到他「進不慕富貴，退未憂寒飢，以此易過日，騰騰何所爲，逢山輒倚櫂，遇寺多題詩」。元稹在〈酬翰林白學士代書一百韻〉（卷四〇五）憶及往日歡會情景，是爲「翰墨題名盡，光陰聽話移」。於是，說一枝花話，題詩屋壁便成爲日常的閒遣活動了。《雲溪友議》中更記載著秭歸縣繁知一聽說白樂天將過巫山，於是先行粉壁，爲得是「忠州刺史今才子，行到巫山必有詩，爲報高唐神女道，速排雲雨侯清詞。」而《唐詩紀事》卷五三「高璩」條下亦記載：白敏中自劍南節度移荊南，經忠州，追尋樂天遺跡。璩時爲書記有詩云：「公齋一到人非舊，詩板重尋墨尙新。」可知白居易的題壁聲名是遠近馳名了。何況，白居易不只題詩，也曾題文於壁，如〈養竹記〉〔註41〕書于亭壁以貽其後之居

〔註41〕宋、姚鉉編：《唐文粹》卷七十七。

者，亦欲以聞於今之用賢者等。正爲題壁活動與傳播效益的連結作了最好的說明。

　　至於香山作品的流傳無論質量數量都值得注意。細析白氏題壁詩作所觸及的題材包括有閒適類十五首，感傷類二十首，即景類十三首，交際類十一首，仕途類七首，涵攝範圍極廣，可見詩人之眼光與思維皆落實於社會民生，盡寫人情物態〔註 42〕。即便生活瑣雜亦不厭棄，俱道得人心中事。且其用語力求明白淺俗，務言人所共欲言〔註 43〕，但要以六義爲主，不尙艱難，每成篇，必令其家老嫗讀之，問解則錄。〔註 44〕是其創作量極大，所謂「新篇日日成」，但儘管其以明俗爲主，然「舊句時時改」〔註 45〕，并不輕率。如此一來，自衣冠士子至閭閻下俚悉傳諷之。毋怪乎張爲要稱白居易爲「廣大教化主」〔註 46〕了。

　　當然作品藝術價值之高低由於審美標準不同，誠屬見仁見智。但是作品流傳之價值則可依其流傳程度而論定，此二者價值判讀上亦不一定呈正面相關，也有可能產生「曲高和寡」的情況。據白居易自己的說法，當時最流行的元白詩，除「千言或五百言律詩」外，唯此杯酒光景間小碎篇章之詩耳。〔註 47〕今檢視其題壁詩作，除考量其題寫空間的因素之外，就內容形式言：因事立題的諷諭長篇極少，多爲吟翫情性、牽事動情，入手生活情趣的主題伴以質樸平易風格的詩篇流傳較廣。以下試述其詩作以題壁方式流傳之盛況〔註 48〕。

〔註 42〕清、孫濤編：《全唐詩話續編》卷上。

〔註 43〕趙翼：《甌北詩話》卷四。

〔註 44〕辛文房：《唐才子傳》卷六。

〔註 45〕白居易：〈詩解〉《白香山詩集》後集卷五（台北：世界書局，1987年一版）。

〔註 46〕張爲：《詩人主客圖》。

〔註 47〕白居易〈與元九書〉中謂：「今僕之詩，人所愛者，悉不過雜律詩與長恨歌已下耳。時之所重、僕之所輕，至於諷諭者，意激而言質，閒適者，思澹而詞迂，以賢合迂，宜人之不愛也。」

〔註 48〕趙翼《甌北詩話》卷四有言：白詩之流傳途徑有題其詩者，有誦其

　　首觀樂天在〈與元微之書〉中云：「自長安至江西三四千里，凡鄉校、佛寺、逆旅、行舟之中，往往有題僕詩者。」元微之〈白氏長慶集序〉中亦云：「然而二十年間，禁省、觀寺、郵候、牆壁之上無不書。」胡震亨《唐音癸籤》卷七則說：「元、白詩纖豔不逞，流於民間，疏於屋壁。子父女母，交口教授。」此俱寫詩作流傳之廣、影響普及。考諸《全唐詩》中元稹的〈見樂天詩〉（卷四一五）提到「通州到日日平西，⋯⋯見君詩在柱心題。」白居易回憶起來竟是十五年前在長安戲嘲名妓阿軟之詩（卷四三八），另外白居易在〈江樓夜吟元九律詩成三十韻〉（卷四四〇）提到遷客、賈人、歌姬、思婦傳寫其詩歌的盛況是「斜行題粉壁，短卷寫紅箋」，而在〈寫新詩寄微之偶題卷右〉（卷四五四）中更有「未容寄與微之去，已被人傳到越州」，此皆言其詩作流傳之速。而唐人詩譜入樂者，中晚唐亦以白居易為多。此外，辛文房《唐才子傳》卷六言有雞林國行賈售其詩於國，相率篇百金，偽者即能辨之。段成式《西陽雜俎》卷八載箚青樂天詩事，蓋有荊州街子葛自頸以下遍刺白居易〈舍人詩〉，成式嘗與荊客陳至呼觀之，令其自解，背上亦能暗記，反手指其去處，至「不是此花偏愛菊」，則有一人持盃臨菊叢，又「黃爽纈林寒有葉」，則指一樹。⋯⋯凡刻三十餘處，首體無完膚。陳至呼為白舍人行詩圖也。胡震亨讀此，亦不禁嘆奇其事，是白詩流行至此，人身體膚且為所涅，豈但疥牆壁已哉！此皆見其詩作流傳之奇聞奇景。

　　沿傳後代，宋初諸子，多祖樂天。〔註 49〕其中蘇子瞻尤敬慕香山，屢形吟詠，以香山有〈步東坡詩〉，乃以東坡為號，《甌北詩話》說此並非偶而暗合〔註 50〕。而觀東坡之題壁詩作亦多，其題壁名句「泥上偶而留指爪，鴻飛那復計東西」尤見其留題寄惜之情。

　　　　詩者，有繕寫、摹勒、衒賣於市者，是古來詩人及身得名，未有如是之速且廣者。
〔註49〕　胡震亨：《唐音癸籤》卷四。
〔註50〕　趙翼：《甌北詩話》卷四。

三、僧侶類作家選樣——寒山子

「寒山三一一」的個案十分特出。檢視《全唐詩》卷八○六收寒山詩三百餘首，編爲一卷，其最大的特色就是全部皆是「不著作題的題壁詩」。

關於這一點，寒山在詩中，自己已有說明：「五言五百篇，七字七十九、三字二十一，都來六百首。一例書巖石，自誇云好手，若能會我詩，眞是如來母。」他又說：「一住寒山萬事休。更無雜念挂心頭。閑於石壁題詩句，任運還同不繫舟。」《宋高僧傳》卷十九有段記載：「……（閭丘）乃令僧道翹尋其遺物，唯于林間綴葉書詞頌，并村墅人家屋壁所抄錄得二百餘首，今編成一集。人多諷誦，後曹山寂禪師注解。」相傳爲閭丘胤所作的序也有類似的記錄：「……乃令僧道翹尋其往日行狀，唯於竹木石壁書詩，并村墅人家廳壁上所書文句三百餘首，及拾得於土地堂壁上書言偈，并纂集成卷。」另一說爲憲宗元和間，道士徐靈府從山林屋壁錄得其詩三百首，編爲三卷。（見《太平廣記》卷五十五引錄之《仙傳拾遺》）是知寒山詩原有六百，俱皆題壁，如今存詩三百一十一，逸失約半。趙滋蕃對這六百首詩的滄桑，曾這樣說：「如果時間是一切作品的最後試金石，則寒山在唐代二千二百餘位詩人中，其作品所含蘊的頑強生命力，確實驚人。」〔註51〕

那麼，我們接下來要問：寒山的詩歌全部以書題於竹木石壁之間的方式公諸於世，成爲寒山個人心靈與世俗社會惟一交通的管道，也成爲唐詩中的異彩。爲什麼他選擇了這樣的發表方式呢？

（一）由詩作內容觀之

儘管寒山三百餘首詩俱無題稱，實際上每首詩都各有指涉。大致可分爲諷諭類八十五首，即景類二十四首，閒適類一八一首，感

〔註51〕 見趙滋蕃：〈寒山子其人其詩〉，《寒山的時代精神》（台北：這一代出版社，1973 年），頁 20。

傷類二十一首，其中屬於悟道學佛的一二四首作品中，多是一些「佛偈」、「勸世歌」與「感慨語」；這一部份詩篇的總數佔現存作品的三分之一，由其創作動機加以判斷，絕對不應該是希望沒有讀者，對社會毫無影響的自娛自賞之作。這一點僧且住在《合訂天台三聖二和詩集》序中曾明白提及其詩作無非使人徵善棄惡而已。另外，僧弘辨序中更明言：「佛祖慧命相沿，雖貝笈梵函，喝棒顧盼，作用不同，其體一也。唐世韻語盛行，村稚爨婦，能解歌吟。寒拾二老，溷跡於中，移商換徵，積成篇什。大要憫世癡迷，沈沒于利欲生死之海，而不知止息，故閒言以挑，冷語以諷，痛言如罵，正語如經，縱橫反覆，斜側正視，無非爲此大事，毋令斷絕耳。」而事實證明，寒山詩自宋以後流傳在民間，是由於「歌」的因素；流傳在「佛寺」，是「偈」的因素；獲得文士欣賞的那一部分，則是詩品的自然飄逸。且根據《太平廣記》卷五十五錄杜光庭《仙傳拾遺》記載：寒山子者不知其名氏，大歷中隱居天台翠屏山。寒山的作品有相當大的成分是南宗禪，徵之以寒山詩：「不唸金剛經，卻令菩薩病。」而究弘揚金剛經係到六祖慧能大行，且其時其詩已有題壁之習。故由於創作動機決定內容，而發表方式影響傳播效益的角度觀察：寒山子面對著大多數基層的民眾，極待教化，乃選擇題壁這種通俗的方式直接與他的讀者對話。

（二）由詩人性情觀之

程德全在《寒山子詩集跋》中說寒山子「凜霜冰之履，抱杞人之憂，托跡方外，佯狂傲世，自放于山巔水涯間。」寒山子於是成爲了一個關懷世俗的社會詩人。而西方的學者則把寒山看作「孤寂的英雄」，對寒山本人冷然的幽默，瘋顛的行爲以及神秘的傳奇一見傾心。鍾玲說寒山詩的自然環境是崎嶇而孤寂的，而其心境是安寧而鎮靜的。〔註52〕寒山子有一首詩這樣敘述著他自己：「時人見寒山，

〔註52〕 見鍾玲：〈寒山在東方和西方文學界的地位〉《中國詩季刊》三卷四

各謂是瘋顛，貌不起人目，身唯布裘纏，我語他不會，他語我不言，爲報往來者，可來向寒山。」可以看出他鄙棄世俗，顛狂無形；而又是正直無懼的，所以他嫉惡如仇、愛憎分明。這樣性情的一個詩人，一旦因物有感，即景抒情，自然是一暢詠懷，隨興而題。因之，竹木壁石都成爲他題寫的對象，留下了手跡。這種情形與唐朝書法名家上人懷素的「每酒酣興發，遇寺壁、里牆、衣裳、器皿、靡不書之。」（馬宗霍《書林紀事》）一同，實可相互輝映。

（三）由傳播意圖觀之

寒山本人固然無意借由詩篇創作以立聲名，以得賞賜，甚至結友成派，其社會活動面是極閉鎖的。但是他的「暢志保心珠」，他的「閑於石壁題詩句」，亦并非了無「傳播意圖」。這一點，我們由寒山本詩中可以得到印證：

1. 他說：「棲遲寒巖下，偏訝最幽奇。……當陽擁裘坐。閑讀古人詩。」又說：「滿卷才子詩，溢壺聖人酒，……此時吸兩甌，吟詩五百首。」還有：「凡讀我詩者，心中須護淨，慳貪繼日廉，諂曲登時正。……」這無疑正是寒山子「我讀人詩——作詩——人讀我詩」的一個過程，不但顯現他希望有人讀他的詩，應該怎麼讀，同時，還說明讀他的詩有「正貪去曲」的效用。

2. 寒山對於世人對其詩歌的批評、誤解，他也有話要說。舉如：「有人笑我詩、我詩合典雅、不煩鄭氏箋，豈用毛公解，不恨會人稀，只爲知音寡。若遣趁宮商，余病莫能罷，忽遇明眼人，即自流天下。」「多少天台人，不識寒山子，莫知眞意度，喚作閑言語。」「下愚讀我詩，不解卻嗤誚。中庸讀我詩，思量云甚要，上賢讀我詩，相著滿面笑，楊脩見幼婦，一覽便知妙。」寒山不但將讀者群分類爲「上、中、下」三層。至于其中所言「忽遇明眼人，即自流天下」更自說明

期，1972 年出版以及《美國詩與中國夢》（台北：麥田出版有限公司，1996 年），頁 195～197。

了他期待的傳播影響。

3. 寒山還希望他的詩成為人類的精神食糧。所以他說：「家有寒山詩，勝汝看經卷，書放屏風上，時時看一遍。」如果「默默永無言，後生何所述？」那將有如「土牛耕石田，未有得稻穀」了。

（四）由傳播環境觀之

由隋入唐由於實現印刷詩文的條件尚未完全成熟。所以對於作品的複製多有賴抄寫（雕板印刷自晚唐五代始興）。而傳播行為則依賴讀者群的互動交傳。以寒山子貧寒的物質環境，自無僱人抄寫詩文的可能，甚至無法考慮題寫工具的供給品質。再加上寒山隱居於天台寒巖，平日往來知名的僅有豐干、拾得，以及國清寺的一些僧人和寺旁的住民，應是他們先注意到寒山詩，而自動口耳相傳。且根據現有資料記載：寒山子為一隱士，為一釋子，其詩係於其隱沒之後，才有人收羅為之傳播，且當時人目之為佛偈者多，唱和者少，更由於其社交圈子不大，寒山的生活方式又「多隱少遊」，自然缺乏流動的讀者成為其傳播的媒介。故而率性自由的題壁乃成為可供傳播的較佳選擇。況且佛法心傳，慧悟的佛偈呈於壁間已有先例（如神秀與慧能的「菩提偈」傳法）。是而，面對這樣的一個傳播環境，題寫於山竹石壁便成為最經濟、便利、有效的發表方式了。

這樣的一個傳奇色彩濃烈的詩人，他的詩歌先在基層民眾間流傳，然後受到宗教、文學界的注意。尤其要注意得是寒山所代表的通俗詩，除了在形式、內容、語言上都出現通俗明白的調性取向，其詩作通通以題壁的方式發表，更徹底體現了通俗的意義。考《全唐詩》中，提到「寒山寺」的除了張繼〈楓橋夜泊〉的「姑蘇城外寒山寺」（卷二四二），還有韋應物〈寄恆燦〉的「獨尋秋草徑，夜宿寒山寺」（卷一八八）以及劉言史〈送僧歸山〉的「夜行獨自寒山寺」（卷四六八）等；至於提到「寒山子」本人的有李山甫〈山中寄梁判官〉「康樂公應頻結社，寒山子亦患多才」（卷六四三）、貫休〈寄赤松舒道士

二首〉之一「子愛寒山子，歌惟樂道歌。」（卷八三〇），另外敘及其作品的有齊己〈莫問〉十五篇的第三：「赤水珠何覓，寒山偈莫吟。」（卷八四二）。此外那種寄興高遠、平俗中饒富禪意、半詩半偈的創作體裁，後世名爲「寒山體」〔註53〕。唐朝另一位重要的題壁詩人白居易以及宋朝的王安石都曾有意地仿效之〔註54〕，其中更以詩人張繼的一首「楓橋夜泊」，更敲響了寒山寺的鐘聲。近年，詩風西泊，寒山的半瘋半怪，亦禪亦道的特色，甚至與六〇年代美國「疲弱的一代」（The Beat Generation）結合，造成一股「寒山熱」。

四、道士類作家選樣——呂洞賓

　　呂巖，是道教中的傳奇人物。他的名聲雖然很大，但在史籍上有關他們的記載卻寥寥可數，其事跡往往與傳說相混淆。就其中較可靠的資料顯示：呂巖字洞賓，號純陽子。生於唐末或五代，爲唐憲宗時禮部侍郎呂渭之後，少習儒墨，舉進士不第，遂歸避山林，浪跡江湖，到道教中尋求寄託，後遇鍾離權得道，不知所往。其後，呂洞賓成爲傳說中的神仙，有關其神話故事在民間流傳甚盛，苗善時收編爲《純陽帝君神化妙通紀》七卷。

　　今查考《全唐詩》中，得其題壁詩二十三首，居題壁詩作家作品數量第八位。若依內容看：諷諭一、即景六、閒適七、感傷四、交際五。選材遍及各類。而其詩作最大的特色在於詩作內容除仍一本「修道虛空」、「勸人勘破名利酒色」的勸喻之外，文字本身即往往挾帶著一段神怪故事。舉如〈崔中舉進士遊岳陽遇眞人錄沁園春詞詰其姓名薦之李守排戶而入惟見留詩於壁〉（卷八五八），以及〈眞人行巴陵市

〔註53〕　有關寒山詩體裁形式的開創，比如「半格體」又稱「寒山體」對於白居易影響極深。陳慧劍在《寒山子研究》中敘之甚詳。參見陳氏著：「九、寒山詩選樣研究」《寒山子研究》（台北：平華出版社，1974年初版）。另參見嚴紀華：〈唐代僧侶題寫詩之研究〉《中國詩歌與宗教》香港浸會大學，1999年9月，頁443～488。
〔註54〕　何焯：《義門讀書志》載：寒山詩樂天多效之，荊公集中有擬寒山詩十二首。

太守怒其不避使案吏具其罪眞人曰須酒醒耳頃忽失之但留詩曰〉（卷八五七）等都是。此外，周紫芝《竹坡詩話》記載呂巖〈題靈石屋山〉有軼事相附，後呂洞賓題詩屋山而去，只字畫頗類李北海，至今猶存。

　　另外值得注意得是，呂巖詩作題寫地點及方式亦不落「俗」套。除題於僧房，觀壁，屋壁外，尚有酒樓、家亭、妓館壁不等，另外書寫方式有「卓筆醮乾龍鼻水，等閑題破石屏風」〔註55〕的描述。這些訊息更明白地告訴我們：呂洞賓此時已不再是隱居山中、修道煉丹的道士，而是以其方術助善除惡，扶弱濟貧。由其題壁詩篇中看來他精通劍術，擅於變化法術，能捏土爲香，能飛劍取顱，能消失無形，以解人急難，並懲惡勸善。實在已成爲道教中最高修爲的所謂「眞人」、「仙家」了。〔註56〕當然，題壁詩篇的反襯不只於此，由於唐末五代是個動亂時代，也是道教思想發生重大變化的時代，這種變化的突出表現便是道教由依附統治者的需要〔註57〕漸趨於民間化和世俗化。呂巖的題壁詩正站在這個轉折點上，隨著統治王朝之由唐入宋，爲道教由出世到入世做了剪影勾勒。

五、婦女類作家選樣──若耶溪女子李弄玉

　　唐代女作家的詩保留在《全唐詩》中有一百二十餘人，其中十二人有題壁詩作流傳。由於婦女所處之環境，扮演之角色不同，直接便影響到她們的創作。大致可分爲三類：一爲宮廷女子的題壁詩，多爲

〔註55〕　呂巖〈題壁〉二絕（《全唐詩續補遺》卷十四）。

〔註56〕　胡震亨：《唐音癸籤》卷二九云：「從來羽士解化，未有不以爲得仙者。其詩亦往往非眞。……呂巖，唐人，至宋顯，定屬僞託。顧舉世信之，不能奪耳。」此爲不同的意見，錄以參考。

〔註57〕　唐開國之初，統治者依附道教「以唐代隋」製造輿論，唐前期奉行清淨無爲的政治路線，《老子》的思想正好作爲其理論根據。隨著唐代社會經濟的繁榮，社會安定，統治階級祈求長生不死，道教的長生思想正投其所好。到達唐末，統治者是把道教作爲挽救危亡的一根稻草，總之，道教適合於統治者不同的需要而受到尊崇，道教亦隨而發展轉變。參見劉精誠：《中國道教史》收入《中國文化史叢書》（台北：文津出版社，1993 年初版）。

酬宴的御用文字，以上官婉兒文筆最麗。二爲閨閣女子的題壁詩，她們感於自己的命運和遭遇（多與感情婚姻相關），遂借文字發抒其痛苦與無奈。三爲北里女子的題壁詩，多以狎斜調笑的面貌出現。其中除上官昭容，其餘多僅留下單篇的題壁作品，且皆爲名不見經傳的人物，統稱爲「一般作家」。粗略地統計，唐代一般作家的作品總數量比有名氣的作家作品量要多。這說明了詩是不分階級、不分性別，一視同仁地植根於唐代的社會，因此才厚植了唐詩的跳躍底生命。而就詩的品質來說，一般作家的作品未必像大作家那樣劇力萬鈞地反映著一個時代的多元性及社會的變動性。但他們在反映社會生活的某一個側面或是某一個問題則是比較清晰、明確和大膽的。其中一個最好的例子便是若耶溪女子的〈題三鄉詩〉（卷八○一），其序云：

> 余家本若耶溪東，與同志者二三，紉蘭佩蕙，每貪幽閒之境，玩花光於風月之亭，竟晝綿宵，往往忘倦，泊乎初笄，五換星霜矣，自後不得已，從良人西入函關，寓居晉昌里第，其居迥絕塵囂。花木叢翠，東西鄰二佛宮，皆上國勝游之最，伺其閒寂，因游覽焉，亦不辜一時之風月也。不意良人已矣。邈然無依，帝里方春，弔影東邁，涉滻水，歷渭川。背終南、陟太華、經虢略、抵陝郊，挹嘉祥之清流，面女几之蒼翠，凡經過之所，皆曩昔燕笑之地，銜冤茹歎，舉目魂銷，雖殘骸尚存，而精爽都失，假使潘岳復生，無以悼其幽思也，遂命筆聊題，終不能滌其懷抱，絕筆慟哭而去，時會昌壬戌歲仲春十九日。二九子，爲父後，玉無瑕，弁無首，荊山石，往往有題。〔註58〕

其詩爲：

> 昔逐良人西入關，良人身歿妾空還，謝娘衛女不相待，爲雨爲雲歸此山。

詩文中寫得是喪夫的切身之痛，刻骨銘心。題於驛壁之詩滿溢著哀情

〔註58〕　〈題三鄉詩〉題下註引《彤管遺編》云：「若耶溪女，隱名不書，後李舒解之曰：當是姓李名弄玉也。」

遺恨，感人至深。這使得路人徘徊，才子牽情，離人斷腸。後來竟有十一人賞見此作、受到感動，因而更有題和，這十一人分別是當時進士陸貞洞，朝官韋冰、王祝、王滌以及平民劉谷、李昌鄴、王碩、李縞、張綺、高衢、賈馳。其中李昌鄴詠曰「紅粉蕭娘手自題，分明幽怨發雲閨」；陸貞洞在傷神之餘，是爲弄玉的才情不俗歡賞著：「清詞好箇干人事，疑是文姬第二身」；王祝則爲這「佳人留恨此中題」十分傾倒：有謂「空使王孫見即迷」。李縞則說「歸思若隨文字在，路傍空爲感千秋」。而賈馳在〈復睹三鄉題處留贈〉（卷七二六）更說：「壁古字未滅，聲長響不絕，蕙質本如雲，松心應耐雪，耿耿離幽谷，悠悠望甌越，杞婦哭夫時，城崩無此說」。是對傳統婦女的專一愛情的價值觀作了極大的頌揚，甚或想慕其人。從另一個角度而言，自然也反映出階級和時代對女子的壓制。於是在詩中，這種高尚的情操與人性所矜憐的慘痛經驗結合了題壁文字，確實發揮了極強的感染力；而且，陸續自發的題和自不同於奉敕應和者，其效果作用不但較深且較強。

　　另外值得一提的是題三鄉詩的序文比詩還長，讀來像是一個本事，透過序中情節的介紹、擴散了這位若耶溪女子的哀情，這樣的手法與佛教中講唱的文學形式類似，與中晚唐詩歌之與敘事議論結合發展的報告文學的方向亦歸趨一致。還有末尾作者欲隱其名而出以語謎的方式作結，與唐人小說中〈謝小娥傳〉以謎語作爲關鍵的情節設計雷同，這些都說明一般作家的作品中隨處可見當時社會、文化、宗教等各方面的教導與習染，不像那些大詩人大作手，鍛鍊了文句，翦裁了詩旨之後，但是一些原發的、草創的創作理念也相對地被包裝了，殊屬可惜。幸好我們保存了這樣優秀的民間題壁詩作，不但使得當時的人感動；更使後來的人得以迅速地掌握千年以前文學的脈動、更接近基層人民的心靈與他們的生活。

第十章　結　論

　　唐代是一個詩的國度。而詩，是唐人生活的語言。在有唐將近三百年的歷史長河中，詩流以其英華溫潤，行過黃土；以其委曲恆邃，邁越古老；在基礎厚實，步調昂揚的唐代社會土壤裡，綻開了繽紛燦爛的花朵，令人目不暇給。而題壁詩正是其中一簇黃菊，不誇艷色亮采，不飾妖姿香濃，獨自以一種奇兀突崛的姿態，散發出光與熱。

　　首從文學的角度回顧其多重的風情：題壁詩作以一千二百首之約數在唐詩的長廊中立足而令人印象深刻，自有其不同之處。最主要的原因應當要歸功於其以細密敏銳的觸角向四周環境航測取材，同時以包容了解的胸懷來對待各種問題或現象，從而掌握了社會風氣的大觀。尤其特殊的是題壁詩作以作為代表性抽樣的姿態，將每一層面，不同的活動留下了真實的記錄：舉如題壁的即景詩篇是將眼前的山川錦繡化做壁間山水，所謂瀟灑翰墨無形畫，復又騰挪入詩，涵浸著愛山樂水者的心靈。而題壁的閒適詩作則寫沖淡和諧的閒情與適境，由純樸自得的滿足中顯現自由與本真的古意與拙趣。他如題壁的諷諭詩作則舉起了寫實的大纛，對政治的黑暗、社會的不平、人間的苦難提出批判和檢討，反映著社會炎涼與眾生百態。至於題壁的感傷詩篇吹奏的是憂鬱深沉的傷情悲歌，嘗試透過痛楚的成長與挫折的教訓，重新鋪陳出對現實人生甚至宇宙大化的哲思與認知。這一類的作品涵蓋

面極廣，從睹物思人、懷古、悼悲、傷時、恨離、悲不遇等都有題寫，幾乎貫穿了塵世間的苦海。還有題壁的交際詩篇盡寫人際、人情與人事，筆下親切雋永，溫馨有味。以及題壁的仕途詩篇將著眼點放在唐代文人的仕途生涯，起落窮達，榮悴遇合的題詠，猶如一盞盞變幻莫測的政治走馬燈。是以，由其內容觀察：我們可以看到皇帝的詔令、臣子的唱酬、日常生活中婚喪喜慶，無不皆可出之以詩。由其創作者觀察：不僅書生文士，武將酒酣興起即席口占，名妓吟唱之餘亦有詩作；由其地點觀察：則驛站廟宇的白堊牆上以及林立的亭觀客舍詩板亦題滿了行役和遊客的詩，這些來自不同背景的作者更壯大了詩的陣容。

　　復從傳播的角度檢驗其多元化的功能：傳播是一種個人意識和行為的影響過程，也是一種社會的行為。整個社會由於傳播系統的建構周全，使得訊息得以及時、正確的傳播，使得上下無隔、遠近無阻，溝通得以順暢。而文學活動正是社會中的一個行為系統，如果缺乏良好的傳播管道，文學的園地將逐漸枯萎。所以，我們在檢驗題壁詩的價值時，通常極推崇其傳播的功能，以其可以平行傳播聞於時，復可垂直傳播留於後，且為受播者（讀者）吸收前人經驗，繼承創作傳統提供了較佳的條件。其中傳播時效更是題壁詩在傳播上最重要的特色，為其他傳播活動所不及。因為一個爭議性問題的發生，或是一種危急狀況的出現，時機的掌握實屬關鍵。像杜甫的〈三吏三別〉、白居易的〈秦中吟〉之類，這些作品如能及時傳播開來，比起事過境遷的散播，其社會作用將為更大。如此，唐詩這個文學生態的壽命往往便隨著傳播管道的廣泛暢通而增長，其中題壁發表詩作的方式，對於唐詩的流佈實有正面助益，值得我們注意。

　　題壁的形式不僅提供了詩的傳播環境，同時也提供了詩的創作環境。其原因即是題刻於壁的發表途徑開啓了雙向傳播的管道──而不是一種單向，上對下的傳播方式；也就是題壁詩在「與接觸的眼睛對話」，受播者（讀者）的反應是可以回收的，這樣有回饋的傳播迅速

活潑了傳播情境，於是新的創作刺激隨之出現，有反應的受播者隨即複製了題壁的方式進行創作，導致題壁詩的創作與傳播行為不斷地循環出現，而讀者與作者的角色可以變動互換，這使得詩人在觀摩中創作，在創作中觀摩。同時，品評他人作品之餘，還要接受公眾的品評，這在在都陶冶、訓練了詩人的能力，提昇了作品的水平。

　　以下即統就其所特具的時代意義──分為傳播、文學、社會、地理四個層面作一論析總結。

第一節　題壁詩作所呈現的傳播意義

一、題壁詩與傳播的關聯性

　　所謂「傳播」，根據 1948 年美國耶魯大學政治學教授拉斯威爾（Lasswell）所提出的有名的傳播公式即：「誰（who），說些什麼（says what），經何種通道（in which channel），對誰傳播（to whom），得到什麼效果（with what effect）。」〔註1〕可知傳播過程實為一訊息的流動的過程〔註2〕；是傳播者經由傳播媒介（傳播通道）將資訊傳遞給受播者的活動。而這種社會性的交互行動（Social interaction）便成為社會組成分子人際關係依賴和發展的脈線，包括一切思想的宣傳、情意的交流、意見的溝通、知識的傳遞以及文化的綿延都在適當的傳播情境中完成。而隨著人類表情達意的工具進步，文字符號以所具備「超越時空」的優點，擴大了傳播效益，嘉惠了大眾。那麼，題壁詩這個主要以文字為基礎作為社會現象之一的文學活動自然成為傳播活動中主要的內容。

〔註 1〕　徐佳士引錄拉斯威爾（Lasswell）之論文〈傳播的結構與功能〉'The Structure and Function of Communication in Society' 之意見。參見徐氏著：《大眾傳播理論》（台北：三民書局，1990 年），頁 48～51。

〔註 2〕　傳播的定義有廣有狹，狹義的定義主要在指資訊的交換；廣義的定義則包括交通傳播、商業（貨幣）傳播，宗教傳播，電子傳播……等。本文所引用者係採狹義的定義，指訊息的傳播為主。

　　以題壁詩這個文學活動為例，其傳播的特質最為明顯。茲以上述「五W說」進行觀察對照：就常態而言，題壁詩的作者無疑是一傳播者，題壁詩的讀者則為受播者，詩為傳播內容，題壁為傳播通道，至於詩作的價值則為傳播效果。由於題壁詩作明確地被界定以題壁為主的公開發表形式，因此這項文學的生產與消費遂更依賴傳播體系以建構其於社會系統中的價值與地位。相對地，唐代士人詩作的題壁風尚為文學在傳播發展的過程中提供了更活躍的生命、更彈性的空間。除了後學士子，平民百姓亦均可隨時隨地接受詩歌的陶冶、教化的宣傳。這種傳播的活潑作用，使傳統制度階級所壟斷權力、知識乃至財富向全民開放。另外，由於詩作本身也可能由傳播的媒介一變為創作的媒介，讀者與作者的關係不再一成不變（受播者與傳播者的關係亦同），這使得文學活動與傳播活動緊密地結合，成為一共生的有機體。這種傳播的擴大作用，可藉由溝通消弭隔閡，使得人們的觀念思想尺度接近更新。以下復分就平行傳播和垂直傳播兩個層面來說明題壁詩作所呈現的傳播意義。

二、平行傳播

　　平行傳播指的是文藝作品的時代性（periodicity）。側重於立即傳播的功能。這項傳播行為主要在掌握訊息的時效，其意義在集結於當時傳播情境之受播者的反應進而審核作品的藝術功能與傳播價值。以唐代題壁詩的活動而言，其平行傳播的意義可從以下幾個方向來觀察：

（一）傳播形式的擴張

　　依照題壁詩的內容可分為：

　　1. 個人內的傳播（Intrapersonal Communication）：如因事而感，因景起興的題壁詩作，初僅為個人這個次級系統（sub system）的傳播行為，或許本無公眾傳播之意圖，但由於題壁的形式，乃產生大眾傳播的效果。

2. 兩人間的傳播（Dyadic Communication）：

如造訪不遇，題詩留名的題壁詩例，又如元白二人之頻繁以詩代簡的詩作。所謂「小碎詩篇取次書，等閒題柱意何如，諸郎到處應相問，留取三行代鯉魚」〔註3〕。

3. 小團體的傳播（Small-group Communication）：

乃指三個人以上（包含三個人）的小團體，在此團體中的個人彼此間有充份面對面的接觸機會。比如：屬於遊宴酬唱以及文士會集的助酒興、記歡會的題壁詩。

4. 大眾傳播（Mass Communication）：

這一類題壁詩的題寫已不限於作者，而被讀者自行予以複製傳播，乃構成一廣大的傳播網絡。最顯著的個案便是白居易那首長安戲嘲阿軟的詩篇十五年後被發現在通州館壁的例子。還有就是李端的〈巫山高〉一詩，分別被人以詩板傳抄，置於巫山神女廟及蜀路飛泉亭，且由於讀者的賞愛，都得到了保存流傳。這些都說明題壁詩在唐時傳播情境的形式之多樣，是逐漸在擴張的。

（二）傳播人口的普及

題壁詩作傳播人口之普及包括了傳播者以及受播者兩方面的人口普及，由於詩是唐人使用最普遍的文學手段，幾已臻無人不吟，無人不作之地。此由《全唐詩》所收羅的作家群其階層分佈極廣可知。而受播者也參與了傳播的任務，舉如文士之間：如楊巨源抄寫崔立之博士的詩作「今日爲君書壁右，孤城莫怕世人僧」〔註4〕，另外連皇帝以及長安狎邪少年也分別擔任了傳播的任務。例如《唐詩紀事》記載：裴潾作白牡丹詩，題於壁間，太和中，駕（文宗）幸此寺，吟翫久之，因令宮嬪諷念。及暮歸大內，則此詩滿六宮矣。〔註5〕另《西陽雜俎》亦有街子葛遍刺其身，形同一堵活動看板，被後人稱爲「白

〔註 3〕 元稹〈小碎〉（卷四一四）。
〔註 4〕 楊巨源〈嘲崔博士〉（卷三三三）。
〔註 5〕 計有功：《唐詩紀事》卷五二「裴潾」條。

舍人行詩圖」的敘述。〔註6〕

（三）傳播範圍的擴大

　　文士題壁的風習隨著唐時仕林中高漲的漫遊風氣，使得府縣、寺院、山林之壁牆都充滿了題寫文字，同時由於驛道交通的發達，沿線驛館也多有留題，於是定點的傳播擴展為區域的傳播，不但可以上傳宮廷，下及市井；而且內傳京師，外傳邊地，是由點成線而成全面性的傳播了。復由於詩板的設立，擴大了定點書題的空間，而且詩板可以移動攜帶，無異形成一活動的展示館，這些都使傳播的範圍不再固定侷狹。

（四）傳播效率的提高

　　以題壁的方式傳播，是可以得到回饋的，舉如詩人往往見到他人的壁題更有題寫，比如劉禹錫〈貞元中侍郎舅氏牧華州時余再忝科第前後由華觀謁陪登伏毒寺屢焉亦曾賦詩題壁於樑棟今典馮翊暇日登樓南望三峰浩然生思追想昔年之事因成篇題舊寺〉（卷三五八）。此外，如果是針對不平的待遇，不合理的措施，經由題壁反映抗議、甚至造成輿論，是可能得到補償救濟的。比如溫憲〈題崇慶寺壁〉（卷六九七）為滎陽公所見而得任用。另有李商隱的〈九日〉題於令狐綯廳事壁，使得令狐綯見之慚恨。扃閉此廳，終身不處（《唐才子傳》卷七記為補李為大學博士是為另說）。當然也有可能產生負面的效果。舉如劉禹錫〈題玄都觀〉（卷三六五）詩刺當道，一再遭貶。薛令之題〈自悼〉（卷三一五）於東宮壁忤明皇而丟官辭仕。另外，還有以題壁方式收到廣告效果的。如崔涯題〈嘲李端端詩〉（卷八七〇）前後二首題壁，前者「鼻似煙窗耳似鐺」之句使得名妓李端端門可羅雀；後一首「善和坊裡取端端，……一朵能行白牡丹。」又使得李娘子門庭若市，所謂「才出墨池，便登雪嶺」〔註7〕。此時的題壁詩無

〔註6〕段成式：《酉陽雜俎》卷八。
〔註7〕見崔涯〈嘲李端端詩〉（卷八七〇）詩下註語。

疑成為一種「商業文宣」。又如白居易詩中一再出現題詩以「招客」、「招僧」、「以示游者」等的標題，皆可推知其意圖即在廣告宣傳以吸引人潮。還有原本少為人知的奇山秀水，經由精彩的題壁詩之引介，造成喧騰，搖身一變成了觀光勝地，遊客到此一則賞景、一則賞詩。比如張繼的〈楓橋夜泊〉之嘉惠寒山寺，常建〈題破山寺後禪院〉之引譽興福寺皆是。葛立方《韻語陽秋》卷四更提及僧房佛寺，多賴張祜詩以標榜。綜此觀之，就平行傳播的效率而言，題壁的方式確能掌握到令人滿意的即時傳播的效果。

三、垂直傳播

垂直傳播是自縱向觀察傳播的時效，多指其藝術作品的歷史性（historicity），亦即其對後世的傳播影響。其可分為二個層面來探討：

（一）作品有賴刻寫書題於石壁以流傳後世

舉郭密之的石門山巖之題壁詩作為例，據錢大昕〈十駕齋養新錄〉言：「郭密之五言詩二篇，皆刻於青田之石門洞崖壁，⋯⋯今芸台中丞兩浙金石記始著之。」按此二詩，一為〈永嘉經謝公石門山作〉，《全唐詩補遺》卷八八七收之，無小傳。其二為〈永嘉懷古〉，《全唐詩》未收。後者據阮元《兩浙金石志》所著錄之石刻得以補足，前者與《全唐詩》不同之版本，亦得據以校稿並刊附之，此為唐人詩作據後代金石志補入之證。另有劉禹錫之姪劉蕆鐫刻劉禹錫的桃源詩作二首（卷三五六）是為了防止題壁文字湮滅乃復刻錄於貞石，用意亦同。此外，唐以前之詩作係由刻寫于巖壁方得以流傳至唐後者如：白居易〈遊石門澗〉（卷四三〇）云：「常聞慧遠輩，題詩此巖壁」按石門澗在廬山西，復據楊慎《升庵詩話》卷十二言「晉釋慧遠〈遊廬山詩〉⋯⋯世所罕傳，獨見於廬山古石刻耳。」即是一例。而針對題壁文字得以補收佚詩的功能，胡震亨在《唐音癸籤》卷三十三中也有說明：「唐人詩見於金石刻及自有真蹟傳世者，至宋甚多。⋯⋯南渡後，⋯⋯亦見一二。當時唐人篇什，賴法書以俱存者，蓋亦不少矣。今按目求之，

未必能全，而斷墨殘行，得留遺世間，為人所傳寶者，當亦未盡堙滅。」
且「詩文由縑楮所流傳，經飛鳧家手，眞偽半矣，……得自石本，眞
蓋無疑」﹝註8﹞。是可知詩作題於壁石不但可傳，而且亦較可靠。

（二）後人得據題壁詩作以衍述翻題

如韓愈的〈嵩山天封宮題名〉﹝註9﹞：「元和四年三月二十六日，
與著作郎樊宗師、處士盧仝，自洛中至少室，謁李徵君渤，樊次玉泉
寺。疾作歸，明日，遂與李盧道士韋濛僧榮，并少室而東，抵眾寺，
上太室中峰，宿封禪壇下石室，遂自龍泉寺釣龍潭水，遇雷，明日，
觀啓母石，入此觀，與道士趙玄遇，乃歸，閏月三日，國子博士韓愈
題」。其後至宋，《歐公跋語》亦載：「右韓退之題名二，皆在洛陽。
其一在嵩山天封宮石柱上刻之，記龍潭遇雷事，天聖中，余為西京留
守推官，與梅聖俞遊嵩山，入天封宮，徘徊柱下而去，遂登山頂之武
后封禪處，有石記，戒人遊潭者，毋語笑以黷神龍，龍怒則有雷，恐
因念退之記遇雷意，其有所誡也。其一在福先寺塔下﹝註10﹞，當時所
見墨蹟，不知其後何人模刻于石也。」﹝註11﹞由歐公這段記載可知韓
愈題名之後，後來得見柱刻文字的讀者（即受播者），因感念退之遇
雷事又刻成石記，此是謂隔代翻衍其事復以刻題相戒。可見這種題詩
記事的方式確實展現了文學傳播的效用。

第二節　題壁詩作所呈現的文學意義

一、題壁的發表方式，使得唐代詩人在文學創作的領域上影響更

﹝註 8﹞　胡震亨：《唐音癸籤》卷三十三集錄四。
﹝註 9﹞　韓愈：《韓昌黎集》外集題名。
﹝註10﹞　同前書所引之〈福先塔寺題名〉：「處士洪濬川，吏部員王仲舒弘中，
　　　　　水部員外鄭楚相叔教，洛陽縣令潘宿陽乾明，國子博士韓愈退之，
　　　　　前試左武衛冑曹李演廣文，前杭州錢塘縣鄭紘文明，元和三年十月
　　　　　九日同遊。」
﹝註11﹞　同註9，此段文字附於韓詩之後。

爲顯著、深遠。首就文學的承傳言，題壁的方式提供了作者與作者（包括前輩作者以及同輩作者）公開觀摩、交流、比較的機會，也開放了讀者學習、模擬以及評賞的園地。在這樣一個自由發揮的空氣之下，善用傳播發表的作者在文學創作活動的吸收和發揚的過程中自然形成較廣遠的影響力。舉如白居易其生享盛名無人能過。重點在於他不但致力於文學創作，而且致力於文學傳播。觀諸唐代詩壇，能充分利用并巧妙發揮題壁傳播之功能者莫非元白。其中最值得注意的地方是他們二人不但題寫自己的作品，更主動題寫對方的詩作，如此採用名人背書的方式來推薦標榜作者及其作品，乃將傳播的功能發揮極致。即便是隱居天台，與社會幾乎隔絕的寒山子，其名其詩在唐人李山甫、齊己、貫休等人的詩篇已被提及引述〔註12〕，而觀察其詩作一例書於巖壁，是惟一的傳播管道。是以由此社會屬性顯呈兩極的詩人舉例，可以考察詩作在題壁這種流傳條件下發展傳播的可能。此外，針對題壁詩人與詩作在文學創作領域的影響進一步可分兩段式來理解：在第一階段裡，題壁詩滿足了詩人發表的慾望，教化或陶冶了讀者。在第二階段裡，題壁詩成爲新的創作刺激，激發讀者（包括原作者）群的創作，倘若此些二度創作仍借題壁流傳，後人復有續發創作的可能。舉「嶽麓寺詩作」爲例，先後有宋之問—杜甫—唐扶、沈傳師—齊己等人的題壁詩。由是可知題壁的發表確實強化了詩人與詩作的影響力。

　　次就創作理念的擴展言；詩人們經常在詩歌的創作中實踐／實驗其所奉持的創作理念，倘若其能透過題壁詩的形態公諸於世，由於受播者的群眾性與流動性，往往有助於新文學風格的創建或鞏固。舉如初唐「上官體」以綺錯婉媚爲本，而在上官昭容〈遊長寧公主流杯池二十五首〉（卷五）的題壁詩中即可證驗其采麗益新之風尚，由是可見當時朝廷靡然成風，其屬辭大抵浮靡，然亦有可觀，計有功言其乃

〔註12〕　參見第九章，第三節「作家選樣介紹」中僧侶類代表「寒山子」中之敘述。

昭容之力也。〔註13〕又如提倡古文大家韓愈，在詩歌的創造上，喜歡生造詞語，大量引用散文化的句式與章法入詩，試觀諸其幾首題壁詩作，〈謁衡嶽廟遂宿嶽寺題門樓〉（卷三三八），〈題炭谷湫祠堂〉（卷三四○）無不以掀雷走電的文勢驅駕歌詩，不但與其文學創作理念相合，也顯示著其嘗試以公開傳播的方式（題壁）將「以文爲詩」的創作風格影響讀者大眾。最後要探討得是白居易的詩論與其題壁詩作的聯繫關係。簡略言之，白居易的主張爲「文章合爲時而著，歌詩合爲事而作」。所以他主張恢復探詩之官以採訪民意。因之他的文學創作的方向亦多採行體察民瘼、宣泄民情的路線，至於在處理內容表達形式上則提煉出一套「詩歌敘事」的美學原則〔註14〕。而將這層意思說得最清楚的，就在其所作〈題裴晉公女几山刻石詩并序〉（卷四五三）的序文之中：「裴晉公出討淮西時，過女几山下，刻石題詩，末句云：『待平賊壘報天子，莫指仙山示武夫。』果如所言，克期平賊，由是淮蔡迄今底寧殆二十年，人安生業。夫嗟歎之不足則詠歌之，故居易作詩二百言，繼題公之篇末，欲使采詩者，修史者，後之往來觀者，知公之功德本末前後也。」這采詩者、修史者，後之往來觀者，并非在強調受播者的尊與卑，而是結合了題壁詩的時代性及歷史性，希望透過第一手讀者的閱覽與採集再做進一步的傳播，如雪球般愈滾愈大，如此一來，將不只是創作理念隨之發揚，詩人與詩作的影響在全民傳播的基礎上是更廣遠了。

　　二、題壁的流傳方式影響詩作表現的形式。由於詩人在創作之時，首先面對的往往是他所居處的創作環境。尤其必須注意的是他所面對的流傳條件，因爲一個作者或許沒有宣耀意圖，但他多半不會拒

〔註13〕計有功《唐詩紀事》卷三「上官昭容」條。

〔註14〕「詩歌敘事」的美學原則是白居易在總結前人的創作經驗和自身實踐的基礎上所發展的寫詩選材的手法：其中包括以單個事件爲中心來組織材料，一題一事，主旨明確，注意選擇本身個性突出而又有重大社會意義的事件，兼顧詩中情感（心理因素）以及場景（地理因素）的陳寫，用語平樸，風格明朗，曲節活潑、筆觸自然等原則。

絕傳播功能。所以作者多半會適應/採用/配合快速簡易有效的傳播方式進行創作，因之對其詩作表現的形式便產生了影響。

以詩作內容來看，題壁詩作中以宴集、寄贈、題詠勝境、懷舊等題材為多，這種現象的發生顯然與唐代詩人所面對的流傳方式以及流傳意圖相關。比如：金谷蘭亭，酬酢記歡，豈無紙筆？之所以題壁乃一以助興，一以流傳耳。故而宴集壁詩自以歡會為主。又如唐時詩人漫遊山林寺院之風特盛，每於遊山玩水，逸興遄飛之餘，欲思題詩於壁而期與山水共麗，勝景并存。誠劉禹錫〈含輝洞述〉（《全唐詩續補遺》卷七）所謂：「夫物之所從，俟言而遠，故述焉，而書於洞陰。」由于當時最便捷的傳播方式為題壁，故多納眼中所見，心中所感入詩，是以詠勝的內容多。至於思人不見，訪人未遇，甚至與人相別，亦作興題壁以供回憶、留言，是以寄贈、懷舊的內容亦所在常見。

再以詩作體裁來看：由於題寫空間的限制，作者慣常使用隨處題寫的短小體裁，比如白居易〈題詩屏風絕句〉（卷四四〇）序中所言：「……前後辱微之寄示之什殆數百篇，雖藏於篋中，永以為好，不若置之座右，如見所思，繇是掇律句中短小麗絕者，凡一百首，題錄合為屏風。」考察白氏題壁詩裁決原則亦與題屏者相似。而杜甫在巫山縣與唐使君十八弟宴別相送之時也是率題小詩留於屋壁（卷二三二）。諸如此類，對絕句、律詩的發展自有一些促進的作用。

復以詩作風格來看：題壁詩的線條大多比較質樸明朗，形象活潑生動，語言口語化，聲韻流暢和美。充份顯現了題壁詩與民歌之間的界限懸隔不深的情況，這顯然與此二類詩歌皆考慮到社會的需求，且同是以廣闊的人民群眾作為基礎讀者的認識關係密切。我們以李商隱的題壁詩為例，這位晚唐的唯美詩人在題壁作品的表現上卻是「平民化」的，如其〈戲題友人壁〉、〈題李上謩壁〉、〈江村題壁〉（以上俱見卷五四〇）都說得是平居情、明白語。即便是題詩寄情，墨書〈柳

枝〉（卷五四一）五首於其故處，亦都出以標準的民歌寫法〔註15〕。

　　三、題壁所具公開觀摩的特質，使得詩人之間的創作傾向接近起來，往往出現共同的風格，進而形成流派。以元稹、白居易、李紳爲例：其中元白二者之間詩作的往來最盛，如其詩中多見「滿篋塡箱唱和詩」〔註16〕、「走筆往來盈卷軸」〔註17〕以及「預掃題詩壁，先開望海樓」〔註18〕之描述，可謂「千里神交，若合符契」〔註19〕。至於李紳；白居易在回憶貞元年間，慈恩塔上、皇子陂邊、會玉蕊、期牡丹的遊賞盛會裡，總愛「閒吟短李詩」〔註20〕。在當時，李紳與李德裕、元稹並稱「三俊」，互有吟唱。如李紳的作品〈新樓詩二十首〉（卷四八一）就是看見元稹〈以州宅誇於樂天〉（卷四一七）的題壁詩後的唱和之作，他在序中并提及：「昔時微之與樂天只隔江津，日有酬和相答，時余移官九江，乃各乖音問，頃在越之日，荏苒多故，未能書壁。」可見此三人時有題壁唱和的情事。如此交習日久，寫作風格乃互相欽羨、仿作與襲染。比如白居易說元九「制從長慶辭高古，詩到元和體變新」〔註21〕；元稹則推崇白才子文章「律呂同聲我愛身」：「白樸流傳用轉新」〔註22〕，至於李紳對白樂天的文集評價是足堪「部列雕金榜，題存刻石銘」〔註23〕。其後白居易更戲言其新詩成就之後，「每被老元偷格律，苦欲短李伏歌行」〔註24〕。由此看來，

〔註15〕　〈柳枝〉（卷五四一）錄二首以見其餘；其一「花房與密脾，蜂雄蛺蝶雌，同時不同類，那復更相思。」其四「柳枝井上蟠，蓮葉浦中乾、錦鱗與繡羽，水陸有傷殘。」

〔註16〕　白居易〈酬微之〉（卷四四六）。

〔註17〕　白居易〈餘思未盡加爲六韻重寄微之〉（卷四四六）。

〔註18〕　白居易〈想東遊五十韻〉（卷四五〇）并序。

〔註19〕　辛文房：《唐才子傳》卷六「元稹」條。

〔註20〕　辛文房：《唐才子傳》卷六「李紳」條載：紳爲人短小精悍，於詩特有名，號「短李」。

〔註21〕　白居易〈代書一百韻寄微之〉（卷四三六）。

〔註22〕　元稹〈酬樂天餘思不盡加爲六韻之作〉（卷四一七）。

〔註23〕　李紳〈題白樂天文集〉（卷四八三）。

〔註24〕　白居易〈編集拙詩成一十五卷因題卷末戲贈元九李二十〉（卷四三

元、白、李自貞元末年相識以來，由於同屬於新興進士階層，對於社會現象皆十分注意，更由於他們頻繁交往，彼此之思想風格和藝術風格日趨相近、日臻成熟，實質上已為新樂府運動的興起作了醞釀與準備。這說明了詩歌作品的觀摩，往往造成作家風格的類化，使氣味相投的作家益發英雄相惜。而種種文學觀摩活動之中，題壁詩這個文學載體的公眾性和時效性最強，不但是作家本身因接近而成群。亦透過讀者的賞覽與認定，被歸類為同一流派，舉如後人皆視元、白、李三人為倡導新樂府運動的健將。由是可證，題壁詩作對於詩人集團與文學創作潮流的形成有一定的促生增長的作用。

　　四、題壁所具的開放批評的特質，往往隨著個別或區域性的喜好形成「傳播標準」，可傳者得以保留，不可傳者遂遭淘汰。其中讀者擔任著「守門人」〔註25〕的角色，但由於其文化修養，習性喜好，教育程度，職業身分俱分歧不一，因之所產生的傳播價值標準或與藝術價值標準有所不同。

　　一般而言，讀者在誦吟、賞覽、傳寫、書題的過程中，每個人都像一個評選家，對題壁詩作進行取捨，加以淘汰。先看讀者刪削壁詩的例子：會昌人任蕃（或作翻），去遊天台巾子峰，題寺壁間一詩：「絕頂新秋生夜涼，鶴翻松露滴衣裳，前峰月照一江水，僧在翠微開竹房。」既去百餘里，欲回，改作「半」江水，行到題處，他人已改矣。復後有題詩者，亡其姓氏，曰：「任蕃題後無人繼，寂寞空山二百年。」〔註26〕再舉幾個詩板裁撤的例子更可以看出其評賞標準之異同。舉如巫山神女廟的題詩千餘首，劉禹錫悉去諸板，但留四章（沈佺期、王無競、李端、皇甫冉）。而薛能在路過西蜀飛泉亭的時候，於亭中百餘詩板中也只選留了李端〈巫山高〉一首而已。此見其「同」。另外，

　　九），其中元九為元稹，李二十為李紳。

〔註25〕　「守門人」乃指從事傳播工作者，對於資訊、新聞的取捨增刪編纂握有職守（看守）的責任。

〔註26〕　辛文房：《唐才子傳》卷七「任蕃」條。另〈宿巾子山禪寺〉詩見《全唐詩》卷七二七。

元稹、白居易等人於賞遊長安慈恩寺塔之際也曾除去諸家詩板，惟留章八元詩，可見元白對章詩的讚賞。但是後來的詩論家對章詩卻持有不同的意見，比如宋朝張戒評此乃「乞兒之中語也」〔註27〕，清朝王士禎也說「章作眞小兒號嘎耳」，並詰怪著「不知元白何以心折如此」？〔註28〕此乃其「異」。如此看來，連大詩人都在評賞價值上出現迥異與偏差，更何況升斗小民與庸僧俗士的「破壞」了。舉如李衛公遊甘露寺偶題近作于壁，……其寺僧頑俗且聾，愀然有不識貨語：「方泥得一堵好壁，可惜寫了！」〔註29〕又如李建勳悲韓垂〈金山詩〉爲庸僧所毀〔註30〕等，都可見題壁詩作因評賞價值觀點的不同而遭到淘汰的對待。是而題壁作品的流傳，其傳播價值標準有與藝術價值標準重合之處，但是也有趨異的狀況，明瞭了這個現象的存在，我們在釐析題壁詩的文學意義之時，自亦不可忽略其社會意義。

第三節　題壁詩作所呈現的社會意義

　　文藝創作實際上是作者的「心靈」到「形式」的一種過渡。形式之爲一種中介，在容許創作者的個人經驗通過特定的、社會性的、物性的環境而傳達給讀者群。倘若沒有形式，創作的思緒無法傳通，而美感經驗也自然不能產生，缺乏了這些，文藝便不能發揮社會文化的功能和效果。以下即探討題壁詩這一文藝創作所涵攝的社會意義。

一、借由題壁詩作為反映社會不平與民生疾苦的管道，而得到回應

　　舉如羅隱〈題蟠溪垂釣圖〉（卷六六五）一詩題於壁畫上方進行

〔註27〕張戒：《歲寒堂詩話》卷上。
〔註28〕清、王士禎：《池北偶談》卷十八。
〔註29〕宋、張表臣：《珊瑚鉤詩話》卷二。
〔註30〕李建勳〈金山〉（卷七三九），其事參見王定保：《唐摭言》卷十三「惜名」條。

勸諭，使得吳越王錢鏐躅免了西湖的漁稅。周匡物一首〈應舉題錢塘公館〉（卷四九○）直陳寒士阮囊羞澀，津吏不予通融之貧窘。郡牧讀此乃罪津吏，是開「舟子不收選舉人錢」一例。而無名僧〈題戶詩〉（卷八五一）自憐久病無能養生。後為部使所聞知，因言於朝，王廷遂令天下寺廟廣置「延壽寮」以安養病僧。由以上三例觀之，題壁詩的作用猶如「探照燈」，讓社會中的污垢無所遁形。又好比「呼叫器」，在引起主事者的注意，以獲得回應。由於唐代文網寬弛為眾所公認，縱使題壁諷刺朝事者，並不會因此遭到嚴懲或迫害。這種開放包容的心態，使得題壁詩指涉社會問題的內容約佔總量的百分之十三，超越其他時代。

二、借由題壁詩作為宗教的宣揚以及政治的聲援

佛理禪意以題壁詩偈的方式行世自神秀、慧能菩提偈已開其端。唐時除寒山題壁說佛外，「釋門偉器」皎然〔註31〕亦多借題壁詩以宣道，舉一例如〈題山壁示道維上人〉（卷八一六）中說「身野長無事，心冥自不言」、「物外從知少，禪徒不耐煩」。另白居易〈題道宗上人十韻〉（卷四四四）序中提及：「普濟寺律大德宗上人法堂中，有故相國鄭司徒，歸尚書，陸刑部，元少尹以及今吏部鄭相、中書韋相、錢左丞詩，覽其題，皆與上人唱酬，……予始知上人之文，為義作、為法作，為方便智作，為解脫性作，不為詩而作也。」還有靈一〈將出宜豐留題山房〉（卷八○九）：「池上蓮花不自開，山中流水偶然來，若言聚散定由我，未是回時那得回？」一詩妙喻禪境，一片安寧，難怪佛教在漢土流行。至於政治上的奧援，包括政治鬥爭舞台上失敗的朝臣共題的聯詠，他們因為所屬派系失勢遭到貶謫，就在驛程樞紐的館驛牆上，先經過的遷人題詩以留後觀，而後到的僚友覽讀之餘，更又抒懷題壁：其或敘謫路艱辛、或敘思鄉情切、或敘忠心受冤，這是以同仇敵愾的方式互通聲息，在政治生態環境中以同屬弱勢姿態形成

〔註31〕 贊寧：《宋高僧傳》卷二十九皎然傳。

奧援，期能上達宸聽，得到赦免。神龍初年，閻朝隱、杜審言、沈佺期、王無競、宋之問的嶺南端州驛題壁〔註32〕即屬此類。另外，由賜宴宸游、君臣同題的一批批御用文人的名單，亦可覺察出當時政治核心權力的分配。〔註33〕

三、借由題壁詩以建立人際關係

詩人們體認到「君子贈人以言，重如珠玉」的觀念，故而在社交往來時多以詩題壁復相酬贈，其目的無非在聯絡感情，交流思想。例如楊巨源〈酬崔博士〉（卷三三三）中云：「長被有情邀唱和，近來無力更祗承，……今日為君題壁右，孤城莫怕世人僧。」白居易在經過〈武關南見元九題山石榴花見寄〉（卷四三八）說到：「往來同路不同時，前後相思兩不知，行過關門三四里，榴花不見見君詩。」元九獲詩，復有詠題之作。這真是「比因酬贈為花時」，「滿牆塵土兩篇詩」了。〔註34〕又如姚合〈酬薛奉禮見贈之作〉（卷五〇一）云：「詩成客見書牆和，藥熟僧來就鼎分，珍重來章相借分，芳名未識已曾聞。」另〈酬盧汀諫議〉（卷五〇一）則云：「杯觴引滿從衣濕，牆壁書多任手頑，遙賀來年二三月，綵衣先輩過春關。」岑參在〈題新鄉王釜廳壁〉（卷二〇〇）則是這樣題得：「不是舊相識，聲同心自親」；再看高適〈題李別駕壁〉（卷二一三）中：「去鄉不遠逢知己，握手相歡得如此」；李白〈題許宣平菴壁〉（卷一八五）是因緣於「我吟傳舍詠，來訪真人居」；還有齊己〈臨行題友生壁〉（卷八三九）裡「殷勤題壁去，秋早此相尋」；另外錢起臥病李員外探視之後題扉而去（卷二三六），章八元嘗於郵亭偶題數句，出以激楚之音，嚴維見之大異，乃收入門牆，成為師生。〔註35〕張蠙亦以〈大慈寺題壁〉

〔註32〕閻、杜、沈、王、宋的端州驛題壁詩，僅存宋、閻之詩，餘皆已佚。
〔註33〕舉如武則天與臣子十六人的石淙題詩，無疑為當時位居權力核心的官僚組織簡圖。參見嚴紀華：〈唐代宮廷的題寫詩〉，台北《世新學報》第5期，1993年，頁171～187。
〔註34〕元稹〈酬樂天武關南見微之題山石榴花詩〉（卷四一六）。
〔註35〕計有功：《唐詩紀事》卷二六「章八元」條。

見賞於蜀王衍，因而獲得晉用。〔註 36〕此外，我們注意到唐代僧侶隨著佛教入唐逐漸世俗化的腳步，也表現了積極入世的態度，是以「詩僧」這一特殊階級大量的興起，其主要的社會活動不外乎「出入朝廷」和「往來文士」二項，即以後者而言，他們在與文士交游的時候分別都有題壁詩作留存，舉齊己爲例：如與鄭谷——〈赴鄭谷郎中招遊龍興觀讀題詩板謁七眞儀像因有十八韻〉（卷八四三）；與方干——〈寄鏡湖方干處士〉（卷八三八）云：「雲門幾迴去，題遍好林泉。」與沈彬——〈寓居嶽鹿謝進士沈彬再訪〉（卷八四三）云：「去歲來尋我，留題在蘚痕」，還有〈書李秀才壁〉（卷八四三），〈書匡山隱者壁〉（卷八四二），〈臨行題友生壁〉（卷八三九）等皆可證其社會人際之關係。以上指得是同性間的交往，至於異性間的往來，雙方憑由題壁傳情寄意，亦成就了佳話〔註 37〕。如此皆說明了：在人際關係的拓展上，由出世到入世，由同性到異性，都運用著題壁詩作爲媒介，延伸出與人交接的觸角。

四、借由題壁詩以形成公眾輿論

舉如若耶溪女子〈題三鄉詩〉（卷八○一）詩出，一時復詠唱和的文士題詩達十一人，如賈馳〈復睹三鄉題處留贈〉（卷七二六）中盛贊其「蕙質本如雲，松心應耐雪」，是多爲其貞心高節所感。另外李和風題閣敬愛〈濠州高塘館〉（卷八七○）一詩，亦諷刺其夢求神女高唐之「自迷於色」，經題壁披露之餘，亦在民間傳爲笑柄，此爲重色之譏。

五、借由題壁詩以得窺文士之生活風尚

此可從下列二方面來分析：

（一）題壁詩與漫遊活動

今由題壁詩作的統計數量來看，即景類的詩篇三四七首約佔題壁總量的三分之一弱〔註 38〕。這一類內容的作品無疑正是文人漫遊山水

〔註36〕　宋、尤袤：《全唐詩話》卷五。
〔註37〕　其例參見第七章「交際類的題壁詩」第二節之述。
〔註38〕　參見「題壁詩作數量一覽表」如後。

的腳跡留在題壁詩篇中最好的見證；如許畫〈江南行〉（卷七一五）云：「江南瀟灑地，……到此數題詩。」此外，在仕途類的題壁詩作裡我們亦可以看到或爲王事宦遊：如元稹在駱口驛所見白居易云「開雪紅樹」之句，乃其〈因公事到駱口驛〉的題作，其於卷四三六中白復自云：「兩度見山心有愧，皆因王事到山中。」或爲邊事、踏上征旅：如李益〈送常曾御史西蕃題西川〉（卷二八三）中即是對友人移邊鎮邦，相贈報效國家的期許。或爲遷謫流徙他鄉：如鄭常〈謫居漢陽白沙口阻雨因題驛亭〉（卷三一一），或爲應試漫遊：如林藻〈梨嶺〉（卷三一九）云：「曾向嶺頭題姓字，不穿楊葉不言歸。」又如鄭谷〈送進士吳延保及第後南遊〉云：「勝地昔年詩板在，逢見故人隨計

題壁詩題目	總		計	排名	百分比
即景詩	同 地 題 作	一○一	三四七	1	28%
	異 地 題 作	二四六			
閒 適 類			三三五	2	26%
諷 諭 類			一六○	4	13%
感 傷 類	睹 物 思 人	四三	二一三	3	17%
	懷 古 之 思	一九			
	悼 哀 之 痛	四一			
	傷 時 之 悲	二七			
	恨 離 之 情	四七			
	蹭 蹬 之 愁	三六			
交 際 類	訪臨探問	造訪不遇 三二 / 訪臨相會 一四	四六	一三二	5	11%
	宴 飲 賦 題		九			
	酬 應 唱 和	文士唱和 三○ / 男女贈答 二六 / 一般戲題 二一	七七			
仕 途 類			六四	6	5%
總 計			一二五一		100%

來。」（卷六七六）等。這些漫游四方，羈旅天涯的題詠都讓我們對
有唐文士的漫遊生活印象深刻。事實上，唐人漫遊的習慣對題壁詩的
意義是雙重的，其一方面促進了題壁詩的生發，另一方面由這些以游
歷山水爲主題的題壁詩作正幫助我們對唐人漫游的生活特質作一更
清楚的溫習與暸悟。

（二）題壁詩與寺院（包括觀祠）文化

　　唐代是我國佛教的鼎盛時期，與此相應的是名山秀嶂，奇峰幽
谷之中寺廟的建置修設。在唐人題壁詩中反映著建寺或修寺的詩例
很多。有皇室敕建：如高宗爲紀念其母而建慈恩寺。有自資創建：
如魚玄機所題之〈任處士創資福寺〉（卷八○四）。有私修寺廟：如
白居易〈重修香山寺畢題二十二韻以紀之〉（卷四五四）。有官修寺
廟：如王建〈題杜國寺〉（卷三○○）云：「皇帝施錢修此院……川原
不稅小僧閒。……」還有捨宅爲寺的：如王右丞宅爲清源寺，耿湋
有題。可見寺廟在結合官修與私修的力量下，幾乎已達到「有寺山
皆遍」的情況。

　　由於宗教慈悲，佛法以渡人爲旨，寺院成爲一塊爲大眾施捨的寶
地靈境，是以居游者甚眾，其於寺院之活動亦多彩多姿。舉如：

1. 游寺之風

　　包括慈恩寺，水西寺、石甕寺、金山寺、禪智寺、開元寺、道林
寺、岳麓寺、虎丘寺……等名山大寺都有題壁詩作留題〔註39〕，遑論
其山寺小廟以及無名文士的題作了。關於賞游山水的游寺題壁之作，
在《韻語陽秋》〔註40〕中就有段文字介紹唐詩人張祜喜遊山而多苦
吟，凡歷僧寺，往往題詠，考其個人游寺之題壁詩作即有二十五首，
且多佳作，正李涉所謂「新貼張生一首詩，自餘吟著皆無味」〔註41〕，

〔註39〕 參見第三章「題壁詩中的即景之作」第二節「即景之作的內容」中
　　　　所列之詩作表即可得知。
〔註40〕 宋、葛立方《韻語陽秋》卷四。
〔註41〕 李涉〈岳陽別張祜〉（卷四七七）。

以上。另有遊寺一賞名花的壁詩：舉如慈恩寺有裴潾的〈白牡丹〉（卷五○七）題壁，白居易的〈西明寺牡丹花時憶元九〉（卷四三二），劉禹錫題玄都觀詩戲贈看花（桃花）諸君子（卷三六五），劉言史〈山寺看櫻桃花題僧壁〉（卷四六八）等皆是。

2. 訪僧論道之習

舉如錢起〈題精舍寺〉（卷二三九）云：「詩思竹間得，道心松下生。」元稹與僧如展及韋載同遊碧澗寺各賦詩，元氏落句云：「他生莫忘靈山寺，滿壁人名後會稀。」（卷四一三）是共吟他生之句，因話釋氏緣會，所以莫不淒然久之。而杜牧的〈宣州開元寺贈惟眞上人〉（卷五二六）裡提到惟眞上人僧行深厚，「曾與徑山為小師」，寺中的修習活動包括「夜深月色當禪處，齋後鐘聲到講時。經雨綠苔侵古畫，過秋紅葉落新詩」，如是修禪、聽講、賞畫、吟詩，使得文士的寺院生活充滿著悠閒高雅的氣息，由此洗滌塵憂，獲得心靈的自在與自由。

3. 賞題壁畫之舉

張說在〈滆湖山寺〉（卷八六）中有云：「楚老遊山寺，提攜觀畫壁。」劉禹錫在〈秋日過鴻舉法師寺院便送歸江陵〉（卷三五七）裡題及：「看畫長廊遍，尋僧一徑幽。」而溫庭筠之所以訪題西明寺僧院（卷五八三）乃是「爲尋名畫得過寺」，這些明指了文士慕畫訪寺的雅興。還有不少詩人在觀壁畫之後，通過自己的審美感受，把訴諸視覺被稱爲「空間藝術」的繪畫，以及被稱爲「時間藝術」的詩歌聯袂並呈，這些題壁詩如柳公權〈題朱審寺壁山水畫〉（卷四七九）、杜甫〈題玄武禪師屋壁〉（卷二二七）所談的「滿壁畫瀛州」等都說明壁詩、壁畫的聯手不但使得寺院文化豐富多彩，連帶也使得唐代詩人的精神文化更形豐碩充實。

4. 讀書山寺之習

唐代士子爲求科第功名，乃林棲谷隱，入山寺讀書以求來日名揚

試闖，然而何以不擇他處而獨厚山寺？實因寺院自有其優厚之條件：其主要當是因爲環境幽靜、房舍多廣、提供齋宿、藏書豐富、交通可達、人文薈盛〔註42〕、不拒寒士等特色，所以山林寺院乃成爲士人讀書修業的理想場所。無怪乎李紳雖然因爲寺僧所惡乃遭毆打，而習業屢遷，仍在山寺，蓋不能更改其業境也。〔註43〕

以下條舉讀書山寺的題壁詩爲例，以證其習之盛。

（1）孟郊〈題林校書花嚴寺書窗〉（卷三七六）有「翻將白雲字，寄向青蓮書，擬古投杉坐，就明開紙疏」之句，此花嚴寺在長安南郊區。

（2）韋應物〈題從姪成緒西林精舍書齋〉（卷一九一）中云：「慕謝始精文，依僧欲觀妙，……郡有優賢榻，朝編貢士詔。」此西林精舍在廬山山域。

（3）呂溫〈同恭夏日題尋眞觀李寬中秀才書院〉（卷三七〇）：「願君此地攻文字，如煉仙家九轉丹。」尋眞觀乃石鼓山舊名，在今衡山山麓。

（4）杜甫〈冬到金華山觀因得故拾遺陳公學堂遺跡〉（卷二二〇）有「陳公讀書堂」之句，此地乃屬蜀中之寺觀。

（5）王播〈題木蘭院〉（一作惠照寺）（卷四六六）二首，其序文提及「飯後鐘」典故，蓋以僧嫌其貧故意怠慢，及播成名，復又恭以碧紗幕其前題。

（6）羅向（炯）〈題福泉寺〉書於壁曰：「二十年前此布衣，鹿鳴西上虎符歸，行時賓從歌前事，到處松杉長舊圍。」〔註44〕惠照寺、福泉寺俱在揚州。

〔註42〕　嚴耕望：〈唐人習業山林寺院風尚〉《唐史研究叢稿》（台北：商務印書館，民國58年初版）中云：「士人習業大抵以名山爲中心，……卻非荒徼僻壤，而爲交通便利，經濟繁榮，人文蔚盛之區域。」

〔註43〕　唐、范攄：《雲溪友議》卷一李紳條。

〔註44〕　吳光淵：《鑒戒錄》卷八「衣錦歸」條。與《全唐詩》卷三一三、羅昀〈行縣至浮查山寺〉前四句同，仍從其分以備考。

（7）李羣〈惠山寺肆業送懷坦上人〉（卷六〇七），其〈題惠山寺詩序〉中亦言：「大和五年，予自江東將西歸涔陽……因肆業於惠山寺，居三歲。……及著歌詩數百篇，其詩凡言山中事者悉記之於屋壁，文則不載。……」〔註45〕惠山寺在浙西。

（8）李蠙〈題善權寺石壁〉（《全唐詩補遺》卷之十三）中云：「四周寒暑鎮湖關，三臥漳濱帶病顏。……從此便歸林藪去，更將餘俸買南山。」《全唐文》亦收李蠙〈請自出俸錢收贖善權寺事〉奏文一篇〔註46〕。由是可知文士不但習業寺院，更有買山之舉。善權寺在常州府，今宜興縣治。

（9）顧況〈題元陽觀舊讀書房贈李範〉（卷二六七）：「……還來舊窗下，更取君書讀。」

（10）于鵠〈題宇文裴山寺讀書院〉（卷三一〇）：「讀書山下寺，不出動經年。」以上（9）（10）二地處所不可考知。

由上諸例可知在武后廣開文士仕進之路後，進士科第漸佔優勢，明經轉衰的影響下，潮流時重文學而經學乃弱。更由於詩文習業，所賴於師承者少，茲潤於環境之陶養者大，是以文人修業即在修養性靈，不重人而重地。擇勝又以幽深之山寺爲佳，因之士子習業山林寺院之風亦日趨興盛，更由於文人仕子大量在山寺出入，使得寺院的文化智識水平亦顯著提高。

此外，寺院（包括觀宇）不僅是一個宗教聖地；有風景佳境；且是一個資訊傳播的集散地；一個文化知識的儲訓場。除此之外，還是一個避難收容所，無論是因爲戰亂（如杜甫〈題忠州龍興寺所居院壁〉卷二二九），或是因爲落難（如王霞卿〈題唐安寺閣壁〉卷九九），不分男性、女性都選擇了寺院做爲「落腳處」，調養準備，而後復以此爲一「出發點」，重新進入世俗社會。因此除卻題壁詩作中所顯示的教育上、文化上、社會上的意義外，其根源所繫的一種精神安定的心

〔註45〕《全唐文》卷二七四，并參見《全唐詩續補遺》卷之十三。
〔註46〕《全唐文》卷七八八。

理意義亦不容忽視。

第四節　題壁詩作所呈現的地理意義

　　綜觀唐人詩作之題寫，其創作泉源皆不出「居」與「游」這兩個寫作情境。而文士對於居游地點的選擇，由於所見相同因此多有重詠。除去「景觀優美」這一必要條件之外，要之多集結於交通可達之宗教文化中心或爲人文商貿薈萃之地。以山林寺廟而言，比如題壁詩中經常出現的題寫處所如慈恩寺、石甕寺、安國寺（紅樓）、昊天觀、長寧公主山莊及諸王山池等皆位於西京長安的匝圍，於東都洛陽附近亦有石淙山的題詠。南方則以廬山、衡山、羅浮山、九華山、惠山、青城諸山是爲勝教名地。依其地理位置與交通狀況言之，廬山正當東西南北水道之樞紐。衡山自古即爲名嶽，羅浮山逼近南方交通貿易中心廣州。惠山以地靈人傑之優勢，自六朝以來即爲浙中人文蔚盛之所，文士多有題詠。另青城山是蜀地名勝，鄰接著西南軍政經濟文化中心成都。這些地點都有題壁之作以寫其勝；舉如：白居易〈寄題廬山舊草堂兼呈二林寺道侶〉（卷四五八），韓愈〈謁衡嶽遂宿嶽寺題門樓〉（卷三三八），李白〈改九子山爲九華山〉（《李太白全集》下），李紳〈重到惠山〉（卷四八二）等都是。可見唐人深喜「漫遊」、「山居」，然其地點不必盡皆窮鄉僻壤，其與交通地理之關係密切，此由題壁詩作可證。復以驛亭館舍言；唐代幅員廣闊，舉凡佈政施令，運漕轉輸，商旅往來皆有賴交通網脈以爲聯繫發展，而其樞紐即在「驛傳」。唐制凡幹道每三十里置驛一所，全國共一千六百三十九所，所置驛幹道蓋四萬九千一百七十里，〔註47〕以整體交通網建構的基本形勢來看，與重要都市距離的遠近往往影響交通線路的網距疏密有別。另一方面因爲驛程沿線行旅來往頻繁，每發展出新興市鎮，除了帶動物資交流、經濟繁榮，同時也擔負了消息快報以及文化資訊流傳的任

〔註47〕陳沅遠：〈唐代驛制考〉，《史學年報》一卷五期，民國22年。

務。因此，以公共傳播爲特質的題壁詩作便如雨後春筍般地在上述地點應運而生。

以唐代最主要的二條驛路爲例：一曰長安洛陽道，是爲大路驛。二曰藍田武關道，是爲次路驛。前者爲兩京交通幹線，後者爲京師長安對東南之陸路交通主脈。二線多爲朝野臣民取道途經，仕宦商旅過客往來頻繁，遺留詩篇甚多，且多題壁。嚴耕望在〈唐代長安洛陽道驛程考〉以及〈唐代長安南山諸谷道驛程考〉二文中就曾指出：其考證驛道過程中多據唐人詩文以證地志之失。〔註48〕今整理唐人題壁詩作，與此二道驛所作一對照，一則以明唐時交通佈線概況，二則可顯借由題壁詩作以還原驛程之功。

以下先述長安洛陽道之驛程：自長安城都亭驛〔註49〕出發，東北行出通化門，至長樂驛，又東渡滻水至灞橋驛（滋水驛之異名），往東行經新豐縣（設館），復經陰盤驛等至華州，此地已去長安一百八十里。華州往東北行經敷水驛、長城驛、永豐倉到潼關（一曰潼關驛），再行五里至黃卷坡，中有盤豆驛，抵湖城驛後，北經稠桑驛，南經鴻臚水均可到達靈寶。復往前行續至陝州是謂崤板胡郭地區，此處分南北二道，北道東入澠池縣境、經新安縣至洛陽，中設新安驛。南道自崤板經永寧、福昌、壽安諸邑可達洛都，沿線依次序見嘉祥驛、三鄉驛、柳泉驛、甘棠館（壽安館），臨都驛等館驛星羅分佈。經查考，其中館驛對照有題壁詩作者如次：

1. 長樂驛：韋蟾〈長樂驛諝李湯給事題名〉（卷五六六）、無名氏〈題長樂驛壁〉（卷八七六）。
2. 敷水驛：劉禹錫〈途以華州……遂題此詩〉（卷三五九）、劉禹錫〈途次敷水驛伏睹華州舅氏昔日行縣題詩處潸然有感〉

〔註48〕 嚴耕望：《唐史研究叢稿》（九龍：新亞研究所，民國58年出版），頁 1～663。

〔註49〕 同前註。嚴耕望在〈唐代長安洛陽道驛程述〉中考證：長安都亭驛有二：一在城中心區，朱雀門西街含光門南第二坊；一在城東南隅，曲江之北敦化坊。

（卷三五八）。

3. 潼關：許渾〈行次潼關題驛後軒〉（卷五二八）。

4. 盤豆驛：韋莊〈題盤豆驛水館後軒〉（卷六九五）。

5. 湖城驛：劉禹錫〈秋晚題湖城驛池上亭〉（卷三五四）。

6. 稠桑驛：白居易〈往來稠桑曾喪白馬題詩廳壁今來尚存又復感懷更題絕句〉（卷四五五）。

7. 嘉祥驛：盧渥〈題嘉祥驛〉（卷五六六）。

8. 三鄉驛：若耶溪女子〈題三鄉詩〉（卷八〇一），和者十二人。劉禹錫〈三鄉驛伏睹玄宗望女几山詩小臣斐然有感〉（卷三五六）。

9. 壽安甘棠館：劉禹錫〈書題壽安甘棠館〉二首（卷三六四）。

嚴文同時指出：「一般行旅及君王行幸，陝崤以東多取南道。蓋南道置驛爲交通主線。亦即《元和志》所謂：今郵傳所馳出於南路。」今以此道驛館所存之題壁詩作，衡審上述文字，其自湖城驛以下，嘉祥、三鄉、壽安等驛館概屬南道路系，分有文士題詩，北道則不見題詩留存，蓋少人行故也。可見其言不誤。事實上，有唐自武后遷都洛陽，自長安、洛陽、中州一帶已發展成爲全國的政經中心，人才濟濟，文學活動亦隨之活躍，以開寶之際與元和前後兩次唐詩高峰上湧現的傑出詩人，中州人氏比例甚高（如張說、祖詠均爲洛陽人，張九齡曲江人，杜審言、杜甫爲京兆人氏，韋應物長安人），而且多數詩人都有旅遊寓居兩京、中州一帶的生活經歷，我們由他們在這一地區驛館中所留下的題壁詩歌，可以得到最直接的證明。這應是題壁詩歌在對照反映作家籍貫、聚寓的地理結構和交通線圖上所獨具的層次性的特色。

復言藍田、武關道：以長安爲起點，有二道均可達於藍田，一同前述「兩京道」，由灞橋折回，越橫嶺至藍田驛。另一走長安東南城東驛，上韓公堆至藍田。其後復行經七盤嶺過藍橋驛、藍溪驛。往東南行續經北川驛、麻澗、仙娥驛、又東經桃花驛、層峰驛復行九十里，

到武關驛，此區概名之爲「商山路區」。再越青雲嶺便達陽城驛，唐末避賢士陽城諱改名富水驛，然後東至內鄉，或經臨湍（有驛），或經南陽（有驛）至鄧州，再南至襄州，此道由京師至東南，凡一千一百餘里。

以下條列道中驛館留題之詩作：

1. 藍橋驛：白居易〈藍橋驛見元九詩〉（卷四三八），按長慶二年七月，白居易自中書舍人出守杭州，其於〈東南行一百韻〉（卷四三九）中云「秦嶺馳三驛，商山上二邢」。此三驛即指藍橋、藍溪與藍田驛。

2. 棣華驛：白居易〈棣華驛見楊八題夢兄弟詩〉（卷四四一）。白居易〈赴杭州重宿棣華驛見楊八舊詩感題一絕〉（卷四四三）。

3. 麻澗：杜牧〈商山麻澗〉（卷五二三）。

4. 仙娥驛：李日新〈題仙娥驛〉（卷八七〇）。

5. 層峰驛：韓愈〈去歲自刑部侍郎以罪貶潮州刺史乘驛赴任其後家亦譴逐小女道死殯之層峰驛旁山下蒙恩還朝過其墓留題驛梁〉（卷三四四）。

6. 武關驛：元稹〈酬樂天武關南見微之題山石榴花詩〉（卷四一六）。白居易〈武關南見元九題山石榴花見寄〉（卷四三八）。

7. 陽城驛：元稹〈陽城驛〉（卷三九七），白居易有〈和陽城驛〉詩，杜牧〈商山富水驛〉（卷五二三）。

8. 內鄉縣：白居易〈商山路有感〉（卷四四三）序云：此題於內鄉縣南亭。

9. 曾峰館：元稹〈桐孫詩〉（卷四一四）序中言：此於商山道中曾峰館所作，此外白樂天復有〈商山路驛桐樹昔與微之前後題名處〉（卷四四一）中云「與君前後多遷謫，五度經過此路隅」。

10. 桐樹館：白居易〈桐樹館重題〉（卷四三一）。

　　由於唐代京師長安與江淮間之交通，除取道水路河運外，凡一般
朝廷使臣，商旅遊客之遠赴江淮、黔中、嶺南者皆取藍田武關道。其
中長樂驛爲長安出潼關到洛陽、東南出武關至荊襄這二條交通繁道之
首驛，故此驛頻繁出現於文史中記載。雖然此道途經山嶺崎嶇，且多
猛獸，行旅者多存戒意。然以其逕捷之便，尤其是謫臣徙客，以敕令
嚴急，剋日以達，遂以此爲唯一選擇，不敢循水路以求安適。比如韓
愈貶謫潮州便取途此道，其女道死，曾題壁層峰驛以抒其痛。故而此
道騷離憂思之吟詠題詩甚多，實因詩人墨客感時傷己，心情複雜，綢
繆反復，不能自已，是以題紀者眾。甚至同一地點再三出入，彌增感
興。舉如以白居易爲例，其往來商山道中次數達五度以上〔註50〕，題
壁作品至少有七首以上（見前例）。可見驛旅生活已構成仕宦生涯的
一部份，若將題壁館驛的詩作加以系聯：如以白居易藍田武關道上的
諸首題壁，參照其《東南行一百韻》（卷四三九）〔註51〕，其驛程行
圖寫實可得。其他如關中通巴蜀幹線之襃斜道中的襃城驛〔註52〕。京
師往山南、蜀中要道之駱谷道中的駱口驛〔註53〕，皆是大驛，行旅文
士題詩頗眾。元稹一人且「七過襃城驛」〔註54〕，白居易因王事到駱

〔註50〕　白居易〈商山路驛桐樹昔與微之前後題名處〉云：「五度經過此路隅」
　　　　　（卷四四一）。
〔註51〕　白居易《東南行一百韻》（卷四三九）中云：「……即日辭雙闕，明
　　　　　朝別九衢。播遷分郡國，次第出京都。秦嶺馳三驛，商山上二邢。
　　　　　峴陽亭寂寞，夏口路崎嶇。……」
〔註52〕　元稹有〈黃明府詩〉（卷四〇五）序中提及襃城山水，襄嬔所奔之城
　　　　　在其左，諸葛所征之路在其右。元氏并有襃城驛題詩三首（分見卷
　　　　　四〇三有二首，卷四〇九有一首），此外竇群（卷二七一），薛能（卷
　　　　　五六〇有二首）都有題壁詩。
〔註53〕　駱口驛之題壁：題詩有白居易〈祗役駱口因與王質夫同遊秋山偶題
　　　　　三韻〉（卷四二八），以及〈再因公事到駱口驛〉（卷四三六），王質
　　　　　夫有和（今佚）。此外，元稹使東川亦有〈駱口驛〉二首（卷四一二）。
　　　　　題名則有李逢吉、崔詔之姓字於郵亭壁上（見元稹詩序所言）。
〔註54〕　元稹〈遣行十首〉（卷四一〇）第七首云：「七過襃城驛，回回各爲
　　　　　情。八年身世夢，一種水風聲。尋覓詩章在，思量歲月驚。更悲西
　　　　　塞別，終夜繞池行」。

口驛也有「兩度見山」、「拙詩在壁」〔註55〕的記錄。是此皆可由詩人之題壁詩窺得唐時取道驛程的輪廓。

是以，作品的廣泛流傳應爲作者創作的最大願望。唐時西京長安和東都洛陽是全國政治、經濟、交通和文化中心，自然成爲各地文風瞻仰的馬首。而由於交通發達，詩人在外地優秀的作品也能迅速地傳至京師。舉如儋州（廣東）路德延的題詩作成，翌日即傳於都下〔註56〕。而京作外傳如白居易在長安作了〈贈妓人阿軟〉（卷四三八）的絕句，十五年後竟然發現被人書題在距離長安數千里外的通州江館壁上。今考白居易詩中僅〈江南喜逢蕭九徹因話長安舊遊戲贈五十韻〉（卷四六二）中提及「多情推阿軟（軹），巧語許秋娘」事，其詩則已不見，是「渌水紅蓮一朵開，千花百草無顏色」蓋成絕唱，其惟由通州題壁詩得以留存部份原貌。由此可見題壁詩作與詩人行走往來之地理交通關係密切，可以互証互補。

總結而言，由于題壁詩的題寫處所多在人口密集的公共場所，面對的是不同層次的受播者（包括性別、年齡、地位、財富與文化程度的不同）；而作者行列中，題壁詩作的無名氏作者特多，這正說明了傳播活動無論在質或量上都達到了眞正的普及，因而使得傳播活動更具意義。通常伴隨著傳播普及化的結果是傳播內容一定程度的通俗化，並且容易造成輿論。舉如統治階級的愚民策略、宗教家的佈道、理論家的宣傳，莫不如此。若以廣大教化主白居易的文學主張以及題壁詩作進行驗證，其質俚的行文訴求與其作品中謠歌戲筆、新艷小律的部份爲時俗所重，即可看出相合的軌跡。此外，曾虛白在《中國新聞史》中曾這樣說：「唐代之詩，初唐之時尚在醞釀揣摩時期，晚唐則氣格萎靡，亡國哀思之音頗多，而盛唐和中唐，詩的內容趨向寫實，

〔註55〕 白居易〈再因公事到駱口驛〉（卷四三六）云：「兩度見山心有愧，皆因王事到山中。」另〈酬和元九東川路詩十二首〉（卷四三七）「駱口驛舊題詩」云：「拙詩在壁無人愛，鳥污苔侵文字殘。」

〔註56〕 計有功：《唐詩紀事》卷六十三「路德延」條。

遣辭則力求通俗，所以形成輿論。」是以可知傳播的空氣愈自由，愈熱烈；參與傳播者愈主動、愈積極；傳播的效益自然愈高。而詩人們在這樣的傳播條件之下進行創作時，也往往會考慮到題材形式的配合，以便作品廣爲流傳。於是，題壁與詩二者乃互相影響，其關係愈稠。而題壁詩與其置身的整個社會環境更是相輔相成：顯而易見的，由於題壁傳播的社會屬性，促使題壁詩的內容走向群眾，與社會基層結合，是「其人、其時、其地、其事」的立即反映者。而整個社會風潮之所由興、制度之所由立、變動之所由起；當行頁中的詩句尚未覺察出蛛絲馬跡；當管絃間的唱詞還未及按下變奏的律動；壁間的墨痕，高掛的牌板，題刻的讖詞兆語，早已向社會大眾透露了消息，發出了警告。

參考書目

壹、史料地志與叢書專著

一、史書類

1. 《晉書》，房玄齡撰，台北：藝文，民國44年出版。

2. 《宋書》，沈約撰，清乾隆武英殿刊本，台北：藝文，民國44年出版。

3. 《南齊書》，蕭子顯撰，清乾隆武英殿刊本，台北：藝文，民國44年出版。

4. 《梁書》，姚思廉，魏徵等撰，清乾隆武英殿刊本，台北：藝文，民國44年出版。

5. 《陳書》，姚思廉，魏徵等撰，清乾隆武英殿刊本，台北：藝文，民國44年出版。

6. 《舊唐書》，劉昫等撰，台北：洪氏出版社，民國66年初版。

7. 《新唐書》，歐陽修，宋祁等撰，台北：洪氏出版社，民國66年初版。

二、地理類

1. 李吉甫，《元和郡縣志》，台北：商務，民國76年初版。

2. 韋述，《兩京新記》，台北：世界，民國73年三版。

3. 徐松，《唐兩京城坊考》，台北：世界。民國73年三版。

4. 程光裕、徐聖謨主編，《中國歷史地圖》下冊，台北：文化大學出版部，民國73年出版。

5. 譚其驤主編，《中國歷史地圖集》（隋唐五代十國時期），中國地圖出版社出版，1989 年二版。

6. （日）青山定雄編，《中國歷代地名要覽》，台北：洪氏出版社，民國 73 年初版。

三、石刻著錄類

1. 王昶，《金石萃編》收入《石刻史料新編》，台北：新文豐，民國 66 年出版。

2. 阮元，《兩浙金石志》收入《石刻史料新編》，台北：新文豐。民國 66 年出版。

3. 趙明誠，《金石錄》校證本，上海：上海書畫，民國 74 年初版。

4. 歐陽修，《集古錄》收入《石刻史料新編》24，台北：新文豐，民國 66 年出版。

四、文典集評類

1. 王士禎，《池北偶談》，台北：商務，民國 65 年初版。

2. 王士禎，《唐人萬首絕句選》，台北：藝文，民國 59 年出版。

3. 王仁裕，《開元天寶遺事》，台北：商務，民國 72 年初版。

4. 王世貞，《全唐詩說》，台北：新文豐，民國 74 年一版。

5. 王灼，《碧雞漫志》，台北：鼎文，民國 75 年初版。

6. 王定保，《唐摭言》，台北：世界，民國 64 年三版。

7. 王定璋校注，《錢起詩集校注》，浙江古籍出版社，1992 年一版。

8. 王重民、孫望、童養年合編，《全唐詩外編》，台北：木鐸，民國 72 年出版。

9. 王琦，《李太白全集》，北京：中華，1977 年一版。

10. 王嗣奭，《杜臆》，台北：中華，民國 75 年二版。

11. 王維，《王右丞集》，台北：商務，民國 72 年二版。

12. 王溥，《唐會要》，台北：世界，民國 71 年四版。

13. 王讜，《唐語林》，台北：世界，民國 64 年三版。

14. 尤袤，《全唐詩話》，台北：漢京出版社，民國 73 年出版。

15. 仇兆鰲，《杜詩詳注》，台北：漢京出版社，民國 73 年出版。

16. 元結、殷璠等，《唐人選唐詩》，北京：中華書局，1958 年初版。

17. 元稹，《元氏長慶集》，台北：世界，民國 51 年出版。

18. 白居易，《白香山詩集》，台北：世界，民國 76 年七版。

19. 安旗主編，《李太白全集編年注釋》上、中、下，成都：巴蜀書社，
    1990 年一版。

20. 李昉等，《太平御覽》，台北：大化圖書公司，民國 69 出版。

21. 李昉等，《文苑英華》，台北：新文豐，民國 68 年初版。

22. 李昉等，《太平廣記》，台北：文史哲，民國 70 年初版。

23. 李善（梁、昭明太子），《文選》，台北：藝文，民國 63 年七版。

24. 李肇，《唐國史補》，台北：世界，民國 48 年初版。

25. 辛文房，《唐才子傳》，台北：世界，民國 74 年五版。

26. 吳汝煜、胡可先，《全唐詩人名考》，江蘇教育出版社，1990 年一版。

27. 孟棨，《本事詩》，台北：商務，民國 72 年初版。

28. 封演，《封氏聞見記》，收入楊家駱編《晉唐筆記六種》，台北：世界，
    民國 73 年再版。

29. 范攄，《雲溪友議》，台北：世界，民國 72 年二版。

30. 洪邁，《容齋隨筆》台北：商務，民國 68 年台一版。

31. 洪邁，《唐人萬首絕句選》，台北：鼎文，民國 70 年一版。

32. 姚鉉，《唐文粹》，台北：世界，民國 61 年再版。

33. 計有功，《唐詩紀事》，台北：中華，民國 70 年台二版。

34. 胡仔，《苕溪漁隱叢話》，北京：人民文學出版社，1990 年出版。

35. 胡應麟，《詩藪外編》，台北：廣文，民國 73 年初版。

36. 胡震亨，《唐音癸籤》，台北：世界，民國 74 年五版。

37. 孫光憲，《北夢瑣言》，台北：商務，民國 72 年初版。

38. 孫棨，《北里志》，台北：世界。民國 75 年一版。

39. 高步瀛，《唐宋詩舉要》，台北：世界，民國 74 年九版。

40. 高嵩，《敦煌唐人詩集殘卷考釋》，銀川：寧夏人民出版社，1982 年
    初版。

41. 清聖祖御定，《全唐詩》，台北：文史哲，民國 67 年初版。

42. 郭茂倩，《樂府詩集》，台北：里仁書局，民國 71 年二版。

43. 崔令欽，《教坊記》收入楊家駱主編《歷代詩史長編二輯》，台北：
    鼎文，民國 75 年初版。

44. 逯欽立輯校，《先秦漢魏晉南北朝詩》上、下，台北：木鐸，民國 77
    年出版。

45. 陳子昂，《陳伯玉文集》，台北：商務，民國 76 年初版。

46. 陳夢雷編,《古今圖書集成》,台北:文星,民國 53 年出版。

47. 陳鴻墀,《全唐文紀事》,台北:世界,民國 73 年三版。

48. 張彥遠,《歷代名畫記》,台北:文史哲,民國 72 年二版。

49. 張彥遠,《法書要錄》收入《唐人書學論著三種三十六卷》,台北:世界,民國 70 年五版。

50. 寒山等,《合訂天台三聖二和詩集》,台北:漢聲,民國 65 年出版。

51. 勞格、趙鉞,《唐尚書省郎官石柱題名考》,北京:中華,1992 年一版。

52. 賈虎臣,《中國歷代帝王譜系彙編》,台北:正中,民國 63 年台四版。

53. 臺靜農編,《百種詩話類編》,上、中、下,台北:藝文,民國 63 年初版。

54. 趙殿成,《王摩詰全集箋註》,台北:世界,民國 55 年再版。

55. 葛立方,《韻語陽秋》,上海古籍社,1980 年出版。

56. 趙璘,《因話錄》,台北:商務。民國 72 年出版。

57. 劉開揚,《高適詩集編年箋註》,台北:漢京,民國 72 年初版。

58. 錢謙益、季振宜遞輯,《全唐詩稿本》,台北:聯經,民國 70 年初版。

59. 錢謙益,《杜詩錢注》,台北:世界,民國 59 年三版。

60. 嚴羽,《滄浪詩話校釋》,北京人民文學出版社,1961 年初版。

貳、一般著作

一、單行本

1. 王更生,《文心雕龍讀本》,台北:文史哲,民國 75 年再版。

2. 王家廣,《唐人風俗》,陝西人民出版社,1993 年一版。

3. 王國維,《人間詞話》,台灣,開明,民國 62 年十四版。

4. 王夢鷗,《初唐詩學著述考》,台北:商務,民國 66 年初版。

5. 王夢鷗,《唐人小說研究》一～四,台北:藝文,分於民國 60 年、62 年、63 年、67 年出版。

6. 王錫九,《唐代的七言古詩》,江蘇教育出版社,1991 年一版。

7. 尹韻公,《昨天與今天》,四川,成都出版社,1992 年出版。

8. 方蘭生,《傳播原理》,台北:三民,民國 73 年出版。

9. 朱立,《傳播拼盤》,台北:時報出版社,民國 70 年出版。

10. 朱自清,《中國歌謠》,台北:世界,民國 54 年初版。

11. 朱自清,《朱自清古典文學論文集》,台北:源流出版社,民國 71 年初版。

12. 朱傳譽,《先秦傳播學事業概要》,台北:商務,民國 62 年出版。

13. 吳予敏,《無形的網路》,台北:國際文化出版社,1988 年出版。

14. 吳功正,《六朝園林》,江蘇,南京出版社,1992 年,第一版。

15. 吳東權,《中國傳播媒介發展史》,台北:中視文化公司,民國 77 年出版。

16. 向達,《唐代長安與西域文明》,台北:明文,民國 71 年初版。

17. 任繼愈,《中國道教史》,上海:上海人民,1990 年出版。

18. 呂正惠,《唐詩論文選集》,台北:長安,民國 74 年出版。

19. 岑仲勉,《元和姓纂四校記》,台北:台聯國風,民國 64 年再版。

20. 何金蘭,《文學社會學》,台北:桂冠,民國 78 年初版。

21. 李定一,《中華史綱》,台北:傳記文學出版社,1986 年初版。

22. 李志慧,《唐代文苑風尚》,台北:文津,民國 78,台初版。

23. 李金銓,《大眾傳播理論》,台北:三民,民國 73 年出版。

24. 李樹桐,《唐史新論》,台北:中華,民國 74 年二版。

25. 尚永亮,《元和五大詩人與貶謫文學考論》台北:文津,1993 年出版。

26. 居延安,《藝術社會學》,台灣省教育會,民國 66 年二版。

27. 孟亞男,《中國園林史》,台北:文津,民國 82 年出版。

28. 來學齋、薛瑞澤,《洛陽,絲綢之路的起點》,中州古籍社,1992 年一版。

29. 俞劍華,《中國繪畫史》,台北:商務,1991 年,十版。

30. 郁賢皓,《唐刺史考》,上海:江蘇古籍,1987 年出版。

31. 胡宣凡,《杜甫生平及其詩學研究》,台北:文史哲,民國 67 年初版。

32. 馬宗霍,《書林藻鑑》,台北:台灣商務,民國 71 年台二版。

33. 孫昌武,《唐代文學與佛教》,西安,陝西人民出版社,1985 年初版。

34. 陶希聖,《唐代寺院經濟》,台北:食貨出版社,民國 68 年再版。

35. 栗斯,《唐代長安和政局》,台北:木鐸,民國 74 年初版。

36. 栗斯,《唐世風光和詩人》,台北:木鐸,民國 74 年初版。

37. 陳伯海,《唐詩學引論》,上海:知識出版社,1990 年二版。

38. 陳寅恪,《元白詩箋證稿》,台北:世界,民國 64 年再版。

39. 陳寅恪,《隋唐制度淵源略論稿》收入《人人文庫》,台北:商務,民國 59 年三版。

40. 陳慧劍,《寒山子研究》,台北:天華,1974 年出版。

41. 黃公偉,《中國佛教思想傳統史》,台北:獅子吼雜誌社,民國 61 年出版。

42. 黃永武,《中國詩學設計篇》,台北:巨流圖書公司,民國 65 年二版。

43. 黃本驥,《歷代職官表》,台北:樂天出版社,民國 63 年再版。

44. 黃曲子,《古美術論集》,台北:滄浪出版社,民國 76 年 2 月。

45. 黃新業,《長安文化》,陝西師範大學出版社,1989 年一版。

46. 曾祖蔭,《中國古代美學範疇》,台北:丹青圖書,民國 58 年。

47. 曾虛白,《中國新聞史》,台北:商務,民國 62 年三版。(政大新聞所發行)。

48. 張玉法,《先秦的傳播活動及其影響》台北:商務,民國 82 年初版

49. 張建業,《中國詩歌簡史》,北京:中國青年出版社,1986 年一版。

50. 張懋鎔,《書畫與文人風尚》,台北:文津,民國 78,台初版。

51. 程千凡、莫礪峰、張宏生著,《被開拓的詩世界》,上海:古籍出版社,1990 年一版。

52. 傅璇琮,《唐代詩人叢考》,北京:中華書局,1978 年初版。

53. 聞一多,《唐詩雜論》,北京:中華書局,1956 年出版。

54. 趙文潤,《隋唐文化史》,陝西師範大學出版社,1992 年一版。

55. 鄧小軍,《唐代文學的文化精神》,台北:文津,民國 82 年初版。

56. 蔣文光,《中國書法史》,台北:文津,民國 82 年出版。

57. 蔣星煜,《中國隱士與中國文化》,上海書屋,1992 年一版。

58. 劉伯驥,《唐代政教史》,台北:中華,民國 63 年修訂一版。

59. 劉若愚著、杜國清中譯,《中國詩學》,台北:幼獅,民國 66 年出版。

60. 劉若愚著、杜國清中譯,《中國文學理論》,台北:聯經,民國 74 年二版。

61. 劉海峰,《唐代教育選舉制度綜論》,台北:文津,民國 80 年初版。

62. 劉精誠,《中國道教史》,台北:文津,民國 82 年出版。

63. 劉德重,《中國文學編年錄》,上海:知識出版社,1989 年一版。

64. 鄭昶,《中國畫學全史》,台北:中華,民國 71 年四版。

65. 鄭貞銘,《大眾傳播學理》,台北:華欣文化事業中心,民國 71 年出版。

66. 鄭振鐸，《插圖本中國文學史》，北京：人民文學出版社，1952 年出版。

67. 霍松林、林從龍，《唐詩探勝》，河南：中州古籍，1984 年初版。

68. 錢穆，《中國文化史導論》，台北：正中，民國 72 年台十九版。

69. 羅宗強，《隋唐五代文學思想史》，上海：上海古籍出版社，1986 年一版。

70. 羅聯添，《唐代文學論集》上、下，台北：學生，民國 78 年初版。

71. 嚴耕望，《唐史研究叢稿》，九龍，新亞研究所出版，龍門書局總經銷，（台北：商務印書館發行），民國 58 年初版。

72. 嚴耕望，《唐代交通圖考》，台北：中央研究院歷史語言研究所，民國 74～75 年出版。

73. 譚優學，《唐詩人行年考》，成都：巴蜀書社，1978 年出版。

74.（日）前野直彬著，洪順隆譯，《唐代的詩人們》，台北：幼獅，民國 65 年出版。

二、期刊、學位論文

1. 王文龍，〈論羅隱詩的諷刺藝術〉，收入《唐代文學論叢》總第六輯，陝西人民出版社，1985 年，頁 1～19。

2. 王啟興、喬典運，〈盛唐詩歌的美學風貌〉，《唐代文學研究》，廣西師範大學出版，1990 年 10 月一版，頁 8～19。

3. 王啟興，〈寺院文化與唐代詩人〉，《唐代文學研究》，廣西師範大學出版，1992 年 8 月，頁 91～104。

4. 卞孝萱，〈白居易與新樂府運動〉，《文史知識》1985 年 1 月、2 月。北京：中華書局。

5. 毛漢光，〈唐代士族的進士第〉，《中研院成立五十週年紀念博士論文集》，民國 67 年。

6. 朱錦江，〈論中國詩書畫的交融〉，收入何懷碩主編《近代中國美術論集》第二冊，台北：藝術家出版社，民國 80 年出版，頁 3～12。

7. 李浩，〈王維與孟浩然山水田園詩之比較〉，《西北大學學報》1987 年第三期。

8. 李祖琛，〈文學與傳播關聯性研究〉，《文訊》三一期，民國 76 年 8 月。

9. 李樹桐，〈唐代的科舉制度與士風〉，《唐史新論》，台北：中華，民國 74 年二版，頁 1～68。

10. 李樹桐，〈唐人喜愛牡丹考〉，《唐史新論》，台北：中華，民國 74 年

二版，頁 212～281。

11. 李豐楙，〈曹唐大游仙詩與道教傳說〉，《唐代文學研究》，廣西師範大學出版，1992 年 8 月，頁 442～475。

12. 宋德熹，〈唐代的妓女〉，《史原》十期，民國 67 年。

13. 余恕誠，〈戰士之歌和軍幕文士之歌〉《文學遺產》，湖北、武昌，1985 年 1 月。

14. 邱燮友，〈唐代民間歌謠發生的原因及其社會背景〉，《師大國文學報》第四期，民國 64 年 6 月。

15. 周勛初，〈元和文壇的新風貌〉，《唐代文學研究》，廣西師範大學出版，1992 年 8 月，頁 305～321。

16. 周勛初，〈芳林十哲〉，《唐代文學研究》，廣西師範大學出版，1990 年 10 月一版，頁 213～224。

17. 范之麟，〈唐代詩歌之流傳〉，收入《唐代文學論叢》總第五輯，陝西人民出版社，1985 年，頁 136～159。

18. 孫昌武，〈中晚唐的禪文學〉，《唐代文學研究》第三輯，廣西師範大學出版，1992 年 8 月，頁 268～286。

19. 孫昌武，〈佛教與唐代的文學〉，收入《唐代文學研究》第一輯，山西人民出版社，1988 年一版，頁 32～45。

20. 徐庭筠，〈唐五代詩僧及其詩歌〉，收入《唐代文學研究》第一輯，山西人民出版社，1988 年一版，頁 176～193。

21. 高明見，〈唐代私學的發展〉，《台大文史哲學報》第二〇期，民國 60 年 6 月，頁 219～289。

22. 馬秀娟，〈山水詩的一大飛躍〉，《唐代文學論叢》總第七輯，陝西人民出版社，1986 年，頁 28～47。

23. 陶敏，〈中唐詩人事跡小考〉，《唐代文學研究》，廣西師範大學出版，1990 年 10 月一版，頁 206～212。

24. 黃永武，〈談詩的完全鑑賞〉，《幼獅月刊》四六卷二期，民國 66 年 8 月，頁 60～64。

25. 黃敏枝，〈唐代寺院經濟的研究〉，台大文學院印行，民國 60 出版，文史叢刊之三三。

26. 黃賓虹，〈中國山水畫今昔之變遷〉，收入何懷碩主編《近代中國美術論集》第六冊，台北：藝術家出版社，民國 80 出版，頁 118～120。

27. 陳沅遠，〈唐代驛制考〉，《史學年報》一卷五期，民國 22 年。

28. 張錫厚，〈論唐代通俗詩的興起及其歷史地位〉，《唐代文學論叢》總

第九期，陝西人民出版社，1987 年出版，頁 1～24。

29. 徐傳雍，〈中國上古的傳播研究〉，《大眾傳播學研究》一卷一期，民國 73 年 6 月。

30. 傅璇琮、倪其心，〈天寶詩風的演變〉，《唐代文學論叢》總第八輯，陝西人民出版社，1986 年出版，頁 1～21。

31. 貫晉華，〈王績與魏晉風度〉，《唐代文學研究》，廣西師範大學出版，1990 年 10 月一版，頁 1～7。

32. 董乃斌，〈唐代節俗與文學〉，《唐代文學研究》，廣西師範大學出版社，1992 年 8 月，頁 105～123。

33. 臺靜農，〈論唐代士風與文學〉，《台大文史哲學報》第十四期，民國 54 年 11 月，頁 1～14。

34. 劉兆祐，〈清康熙御製全唐詩底本文及相關問題之探討〉，《全唐詩外編》，台北：木鐸，民國 72 出版，頁 792～832。

35. 劉開揚，〈論唐初的詩壇〉，《唐詩論文集續集》，上海古籍社，1987 年 5 月，頁 1～40。

36. 劉學楷，〈李商隱的托物寓懷詩及其對古代詠物詩的發展〉，《唐代文學研究》，廣西師範大學出版，1992 年 8 月，頁 427～441。

37. 鄭昶，〈中國壁畫歷史的研究〉，收入何懷碩主編《近代中國美術論集》第二冊，台北：藝術家出版社，民國 80 出版，頁 95～118。

38. 鄭騫，〈題畫詩與畫題詩〉，《中外文學》八卷六期，民國 68 年 11 月。

39. 滕固，〈詩書畫三種藝術的聯帶關係〉，收入何懷碩主編《近代中國美術論集》第二冊，台北：藝術家出版社，民國 80 出版，頁 31～34。

40. 羅宗濤，〈唐代題壁詩初探〉，《唐代文學研究》，廣西師範大學出版，1992 年 8 月，頁 56～90。

41. 羅聯添，〈唐代文學史兩個問題的探討〉，《書目季刊》十一卷三期，民國 66 年 12 月。

42. 嚴紀華，〈唐代僧侶題寫詩之研究〉《中國詩歌與宗教》，香港浸會大學，1999 年 9 月，頁 443～488。

43. 嚴紀華，〈試論兩組與歷史事件相關的謫貶題寫詩——「端州驛題壁」與「玄都觀題壁」〉《唐代文學研究》（桂林：廣西師範大學出版社，1998 年 10 月）第七輯，頁 54～78。

44. 嚴紀華，〈唐代宮廷的題寫詩〉，台北《世新學報》第 5 期，1993 年，頁 171～187。

45. 黃緯中，《唐代書法社會研究》，中國文化大學史學研究所，民國 82 年博士論文。

46. 曹愉生，《唐代詩論與畫論之關係研究》，政治大學中文研究所，民國 80 年博士論文。

47. 陳坤祥，〈唐人論唐詩研究〉，文化大學中文所，民國 75 年博士論文。

48. 陳啓佑，〈唐代山水小品研究〉，文化大學中文所，民國 74 年博士論文。

49. 舒立凱，〈唐朝傳播研究〉，文化學院哲學研究所，民國 64 年碩士論文。

50. 葉美妏，〈唐代的文學傳播活動〉，淡江大學中文研究所，民國 79 年碩士論文。

三、報紙類

1. 陳鼎環，〈寒山子的禪境與詩情〉，《中央日報副刊》，民國 59 年 5 月 27 日到 6 月 1 日連載。

2. 趙滋蕃，〈寒山子其人其詩〉，《中央日報副刊》，民國 59 年 3 月 30 日到 4 月 3 日連載。

3. 楊牧，〈招招舟子——新編「唐詩選集」前言〉，《中國時報副刊》，民國 82 年 1 月 27 日、28 日。

4. 漢寶德，〈唐代文人的園林觀〉，《聯合報副刊》，民國 76 年 1 月 20 日。

5. 羅龍治，〈論唐代詩歌之流傳〉，《中央日報副刊》，民國 59 年 5 月 12 日。